湖南省文艺创作扶助基金会资助出版

憾歌

谷静散文选

谷静 著

湖南人民出版社

本作品中文简体版权由湖南人民出版社所有。
未经许可，不得翻印。

图书在版编目（CIP）数据

憾歌：谷静散文选 / 谷静著.—长沙：湖南人民出版社，2014.7（2025.4重印）

ISBN 978-7-5561-0191-7

I.①憾… Ⅱ.①谷… Ⅲ.①散文集－中国－当代 Ⅳ.①I267

中国版本图书馆CIP数据核字（2014）第148456号

憾歌——谷静散文选

编著者	谷　静
责任编辑	文志雄
编辑部电话	0731-82683373　82683328
编辑部网址	www.hnhep.com
装帧设计	罗志义

出版发行	湖南人民出版社 [http://www.hnppp.com]
地　　址	长沙市营盘东路3号
邮　　编	410005

印　　刷	永清县晔盛亚胶印有限公司
版　　次	2014年9月第1版
	2025年4月第4次印刷
开　　本	710×1000　1/16
印　　张	25.5
字　　数	416千字
书　　号	ISBN 978-7-5561-0191-7
定　　价	58.00元

营销电话　0731-82683348　　　（如发现印装质量问题请与出版社调换）

说说我的"散文档案"

（自序）

我称我这本散文选集是我的"散文档案"，是有来由的。平时我们最熟悉不过的就是"人事档案"。都知道"人事档案"是保存个人经历的资料集合。正常情况下，一个人从读大学时起开始建档，至六十岁退休，保存的工作记录总共有四十来年。而我的"散文档案"所装载的远不止此。从1962年我在报纸上正式发表第一篇散文起，至眼下（2013年），我已写了五十一年的散文，可说整整半个世纪！时间跨度不可谓不长。仅仅从时间上看，这么长时间坚持散文创作，确实有必要进行归纳"建档"。

对于散文建档，我还有如下考虑：

其一，同人事档案一样，可以反映我散文创作的整个历史。我开始创作散文时，正值国家"三年饥荒"年代的尾声。当时整个国家的经济状况处于好转初期。于是我写了《今日云湖》这篇处女作，用现在的话说，是提升"正能量"之作。尔后不久就是"文革"开始。全国仅有的数十几家文艺刊物和报纸副刊全部停办。我只在地方某些报刊偶有"亮相"。至"文革"末尾（1973—1976），文艺复苏，我正式"复出"，抽调在省城"专业"写作近一年，写了一系列散文。然后就是"四人帮"垮台，改革开放开始，全国文艺进入空前繁荣的好时期。至新世纪，我的散文创作更为活跃。许多散文就是这段时期写的。我的散文创作历程，可以从个人一"点"上，反映全局散文创作的三个时期（"文革"前，"文革"中和改革开放以后）的特征。从历史进程看，我为自己散文立"档"，确有必要。

其二，从创作主旨，文风变化看，也呈现散文创作的"历史性特征"，以此为散文立"档"也属必要。"文革"前的散文我写得不多，那时创作主旨很明确，就是歌赞大好形势，歌赞好人好事。也有披露性的、讲自己真话的，但不多。到"文革"中，这种歌赞发挥到了"极致"。直至改革开放，具体地说是十一届三中全会以后，散文创作的"主旨"才真正"松绑"，进入百花盛开的境域，既有歌赞的，也有批评的，既有褒扬的，也有揭露的、批判的……说真话、说自己的话即自主发言的散文成千上万，散文题材、主旨众花齐放，进入最好的历史时期。

其三，从散文创作手法上看，也呈现由单一到多样的历史的发展趋势。"文革"前的散文创作手法（含修辞手法），虽然路数不多，但也并非"单一"。那时散文的比兴手法、托物咏志手法等等，大行其道。而"文革"中，对比兴等手法的批判比比皆是。我自己就遭受过如此批评。那时的创作手法，呈现单一态势。而自改革开放始，散文创作手法也百花齐放了！写实的、空灵的、歌赞的、讽刺的、写人的、咏物的、抒情的、悲切的……凡是表现人的真实感受的均可以用自己喜欢的手法写来。而散文的形式，除了常用的形式，还有"随笔、小品、游记、杂感、速写、序跋、传记、回忆录、日记、书信、文艺通讯、演讲词、报告文学等等"（《中国写作学大辞典》第746页"现代散文"词条及相关词条），真是空前多样！特别是最近十余年来，著名作家贾平凹等提倡的写作有生活实感，有史感，有美感，题材面扩大化的"大散文"，一扫琐碎、甜腻、精巧、俗气、虚假、无聊的倾向，使散文创作呈现出令人欣悦的勃勃生机！我也随着散文手法、形式的发展，学习用多种手法、多种形式写散文，亦体现了个人散文创作手法的"历史变化"。

其四，我这"散文档案"，也是我"人生档案"的另一种形式。细心的读者在读过我这本集子的多数篇章后，对我的家庭、我的一些经历、我的社会关系、我的一些好友、我对一些问题的看法等等，就会有所了解。其生动和深入程度，远远强于我那待在机关档案柜里的"人事档案"！如此观之，"建立"体现鲜活人生的"散文档案"，不仅有其必要，而且也是一种发现和创新！

鉴于以上四点，我坚定了为自己散文"立档"的决心。于是就有了这本集子。由于这本散文选是个人散文的历史归档，某些文章（这样的文章不多）为了体现已远去的写作年代的作品特征，对原作品就没有作修饰和改动，以"原貌"出现在大家面前，目的是让大家也"见识"一下当年作品的特征（如"文革"中的"致敬电"就是一种特别的抒情性散文现象），以增加一点对我们国家的散文创作史的了解。

关于本书的书名我起为《憾歌》，是经过再三考虑的。其意是世上事能完全圆满者少之又少，总留下遗憾。比如，古语云"世上事终以不了了之"，说的就是处事之憾；而当今搞电影的，常说"电影永远是门遗憾的艺术"，写小说的也说"小说是门遗憾的艺术"……而在平民百姓中，对处事的难圆满有更深感受。而对我这个业余文学作者来说，我的作品何尝不是遗憾连连？具体就散文创作说来，因囿于本人水平，那留下的遗憾肯定就更多了。将作品集定名《憾歌》，名之成理。（其实本书中的一篇文章的题目《憾歌》也诱发了我的思考。）

选集编出来了，我也稍稍松了一口气，为什么"稍稍"而不"大大"？因为我正在竖耳聚神，准备聆听读者诸君的谆谆指正呢！

2013年11月6日23时30分

于金侨书斋

（说明：本书所选文章，凡未注明刊发单位者，均为省以下报刊台所发表。）

谷静散文选

目录

第一辑　往事

在这里，毛主席留下一个"谜" / 002

偶遇彭总 / 007

令人难忘的三十分钟——向华国锋书记汇报 / 012

一个短篇小说的荣耀——彭珮云副委员长为《愤愧》题词 / 017

我的父亲是"教痴" / 021

忏悔今生——忆母文 / 025

我的姨爹刘永济 / 032

　　附：刘永济教授生平 / 039

在八叔公的塑像前 / 041

新亚姑姑 / 046

我的舅舅们 / 051

老表情亲 / 057

犟父 / 060

憾歌 / 062

"比钢还强" / 066

与路遥的一次相遇 / 068

惓惓前辈心——记叶君健 / 072

记峻青 / 074

怀念叶蔚林 /076

最后一笔——著名剧作家颜梅魁临终之前 /081

从糊裱工到名编剧 /085

老潘——往事回眸 /088

  附文：友情的分量——从预支稿酬8块钱说起 / 潘吉光 /93

追思伯青先生 /096

且说欧兄忍耐力 /098

说石安 /103

念一鸣兄 /106

当官的文友 /111

深情——记老作家刘勇 /114

大平先生 /117

卅年求索写春秋——记志超 /120

"才女之邦"续写华章 /125

愿文坛多有"袁鹰们"——一个业余作者的"奇遇" /128

初识刚田 /130

心心相悦第一潮 /133

敬畏农民 /136

胸怀 /144

共识——湘潭市第一次文代会琐忆 /147

土桥岁月 /150

静悄悄的风暴 /168

水嫩的七爷 /174

勇背"艺术之石" /177

感恩湘江 /180

漫话湘潭"桥坛"事 /183

细说韶乐 /187

湘潭市中心医院记 /190

啊！生命的守护神 /192

门诊部的"老照片" /196

平凡岗位不平凡 / 198

赢得细节 / 201

蚊战 / 204

秋瑾湘潭足迹初寻觅 / 207

难忘1949之夏…… / 211

捐献 / 214

《无价亲情》创作琐忆 / 216

我们坐在大路边 / 220

冒着大雨见上将 / 222

多吃了五钱肉 / 226

修脚憾事 / 229

自由言说使我幸福 / 233

永远的感激 / 238

电大学生的追求 / 244

饿歌饱 / 247

难忘那一刻 / 250

难忘怀，报社与我"三段情" / 252

在楠竹山的日子里 / 254

创"中国新景" / 260

誓死捍卫人类公理——致外交部孔泉等电文 / 262

致国务院台办（附：国务院台办复函）/ 264

忧思录 / 267

我说独生子女 / 270

高考录取采用"双重标准"值得商榷 / 277

我读晓霞山 / 280

碧泉潭记 / 290

千奇百态波月洞 / 292

第二辑 1976年以前散文

1973年登韶峰 / 296

今日云湖 / 299

清风行 / 300

毛主席永远和我们在一起 / 310

韶山松 / 316

东山学校散记 / 324

湘潭县韶山人民公社革命委员会成立和庆祝大会给毛主席的致敬电 / 329

第三辑　创作随笔和散文评论

勤练七彩笔 / 336

"文格"与"人格" / 340

赞"硬退精神" / 342

有感于作家当劳模 / 344

"学问之根苦" / 346

"勇敢地写"与"勇敢地扔" / 347

"跟你笔下的人物生活在一起" / 349

靠作品而存在 / 350

手法机智　意蕴深长——杨华方散文《好一个山水为厅》读后 / 351

写出独特　写出亮色——焦炽、晏雄华、沈德顺三人散文浅议 / 355

地域特色和人物形象的别样把握——评获奖散文《相守雪域》/ 357

散文征文获奖作品漫评 / 359

谈谈对于深入生活和提炼素材的体会——一九七三年在湘潭师专中文系讲课讲义 / 361

第四辑　诗　歌

韶山牧童谣 / 372

雷锋，美丽的尺子 / 373

韶峰情思 / 374

世纪春——献给共和国诞辰 / 375
热夜逢雨 / 376
坟茔——驳东洋外交官 / 377
屈子活了 / 379
巨石——震区一瞥 / 380
夜市 / 381
我心震撼（散文诗） / 383
朝晖断想（散文诗）——湖南省第六届运动会大型团体操《朝晖》观后 / 385
祭舜帝文 / 387

附录一：督学查校（译文） / 389
附录二：谷静散文获奖情况 / 392
后记 / 393

第一辑 往事

在这里,毛主席留下一个"谜"

二十三年了!我又一次来到湖南省大型引水工程——韶山灌区采访。今日的韶山灌区,她的总干渠绵延240公里,加上支渠、斗渠,这网状的人造河系,加起来竟有一万零一百五十余公里长!她横跨七县区,润泽着湘中二千五百平方公里的大地!她的渠道宽大、渡槽显赫,似一条巨大银龙穿山越岭,横空出世!当地的民歌所唱的"船在山顶游,车在水下行",就是对这项工程奇景的真实写照。

我们的小车在风光旖旎的灌区大地上奔驰。车窗外的阡陌间,二十多年前成片的茅草房已荡然无存,全被瓦房——其中有相当部分的二层"小洋楼"所代替,早稻涌着金浪,一派喜人的丰收景象!面对此情此景,一个久久蕴蓄心底的疑团又浮上心头:当年建成韶山灌区的时候,省里的负责人曾经专程上北京请毛泽东主席题字,可是被主席拒绝了。至今好些人到这里参观,看到这么好的工程,而主席当年却不题字,同我一样,也感到几分惋惜和遗憾!

"走的洋(扬)灰路,种的望天田"。自古以来,湘乡、湘潭、宁乡、韶山一带的丘陵、山区因无河流,严重缺水;肆虐的旱魔阻滞着农业的发展。当时的省、地负责人在经过周密、细致的调查后,决定把湘江支流涟水河的水引来灌溉,作出了修建韶山灌区引水工程的决策。在经中央批准后,于1965年7月正式开工兴建。

在当时机械设备奇缺的条件下,来自湘乡、湘潭等地的数万民工,硬是靠艰苦卓绝的拼搏精神,只用了十个月的时间,便高速、高质地使这项大型引水工程胜利竣工了。作为曾谆谆教导人们"水利是农业的命脉"的毛泽东主席对家乡这项宏伟的引水工程的建成能不高兴、能不欣然命笔题字吗?当时,全工地上上下下都在盼着毛主席那意气纵横、遒劲有力的如椽大笔点染"韶山灌区"!

大家坚信着。

离举行通水典礼的日子一日一日临近了，而大家盼望主席题字的心情也更加的迫切。

"主席会题字的！"许多工程指挥员满心喜悦地分析说，一九五八年，北京修十三陵水库，毛主席他老人家在工地劳动之后，不应邀即席题字了么？再有，也是五八年，湘潭大学筹建，韶山毛宇居老人上北京请主席题写校名，主席不但即刻答允，还一气写了几幅，供家乡人民选用……

干部们的"根据"，就有这么充足！

在银田寺工地，一位剃光了白发鹤须、瞒了年龄、"蘑菇"着上了工地的姓李的老农，也对我说："毛主席他老人家，对我们这条自盘古开天地才有的'银河'是会'写字'的。"大家都觉得主席题字是顺理成章的事。一时间，真是：干群一股热，切盼主席金"翰墨"！

然而，让人十分意外的事发生了，就在临迎通水的日子里，上面忽然传下话：毛主席不同意为"韶山灌区"题字，只说了五个字——"要高产才算"。

这，这太让人难以置信了！

是不是主席对这项工程的效果预测、工程质量的优劣还有保留的看法？（而这一切，我们都可以保证是十分可靠的啊！）

或许，主席说的五个字仅仅针对题字而言？

……

主席就这样给了人们一个值得冷静、郑重思考的"谜"！

就在大家的心情被纳闷的云雾笼罩的时候，一日我路过银田寺附近一段渠道大堤，却看见了另一幅图景：

烈日下，一些民工挑箕扬锄，熙熙攘攘地在已经修好的、平整坚实的渠道大堤上，用鲜绿的草皮铺出了几人高的宋体大字："要高产才算。"十分惹人注目。

我发现那位李老倌也与他的伙计们一道，在欢快地干着，全不顾汗流如注。一位带有湘潭射埠口音的民工，指着那几个大字笑着对我说："这句话好咧。修这样的工程不是摆看的，如果做到使我们不再用萝卜、白菜当饭，那就是真家伙！"看，民工——农民们把主席的话同自己的"肚皮"联系在一起了！

后来，虽然没有毛主席的题字，那通水典礼仍很热烈、感人。当时的中共

中央中南局第一书记陶铸和湖南省委、省政府的主要负责同志都风尘仆仆地赶到了洋潭引水大坝，参加剪彩并主持庆典。当涟水的股股银浪跃入灌区进水闸门，涌进主干渠时，欢呼的人们顿成狂涛……

光阴荏苒。从灌区通水至今已是二十三个春秋。今日韶山灌区怎样了呢？

一连五日，我们从灌区的源头——洋潭引水坝看起，把关键性的工程项目都一一细细看到。啊，今天灌区的一切真是令人刮目：

说"外观"：一到灌区，一幅幅胜景，目不暇给——洋潭大坝，银瀑闪烁；洙津渡槽，气势不凡；三湘分流，妩媚多姿；命名浪漫的"飞涟灌万顷"、"碧星飞渡"、"云湖天河"等渡槽，各呈风采，一派诗情画意！这些灌区关键性工程所在地，现已成为湘潭市对外开放的赏心悦目的景点！

说"功能"：韶山灌区的灌溉面积，由通水伊始的48万亩扩大到今天的近100万亩；原来设计的工程六大功能（灌溉、垦荒、通航、抗灾、提供工业用水、养鱼）均已实现，而且还增加了两项——发电和绿化，灌区兴建的20座水电站年发电量达一亿三千余万千瓦小时；绿化率达百分之百，已成材33万株！

说"效益"：整个灌区的农田粮食亩产由1966年的240公斤，提高到820公斤。灌区内农业社会总产值每年以10%的速度递增，1988年达到2.3亿元，农民人均收入近800元！昔日的"肚皮"问题早已解决，城市常见的几大件家用电器在农户中已不鲜见，衣食住行发生了翻天覆地的变化！

说"提高"：灌区昔日的黄土渠道，现已改为三面水泥、三合土护砌的高标准、不见泥的渠道；现代化的管理手段——电子水位遥测自动控制系统，已在灌区实际运用好几年了，在防渗、灌溉等项目上，多次获得省科技奖！

说"评价"：整个工程只用5年零4个月就收回了全部投资，比搞水利工程的大国苏联的投资回收年限（5年7个月）还快三个月！特别值得一提的是，1988年9月，在联合国粮农组织召开的灌溉系统评估及水管理会上，24个国家和地区的水利水电专家们，一致肯定韶山灌区的综合效益达到了世界同类灌溉工程的先进水平！这样，韶山灌区以她自己的坚实步伐走向了世界！

我们在韶山灌区小住的几天，吃的是灌区产的香喷喷的大米、鱼虾，喝的是灌区产的绿茶和用灌区水酿制的颇有知名度的"湘乡啤酒"；在炎夏七月的日子里，又受惠于灌区发电启动的电风扇……我们实打实地尝到了灌区今日成就的几分甜头。那几日，我们的心里一直是热烘烘的，一直处在"热"的激情之中！……

　　面对韶山灌区的显赫效益，对灌区工程寄予厚望的毛泽东主席如果在天之灵闻知，一定会高兴得连连点头，并发出会心的微笑，也一定会连声说："可以算数，可以算数。"……

　　当我们喜滋滋、乐哈哈地把这几日见闻向灌区管理局的领导们述说时，局党委书记钟子才和局长曹运奇竟朝我们投来含有几许严肃、几许冷峻的目光，向我们递过来一份材料：《关于韶山灌区工程运行现状及更新改造安排意见的报告》。打开一看，"报告"的第一部分十分客观地提到了已取得的成绩，而占总篇幅80％的第二、第三部分则十分突出地提出了"存在的问题"和"更新改造意见"。特别是在分析"存在的问题"时，针对灌区工程老化所潜伏的问题，共写了八个方面，对部分设施混凝土开裂、渡槽钢筋锈蚀、机械设备使用超年限等一系列隐患，按工程项目一一进行了合乎实际的叙述、分析。其中对总北干渠如果溃堤将会造成的严重损失作了如下叙述：

　　"如果总北干渠一旦出现溃堤事故，不但全灌区近100万亩农田灌溉将会终止，还将冲毁湘黔铁路、潭邵公路，淹没湘乡县城以及大片农田，对国家和人民将造成严重的损失……"

　　灌区的管理者们在这里清醒地向人们展示了一幅"预测"中的触目惊心的"溃堤图"！还向人们展示了他们具体、实在、可信、可行的战胜溃堤的"工程更新图"！

　　看了这份材料，我那"热烘烘"的头脑，瞬间便"冷"了下来。人们啊，常常乐于进入"热"的状态，因而也就常常容易陷入"热"的误区，而在这个时候若给予"冷"的信息，对于防止事物出现偏颇和不测不是大有裨益么？这大概就是毛泽东当年对浩大、非凡的韶山灌区工程不予题字的出发点。他就以这样的"行为语言"，给人们留下了一个历史性的"课题"，给了人们以辩证的思考："热"中知"冷"。这个"冷"，就是要实事求是地按事物发展的内在规律办事。时至今日，对于领袖"拒绝"题字之谜的"解"，我又有了新的体会。

　　又要离开韶山灌区了。汽车在灌区宽广的大地上飞奔。敬爱的毛泽东主席生前没有为家乡这一浩大工程题写一个字，连一个标点也没给，但是，他老人

家却把比题字更为深刻、更为有力、更为启迪人们心智的东西留给了家乡人民……

写于 1989 年 11 月

附记：此文湖南人民广播电台 1989 年 12 月 26 日配乐首播，1990 年 1 月 1 日重播。当时在全国发行 200 万份、很有影响的《文摘周报》于 1990 年 2 月 28 日以头版重要位置对《湘潭日报》发表的此文进行了转载。此文获湖南人民广播电台 1989 年度优稿二等奖。

偶 遇 彭 总

这是一桩偶遇。

1958年12月14日，未脱少年气的我从就读的耒阳师范回到湘潭市。翌晨，我一双露趾布鞋，一身青布学生装，徒步经杨嘉桥、石潭、双庙，直赶黄荆坪。时值初冬，落木萧萧，远山阴霾。阡陌间，横卧着好些未收的稻谷，而巨型腰鼓状的土高炉及其烟火和厮守炉旁的人群则时有所见。此时，以优异成绩考进耒师的我已有近两个月光景不入课堂——书闲桌冷，手脚生疗——我们奉命去耒阳县的偏远山区马水乡顶替青壮年扮禾收谷子。我这经过了两个月粗活磨炼的筋骨是经受得起从湘潭到黄荆坪这90里旱路跋涉的"磨损"的。

当晚抵黄荆坪。很快就在我那在黄荆坪完小任民办教师的姑母处落了脚。本拟第二日赶回景泉老家。但一个意外的消息由姑母嘴里透露出来——"静静，告诉你，明天可能有大首长来黄荆坪。"

"是谁？"我寻思，有可能是省委周小舟书记，因为他是黄荆坪人。好久以前就听说，他要回老家看看。那也可能是彭总。他已有30多年没有回故乡了。他的家离黄荆坪不远。如果是彭总回乡，能见到他那就更好了，因为对于彭总我是比较熟悉的，这不但是因为他的老家乌石与我的祖居处景泉相隔只上十里，也不仅是小时候听说过有关他的传说，而最主要的是后来在上高小、上初中时，从新闻电影、报刊上得来的印象。对这位"大将军"，可谓仰慕已久，今日如有可能亲睹其风采，那真是"福从天降"！

在黄荆坪那夜，可想而知，那神经的兴奋，导致我至天亮才昏昏睡去。我想得最多的是什么，使我最可兴奋的是什么？就是想跟首长特别是跟彭总那样的首长握一握手。那些年，人们（主要是英模）与领袖人物会见的通讯报道成十成百。数一数哪几篇没有描写与领袖人物握手时那"幸福的'电流'立刻传遍全身"和"沉浸在幸福之中"的句子？这握手简直已成为"幸福"的代名词！受到这些文章感染，我何尝不想让自己也有"幸福的'电流'立刻传遍全身"的时刻，不想体验"沉浸在幸福之中"的滋味？

昏睡醒来，已是上午9时。将洗、漱、餐全免，急奔街衢。此时，黄荆坪仅百十丈长的街道上已站满了衣着单薄的社员父老兄弟，他们都在低言小语。此时新闻记者若来此，绝难找到激情勃发的镜头。人们在等待什么，眼神和表情既显焦急又带几分疑惑："真的会回来吗？""会的，会的。"好些人斩钉截铁地说。

一个小时过去了。大约上午10时左右，一辆吉普车从花石方向（后知是从周小舟书记家）开来。车一停，好些人围了上去。我看见车门开处，走下一位身材敦实、面容十分熟悉的老人——这不就是通常在电影上、画报上见过的彭总吗？（随后下来的一位是周小舟书记。）昨晚向往的竟在瞬间成了现实。我一时愣住了，仿佛置身梦中，但我明白这是非常真实的现实。我的心猛跳着，手脚无措，全身从里到外乱了方寸。很快，层层人群挡住了我的视线。我这时才往前跑。可是迟了。我用尽力气也"破"不开人墙。人们的欢声笑语使我嫉妒又羡慕。忽地，人群寂静下来，原来是彭元帅正在同一个手拿着生红薯砣咬的细家伙对话，有人作传声筒把话语散布开来：

"听，元帅问，你每餐呷几两米？"

"又问他：你呷不呷得饱？"

"细家伙不答白，又马上说呷得饱。"

"……"

我依然尽力往前挤，企图实现昨晚想了几十想的"计划"，功夫不负苦心人！眼看我就要挤进"圈子"，但彭元帅和周小舟却不见了——有人说他们都到公社机关去了。

我在公社机关门口徘徊。担心失去"幸福时刻"。后听人说，彭元帅到公社机关的食堂去了，我更大失其望，但仍不死心。也许是因为我对黄荆坪的地形地物太不熟的缘故，不知怎的，彭元帅和周小舟竟又出现在黄荆坪街上了（这时有人高声唤："看！彭元帅从公社食堂的后门出来了！"）这时的彭、周二位竟离我只三丈多远。我忙转身走上前去，人们亦涌上去，这时我没让人占我的便宜，我始终稳立于人们前头，我终于看清楚了我仰慕已久的革命老前辈：他身着深蓝色呢制服，戴着同一颜色的呢帽，身材敦实、健壮，像农民一样朴素的脸庞上一双大眼如炬闪亮，正同周围的人们谈着什么，他旁边的周小舟书记，个头似稍矮一点，着同样呢服，戴眼镜，也在与人们侃侃而谈。

忽然，人群中让出了一块空地——原来彭元帅要和大家照相。彭元帅和周小舟站在人群的前排，照相师傅迅速地把相机架好，他的头正欲往相机上的黑布里钻，但人们的骚动使他欲钻不成。我努力趋步向前。很快就和照相师傅比肩了。现在彭元帅就在我的近前！然而，这时的我却又胆怯起来。面对伟人，特别是面对当代战功赫赫的国防部长，我这乳臭未干的毛头小子能随便接近么？再看看元帅前后左右那十几位青发红颜、制服抖抖的青年保卫人员，一时间真有"去唱戏登台而不敢跨步"的感觉。况且，我注意到，与元帅握手的几乎全是紧挨着他、负有"陪同使命"的公社干部们，我贸然上去，能行么？我的心在胸腔内不规矩地蹦跶着。不料元帅和小舟书记同旁边一位女青年说的笑话把我的紧张情绪搅松了，只听见元帅说："你是裁缝？那好，裁缝不偷布就冒（没）得裤！"人群即刻爆发一阵欢笑，照相师傅仍在焦急地指挥人们听从安排，人们似听非听。致使他的头到现在一次也未能钻进布里去，但他绯红着脸在三角架前继续努力。

笑过裁缝，彭元帅那红润的脸庞竟转向了我站的方向——此时，我离他只一丈来远，我觉得彭元帅这时看见了我，看见了我这不起眼的十多岁的师范生！我的心儿又不规矩了，全身上下涌动着一股热浪，于是，我不顾一切了，我几步跑上前去，一边向元帅伸出手，一边喊道："彭部长！彭部长！"彭元帅笑眯眯地抬起手臂把手伸向了我，一双厚实、饱经历史沧桑的大手与一双纤瘦、稚嫩的小手紧紧握在一起了！元帅朝我投来慈爱的目光，他的大手暖着我的手，轻轻摇动。他那已有条条皱纹的胖胖的方脸庞神采飞扬。我仰望着彭元帅，真有冬浴春阳之感，只听得一口纯正的湘潭乡音似春风拂来："是学生吧？"

当时我忘情地握着元帅的大手，两眼一眨不眨地仰望着他，一时间口舌不听使唤，只知点头。

元帅见我傻点头，笑了，笑得那么慈祥、温暖。他的大手把我的小手"暖"得更紧了，只听他十分亲切地问我："在哪里读书？"

从傻态中惊回的我连忙说："耒阳，在耒阳！读师范……"

元帅微微颔首，语气更为亲切、含情："好，好啊，是未来的先生……"。

"彭部长！""彭元帅！"……"大概因为我开了个头，许多人亦呼唤着，如林的手在伸向他，我该松手了，——我的小手不得不和元帅的大手分开了。元帅的手又伸向了别人。这个时刻是那样的短暂，但给我的感受是那样的深刻、难忘。彭元帅的大手厚实，有力，带有不寻常的温柔，回想以往别人描述"有'电流'传遍全身"的感觉，对比我此刻同彭元帅握手的体验，差之甚矣！"电流"是物理性质的也即是机械的。而彭元帅的大手传达给我的有温暖、有柔情，还有无声的言语，更蕴含着平等、关切、抚爱……内涵丰富得很！这丰富的内涵通过难以言喻的手掌"热度"传达到我的手上，渗入我的血液，储存至我的心房！至今只要一想，这"热度"立时便温馨在手，回荡在身，激动在心！

记得握过手后，我仍久久注目于这位鬓发斑白的曾经百战沙场而威震中外的"国防大臣"，不知怎的，原先想象中他的赫赫威严竟渐渐消逝，我却觉得他不像武人，甚至没有了"男子汉大丈夫"的器宇，他的一颦一笑、一举一动倒像我的妈妈、我的姑母、我的娭毑！

照相师傅似乎有些可怜地在央告人们站好，人们逐渐安静下来……三下两下，我被涌向元帅的人们挤开，照相的前排已挤不进。我亦向后几排挤去……照相师傅总算能钻入黑布调试镜头了。他终于把那橡皮砣砣郑重地举起来，又极其庄重地捏下去。他成功了！照片上自然没有明显的我。过后，姑母告诉我，照片上几个头顶中，有一个准是我。我不置可否，满脸乐滋滋。因为我已经如愿以偿——终究实现了设想了整整一晚的愿望。

但那时我又"人心不足"。一股学生的好奇心驱使我真想多听听彭元帅他们的谈话啊！因此，当彭元帅他们又一次走进了公社大门时，我便又一次地在公社门口伫立良久。我有些失态。我觉得人们并不理解我这刚迈入青年门槛的少年学生的心。我用身子靠着墙，缓缓移动着步子，间或用脚踢着公社墙下的小石子。那时黄荆坪公社沿墙有一排装得较矮的玻璃窗，我记不清当我挨墙移步到第几个窗户前时，我竟又听见了彭元帅那令人振奋的乡音。我忙踮脚朝窗内望去，啊，彭元帅正坐在一张大桌子边和公社干部们谈话呢！

此时，倾斜了的太阳正从窗外泻进窗里，金辉洒在彭元帅身上，有如水银灯光的照耀。这下我又有机会看清他老人家了：彭元帅鬓边丝丝白发闪着银辉，面带微笑，不紧不慢地谈着；他搁在桌上的双手不时做着动作，配合着他的谈话。我隐隐约约听见了他们之间关于粮食、关于炼铁、关于公共食堂，还有关于学生读书等问题的对话。这些片言只语似一股强劲的磁力紧紧地吸引了当时还有几分稚气的我。我紧贴墙壁想听得更清晰些。然而，由于玻璃窗的功能，使我只能略知大概意思。就是这个"大概意思"已引起了我的强烈共鸣。当时的我，脚上不还有因全校停课去边远山区马水乡收稻而沾上的泥巴么？我的耳畔不还回响着耒阳乡下的老公公恭恭敬敬地喊我们这些十多岁的学生为"扮禾老师傅"令人哭笑不得的声音么？我的眼前又似乎显现了湘南农村"十里山冲无壮夫"的情景来……

我被告诉我还没吃早饭和中饭的姑母拖走了，此时已是公元1958年12月16日下午2时。我不得不遵命回姑母处填饱肚子。不久，外面又人声喧喧，我端着饭碗出门，与乡亲们一道，痴望那一前一后的小汽车及其尾尘消失在去石潭方向的公路上。几位老人说：彭元帅回老家乌石去了，今晚会歇在那里。

好些年过后，我才知道，彭元帅此行就是他著名的"故乡行"。他把此行了解到的情况带到了中央，带到了庐山，以致导致了众所周知的际遇。

这就是我与彭元帅的偶遇。我自然不会忘记"1958年12月16日"这个日子。

到今天，偶遇彭总已过去三十多年了。当年小青年的我已成长为人民的新闻工作者，在文学创作的道路上也风风雨雨地走过了二十来年。不知怎的，这些年我老挂念着彭总，总觉得他与我有什么关系似的，究竟是什么关系，实在又说不清楚，大概这也属于"朦胧"一类吧。

写于1988年8月

附记：此文1988年10月25日由湖南人民广播电台配乐播出。并收入湖南文艺出版社1998年出版的《彭德怀元帅回故乡》一书。

令人难忘的三十分钟

——向华国锋书记汇报

1976年11月15日上午。艳阳高照。蓝天如洗。

"噼啪!""噼啪!""噼噼啪啪!"无数的鞭炮在万里晴空下合着人们激烈的心跳震响着。漫卷的红旗抚摸着人们的笑颜。爆竹扬起的漫天红雨在街道上空欢飞,与无数面猎猎欢舞的红旗汇成了一条气势磅礴的红色长龙。看,就在前方,我们湘潭县委、县革委会派出的迎接华国锋主席画像的彩车徐徐开过来了。

望着华国锋同志那亲切的面容,我的心跳得更欢,由衷的喜悦使我的两眼也湿润了,一件使我难以忘怀的往事越过时间、空间的限制,又出现在我的面前……

1968年元月,天气有些出奇的寒冷,但县直机关大院仍是一派繁忙景象,机关干部们除了白天上班,晚上也照常上两个小时的班,大院里间间办公室灯火通明。一天晚上,县抓革命、促生产领导小组(县革委会前身)办公室的老熊同志找到我说,明天全省征兵工作会议在湘潭饭店召开,省革命委员会筹备小组的首长会到会作指示,领导小组决定派你去向首长汇报和请示几个问题。我说:"我作为宣传方面的工作人员已列席会议了。"老熊说:"那更好,你就抓紧一点,首长作完报告很可能就会回长沙,你最好在首长作报告之前汇好报。"接着他把要汇报的事特别是县办工业发展的相关问题一一向我作了交代。

当时我想,我作为县级机关一普通工作人员就这么去找省里的首长,而且是在首长作报告之前插进去,这是不是有些冒失?会不会影响首长作报告?我就这么担心着,但还是抱着试一试的心情去执行这项任务了。

第二天早饭后,我骑着单车出了县机关大院,一路急蹬,赶到湘潭饭店时已是八点二十多分钟了。一打听,知道大会九点开始,又知道省里首长作了报告真的会赶回长沙开另一个会。我心中不免暗暗着急起来。我急匆匆地进了湘潭饭店的大门。此时,许多英气勃勃、年龄四十上下的解放军同志正陆续从里面走出来。一看他们的气势,我就晓得他们是部队首长。当时我想,就要开会了,他们怎么还往外走?但我没再往下想,快步截住一位部队老首长打听省革筹首长在哪里,那位老同志看了我的介绍信,又听我讲了来由,亲切地对我说:"首长刚到,在二楼楼梯口侧的第二间屋子里。"我道了谢,几个跨步跑上二楼,走近了那间屋子。这时,一位身材魁梧(估计在一米八五以上)、着银灰色中山装的同志正提着一只天蓝色拉链包从房间出来。我一打量,啊,认出来了,这不是省革委会筹备小组负责人、我们县的老书记华国锋同志吗!以前,我在照片上见过他的模样。见他正走出来,我不由得有些犹豫,但我即刻想到县里的老同志都说华书记平易近人,刹那间犹豫消失了,我迎上前去,喊了一声"华书记!"话音未落,华国锋同志已走近我,笑着向我伸出了手,用较浓重的山西话亲切地问我:"你是哪个单位的?"我紧紧握住华国锋同志那温暖的大手,说:"我是湘潭县的。我们县的干部群众可想念您老书记啊!"(此时,不知怎的,我忘了掏介绍信)华国锋同志问我:"有什么事吗?"我望了望楼梯口墙上的大钟,离八点半只差两三分钟了。便说:"县里有几件事,要汇报一下,不会耽误……"他不等我讲完,便说:"不要紧,还有时间,就在这里谈。"说着,他转过身向屋里走去。我也跟着他进了房间。

"来,来!"华国锋同志在一条长凳上坐下,示意我坐在他的身边。我紧挨着他左边坐下了。

"说吧。"他扯开提包的拉链,从包里掏出一个很厚的棕色壳面大笔记本,和一只带笔套的铅笔,准备记录,又从口袋里抽出一根烟塞进深色玻璃烟嘴里,一边点燃香烟一边问我:"湘潭县形势还不错吧?"我点点头。他又问:"革命大联合搞得怎样?"我说:"总的形势是好的,但也存在些问题……"此时,我的拘束感全消失了,掏出了工作本,开始按昨夜与老熊商量好的,精要地将湘潭县的革命、生产情况向老书记一一作了汇报,按对事物"一分为二"的要求,是成绩就讲成绩,是缺点和问题就讲缺点和问题,毫无隐讳。当时,全省从上到下正搞革命群众组织的大联合,筹备各级革委会的成立。因此,我对大联合的事讲得多一些。而华国锋同志对这方面也特别关注。华国锋同志特别加重语气说:"要按毛主席的指示办,两派各自多作自我批评,认真搞好革

命大联合……"

近十分钟的汇报就这么过去了。当华国锋同志点燃第二支烟时,他突然问我:"你是在县里哪个部门?"我说:"在宣传部门,搞宣传工作。"这时,我想起了要递介绍信,便立马掏出来交给他看。他看着介绍信,微微一笑:"还是宣传组副组长哟——小伙子,多大啦?""上个月满了二十五。"他仍微笑着说:"小伙子,好好干!宣传工作很重要,要努力宣传毛泽东思想,把毛主席家乡湘潭县办成毛泽东思想大学校……"

我一边记录着华国锋同志的指示,一边汇报。

这时,从门外进来了一位个子不太高但很敦实、年约五十的胖胖的军人。华国锋同志马上起身与那位军人热情握手,旋即又转过身朝向我,笑着指了指那位军人,很郑重地介绍道:"这位是刚调到省军区的杨大易司令员。"我立即走上前,同杨司令员握了握手。杨司令员转向华国锋同志:"他?"华国锋同志亲切地说:"他是湘潭县抓宣传工作的,谷静同志。"杨司令员在华国锋同志右边坐了下来。我们的谈话继续。我开始汇报县里的农业、工业生产形势,也提出了一些物资和设备要求。

华国锋同志仔细地听着我的汇报,遇到有没听清的地方,又重复问一遍。他把我汇报的情况全记录在本子上了……

过了一会儿,门外出现一位解放军同志,他提醒说:"首长们该上会场去了。"

我一看钟,已经八点四十五分了——十五分钟这么快就过去了!华国锋同志收起了铅笔和笔记本,说:"我们一起到会场去,边走边谈。"这样,我随着华国锋同志、杨大易司令员一道下了楼,出了湘潭饭店的大门。

此刻,天上飘起了霏霏小雪,华国锋同志全然不顾这些,一边走一边听我汇报,在横过有些滑溜的街道时,他还伸手扶着我。过了街,就是征兵工作大会会场——当时的文化剧院。我随华国锋同志上了主席台。他让我坐在他位置的邻座,又从提包里掏出笔记本和铅笔,从容不迫地把我刚才在路上讲的记下来。记录完毕,他问我:"还有什么没有?若有,再说,不要紧。"此时此刻,对于用如此方式汇报影响了他的工作,使我真有些不好意思起来,我认真地说道:"老书记,没有了,真的没有了。"他笑了,面对笔记本,很快地把能答复的问题向我作了答复,又用笔点点笔记本说:"另一件事,我要回长沙同有关部门商量以后才能答复……"

我的汇报正进入尾声，时为我们县领导小组负责人之一、县公安局长张凝远同志走上了主席台，径直走到华国锋同志身边。华国锋同志起身与他热情地握手。张局长也是山西人，是华国锋同志的老乡，而且是差不多时间南下的。张局长问我："汇报完了？"我点点头。张局长对华国锋同志说："华书记，我们县还有件事要请示一下。"华国锋同志又点上一支烟，一边听张的汇报一边记录。张局长很精炼地把要说的全说了。这时我看剧院墙上的钟正指着八点五十五分。而华国锋同志好像不知道大会就要开始了，仍饶有兴味地同我们侃侃而谈，说我们在毛主席家乡工作，很光荣，责任重，一定要把湘潭县的工作搞好，走在全省、全国的前面……时间已是八点五十八分了，离华国锋同志作报告的时间只差两分钟了，我心中也为时间的紧迫暗暗焦急。我悄悄催张局长起身。张局长会意。我们一齐起身向华国锋同志道别。华国锋同志站起身来，和我俩一一握手。我俩迅速而又有些依依不舍地离开了华国锋同志，走下主席台。当我们坐到会场的座位上时，全场掌声雷动。我把目光投向主席台，只见华国锋同志端坐在台中央位置上，从容不迫地打开报告本，很快地整个会场响起了他那洪亮、清晰、有力的话语声。整个报告，有条不紊，有讲有述，逻辑清楚，鼓舞人心。我对今天会前插进去汇报会不会影响首长工作的顾虑，一下子烟消云散了。这次听的华书记报告，是我参加工作以来所听首长报告印象最深刻的一次。当时我就想，华书记在事先一定是认真"备了课"的，不然，就不会临到开会，还没事一样听我们汇报，还花时间指示基层工作呢！这也可以估摸到，华国锋同志处理工作是有充分准备的，包括类似像我这样半路上插进去的汇报，肯定也在他的预料之中，这大概也算他的工作艺术和工作特色吧？

这次向华国锋同志汇报的三十分钟，我既完成了组织交给的工作任务，还在工作作风、工作方法等等方面又领悟到了更多的东西……

征兵工作大会结束后的半个月光景，一天，我突然接到县印刷厂冯厂长的电话，说："谷静同志，谢谢你向华书记的汇报，我们厂急需的电动铸字炉解决了，今天已经运回来了！"我说："不要谢我，要谢华书记！"这座当时十分先进又难以求购的电动铸字炉，就是我那天向华国锋同志汇报的内容之一，也是华国锋同志所说的"另一件事"，当时他不是说"要回长沙同有关部门商量"吗？想不到这么快就解决了！这说明华国锋同志对一个县办小厂的设备问题的

解决是放在"心上"的啊!

……

一幅又一幅华国锋主席的画像从我们欢迎队伍前经过。欢呼的声浪使我从忆念中回到现实。我很快融入了迎像队伍,与大家一道唱起了《三大纪律八项注意》歌。整齐的步伐声,响亮的歌声在湘江两岸上空,久久回荡……

1976年11月28日初稿于严冲公社(夜10时18分复写)

2012年11月7日夜小改

一个短篇小说的荣耀

——彭珮云副委员长为《愤愧》题词

1993年2月21日上午8点多,我接受单位领导安排的采访任务,来到湘潭市当时最贵气的宾馆——湘潭宾馆,在宽敞的进门大厅的沙发上坐下。其时我的心情有点不快。因为早几天找单位一位领导谈职称的事,碰了个软钉子。那时我评上中级职称已经六年,照理去年就可申报副高。而当我找到领导把我的意愿讲了之后,他却很干脆地对我说:没办法申报哟,现在没有副高指标——要不你去弄个来。你领导都没办法,而我又到哪里去找指标?我只好扫兴而归。现在,我在大厅闲着无事,便把挎包里的"职称申报作品选"拿出来再细细斟酌一下——反正迟早要申报的呀。

我一页一页地翻着我的"作品选",其中有许多省及省以上报刊发表的新闻作品,还有一些是文学杂志发表的小说散文之类。看着这些作品,这些年艰辛采访、熬夜写稿的甜酸苦辣又涌上心头。忽然,"愤愧"二字跳入我的眼帘,我的心一热:这可是我的心血之作啊,关于这篇小说还有些小小故事呢……

大概是1986年。那时由于采访广泛接触社会,加上我周围一些年轻人的表现,使我认识到对青年人加强道德教育的紧迫性,于是写了一篇万多字的短篇小说《心腹》(后改名《愤愧》),经几次修改后,于1986年底寄给了北京《人民文学》编辑部。那时正是全中国"文学热"的鼎盛时期,谁上了被称为"皇家刊物"的《人民文学》,无疑是当地文坛,不,甚至是当地社会的一件大事,在北方和南方都出现过县委、县政府为某作者上了《人民文学》而开庆功会的事。我也知道当时《人民文学》每天的来稿是以麻袋送上门,要发表是难上难,但我觉得我写的故事和主题有不一般的现实意义,于是不管采用与否,还是把稿子寄给了《人民文学》。

后来的事完全出乎我的意料,半个多月后,我竟收到了《人民文学》杂志

社的回信,而写信人是该杂志的副主编、大名鼎鼎的编辑家王朝垠先生。他在信中说:"我读了你的小说《心腹》。它呼吁加强青年道德教育的主题和故事打动了我,使我产生了共鸣,但还要加工提炼……"并明说"可以发表",还说他从他人处了解到我是多年的小说作者了,有不少作品见刊,说我完全可以参加1987年度"《人民文学》小说创作高级班"学习,在当年初夏《人民文学》将在湖北宜昌举办改稿会,我可以作为高级班学员代表参加,我们可以好好面谈面谈这篇教育小说。当时我也正为参加"高级班"学习在考虑着。他这么一说,我便报名参加。五月,《人民文学》宜昌改稿会如期举行。在宜昌,我与王朝垠先生第一次见面了。他瘦高的个子,亲切的面容,即刻给我留下了深深的印象。因为我们都是湖南人,谈起什么来都格外亲热随便。他先让小说组长赵国青找我谈稿子。赵说,小说组的编辑都看了你这篇小说,觉得很有现实意义,主人公(学生"史建阳")的形象独特,结构也好,长短适合……他在多方面给予了肯定。最后说个别地方小修一下就可以了。宜昌改稿会开得很活,安排了三天的三峡游。在船上,在白帝城,我和王朝垠先生继续讨论稿子。他说:"小说要反映社会现实,反映社会上关注的问题,这样小说才有生命力。如鲁迅的小说几乎都是旧中国国情和国民性格的反映。你的《心腹》,反映的是学校教育道德缺失的问题。问题提得好啊!一个学生成绩好上了天,可是是一个损人损国的人,这样的'好学生'有不如无!"接着他又对我的小说的人物形象、情节、结构、语言多方面进行了分析,又对我鼓励了一番。第二天,船过神女峰时,他又找着我,说,他又把稿子通读了一遍,觉得有一个细节要再考虑一下,要出新。我很感激他对我这稿子的看重和尽心。从宜昌回湘潭后,我均按王、赵的意见将稿子作了修改,再寄北京。不久,小说以《愤愧》为题在1987年9月号《人民文学》发表了。

《愤愧》发表后,我亦写信给王朝垠先生,向他表示感谢,并说想了解一下有什么反应没有。

不久,王朝垠先生给我回信了。他在信中欣喜地写道:

"收读十月二十七日信,十分高兴。对小说《愤愧》,我没有听到任何不好的反应。倒是我的一位在岳阳市农机公司工作的堂兄来信说,他通读了第九期《人民文学》,最喜欢谷静小说《愤愧》,爱读这样的小说,他读了刊物头条《神圣忧思录》,加上小说《校长、教授……》认为'在一本刊物中,这样突出教育问题，实不多见。'"王朝垠先生还特意在"最喜欢"三个字下面加上三个小圆点，以引起我的注意。我知道这是王朝垠先生用他人的话对我进行肯定。

王朝垠先生在信中继续写道：

"考虑到，正是因为第九期突出教育问题，我在出刊后即致书国家教委负责同志彭珮云，附寄刊物四册。我在信中写了这样的话：'这一期刊物是献给教师节的，也是献给国庆节的。一束玫瑰，有花也有刺，很希望广大教师及教育部门能接受它。'我在目录上圈了《忧思录》、《校长、教授……》、《愤愧》三篇，并写'务请一读'。彭珮云亲笔给我写了回信，表示感谢，说作品暂时来不及读，已转送两册给国家教委党组书记……"

啊，直到这时，我才知道，一个刊物的编辑、一个刊物的负责人多么关心国家的健康发展，王朝垠先生在第九期集中突出教育问题，不正是他崇高社会责任感的体现么？伟人说，要政治家办报、办刊，王朝垠先生不正是这么做的么？尤其是将刊物赠送给相关部门最高负责人，这也是责任心的体现。

由此，"彭珮云"三个字深深印入我的脑海。但心存怀疑：作为国家教育部门的最高负责人工作那么忙，能看我们的小说么？

然而，答案在不经意间有了。

就在我手持"作品选"面对《愤愧》复印件，正回味当年它发表的前前后后时，一个"奇景"出现了：

只见一位个子不高，胖圆脸，短头发，穿淡黄色西装便服的六十岁左右的女干部在宾馆大厅门口出现了。她被几位媒体记者簇拥着，边走边回答着他们的问题……我定睛一看，这不就是现任全国人大常委会副委员长的彭珮云同志么（后来知道彭是因出席在湘潭召开的一个全国性会议而来湘潭的）？我在电视上见过的。我真不相信事情真还这么巧，刚才还在运神王朝垠先生送《人民文学》给她看的事，怎么现在她就出现在我的面前？我摇摇头眨眨眼，是真的，是真的，不是梦！我迎了上去。也不管是不是打断了其余记者的问话，走近彭珮云同志，对大家说："对不起。我有一个私人的事，要向彭副委员长汇报。"彭珮云同志有些愕然但又面带微笑看着我，说："您是……"我马上说："委员长好！我是湘潭人民广播电台记者谷静。有一件事要向您说说。"彭珮云同志笑了："什么事，说吧。"

于是，我把1987年9月，时任《人民文学》杂志负责人王朝垠，在当年

教师节前夕向时任国家教委负责人的她赠送一九八七年第九期《人民文学》的事说了。彭珮云同志稍微想了想,说:"是的,是的,有这么一回事。"停了停,又说:"那一期几篇作品都是谈教育的,给人很有启发。"我说:"其中就有我写的一篇《愤愧》。"彭珮云同志一下子没听清"愤愧"两个字——的确这两个字联在一起有些难懂。我连忙说:"愤慨的愤,愧疚的愧——愤愧。"彭珮云同志接上说:"对对对,是《愤愧》、是《愤愧》。"这时我才想起眼下我手上正握着的作品选里就有《愤愧》的复印件,忙翻到《愤愧》首页递给她,她接过拿在手里,眼睛一亮,眉头微微扬起,轻轻拍着复印件,似进入一种回忆,缓缓地说:"《愤愧》这篇作品,是呼吁加强学生道德教育的,符合时代、社会要求,我读了,不错不错——您啊,就是作者?"我连连点头:"是的。《愤愧》是我的习作。"彭珮云同志大笑了:"上了《人民文学》还是习作?别太谦虚了。"接着,我简要汇报了《愤愧》的创作过程。彭珮云仔细地听着。末了,我对她说:"委员长给我写句话吧!"她又笑了,问我:"写在哪?"我说:"现在我手上没有那期刊物,就写在这小说复印件上。"她说:"好,好。"这时旁边有人递笔给她。她接过笔,仍站着,想了想,就在小说《愤愧》(复印件)的题头上迅速写下以下题词:

谷静同志:

希望你出更多的好作品

彭珮云 一九九七二月十四日

  一个国家领导人,能为基层一个普通作者的小说题词,而这个小说还是短篇!这是这个短篇小说的荣耀,更是作为作者的我的荣耀!现在这本《作品选》成了我的珍藏品。我常常想,一个国家的部门最高负责人,能在百忙、千忙、万忙中阅读一个普通作者的小说,还能谈出心得,这是很不容易的事。我进一步想,这也是他们了解社会民情的一个方式吧?而他们阅读的书籍、资料还更多更多。在今天社会普遍浮躁的氛围中,能沉下心来读点书和文章,于个人修养和社会进步,只有好处。在这方面,彭珮云等革命前辈为我们作出了表率。

写于 2006 年

我的父亲是"教痴"

何为"教痴"？痴心于教师工作之谓也。我父亲谷光亚（曾用名"谷若"）就被人誉为"教痴"。他读过七年经史子集，上过十二年洋学堂，1931年从上海教会大学英语专业毕业，毕业后即从教，先后在长沙、成都、安化、永兴、耒阳、湘潭等地高校、中学以教授外语为专业，直至1984年息教，从教岁月33年（不含受冤20年）。

父亲也不全然不闻窗外事。还是在上世纪初在湘潭教会办的益智学堂读书时，就带头抵制洋校长的文化侵略。1925年他在上海读书，大革命风起云涌，他第一批加入共产主义青年团。"五卅"运动中，他是学运中层骨干，身披"上海学生联合会"红条，带头走上街头声援顾正红等工人群众。大学毕业，他怀着"为国培栋梁、愿献全身心"的宏愿投身教育事业。

他醉心于教育，尤醉心于外语教学。上世纪五十年代初父亲起初在学校教英语，后来，英语不时兴而兴俄语了，学校要他改行教语文，而古文功底极厚的他立即就走上语文课讲台，生动、深刻的讲课又受到学生的热烈欢迎。但他仍眷恋着外语教学，不甘心如此"改行"下去。当时外语教学只有俄语，而他却从未学过俄语，怎么办？当他打听到县里某单位有位曾在俄国留过学的雷老师，便立即登门拜师。从此，在晚饭以后，他就夹着俄语教材去雷家学习，每晚学两三个小时，风雨无阻。这期间，他读烂了两套俄语教材，人瘦得似生过大病，对外语触类旁通的他终于用三个多月时间攻破了俄语关，创造了外语学习的奇迹。一天，他突然向学校领导提出他可以教俄语了。校领导以为他是在开玩笑，连连拒绝。但父亲坚持要教。领导没办法，说，那就试一试吧。这一试，把个学校外语组震惊了：谷老师不但能教高中俄语，还教得蛮好啊！

如此痴于教业的人却也难逃被人排挤出教师队伍的厄运。1958年，父亲因"买肉排队麻烦"一句话被打成"右派"，于1961年被革除教职回乡。就在

剥夺上讲台权利后,他还千方百计想自己重返讲台。上世纪六十年代初的湘潭县景泉乡下,教育还不十分发达。在我们那山冲里还有不少儿童上不了学。父亲就自作主张办起了私塾,教十几个少儿读《三字经》、《增广贤文》、《弟子规》等。学费就随家长自愿、交多少就是多少。贫困山区的社员手头拮据,大家都以红薯、芋头充作"学费",多的交上十斤,少的交几斤,父亲都接受。私塾只办了几个月,上面指示下达:不准办私塾,不准学封资修。于是父亲又"失业"了。父亲仍不死心。私塾停办后不久,他便给湘潭县文教科写信,说明自己是学外语的,英语、俄语都可以教,要求给他上讲台的机会。信寄出去,如泥牛入海。他又写。几乎一个多月写一封,一连写了七八封。尤其是后来几封,他在突出自己曾有的外语教学经历外,特别强调"不要工资,只要有饭食即可"。县文教科的领导终于看到了他的信,觉得这样一位外语老师荒废了实属可惜,加上"不要工资"更让人动心。于是通知他到县四中去教英语。但一到县四中,情况突变,有人暗中反映父亲是"老右",还有其他问题。无奈何学校只好通知他回去。他的教学梦又一次破灭!

所谓其他问题,是有人诬他有"特嫌"。这又是这一教痴万万没有想到的。说这事得多费点笔墨。

1937年抗日战争全面爆发,国共建立统一战线。时任长沙某著名中学英语教师的父亲决定投笔从戎。给他工作牵线的友人因看重他的外语水平而推荐他至成都航空学院(亦称空军机械学校)任英语教授。他在讲授英语的同时,不时掺杂一些关于抗日统一战线的内容而让学校当局所侧目。抗战胜利,内战阴影日重。至1949年国统区物价飞涨,民不聊生,在战场上国民党兵败如山倒。一直阅读共产党办的《新华日报》的父亲已感觉到时局会大变。他对母亲说:"蒋光头倒台倒定了,新中国有希望了。"那年夏天,航院迁台。学校动员教职员工去台湾,父亲坚决拒绝,坚定地选择回湖南教书。因当时从成都回湖南坐烧木炭的汽车要走一个月,就利用在航院工作之便搭乘学校去台便机返湘。1949年6月的一天,我们全家七口(父、母、姑、祖母、我和两个妹妹)与另外几家人登上一架刚修好的美制C—47小型运输机从成都起飞。途经衡阳时飞机降落了。父亲毫不犹豫地带我们一家下了飞机。飞机继续起飞,消失在东南方向。

一回湘,父亲没有休息,便赴早联系好的地处偏僻的安化中学任教并在地下党的领导下，积极投入"迎解"工作。新中国成立，湖南和平解放后，父亲服从安排携全家赴同样偏僻的永兴一中任教。一教六年。六年中先教英语后教语文，再通过自学教授俄语，可谓殚精竭虑服务学生。在教好书的同时，父亲对学生健康分外关心，他说："学生要成为国家扎实栋梁，学校伙食不能马虎。"便常深入学生了解情况。1955年，学生向他反映学校伙食差了，菜里没几点油星子，许多学生因缺营养得了夜盲症。父亲在几次提出意见没有回音后，根据了解到的情况便给毛主席上书，揭发学校党支部书记兼校长贪污学生伙食费问题。起初还平安无事，但反"右"运动一到，父亲便成重点打击对象。

在批斗会上，校长没提父亲给主席写信事，抓住他平常说过的"买肉排队麻烦"一句话，上升为攻击社会主义制度，将其打成"右派"。当父亲说自己热爱共产党、热爱社会主义，并以不去台湾与国民党政府分道扬镳为例。哪知校长唆使一曾为国民党县党部骨干的教师上台当批斗先锋。那人恶狠狠地对父亲说："没去台湾？那你就是空降特务！"父说："哪有把一家七口一起空降的吗？""啪"的一声，一记耳光打在父亲脸上。父亲不作声了。

于是父亲成了"右派"，而毫无根据、在批判会上吆喝出来的"特务嫌疑"的诬名悄悄进了他的档案，如影随形。1974年我作为县委工作队员在我老家附近蹲点。一闲暇日我回家看望父亲，闲聊中他突然问我："暗号"是什么意思？我反问他：您怎么问起这个？他说：有公社干部问他晓不晓得"暗号"。啊，我终于明白，公社干部是在将他做特务嫌疑。我当然心中有数。因为我这个父亲几十年间除了学外语就是教外语，平日里小说和电影一概不看，他又怎知什么"暗号"，他根本就没有起码的案件常识。（父亲缺乏社会生活常识又一例：当年他连城镇户口和农村户口也区分不清。划"右"后，按政策我们全家的城镇户口可保留，但他凭一时之气将全家妇孺全迁返老家农村。到农村后他才弄清城乡户口之严重差别！）我把对"暗号"的理解告诉了父亲。父亲平静地淡然一笑："我一生教书，任何坏事与我无关。"然而，"老右"和"特嫌"毕竟堵塞了这位教痴的教书之路！

冰河总有解冻时。1979年，父亲的"右派"错案平反了，"特嫌"之诬也烟消云散。一平反，他就以73岁高龄重新走上讲台，在湘潭师院教英语一教五年。直到1984年已届78岁才走下讲台。听人说，父亲是全英语上课，一口

标准、娴熟的伦敦音,带学生朗读,声音洪亮,满面红光,学生反映极好。父亲之所以如此,只有我晓得,这是他积蓄了多年的夙愿和教学能量的总爆发啊!

父亲1994年以近90岁高龄去世。精业人长寿。他"教痴"的形象在他的学生和亲友中永存。

写于 2011 年

忏悔今生

——忆母文

很艰难地提起笔写写我深深怀念的母亲！说艰难是因为：多少年了，母亲的形象在我心中不时萦系，而我这不孝之子，面对梦中、心中的母亲只有愧疚和忏悔。这使我久久难以下笔。

到今天，我也年岁大了，老之将至，觉得再不写些关于母亲的文字留给后辈，那就会将一位刻苦耐劳、一贯只知克己敬奉他人、历经坎坷的妇女形象在无形中湮没。这无疑是一大损失，更是我的过失。

"人是社会关系的总和"（马克思）。我的母亲黄砚文，1913年出生于长沙市一书香门第，外公黄梓柏曾任教湖南一师，是毛泽东的老师，大舅黄治仁是毛泽东同学。而对这一切，母亲生前无论家庭处于顺境或逆境从未提及。对于她自己的身世与经历，我是从她的片言只语中有所感受。直至我长大，从多方零碎资料的印证中，才略知她的出身的些微轨迹。

我记得在1949年夏天，父亲因决心与腐败透顶的国民党政府分道扬镳，利用在成都空军机械学校（成都航院）有可以搭便机顺道回乡的机会，将我们全家从成都迁回湘潭乡下老家（详情见另一散文《难忘一九四九之夏》）。我从大城市一下落入偏僻山村，不禁一时有不适应之感。尤其每到夜间，当一时断了洋油（煤油），所居屋舍处于黑黝黝之中，母亲就会抱着六岁多的我或妹妹讲故事或念童谣。一天夜间，家中的洋油又告罄。当两个妹妹熟睡之后，她就坐在木靠椅上抱着我讲起了故事。

这次的故事是从唱《义勇军进行曲》开始的。当时她没有讲这首歌的名字。我记得那晚她说："静静，我唱一首歌给你听。"于是，她轻轻唱起来——她是用纯熟的国语唱的："起来，不愿做奴隶的人们！把我们的血肉筑成我们新的长城……"在我的记忆中，这是我第一次听母亲唱如此动听的歌。她的嗓音极好，圆润中又含铿锵，加上一口标准的"国语"（后来称"普通话"），她的歌声一下子吸引住了我，我静静地躺在她怀里听着。听完一遍又要她再唱一遍。当唱完第二遍后，我要她唱第三遍。这时，她略微直起身子，说："我再唱另一首给你听。"仍然不报歌名，又一股动人的音波从她36岁的喉嗓中缓缓流出：

"我的家在东北松花江上，那里有我的同胞，还有那无尽的宝藏……九一八，九一八……"唱到"九一八"，母亲竟有些哽咽，一下子就有温热的东西滴在我的脸上。我问："妈妈，你哭了？"母亲唱不下去了，抽出抱我的手揩了揩眼泪，有些伤心地说："'九一八'就是那年的九月十八日，我和你姨爹姨妈就在沈阳，看见日本鬼子轰击北大营烧起的火光……"

原来，母亲的姐姐和姐夫（我的姨爹姨妈）结婚后，一直把她这黄家满妹带在身边，还供母亲去北京上学（她上的何种学校，只有"传言"，没有确认）。"九一八"之前两年，姨爹赴沈阳东北大学任教，姨爹姨妈也把母亲带去了。因此，他们是日本鬼子阴谋制造的"九一八"事变亲历者，对日本鬼子的侵略罪行有切齿之恨。（可以说，我最早受到的爱国主义教育的熏陶，就是从母亲这次唱歌开始的。）

这就是1949年一个夏夜，由母亲的唱歌带出的一点她的经历片断。

很奇怪地，端庄美丽而又相当内向的母亲极少显露自己的才华，像那晚上的唱歌，在我与她相处的十八年中是唯一的一次。她也几乎不讲自己的经历，像那晚由唱歌偶尔"带"出她的经历，也极少见。为何这样？我想，自她与父亲结婚后，先后生了七个子女，为了子女，她把自己完全融入"为人之母"的角色之中了，她不再想自己的爱好和事业！

论母亲的天赋，她应当是个好教师。母亲的语言能力特强，在成都时，是一口标准的成都话，到永兴只几天，又是一口地道的永兴话。1958年父亲受冤导致全家返乡。有一次一个偶然机会，母亲参加了乡（学区）汉语拼音学习班（实际上是预选教师）。当考每个人的拼音能力时，她的标准的北京话和娴熟的拼音能力，一下子轰动了整个学习班。有人马上建议由她来教大家的拼音。她当场婉拒。第二天，她没再去学习班。别人再三邀请，也丝毫不为所动。她仍专心致志地当她的"为人之母"。

为人之母、为人之母，母亲是怎样的"为人之母"啊！

今天，我一想起母亲，就想到她那双一到冷天就开始皲裂的手。

一个四十岁不到的妇女，一到北风一刮，粗糙的手掌上，尤其是经常活动的手指上，甚至还有指肚上，那细细的皲裂四布，从裂缝中时常可见泛红的肉。然而就是在这样的情况下，清晨母亲总是第一个早起。首先第一件事就是去街上的水井里去吊水上来，然后提回家。那时已是冬天，街道的麻石路有微微冰冻，稍不留心就会跌跤。母亲用一根竹篙的大头钩着一只中型水桶迅速送下水井，舀上水就飞快地提上来，然后飞快地单手提桶，稍斜着身子，几乎是飞跑着到家，把水倒进水缸，又急急地去提第二桶。她之所以这么跑，是因为井边打水的人多，井水出水慢，不跑着提就提不到家里要用的水。她这么往返提二十多次，终于把家里那口瓦缸灌满水，保证了全家七口人全天吃用水。提完水，我往往看见她双手抖索着，嘴里吸着冷气。我知道这是由于提水，她双手的皲裂更开，痛彻心脾。这时她就会叫我："静静，快去找几块胶布给我贴贴！"而这时十岁的我也不知去哪儿找胶布，只好踮脚在大屉子里去翻。往往找不到什么。而这时她却说："算了，快些去早读。"我去早读了。她又带着满手的皲裂提着篮子上菜场去买菜。这天上午上课，我时不时走神，眼前总晃动着母亲那双血红漫漫的开皲的手。及至中午放学回家，我见她满手缠上了一条一条细胶布，才放下心来。但不过两三天，母亲手上的胶布在劳作中脱落，痛苦依旧……

在上世纪五十年代初的日子里。父亲每月工资50多元，但要养活七口之家，十分艰难，常常连买米的钱也没有。记得有一年从秋天起，父亲的工资七扣八加上自愿捐献的，所剩不到十块钱。怎么办？母亲只好买来大批白菜煮烫饭吃。说是烫饭，其实百分之七八十是菜，饭粒极少。为了增加能量，母亲这时候总会把她珍藏的猪油给每人碗里挑一小砣。而她此时自己不吃，说是"不饿"。等我们吃完，她才把我们碗里剩的汤汤水水扫进她的碗里，再把锅底的一点菜叶子和着吃了。我们有时给她盛扎实一碗，但她都分到我们的碗里，自己坚持最后吃"扫底饭"。父亲从永兴调到耒阳二中后，家境并未好转，而我们姊妹却一天一天长大，需要的吃的用的多了。那时我读初中了，总见到父母常为伙食开支发愁。而母亲总想方设法间常买点荤菜，改善一下。一次她烧了腌菜蒸肉，给每人分配一份。她仍是坚持最后吃。我看见她那一份竟全是腌菜，连肉屑子也没有！我责怪母亲不该这样。但她轻轻地对我说："我先尝了

呢。你莫操心了。"

母亲如此尽心尽力、想方设法打理一家的日子。她对我们几姊妹的学习、品德也是很关心的。特别是寒暑假，每当我们学习的时候，她常在外边做针线活，把一些嬉戏打闹的孩子挡得远远的，保障我们安静的学习环境。一次，我对邻居大人讲错了话。母亲在轻声教训我后，就在我的屁股上狠狠掐一下，掐得我生痛，又悄声对我讲："莫做声，痛就好，要你记事。"那时，我家境困难，十一二岁的我见一些同学去五六里外的湘永煤矿捡煤渣，便向母亲提出我也要去。母亲十分支持，马上给我准备了箢箕扁担。一个星期天一早，我和几个小伙伴出发了。半天就捡了四十多斤。我们一边担一边歇，快到家时见母亲正远远地望着我，迎上来准备接担。我不让她接，坚持担到家。那几天母亲总夸我懂事了，晓得找事锻炼自己了。

母亲待人善良。还是父亲在永兴一中（原省立三中）教书的时候，家属院曾发生了一老师的儿子遗弃前妻的事。那儿子读大学后有了新欢，决意离婚。在闹离婚的日子里，我目睹了那儿子的骄横。他妻子名叫邓彩莲，初小毕业，人长得虽不算美但也大方。他们结婚三年，育有一子。可一到放假，那老师的儿子一回来就吵离婚。邓彩莲做的饭菜，他不吃；邓彩莲给他准备的洗澡水，他连脚盆摔到天井里。老师家属们去劝，无济于事。在那些日子里，邓彩莲只到我家来，向母亲哭诉。一次，邓彩莲泪眼蒙眬地说"谷师母！我还是死了好！死了好！"好像还说了她死后托母亲办几样事。母亲一听，急得不行，连忙放下手里的事，尽心尽意安慰她。一说几小时，连晚饭也忘记做了。到底说得邓彩莲心情转好，一点点开朗起来。我记得母亲说得最恳切的话是："万一离了，你也要爱惜自己，千万千万记住——天无绝人之路啊。"对邓彩莲经常找母亲谈心，父亲起初也没说什么。后来来多了，就有些不耐烦，劝母亲少管闲事。而母亲知道她们的谈话尽管低声但还是影响了父亲的备课，便转到厨房里谈，一遍又一遍地，终于彻底解开了邓的心结。后来，邓彩莲果然以平静的心态与那老师儿子离了婚。事情也巧，就在邓彩莲离婚一年后，我父从永兴一中调到了耒阳二中。一天母亲在街上买菜，忽然听到身后有人喊"谷师母"，回头一看，原来是穿着入时的邓彩莲在叫她。母亲问她怎么来耒阳了。她说她又结婚了，便邀母亲到她家坐坐。母亲去了。邓彩莲现在的家在一机关院内。一进宿舍门，房门一关，邓彩莲就"扑通"一声跪下了，连说"谢谢师母救命之恩"。母亲忙扶起她。才知她现在的丈夫是转业的原志愿军排长,在朝鲜立过功,人很好。邓彩莲说:"若不是你(指母亲),我也没有今天!"回到家,母亲把在街上碰见邓彩莲的事告诉了我们。我们都很高兴。母亲更高兴,还一连高兴了好多天!

真所谓"天有不测风云"。1958年春天,对我们家来说是个黯淡无光的季节。全国反"右"运动虽已进入尾声。但湖南一带却正火热。父亲在耒阳二中参加运动,鸣放中没有说任何错话。可是永兴一中的领导派人把他找了回去算1956年以前的"老账"(按划"右"53号文件规定,在鸣放中无"反党言论"者不划)。走之前,父亲对家人说他会没事的,为学校的学生食堂伙食差带来学生健康严重问题上书毛主席没错,何况当时永兴县委还表扬了他。但父亲完全估计错误,他们根本就没提向毛主席上书的事,而是抓住他一句平常的一句话("买肉排队麻烦")上升为攻击社会主义制度,将他打成"右派"。从此全家噩运降临。父亲被开除公职,被送去林场改造。全家由此断了生活来源,只好由瘦小的母亲带着娭䯲和三个妹妹辗转数天,回到湘潭县农村老家。我因正逢初中毕业,要参加升学考试,故仍留耒阳。那天上午我送妈妈、娭䯲和三个妹妹去火车站。六个人附带两部运行李的板车,慢慢移走。离开二中时天色阴沉,临近火车站,阴沉的大块云朵间忽然绽开了一长绺窄窄的弯弯曲曲的光道,向大地洒下光来。母亲看着天空,低沉地对我说:"我家总会有开天的时候吧?"沮丧的表情中忽然表现得有所期待。我知道母亲此时的心情,痴呆的我无一言出,只望着母亲点点头。至今我想不起我是怎么送她们五人上火车的。大概因我所在毕业班上课在即,似乎只是送到火车站门口就打转了。

母亲终于把娭䯲和三个妹妹及那么多行李历尽辛苦带回到湘潭县白竹坪老家。先是靠剩下的极可怜的生活费生活了几个月。到冬天,全国农村大办食堂,吃饭不要钱,母亲和妹妹们的生活问题解决了。(这一点,处于绝境的我家是叨了办公共食堂的光。)但农村公共食堂也不全是白吃饭。母亲被安排去搞会计——管理米数。一天到晚忙得不可开交。她负责管米、发放饭票并同炊事员量米蒸饭,还负责收饭票。开始粮食还较充裕,到后来每人的粮食定量越来越少。到1960年,"我们生产队的人均定量下降到每人每天老秤二两。"(晖妹回忆语)。每当开饭,数十人挤在食堂狭小的空间,混乱已极,少给饭票多拿钵饭、不拿饭票也端饭的事总是发生。每当夜晚结数时,总是饭票数不抵米

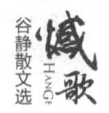

数。"唉,又亏了两斤多!"哀叹声中,母亲辗转难眠,她朦胧寄望乡亲和上级能有办法解决,仍当着这个"亏粮食堂会计"。

不久,食堂盘底,米数亏了近五十斤。四五十斤米,在今天看来是个小数字,但在饥饿的六十年代初,却是个大数字!以后来二两米一天口粮计算,那就是一个人400多天的口粮!那就是说,要母亲一年多时间粒米不吃才能还清!食堂其他工作人员因为没有经手米数,没有责任,一般社员只管交票领饭,更没有责任,至于那些乘混乱多吃了饭的,谁又查得出?因此,这赔偿责任就全落在母亲身上!

从此,母亲没有管米了,她要尽责任赔米;据亲友说,那时她每天只吃一两米,甚至一两米也不吃,只吃点少量蔬菜,她大量地只是喝水。一个人把别人贪吃酿成的苦果吞下……这一切,当时我一点也不知道。因那时我在湘潭街上教书。1961年春节回到家,家里人也没提这事。母亲每天只蹲在火塘边,默默坐着。两天过去,我突然发现母亲没吃过饭,便问她:"妈妈,你怎么不吃饭?"她依旧偎依着火塘中的微火,轻声地说:"我在外面吃过了。"她指的"外面"是在那样饥饿的情况下,她有时还要替全家下塘提水,和弄点蔬菜回家。她究竟"在外"吃了没有,谁也搞不清楚。现在分析,她在外面是弄不到什么吃食的,从她当时瘦得可怕的模样来看她当时是在受"活饿",她身上没有能量补充,身上无热量,只好偎依在火塘边"汲取"热量。由于我当时的自私,只考虑自己的温饱,加上我的不孝,根本就没有想到母亲超常的饥饿情况。

尤其是父母亲间常发生龃龉时,我竟没有说过劝解的话。母亲内向,龃龉中她几乎没有言语。我那在二十多里外当民办教师的姑姑,为了协调矛盾,几乎难隔一天就回来做父母的调解工作,当晚又赶回学校。虽然调解作用不大,但作为儿子的我,竟一回也没做过。其实在父亲被打成"右派"的冤案发生时,虽然我曾经悄悄写过"我的父亲绝不是'右派'"的小文章藏在箱底,但十六岁的我在受到别人歧视时,也曾实用主义地向母亲表态"今后不理这个父亲",而成为导致母亲对"保外就医"归来的父亲态度极反感、生硬的原因之一。父母的龃龉,我亦脱不了干系!至今想来,我的良知何在?我是母亲生下的最大的叛逆者!

而我更不能原谅自己的是,在母亲外逼还粮、内有龃龉,而她本人又急需转换环境的时候,我却丝毫未替母亲着想。事情是这样的:1961年春节几天过完,我要返校了。吃了早饭,我离家了,刚要走到大路上,正从一栋房子边经过时,母亲突然从屋后面走出,对我说:"静静,我想到外面去做女工。"我站住了,我说了什么,至今记不清了,大概是以"冇办法"几个字搪塞。当时我根本没有细想母亲的处境,而仍以"难办"推托,连一句安慰的话也没说,哪怕就是说句"去想想办法"给她以些微希望也好啊。当然,那时我刚满十八岁,对世事没有任何经验,但从母子血脉亲情上看,只要我站在母亲的立场上去看,去想,也不是没有一点办法的。我完全没有预料到母亲当时处境有多么严峻,她的身体有多么差!我就是这样呆,这样木寸,这样无救啊!这,就是我最对不起母亲的地方!是我枉为人子的地方!是令我今生负疚深重、忏悔不止的地方啊!

八个多月后,我年仅四十八岁的母亲因饥饿、疾病和心理压力三重折磨而去世了。等我赶回来时,她已入土。我在母亲坟前长跪不起。我反省,我愧悔,我骂自己、恨自己。但这一切已无任何作用,只能作为我人生中最沉痛的教训留下了。

我对人生的忏悔,对母亲、父亲的忏悔,年岁愈大,忏悔愈烈。人生之路漫漫,所遇逆境无数,所经失败、失误亦无数,这就需要自省、自悟。然而,这仅是心理上的活动,于前事已无补救。但我清楚,这种忏悔,对于至今身上仍流着父母之血的我,对于延续着父母基因(即生命)的我,仍有十分重要的意义,它将警醒我把未来人生的路走好,在为人处世上,少一些私心,多一些他心,做一个有较高道德修养的人,以不愧父母的血脉后代。

写于2013年10月母亲百年诞辰之际

我的姨爹刘永济

大概是 2010 年 8 月，我在湘潭崇文书店专放古典文学和文史哲书籍的书架上，见到了中华书局为纪念我姨爹刘永济教授一百二十二周年诞辰而出版的一套《刘永济集》，均为硬壳精装。顿时我便将书架上摆着的五本取下，细细翻看。从封底介绍看，才知道这次出版的《刘永济集》共有十本，计有《屈赋通笺 附笺屈馀义》、《屈赋音注详解 屈赋释词》、《十四朝文学要略》、《宋代歌舞剧曲录要 元人散曲选》、《文心雕龙校释 附征引文录》、《唐人绝句精华》、《唐五代两宋词简析 微睇室说词》、《词论 宋词声律探源大纲》、《文学论 默识录》、《诵帚词集 云巢诗存》。而书店只来了其中五本，我马上全部买下了。我很清楚，这十本著作仅仅是他数十年在中国古典文学研究中取得的成果之一部分，作为以出版学术著作而享誉海内外的中华书局一次推出十部代表作，实为不易！

手捧沉甸甸的《刘永济集》，细细阅读姨爹的二女儿、我的二表姐刘茂新女士撰写的《刘永济集后记》，我的心情既是激动的，又是复杂的——伤感中有欣慰，更有感慨和追怀：姨爹啊，您的学问又放异彩了！您的学术贡献再次得到国家的认可了！

就是这样一位曾任沈阳东北大学教授，浙江大学、湖南大学教授，武汉大学教授兼文学院院长和武汉大学代校长，被尊为"中国文学批评史的开山祖师之一"，其著作多被定为"奠基之作"、为国家教育事业作出过杰出贡献的刘永济教授，竟在 1966 年遭受惨烈的迫害，含冤而死！

对于姨爹的死，他的大女儿、我的大表姐刘茂舒女士，有过令人心伤的叙述：

"1966 年夏末'文革'运动开始，由于 1964 年我父亲曾经学校批准，在学校印刷厂排印过他的词集，这时，所谓'刘永济抛出反动词和吴晗、邓拓、廖沫沙遥相呼应向党进攻',就成了武汉大学中文系头号大案。他也就理所当然地成了'反动学术权威'、'封建遗老',被打翻在地。全家人一夜之间都变成了阶级敌人。我因为支持父亲印'反动词'被打成'黑帮',关入学生宿舍,后来由于'态度不老实',又被提升为'现行反革命';我妹妹因为运过印词的纸,被打成'右派';可怜的老妈妈,虽然她从未过一天的地主生活,却被扣上'黑帮地主'的帽子。又因她搞过居委会的治安工作,同时又是'派出所的黑爪牙'。在那天昏地暗日月失辉的日子里,只有睡着了,灵魂才有片刻的安宁。八月酷暑,人们强迫我和妹妹将父亲从床上拖起来,放在板车上,由我们姐妹亲自拉着板车将他送去'批斗'。重病初愈还不能行走的父亲,颤巍巍地由我扶着站在台上。斗完后,连躺在板车上的权利也被剥夺了,我只好半背半拖,在尾随的辱骂声中,把他拽回了家。"

就是这样非人的折磨,我的姨爹于1966年10月2日含冤去世(三个月后,我姨妈黄惠君女士也追随姨爹的冤魂而去,离开人世)。

一本词集,又是经过学校领导批准而又是在学校印刷厂排印出来,就被定性为"抛出反动词和吴晗、邓拓、廖沫沙遥相呼应向党进攻",今天看来,简直滑稽可笑,而在当年那"黑云压城城欲摧"的严酷形势下,却成了"武大中文系头号大案",欲置作者于死地而后快。

数十年来,姨爹在进行古典文学理论研究的同时,一直进行诗词创作。他的词我读过,但读得似懂非懂,因为其中的典故太多。有人评说钱钟书的《管锥编》:一段文字的引处就有十条八条。我读姨爹的词,几乎句句有典故,可见学养之深。他的词作多咏天地物候,也有相当一部分谈时论事的,有的是在抗战时期对寇敌的蔑视和鞭挞,有的是对国民党腐败政府致使国破民亡的愤怒谴责,有的是新中国成立后表达对党对新生人民政权的拥戴的。对于他的词作的评价,有评论说:"他(指刘永济教授)的词,独具功力,师承清末词学巨子朱祖谋、况周颐,兼具婉约、豪放之长,为现代有数的词家之一。"著名学者、美学家朱光潜教授曾题词称:"谐婉似清真,刚快似东坡,冷峭似白石,洗净铅华,深秀在骨。是犹永嘉之未闻正始之音也。"

这样的词作,这样的评价,为什么还要从鸡蛋里面挑骨头呢?文如其人。在我心目中,姨爹是最富有正义感的,是爱国家爱共产党的。

1927年,姨爹由吴宓介绍到东北大学任国文系教授。四年后"九一八"

事变爆发了。他义愤填膺。当时东北大学组织了抗日义勇军。他填写了一首词《满江红》："禹域尧封，是谁使金瓯破缺？……"，作为这支爱国军队的军歌。"九一八"后，他携全家返回关内。

"七七"事变后，国难更深重。又挈妻子儿女辗转至已迁至四川乐山的武汉大学任教。1943年被任命为文学院长。在那时，要想晋升，就得找政治靠山。一位好心朋友给他送来一张免费摄影赠券，拉他加入国民党。姨爹一笑置之，作了一首《菩萨蛮》，其中一句"柔肠自有丁香结"，表示不愿与国民党同流合污。

1949年百万雄师过大江前夕，武大当权者中一些坚持反共立场的人提出了要学校迁台的主张。当时他作为武大文学院长和代校长，在汉口主持开过几次密会。他对迁台的主张十分气愤，力挫了迁台的主张。

姨爹欢欣鼓舞地迎接了解放。新中国成立后的武大，认真贯彻党的统战政策和知识分子政策，不仅留他仍教古典文学，1956年还上报国务院评他为一级教授，同时又安排他担任湖北省文联副主席、武汉市政协常委、北京《文学评论》编委。一次从市政协座谈归来，兴致勃勃的他，作了一首《临江仙》："长恨此生无着处，而今识得真源。一条大道直如弦，云开天广阔，风定海平安……"歌赞社会主义安定团结，歌赞社会主义康庄大道，歌赞祖国的广阔前景！

如此的专业教授有如此的政治立场和政治热情，又受到如此的尊重和荣光，怎么会反党？反社会主义？

云开日出，沉冤昭雪。1979年5月15日武汉大学在校体育馆为蒙冤去世的姨爹举行庄严隆重的追悼仪式。姨妈也于同日举行了平反昭雪的追悼仪式。1985年4月25日，武汉大学为姨爹姨妈合葬立碑，建墓于武汉市九峰山陵园，此是武大建校百年首次为教授夫妇合墓立碑！

对于姨爹姨妈的平反昭雪，我们全家欢欣鼓舞。我的成长过程也直接间接受到姨爹姨妈的点拨和熏陶！

我的母亲四姊妹，头尾是女的，中间两个是男的。头个女孩就是我的姨妈黄惠君，尾个满女就是我的母亲黄砚文。作为大姐的惠君是很疼爱满妹（他们称"毛妹"）砚文的。惠君姨嫁给刘永济教授后，姨爹姨妈对我的母亲是十分关照的。1927年，姨爹携家眷远赴东北大学任教，我那处于少年时代的母亲就和他们多年生活在一起。后来，父亲和母亲成婚后，我在成长过程中，也常听他们提起姨爹和姨妈。"刘永济"、"黄惠君"两人的名字在我脑海里渐渐有了印象。

说起姨爹的天分，我曾听母亲说过这么一件事：是清朝末年了，姨爹十九岁（查为1906年）时考入长沙私立明德中学，与后来成为国学大师的陈寅恪、梅光迪为同班同学，三人结为好友，陈寅恪素以博闻强记、过目不忘而著称。有一次姨爹和他打赌，拿一页古书，只许看一遍，看谁能一字不差地默写出来。结果陈真的一字不差地默出来了，而姨爹错了两个字。这事轰动了全班。两人的博闻强记和过目不忘令人惊服。后来，我在图书馆看到姨爹的著作（如《屈赋通笺　附笺屈馀义》）里面对屈赋一字一句的阐释，在引用各朝各代的研究者对屈赋句子的解释时总是信手拈来，穿插其间（令人眼花缭乱），再给以评说和阐述自己的观点。这里，姨爹对史上研究屈赋的所有著作已烂熟于胸，如当今之电脑，无数评说可随时提取。这就与他的天才的记忆密切相关。何况他不仅只研究屈赋，还有古典文学、史学、文字音韵学乃至群经诸子、名物制度、版本校勘等。如其中古典文学一项之《文心雕龙》的研究就被公认为"龙学"基石之一。还有……

姨爹的博闻强记只是他做学问的基础。其实，他是非常用功的。他几乎将自己的精力、时间全部投入到学问的研究中去了。对于姨爹的勤奋治学精神，大姐茂舒在追念文章中有所记述：

"他每天黎明即起，几十年如一日，清晨第一件事就是临窗苦练书法。除了到学校工作外，总是伏案看书或写字。疲倦了就躺在躺椅上，高声朗读诗文，这是他独特的休息方法，以致房间里，常常是婴儿的哭声和着父亲的书声，热闹非凡。直到母亲前来笑责，他才记起啼哭的孩子，抱起来一面背诵，一面哄逗。"

对于姨爹的治学精神，我也有所体会。1962年6月初我到武大姨爹家住了十几天。他家在武大二区十九号，是教授区，住单元房二层。十九天中，他除了极少时间外出办要事外，基本不下楼。（他的书房兼写作间及卧室就在楼上。）连吃饭也是由人送到写作间。我偶然有机会上到二楼经过他的房间，总见他不是在伏案挥毫，就是在俯首研读。从未见他下楼与人闲聊。就是如此全身心地思考运笔，他才会有那么多研究成果和诗词作品问世。这几百万字的经典之作，是他用尽毕生心血铸成的，是他的生命之作啊！

回想我走过的人生之路，直接受益于姨爹姨妈的"关键点拨"有两次。

第一次是在我快四岁时。那时我父亲在成都两所学校（一为黄埔军校成都总校、一为航空学院）任教。我三岁多，父亲就送我上了小学一年级，且成绩在班上前三。大概是一九四五年夏日，在四川乐山武汉大学任教的姨爹利用放暑假到成都我家探望。我现在还记得他是一袭灰色长衫。我父亲陪姨爹一连几天游遍了成都的名胜古迹。我也由妈妈带着陪姨爹游览。姨爹见我长得胖壮，多次抱在他怀里问我这，问我那。对我的回答，他几乎都满意，还夸我聪明。父亲听了姨爹对我的夸赞，便很得意地告诉他我已读小学一年级了。哪知姨爹连连摇头："静静（小时候大人都这么叫我）读得太早了！这不好！这不好！尽管你儿子聪明，但也会伤害脑筋的！"接着他又把他掌握的过早读书后来智力退化的例子告诉我父亲，并说："不要违背小孩的天性。这么大的孩子，要玩，要尽情地玩！体力、智力自然会成长起来……"经姨爹这一劝说，父亲真的不让我上小学了，让我回到幼稚园，又痛痛快快玩了几年，直到七岁我才重新跨入小学校门。用现在的话说那时是姨爹替我"减负"了。以后我的智力、体力均衡发展，从小学到初中基本上在班级期期第一名。1958 年初中升高中（中专），我是地区第一名。这，与姨爹在当年的"关键点拨"是分不开的。

第二次是在 1962 年 6 月。这年五月，我因参加市里某次会议因住宿费报销问题与学校有关领导发生龃龉，由此领导不公正地将在教育岗位干得正盛的我下放农村。迫于生计，也为了探望久未见面的姨爹姨妈，我北上武汉，来到了姨爹家。如上文所说，在姨爹家小住的十几天中，我很少见到姨爹，除了他有要事外出，一般都在楼上看书写作。这样，我与姨妈相处的时间就多了。姨妈黄惠君是北京女子高等师范学院的高材生，毕业后任湖南省省立第一女子师范学校校长，同时兼生物学、博物学教师，是当时长沙颇有名气的人物。1924年通过时任湖南省务院院长兼教育司司长的历史学家李剑农介绍，姨妈与刘永济教授两人喜结连理。与姨爹成婚后，姨妈也热爱上古典文学。两人几十年相敬如宾，互爱始终。在那段日子里，姨妈与我谈得最多的就是一个人要有一门专长。她说，以我的情况，中师肄业本是专业人才，怎么轻易放弃教师岗位？我说我也是出于无奈，学校有一个下放指标，就落到了我的头上。姨妈说，党对专业人才是不会轻易放弃的，根据你的谈吐我就知道你多方面的知识基础很好，你还是争取回去教书吧，继续发挥专业特长吧。对姨妈的话我思索良久。

一天我和姨妈正在吃早餐，姨爹吃了早餐匆匆下楼外出了。中饭过后，我和姨妈在客厅休息。过了一会儿，远处有小汽车的鸣笛声。姨妈连忙从里屋取出一包"熊猫"牌香烟，等汽车在门口一停她就迎了出去。不一会儿，姨爹和姨妈都进了屋。姨爹进屋并没在客厅停留，又上了二楼回到他的书房去了。姨妈对我说："姨爹又要抓紧时间写他的书了，上午出去太久了。"我说："上午一定是有很重要的事出去了吧。"姨妈看着我，面带喜色悄悄地对我说："告诉你啊，毛主席到武汉来了。毛主席是很精通古典文学的，尤其爱好《楚辞》，今上午请你姨爹去谈《楚辞》了——刚才我是给接送你姨爹的司机送烟去了。"又说："这次毛主席接见了三个人，一个是湖北省委书记，一个是武大校长李达，再就是你姨爹。"姨妈的声音依然很低，这是名副其实的"低调"吧。我说："姨爹真不容易啊！"姨妈说："你姨爹几十年就这么专心治学，尊重他人，尊重学问。"姨妈的话使我联想到她这几天要我"发挥专业特长"的话。

又过了几天，我要离开姨爹家了。一个下午，姨妈对我说："你姨爹要和你说说话。你上楼去吧。但不要坐太久，姨爹忙。"我上了楼，走进姨爹的书房，见他正在用毛笔写什么。我叫了一声"姨爹"。他抬头望了望我，说："啊，静静来了，坐，坐。"他书桌旁只有一张躺椅，我便在躺椅边坐下。他问了我家中的一些情况，我简要作了回答。他说："听你姨妈说，你的基础知识学得很扎实。我觉得你还是去教书吧。教书有了生活保障，还可以学更多的东西。"我说："我记住了二老的话。"姨爹又讲了一些教育方面的事。我估算了一下这谈话大概将近十分钟了。这中间，我没有多说，我都在聆听。姨爹的学问太高深了，我又能谈什么呢？我起身告辞，姨爹把我送到楼梯口，微微笑着说："欢迎你有时间再来。"

回到湘潭以后，我仔细掂量着姨爹姨妈的话，觉得俩老讲的是对的，我当时回到老家农村，从农具到房屋是百无一有，而当时身体并不太好，而我是国家计划培养的师范生，我应当从事自己的职业。父亲十分支持我的想法（其实从我下放到农村不久，父亲就表达了这个意思）。于是，我向市教育局打了报告，表达了我作为师范专业人员愿意并应当回教育岗位继续工作。市教育局对我是有印象的。因为就在一年前，市教育局还特地为我的一篇数学教学论文把我召到局里，同我研讨好几天。局里对我在教学专业上的努力，早有所知。我的报告很快得到批准。我返回了教师岗位。我立即把回教师岗位的事写信告诉了姨爹姨妈，俩老都很高兴。

1962年8月底，市教育部门分配我到市郊楠竹山镇应新小学任教。我在做好教学工作之余，以高昂的热情投入业余文学学习。那时学校晚上是集体办公。办公时间内我认真地备课改学生作业，从不旁骛。晚办公到十点钟结束。老师们都回寝室休息了。而这时正是我开始读文学名著和练习写作的时刻。我先读著作两小时，再练笔两小时。这样进行到墙上自鸣钟敲响两下的时候（凌晨两点），我便回宿舍就寝。到早上七点，我又按规定起床，开始一天的教学活动。我就这样坚持着。

1962年国庆前几天，我将我看到的楠竹山镇（过去地属云湖）的变化，写成了一篇散文《今日云湖》，寄给了湘潭地委机关报《建设报》。没想到，就在当年国庆前夕的9月30日出版的报上刊登出来了。处女作的发表给了我极大的鼓舞！我的业余学习更勤了。这期间，我不断写信给姨爹姨妈，告诉我的工作学习情况。姨爹姨妈都是委托表姐或姐夫回信，给我鼓励鞭策。（同时俩老还委托表姐、姐夫长期从物质上接济我陷入困顿的家庭。）1963年春，姨爹委托大表姐写了一封信给我，说他看了我的来信，表扬我写得不错，说只要努力坚持，是会有成果的。那期间，大表姐夫皮公亮按姨爹建议寄了一百本古典文学教材《中华活页文选》给我。受到来信和书籍的鼓励，我认真从古典文学学起。我学的第一篇古文便是楚辞——宋玉的《风赋》。这就是姨爹研究的范畴啊。读着篇篇经典的古文，我觉得姨爹就在眼前，感到有说不出的亲切和温暖。

我就这样走上了业余文学创作道路。几十年来，我以姨爹为榜样看书学习，创作领域涉及小说、散文、报告文学、影视文学等，有数百万字的作品面世，获省及省以上奖数十次，加入了中国作家协会。如果说这些作品及影响还算是收获的话，那就是我通过几十年的努力，对当年姨爹姨妈对我深切关心、特别是那"四两拨千斤"的关键点拨的小小回报啊！

写于2010年

附：刘永济教授生平

刘永济（1887—1966），武汉大学代校长，一级教授。湖南省新宁县人，1887年12月25日出生于新宁县金石镇一个官宦之家。家中藏书甚多，少年时期读书不辍。19岁离乡入长沙明德学堂，后去上海复旦公学就读。1910年考入天津高等工业学校，次年考入北京清华留美预备学校，入学一年后，因对学校一些措施和做法提出批评而被开除。辛亥革命发生后，由北京到海南岛，动员和协助任琼崖道台的四哥刘滇生起义。此后到上海，向近代著名词人况周颐、朱祖谋学习词学，从此开始研究词学。从1917年起在长沙明德中学执教10年，将多年积蓄的准备出国求学的360元银洋交给校长胡元倓，支持办学。1928年到沈阳东北大学任中国文学系教授，参加抗日活动，支持学生组织东北大学抗日义勇军，并写了一首《满江红》作为军歌。离开东北以后，历任浙江大学、湖南大学、武汉大学教授。1942年至1949年间任武汉大学文学院院长、代校长。新中国解放前夕，坚决抵制了学校当权者中坚持反动立场的人要将学校迁往台湾的主张。新中国成立后，一直在武汉大学任教，受到党的关怀和重用。1956年，国务院批准他任一级教授，并任湖北省文联副主席、《文学评论》编委。"文化大革命"期间，被打成反动学术权威，1966年10月含冤逝世。他是一位成就卓著的学者。自1917年在长沙明德中学执教起，从事教育工作近50年，为国家培育了一批又一批英才。在几十年的学术生涯中，辛勤耕耘，研究范围广，跨度大，著作已刊行18种，待整理出版的有17种，涉及文学、史学、文字音韵学乃至群经诸子、名物制度、版本校勘等。特别是古典文学领域取得了许多重要成果：文学史方面著有《十四朝文学概要》和《唐乐府史纲要》，后者被认为是中国研究唐代乐府的唯一专著，复旦大学教授、中国文学批评史专家郭绍虞尊他为中国文学批评史的开山祖师之一；文学理论著有《文心雕龙校释》、《文学论》等，前者被公认为"龙学"的四大基石之一；古典文学研究方面著有《屈赋通笺》，对《屈赋》从解题、正字、审音、通训、评文多方面作了深入研究，在屈赋研究方面"独树一帜"；还著有《唐人绝句精华》、《词论》、《唐五代宋词简析》、《宋词声律探源》、《元人散曲选》、《国风乐府选》、《元明清三朝曲的发展概况略述》等。他的著作多为英、俄等国汉学家所引用，在国际上有着广泛的影响。已经整理即将出版的《戏曲志》，可以说是与王国维《宋元戏曲史》同为有关中国古代戏曲发展史的奠基之作。他还是一位诗人。毕生从事诗词创作,选编出版了《诵帚词集》、《云巢诗集》、《古戏存词》、《刘永济诗词》等。其诗词创作独具功力,他的词,师承清末词学巨子朱祖谋、况周颐,兼具婉约、豪放之长,为现代有数的词家之一。著名学者朱光潜教授曾题词称道:"谐婉似清真,刚快似东坡,冷峭似白石,洗净铅华,深秀在骨。是犹永嘉之未闻正始之音也。"

(选自湖南人民出版社《二十世纪湖南人物》)

在八叔公的塑像前

辛卯年（2011）中秋上午，妻侄俭伟开车来到南昌大学，陪我和家人瞻仰八叔公（谷霁光）塑像。塑像高两米的样子，半身。花岗岩基座正面镌刻着"智慧加勤奋乘以时间等于成功"两行字。这正是八叔公毕生治学的体会之结晶。

紫铜色中又揉灰色的八叔公面带微笑，深邃而饱含睿智的双眼带着沉思望着前方，微秃的头在秋阳下闪耀着智慧之光。

我们依次在八叔公身边合影。

我怀着虔敬的心情向八叔公的塑像鞠躬，口里念念有词：八叔公，我和家人并代表我父亲看您来了！

口念八叔公，内心哀且伤！

八叔公！我虽然没有见过您，但您的亲侄儿、我的父亲光亚先生从我孩提时起，曾无数次说起您，赞赏您，佩服您！

父亲对您的感情之深，从他闻知您过世消息后痛哭十多分钟便可知晓一二：

那是1994年5月间，八十八岁的父亲因患重病住进了湘潭市中心医院。我和二妹服侍左右。一天，我偶然从一张《人民日报》上见到您逝世的报道。那报道有好几百字，足见党和政府对您的高度重视。见了讣文，当时我很犹豫：要不要告诉正在病中的父亲？他受得起这噩耗的冲击吗？我又想：在含冤二十年仍坚强挺过来的他应该没大事吧？我怀揣报纸进了病室，把这不幸的消息告诉了二妹。我们的议论不知为啥被父亲一时变成"顺风耳"的耳朵听见了。在他的紧问下，我不得不把那张报纸交给了父亲。坐在床上的他，戴着老花镜读着讣文。读着读着他取下眼镜，竟号啕大哭起来，嘴里说：八叔呀，八叔！我和你从小一起长大，一起玩耍，一起到老瓦屋去读书，一起吃一个饭篮里的饭菜，就像亲兄弟一样！你还比我小一岁，可是你好懂事。我俩一起读老书读了整整七年！我们一起听课，一起习字，互相背书。我俩都努力，成绩一样好，私塾先生总是夸我们！以后又一起到湘潭县城读洋学堂，课余时间形影不离……直到后来上大学才分开，我去上海读教会大学，你去北京读清华大学，分隔两地，但书信往来不断。每放寒暑假，我俩又相聚白竹坪塔塘，那种愉快、那感情之深，有哪个叔侄可比……后来，你从清华大学毕业教书，我也从沪江大学毕业教书，你还搞科学研究。而我就只是教书教书还是教书！你处事小心，说话谨慎。我性格急躁，说话无遮。我遭受打击二十年。后来"文革"中你也遭了罪。多少年你比我过得好些，我一直唯愿你比我过得好些，因为八叔你好就是我的好啊！咯（这）几十年，我一直想着你，想来看你，可是我的身份不行啊，但1962年冬，我终于忍不住从老家步行九十里到湘潭搭上去南昌的火车来看你。在南昌你家中，相聚几天，讲不尽的话，道不完的情，我现在想起，就像昨天的事！在我受冤的几十年中，我们几乎没有通过信，而八十年代政治清明了，受冤的日子过去了，我在八十年代中期写过一封信给你，讲我家近况，还有介绍我儿静静的妻家诸事，接信后你都十分看重，身体力行……我们之间信不多，见面少，但我俩的心总是在一起，八叔，你说是不是啊！可是，可是，比我还细一岁的你——八叔！怎么走到我的前头去了?!老天爷你是在乱搞啊，你不配当老天爷啊，世上事你搞乱了套啊……

父亲边哭边念叨，最后久久泣不成声，而导致病情加重，昏睡几日……

今天，八叔公，在您的塑像前，我的耳旁又响起了父亲对您的追念之声，泣叙之声。从我从小到大的感受讲，父亲一直是把您作为做人和治学楷模来尊敬的。多少年了，我一直仰视着您老的一切，就像此刻仰望您高高的塑像！

我知道，八叔公！您人生经历之"丰"、学术研究之"挚"、待人处事之"实"，是一般学人很少经历，也难以做到的啊。

先说您老的人生经历之"丰"：您1933年毕业于清华大学历史系，留校任教，不久就到南开大学、厦门大学、南昌中正大学历史系任教。在中华人民共和国成立之先的1949年7月，您追随革命，进入江西八一革命大学政治研究班学习，第二年的二月又进入华北人民革命大学政治研究院学习，马克思主义的新营养如汩汩乳汁融入了您丰厚的历史知识的储存之中。从此，您以全新的面貌出现在大学讲台上。1951年，您先后任南昌大学、江西师范学院历史系教授、系主任、教务长。1956年后,历任民盟江西省委副主委、主委、名誉主委,民盟第一、二届中央委员、参议委员。您还担任过江西省教育厅副厅长、江西大学副校长、校长、名誉校长,和江西省社科联副主席、名誉主席等职。您还是全国政协委员、江西省政协第二至第五届副主席。你的最后的行政职务是江西省人大常委会第五届副主任。人们说您任的多届"省政协副主席"和"省人大常委会副主任"都是干实事的,您身上的省级之职并非虚衔,您是在这任上实打实地干哪,它耗费了您多少宝贵的时间!挑上沉重的行政工作担子的同时,您还担任江西省历史学会会长,全国秦汉史学会、魏晋南北朝史学会、唐史学会、宋史学会顾问,中国经济思想史学会名誉理事,中国大百科全书军事卷军制分支学科顾问,等等。这些担子都重,而且又是关键的担子。这一切的一切,大大丰富了您的人生内涵!

再说您学术研究之"挚":八叔公,您对历史范畴的学术研究,起步很早!从1930年您由清华大学物理系转入历史系后,您在国学大师陈寅恪先生学术研究经验的影响下,将中国兵制史特别是南北朝隋唐时期兵制史的研究作为自己的研究方向。1935年,是您清华历史系毕业后的第三年,您的《补魏书兵志》和《唐折冲府考校补》两文由国家审定赫然收入了《二十五史补编》。这是当时史学界石破天惊的大事!史学界公认,这是您步入史坛的标志!

那些年,您初入史坛便锐意前行!1934年春,当时在史学界年轻而又风头正盛的汤象龙、吴晗和您等十人发起成立"中国史学研究会",高水平的交流,高水平的研究,为日后您的学术研究大进军奠定了厚重的基础。尔后,您的研究成果,除《西魏北周和隋唐的府兵》、《再论西魏北周和隋唐的府兵》、《辽金虬军史料试释》、《秦汉隋唐间的田制》、《明清时代之山西与山西票号》、《战国秦汉间的家业生产》等兵制、经济史论文外,其他专题非常之多,上起秦汉,下迄明清,各个断代,均无不涉及。政治史有如《宋代继续问题商榷》、《南北的和战关系》,民族史有如《东胡氏姓研究》,社会史有如《六朝门阀》,地理沿革有如《安史之乱前的河北道》、《唐六典中地理纪述志疑》,版本目录学有如《廿二卷本云麓漫钞志疑》、《大清宣统政纪(草本)校记》,金石学有如《孝文吊比干墓文碑跋》等等。您与这些研究会成员各自在专长学术领域内树立了一座座的学术丰碑,永远值得后人仰望!

我们更知道,八叔公!您在任何情况下,都念念不忘自己的学术研究。

"文革"伊始,您就成了江西第一批倒下的"名人",被"册封"为"三家村江西分店"的"大老板",精神上和肉体上遭受的折磨可想而知。给您最大打击的恐怕还是数十年筚路蓝缕、艰辛收集的资料、卡片、文稿、书籍等被悉数扫尽、荡然无存!然而,就在冬去春来、天气回暖的十一届三中全会后,您以古稀之年再次奋起,再次忘情于浩繁的史学卷帙之中,拼命汲取史学营养,写出了《王安石法学观点探赜》、《试论王安石的历史观与其经济改革》等史料严实、考据缜密、新义胜见的洋洋大块文章,当时的《新华文摘》、《光明日报》、《人大报刊复印资料》等竞相转载介绍,一时轰动史学界!八叔公,如果没有孜孜以求的"韧"劲,您能在刚复出后就能数招致胜?!

特别令人钦敬的是,八叔公!您多年一直担任大量的行政工作,有学校的,有政府的。但您常以"八小时以外奋斗终生"自勉,抓紧一切业余时间搞科研。您说:"对公家的工作要尽心尽力做好,一点也马虎不得,但八小时以外的时间,即由我支配,回到家里,闭户不出,伏案著述。"举例说,您的史学名著《府兵制度考释》就是在您任江西省教育厅副厅长时,用一年多工余时间"拼"出来的!您对科研的"挚",令人景仰!

再说您为人处世之"实"。八叔公,您做事、为人处处求"实",而反对"虚"。您是德高望重的老教授,对于您弟子的指导,从不马虎随意,而是倾注无限心血。您常说:"上课是非常严肃的工作,不可些微有误,害人子弟。"您上课极为认真,深受学生欢迎。您的学生说:"谷教授常为我们批注修改文章,有时一篇万把字的文章,他老人家可以写出一二千字的修改补充意见……"您甘当扎实的人梯,把一批批年轻学人送上了史学研究的前沿。而您的生活也很"实在",平时一身简朴的对襟装,脚蹬一双老布鞋,坐在一张破旧的藤椅上,而您抽的烟在上世纪六七十年代则为中档的三毛四分钱一包的"壮丽牌",而这种烟到八十年代初已是低档烟了,而您一直抽到底。您带的研究生有人说您像个"朴实的农民"。这是何等的褒扬!做事为文"求实",平日生活"实在",天生的拒浮躁,讲实绩,您是我辈学之不尽、高山仰止的可触可感的楷模!

八叔公,我们在您的塑像前流连忘返。尔后我们又在南大宽广笔直的"霁光路"上徜徉。面对八叔公的塑像,面对以八叔公名字命名的大街,面对如今为江西第一大学的南昌大学,我思绪翻腾,想起很多很多——

我记得,伟人曾说过,人类总得不断地总结经验,有所发现,有所发明,有所创造，有所前进。这经验的积累和提升便是知识。培根也说过"知识就是力量"。可是在那非常岁月，"知识越多越反动"甚嚣尘上，许多知识分子，特别是高级知识分子被摧残。我的亲属中除您八叔公外，还有两位教授，即我的姨爹、武汉大学一级教授、古典文学泰斗刘永济和我的父亲——新中国成立前成都航空学院的英语教授。他们三位中无一不遭受打击和迫害，首先因言获"罪"的是我父亲，他被剥夺了上讲台的权利，被赶回老家农村，他那精湛的英语硬是闲置了整整二十年！其后便是在八年后兴起的"文革"运动中，姨爹刘永济教授被迫害致死！再就是您哪，八叔公！没完没了的政治运动，知识分子几乎首当其冲，越是精英越不能幸免。那时候，中国的知识链条断了。直至改革开放，知识才恢复了应有的地位，知识分子才受到了应有的尊重。极其宝贵的知识链条才重新接上、运转，八叔公，才有了您新的令人惊叹的学术成果的出现！我想，八叔公公，当时您一定感到十二万分的欣慰和喜悦。今天，面对着您的塑像，我迫不及待地要向您报告的是，在今天，中国的大学教育有了更蓬勃的发展，知识的力量在创造着中国新的"神话"——神舟系列上天了，杂交水稻新品种又创世界单产第一了，高速铁路显威世界了……无数的科研成果如灿烂群星闪耀在祖国的大地、天空、海洋！祖国的这一切令世人瞩目的成就，您在天之灵若有感知，肯定会感到由衷的欢欣和兴奋！一个富强、文明、繁荣的中国必将崛起在世界的东方！

写于2011年

新亚姑姑

她是一个十分平凡的中国女子，看外表，冠以"弱女子"的称谓，似很贴切。然而，她的经历，她的历史，却告诉人们：她是一位十分坚强、有些犟劲的女性，在生活的浪涛冲击面前，她忍辱负重，用自己独特的生存方式，活了下来。她，就是我已届八十九岁、一生独身的姑姑——谷新亚。

新亚姑现居湘乡市菲子桥教工宿舍，在党的政策的阳光抚照下，正享度幸福晚年。

我第一次见到姑姑是六岁的时候，已临近解放。那次她是和祖母一路来我家的。那时她已三十多岁，个子不高，面容清秀，说话温柔，是我想象中的"标准姑姑"。她见我爱画画，于是每天用大部分时间辅导我，她示范地画出的马，几乎要从画纸上腾跃而出！夜晚，在灯下，她又教母亲绣花，绣出的牡丹几乎活了，这是她给我的第一印象。

第二次见到姑姑的时候，已是革命红旗飘天下的1950年夏季。那次，我同父、母、两个妹妹去长沙北站欢送她。其时，她以三十岁的"高龄"（报名时减去了好几岁），从任教的湘乡小学参加了中国人民解放军，正准备开赴东北。只见她穿着黄色的军装，胸章上"中国人民解放军"几个字分外醒目，她英气勃勃地微笑着，雄赳赳地登上铁罐子车，频频朝我们全家挥手，我听见她响亮地说："现在，我的一生就交给革命了！再见！"

以后，我们不断接到她从东北军区163师政治处寄来的照片和充满革命激情的信件。她告诉我们，她当上了部队的文化教员，排级，专门给部队干部上课，她的工作受到首长重视，不断受到嘉奖。老家祖母处不时收到嘉奖喜报。在抗美援朝战事正紧时，她在一封来信中写道："我部奉调鸭绿江边六道沟，与朝鲜只一江之隔，天天有敌机轰炸，我们天天跑警报、进战壕，有时一待就是一天，我们的高射炮狠狠地揍它们，我们随时准备过江，为反对美国侵略牺牲自己的一切！"

我们全家和老家的人为姑姑骄傲，以她是我们湘潭第一批兵又是我老家石潭第一位女兵而骄傲，更为她在部队的不凡表现而骄傲！

然而，在部队她只待了两年多，1952年，她就"复员"了。起初听说她又重操旧业，在湘乡东郊乡中心小学教书。由于她的教学和组织能力，不久便被提拔为教导主任。可是不久，又听说她回到了老家的乡下，成为了没有职业的人。这变化之大令人吃惊。

1955年春节，姑姑从老家来到郴州地区永兴县一中。那时我的父亲在永兴一中任教。对姑姑的到来，我们举家欢迎。姑姑仍是那样的端庄可亲，可是我发现她脸上皱纹增加了，笑容少了。初来的当晚，她和爸爸一直谈到深夜……

后来，我隐隐约约知道，姑姑复员以后，接受正常的安排，在湘乡的小学教书。忽然有一天，乡下来了"一张条子"，叫她回老家一转。就是这次"回老家一转"导致她再也不能上讲台教课了。

随着年岁的增长，我回去的次数也多了，对于姑姑在乡下的生活轨迹亦有了较为清晰的了解。姑姑一回乡下，某位乡干部对她说，你是有问题的，湘乡的学校也不会要你了，从现在起你就在乡里好好劳动，接受考验。一句话把姑姑"打"得如坠五里雾中。好在她很快镇定下来，说：我是冤枉的，如果说要接受党的考验，好吧，就考验吧，我是经受得起的！

于是，姑姑进入了漫长的"考验期"，一去长达三十年！头两年，姑姑这位长期从事脑力劳动的人，认真扎实地在乡下搞了两年生产劳动，接受了"考验"。她不到一米五的个子，大水桶挑不起，就挑小水桶，重农活干不了，就干些插秧、种菜的活儿。老家的人，从来就没把她当"坏人"看待，都亲切地叫她"蓝姐"，小孩子都昵称她"蓝嫚"。

五十年代中期，教师奇缺，好些学校都想到了在乡下劳动的谷新亚。于是，她先后应老同事、老同学之邀，在长沙、石潭和本乡当代课老师。

虽是当"代课老师"，少则十天半月，多则半年一年，她都从来没有"临时"思想。1956年下学期，她被湘潭县石潭完小接去代课，代的是罗传承老师的班主任工作，兼教语文。上任之前，她就将班上学生情况摸得一清二楚，谁优秀，谁调皮，按座次表，在心中默记下来，一进课堂，她就叫得出所有学生的名字，特别是那些要"特别关注"的几个调皮角色，一听新来的老师既叫得出自己的名字，又讲得出自己的情况，都很惊诧，一下子都不敢欺"生"而变得听话守纪了。石潭完小的许多老师说："我们学校请过二十多个代课老师，只有谷老师一上课纪律那么好，不要我们去维持纪律！"老师们还说："谷老师语文、算术、历史、美术、唱歌都教得，这样全面的老师，少见，少见！"姑姑"代课"的业绩不胫而走。1957年民办隐山中学创办，她任教一年，后隐山中学与黄荆坪完小合并，她便到了黄荆坪完小，随后又在苏家坪村小、本大队初小当民办教师数年。

这段时间可说是姑姑虽无教籍，却是在乡下当代课教师或民办教师的较为"稳定"的时期。她亲切的教态、尽责的精神，都深受师生感佩。湘潭县花鼓戏剧团很有名的女演员周金城就是她在隐山中学任教时的学生，至今周金城还说："谷新亚老师是我印象最深、对我帮助最大的老师！"

然而，这种"稳定"期很快过去，十年浩劫的恶浪又将她卷入谷底，抄家（连复员证也被抄走）、戴黑牌、挨斗，各种滋味尝尽。她又回到了生产队。这时她已五十六岁！尽管从1935年起就任教职，培养出成百上千的学生，其中许多人当上大队、公社（乡）、县、省干部，可谁又敢给这位孤身一人、体弱多病，下乡接受"反复考验"的女教师施以援手呢！

姑姑一生没有结婚，对于她的"独身"，乡下有各种猜测。有的说，她年轻时，眼界很高，无人敢攀，也有人说，她是个性所致，与异性谈不拢，等等。其实这些猜测都不中的。2002年6月，她已八十八周岁高龄，作为被她曾多次予以关怀的我向她提出了这个问题。此时的她，已经满头银发，脸皱如菊，她望着自己年轻时的较为可人的照片，笑着说："从八岁起，到长大成人，我看过好多人，养了崽女八九个，只好带着在外讨米，一生就只为养崽女耗掉了；还有的男子讨四五个姨太太，一家从不安宁；有的女人，一结婚，就依赖丈夫，自己也不得自由。在旧社会，我就抱定走自力谋生的路，我就拼命学、拼命工作，三十岁了还去参军，就是为了干一番事业，为国出力……我的路，也算一条路吧。"

我又问："当年您年轻时，也有人找您求婚、谈爱不？"

姑姑说："有，在新中国成立前有，参军后，部队领导也给我作过介绍，甚至在我最困难的时候也有，我都拒绝了！"

她所说的"最困难的时候",就是十年浩劫期间,她的"硬"劲更闪现出异样的光彩。那时,她从民办中学老师下到大队当初小民办教师,又从初小民办教师发配回生产队劳动。孤单的她,年近六旬,靠在生产队从事体力活,根本不可能养活自己!

乡邻乡亲都为她的生存捏一把汗,乡亲中有人猜测:"你就等着听她的死讯吧!"

为"挽救"她,好心的生产队委们连夜开会,决定动员他吃"五保",同她一说,她竟满脸严肃、连连摇头:"我吃'五保'?我是吃'五保'的人?要让大家来养我?我还不够格!我还有侄儿、侄女(其实她从不向侄儿、侄女伸手),难道不算有后人?况且我还有一双手!"她这话的潜台词是:我本是有知识、有能力养活自己的人,不测的世事将我沦落如此,已是极大的"错位",这个"错位"我永远不能接受!

她坚决拒绝了"五保"。

说有侄儿、侄女是托辞,要把"自力谋生"的旗举到底是真意。

她开始了艰难的"自力谋生":

凭着她一米四五的个子,她向生产队要了一块只有几个方桌大的、别人都不要的斜坡土,经二十天晨作夕归的劳作,一锄一锄地改成了梯土,把鸡粪、鸭粪铺上,种下了烟叶、药材;她喂了五只鸭、四只鸡,搞起了孵鸡崽、鸭崽的活儿,……这些活计,都由她一人艰难地完成,她把教书时的认真劲儿用上了,种出的烟叶、药材出奇的好,孵出的鸡崽、鸭崽成活率高、活力强,社员们争着买。

一次我去看她。她正跪在地上用自制的木刮子往鸡埘里掏鸡粪,我忙跪下身子想替她掏,她硬是不肯:"不用帮,那你会弄脏衣服的。"硬是憋红着脸,坚持一刮一刮地把鸡粪从窝里刮出来,放进垫了柴火灰的筅箕,斜着身子,一步一歇地把鸡粪灰送上那块斜坡地……

种烟叶、药材和孵小鸡、小鸭的"成果"也不够维持她的生活,于是她又利用雨天、夜晚的时光替人家做衣服、打毛衣、织帽子,还帮人绣花……"产品"不多,但做工好,工钱虽很贱,但也弥补了一些生活费用。十年浩劫,她就是这么熬过来了。

姑姑就这么"硬"挺着。这中间,除了"自力谋生"的信念的支撑,还有

一个至死不移的信念,她说:"我一生教书,虽然在新中国成立前为谋生也做过小职员,但我没干过危害群众的事,那时我也读进步书籍,刚解放,我已三十多了,还是'共青团友'(共青团的外围组织)的成员,我相信党是会弄清我的事情的。我相信会有水落石出的这一天!"

……

这一天终于来到了!在省、市有关领导的重视下,在惠兰姑奶奶等亲友的奔走支持下,1983年12月12日"中共湘乡县委检查落实知识分子政策办公室"发出了湘知〔1983.185〕号文件称:"根据党的有关政策精神,经审查,同意恢复谷新亚同志的工作籍,作退休安排",实事求是的伟大的党终于认可了已经六十九岁的姑姑的教籍,使她重新获得了应该得到的生存的待遇!

至于说到导致她回湘潭老家接受"考验"的那张条子的内容,据说是:"怀疑她有历史问题",一回到乡下,就变成了"有历史问题",是历史的误会,还是别的什么,现在也无法追究,也没必要追究了。只可惜,接受"考验"的三十年韶光是永远追不回来了。姑姑本应是可以在教学岗位上大有作为的。

1990年10月,湖南省人民政府给姑姑颁发了"从事教育工作三十年荣誉证书",进一步肯定了她孜孜不倦、含辛茹苦的教育生涯!

她感激党的关怀,感激湘乡市党政领导在生活上给予周到、细致的照顾、关怀,谈起这些,她不禁热泪盈眶,性格"硬"了一世的她,竟在此刻"软"了下来……

写于2005年冬

附记:姑姑于2007年3月去世,享寿九十三足岁。古人云:仁者寿。姑姑是"仁者"。她对国家,对工作,对乡邻,甚至对"错条"导致的"考验",都体现了她的"仁"。仁者应寿。相对于个别心怀叵测、以损人为快事的人,他(或他们)的结局并不好,或寿短,或病磨,这似乎是上帝无私的安排。

苍天有眼!

我的舅舅们

我出生时,外公已经过世。在人生旅途上,我与两个舅舅倒有走动——主要是我去拜望他们。我娘四姊妹,头尾是女,中间两男。两位舅舅中,我接触得较多的是二舅黄治忠,大舅黄治仁次之。

我外公家祖籍江西,清末移居湖南,即定居长沙至今,可谓长沙的老市民。我年少时便知外公黄梓柏诗书满腹,绘画尤甚,在民国初年就任教湖南一师,是毛泽东、周世钊等的老师,所以,外公家给我的印象是"文气很足"。

先说起我与二舅的"走动"。最令我难忘的是1969年春节期间在他家的小住。

那时,正值"文革"高潮时段,两派斗争不息,令人生厌,我亦避走他处。于是,我于1968年冬先到武汉表姐家小住半月,元旦过后便"移师"长沙二舅家。

二舅家在长沙城北油铺街。油铺街是一条古老的麻石街道。在清末民初街道之宽度符合当时规范,时谓"气派一街",到如今只能称为猥琐小街了。二舅家在一老住宅的二楼,一间大约二十平方米的房间,木板楼。一家三代就挤在这个空间里。煮饭就在公共走廊,用水则要下楼至公共龙头提取。二舅家没有正经的饭桌,每每用餐则将坐凳相拼盖上报纸。说到此,读者诸君一定会判定"此乃长沙市一贫困户也!"没错,二舅家当时正属困难市民。他家六个孩子。二舅解放初原在长沙市某公司工作,正式员工,舅妈无业。上世纪五十年代的某年,二舅所在公司根据上级有关指示压缩编制,希望众员工听从号召申请退职,且发数月生活费用。又说,此是对每个员工对党忠诚与否的考验,今后有机会还可安排。二舅一贯听领导的话,为积极响应,回家即写申请。领导恰恰首先批准了他。离开工作岗位,薪资断源,所发生活费不久也告罄,生活立即陷入困境。再找原单位领导叙述自己家中孩子多现无人工作则无收入无法养家困难情况，希望仍回公司工作。领导说你退职是自愿的，有申请在此，很抱歉无法收回，困难事自想办法。处事太老实的二舅，别无他法，只好这里干几天那里干几天，以打临工赚点微薄报酬养家糊口。

困顿中，孩子渐渐长大。大儿子麟书参军后，以高小文化之薄底，用两年时间补习（实为重学）六年初高中语外数理化，一举高分考上军事测绘学院，以优异成绩毕业，授上尉军衔，月薪可观，给家中支助不少。然世事难料，就在麟书工作不久，可能因这几年过于勤奋用脑过盛，突发精神疾病，转家中休养。待遇虽未减，却已有妻小，开支不小。麟书大度，将工资全融入全家使用，故二舅家尚能勉强维持。后大女参加工作给家中小有补贴，但有大弟下乡插队，满弟正在工厂学徒期，生活水平仍然低下。我到二舅家，正逢此期。每日蔬菜下饭辣椒为主，每周可打牙祭（吃肉或鱼）一次。对我之小住，二舅、舅妈极表欢迎。我突来之因，没有明说，但聪颖的二舅从当时运动大势或猜出一二，也未点穿。

每日里我与二舅依藕煤小炉而坐。二舅极健谈，从他父（我外公）执教一师谈起，谈到对毛润之的印象。他对我说："我家与毛润之有几重关系。你看，毛润之是你外公黄梓柏的学生，而你大舅是毛润之同窗，而我又是毛润之的学生——毛润之一师毕业在附小当主事（校长），我们每天上朝会课，要听他讲话，受他教育。那时他是长头发齐肩，一身长衫，那样子我记得清清楚楚。"说到毛长发齐肩，二舅摊平手掌在颈畔做了个长发齐肩的手势。

那些日子，二舅说与我的话题，多为毛润之先生。毛在一师读书时的张干校长曾力主开除"不守规矩喜欢闹事"的毛润之。而1949年毛润之当上主席的消息传来长沙，张干吓得要死，认为毛不会放过自己，觉得已濒绝境。但事实相反，毛润之没有责怪老校长，还邀他上北京相叙，临别还赠张干狐皮大衣等高档衣物，使张干热泪盈眶。二舅特别强调，他很小就认识张校长，此事是张校长亲口对他说的。二舅叮嘱我："凡事莫记仇，记仇者没出息。"

那时的交谈中，二舅还特别讲了杨开智找毛润之谋事遭拒的事。他说，开智是润之的舅子，杨开慧的老兄。解放了，润之当中国最高领袖了，开智觉得出头的日子到了。于是，写了封信给润之，要求安排个厅长做做。哪晓得毛润之一口拒绝，还写了一封长信教育了舅子一顿。这我是听周世钊先生讲的。对这个毛润之拒绝安排舅子的事，当时全国没有任何报刊披露。当时我听二舅这么一说，心中十分激动，真是耳热心跳难以自持，觉得一个堂堂的中国亿万人之上的主席，给自己的亲舅子安排个"厅长"算个什么，而且其妹开慧为革命被砍头，贡献之大无人可及，可是到毛润之那里就是行不通，这种公事公办（当时未想到后来常用的"廉洁"一词）的做法真是前无古人。毛润之办事一切为公的精神从此在我脑海里烙下极为深刻的印痕。

二舅讲了毛润之和杨开智的故事后，接着他又告诉我，毛润之在坚决反对假公济私的同时，面对亲友存在的实际困难又给予特别关心和帮助。二舅说："张干那时也有困难，毛润之就送衣物给他。就是我——你二舅也是毛润之的帮助对象呢。"我听到此，急问："毛主席是怎么帮助你的？"二舅笑了笑，说："一九五八年，一次毛润之最要好的同窗周世钊到北京去，谈到湖南一师一些老师的家庭生活困难情况。毛润之听说，就要周世钊回湖南时了解一下，写个名单给他。周副省长就亲自到我家来看了，把我这个黄梓柏老师的次子的情况还有与我类似情况的上报毛润之。于是毛润之就放了一笔钱在周世钊手里，要他间常对如我类困难者进行接济。有时两百块，有时三百块不等。"我问："是周副省长来送？""多数是他亲自送来，有时我也去他家领，还要签名。毛润之这钱可解决了我好多困难啊！"二舅感叹道。我又问："这钱是公家发的补助费吧？"二舅说："不是不是，是毛润之自己的稿费啊！"这一下，我更震惊了。想不到毛主席是用自己的辛苦收入帮助亲友啊！这也是我第一次听说。二十三年后，我创作反映毛主席崇高廉洁精神的电视文学剧本《无价亲情》，溯其动机来源就是二舅向我讲的毛主席廉洁故事，在剧本结尾，我也将二舅列入被毛主席帮助的名单之中。

二舅是个乐天派。一有高兴的事，喜欢大笑。他特别喜好京剧。往往在我们叙谈一阵后，他就要来一段。他经常唱的是《捉放曹》、《打渔杀家》等段子。唱时声音高亢，脑袋和着节拍微微摇动，手也轻轻拍打。其气势，其节奏，其板韵，与京剧唱家可媲美。后来，我在学校教唱京剧样板戏也学二舅的样，突出把握气势、板韵。

在二舅家度过春节后，我即返潭。不久我任教于湘潭县土桥中学。我写信告诉他。他即回信，希望我紧密与贫下中农结合，同老师们齐心协力把"土中"办好。有同事看了，觉得有新意。因为那时我们谁也没有把"土桥中学"缩成"土中"，觉得"土中"即"土里"，不雅。而二舅在来信中先说与农民紧密结合,再言办好"土中",是希望与农民打成一片、与这块土地紧密结合的意思,用今天的话说是"接地气"。这也许有点牵强,但细观前言后语,又觉得二舅的话确有含义。

我在"土中"三年多,1974年4月,我调到湘潭县文化馆任文学专干。写信告诉他,他又给予热情鼓励。

二舅、舅妈对我一片情,我却无以回报,以至久久汗颜。但,机会终于来了。

大概是1980年左右,二舅和舅妈突然到湘潭县文化馆来找我了。为的是落实当年"不当退职"事。二舅有位老同事在湘潭煤矿技校当老师,需要他证明当时"被退职"的情况。二舅在我家住下后,便细细把当年"被退职"事和这次办证明一事讲给我听,并希望我替他去找那老师,取回证明。我领命即去,花了一天半时间终于找到那位老师。那老师起初不以为然,待我详叙二舅事情前后苦情,他终于提笔写了证明。拿了证明回馆交给二舅,二舅高兴异常。第三天便回长办理政策落实事宜。但我那时因为忙,未能去信问及落实情况,至今二舅去世多年,我还不知"被退职"是否纠正。

二舅、舅妈,在我困顿之时,也是他家困难之时帮我解困;尤为可贵的是,在我困顿之时,二舅热情洋溢地将毛泽东与我外公家(含二舅)的关系及当时社会上极少数人知道的毛泽东的故事告诉了我,从思想上、道德上营养了我……二舅、舅妈的恩德,我是永世也还不清的呀!想起这些,我心发虚。后来事情一多,联系日疏,乃至于无。尽管如此,二舅舅妈的鼓励,已成为我前行的动力之一。我努力工作,努力创作。值得告慰二老的是:当年二舅给我讲的毛泽东秉公办事的故事,加上我后来的采访和汲取大量素材,几经寒暑,写出了电视文学剧本《无价亲情》,并拍成了电视剧《亲情》,影响很好。二舅在天之灵有知,定会高兴得大笑。同事说,《亲情》是我文艺创作的亮点。而我要说,若说是亮点,那就离不开二舅你们提供的热源和思想的光亮啊!

再说与大舅的"走动"。

早在上世纪五十年代,我也曾在大舅黄治仁家小住十多天。那是1957年春天,我的眼睛里突然发现飘浮着串串线状细胞样的东西,晚上不太显,白天明显。当时我急得不得了,不知得了何种眼病。父亲见我这样急,他也急了。于是与长沙大舅联系好,由我一人赴长治眼病。我从耒阳灶市坐火车去长。到长沙后又叫了黄包车把我直接送到蔡锷北路富雅坪16号大舅家。

大舅家是一所小别墅。高高的院墙，高大的黑漆大门。里面四间卧室带小厨房。一排玻璃门墙面向一小院子。院子里有一两棵高树，树下有花草。我住进大舅家，立刻感受到他家的富足。

对于大舅家的"富"，用现在的时兴语叫"劳动致富"——实际上是"工资致富"。那时大舅家拿工资的除他之外还有六七个儿女和女婿。仅从朝鲜战场回来的转业干部就有四个。据说一家人不费劲地凑齐了买这个小庭院的一千多元钱。他家的吃食，一上桌起码就是四菜一汤，连早餐也是如此丰盛。那时我未曾去二舅家，没有对比。及至十二年后到二舅家小住，则对比强烈。

大舅对我到长沙治疗眼睛，十分关心。我睡的床很宽敞。听说猪肝有利眼睛视力，大舅就叮嘱朱家外婆（大舅家大厨）每天为我弄一碗猪肝汤。为治我的眼睛，大舅亲自联系上他的朋友、当时从印度留学回来的长沙最著名的眼科大夫戴孟群。有几个晚上，白发苍苍、且身材有些佝偻的大舅陪着我步行，经几条大街和七里八拐的小巷寻到戴大夫家，请他为我"专门诊治"。据戴大夫诊察后说，我的眼病其实是玻璃体混浊，是一种常见病，并不影响视力。但在当时，我是被串串线状细胞样的东西吓着了。戴大夫还是开了几种药让我服用和滴眼。从那时五十多年过去了，那线状细胞样的东西增加了，但并未影响我的看书写作。现在每天我一睁眼就能看到这"纠缠"了我几十年的别样"朋友"，脑海总是会立刻闪现当年白发苍苍、佝偻着身子带我去找孟大夫的大舅的身影。这对大舅的铭记将伴我终生！

治病闲隙，大舅有什么活动总带着我和比我小一点的他的满崽复复。一次，大舅为了买一块英纳格表，带着我和复复从蔡锷北路到黄兴南路走了个透。真是一家一家表店进，一进去要看样品，并试带。来去足有十多里。到最后没买成。大舅说："下次再看。"可见大舅置一样东西，是反复比较斟酌，极为细致的。那天我虽然很累（相信复复也一样），但我真领略了五十年代夜长沙商业街的繁华——灯火璀璨，顾客如云，溢光流彩，丝毫不输我今日去过的夜香港！

后来，在1973年，我被省委宣传部借调赴长沙创作散文集《韶山红日》，我在省委第八招待所住了好几个月，曾间常探望过大舅。那时他该八十上下了。每日作画不息。画的全是花鸟虫鱼、竹木山川等国画。画技如常人，但兴致极高。这说明老人家颐养天年找到了如此妙法。

1974年夏，我和清华结婚前，曾专程去富雅坪拜访他。他拿出饼干糖果招待我俩。听说我们将要结婚，他老特地将刚画好的对开大的松、梅、竹、菊四幅送我俩。结婚后，我俩喜滋滋地将这四幅画贴在响水公社中学清华宿舍（也是我们在乡下的家）的土墙上，烘托了我们的喜事气氛。可是两年后的一个寒假，雪雨肆虐，屋顶狂漏，将四幅画洗成纸浆。等我俩过完春节回来，已无法挽回。这事令我遗憾、痛心至今！

大舅大概于七十年代末去世。那时我正在乡下办点。回到文化馆见信已迟——他老丧事已毕，只好发信致哀。此也是我一生憾事之一。但我在心中永远忆念着他！

写于2008年

老表情亲

是"瓜菜代粮"的年代。我从城市学校"转战"到一乡村小学任教。此地真乃：山路迢迢，信息渺渺。一日，绿衣天使给我送来一包裹单，上写"旧衣四件"，寄者为"武汉皮某"。及至我跋涉上十里从镇上邮局取回包裹，拆开一看，里面除了四件八成新的罩衣、罩裤外，在一旧衣口袋里还夹有一纸包，里面放有全国粮票100斤！

这真是及时雨！那年月，父亲因冤案所累已回到老家，家人生活全靠我每月30多元工资支撑，实不堪重负。这千里迢迢寄"急需品"的皮某"是谁呢？"几经思索，我终于忆起是我姨妈的大女婿，武汉一家大报的记者。我母姊妹颇多，我的表姊妹兄弟则达二十多个。而这皮姓表姐夫，在表亲中姓氏独特，于是大家便简称之为"皮兄"了。

这由皮兄寄来的包裹收到不久，我便收到了他的第一封来信。信文极简要，先问我收到衣物否，又问我还需要什么云云。当时我思忖，我家目前所遇之困难再大，说白了，那也不太关表姐夫的事。但"盛情难却"，我亦回信实实相告，曰：所缺精神营养甚矣！如此写去投邮，也不作任何指望。但此信寄走不出十天光景，我就收到了皮兄寄来的一个一尺见方、厚厚的牛皮纸邮包。费了一番功夫打开来，原来是一包当时正走红的中国古典文学教材——《中华活页文选》。从第1期到100期全寄来了。在与邮包同时寄达的信中，皮兄写道："寄来100本《中华活页文选》。这是你姨爹建议寄的。你把这些作品好好学一遍，对你的写作和教学一定会有帮助，祝你和你的同事们事业成功！……"

"是姨爹建议的"，如果你皮兄不"报告"姨爹，他会出此建议吗？这个皮兄，操了心，还蛮谦虚！提起姨爹，我不由激动了。我的姨爹——武大刘永济教授，在新中国成立前就是一位著作等身的著名教授。而今，他老人家也关心

我的文学学习,真使我欣喜如狂。欢喜之余,我提笔给姨爹写了一信,大谈了一番文学以及我平素学写散文的感受。只一个星期皮兄和大表姐就回了信,对我的信大加赞扬,并说姨爹也很欣赏。对于姨爹的褒扬,我汗颜了!别无他法,在教学之余我学得更加刻苦,每晚10时前处理好"教业",10时后至次日凌晨2时为自学时间,雷打不动。学校同事亦笑我为"夜不收的书痴、写痴"。

那几年中,每隔不久,皮兄就将他家节余下来的粮票及其他物品寄来,寄得更多的是书籍、杂志。一次我寄了两首各二十几行的新诗给他。皮兄接到信稿后,立即回一简信,称:诗作已收到,但我多年未作诗了,得找专家商评,方得准确。后来,他真的找了一位当年在中南诗坛颇有名气的省报诗歌编辑对我的拙诗进行了详细评点,他本人还写了两页半信纸"读后感"。

皮兄日复一日的支援让我们一家屡感歉疚。这歉疚久积而成不安,一种"回礼"、"还报"的情愫在全家人胸中积淀、升腾。我们在寻找"时机"。时机终于来到。父亲冤案平反,他以七十多岁高龄执教湘潭师院外语系,重操他珍爱的"旧业"。就在此时,我闻说皮兄的二儿子小胜要参加高考,但英语成绩不够理想,特别是口语需要下点功夫。我立即与父亲商定,很快向武汉发出邀请信,叫小侄速来湘潭,由父亲当面作全面辅导。皮兄接信,高兴万分,即着儿子小胜启程。父亲当时在师院每周上课十多节,精力已难支持,但他仍拼尽全力辅导小胜,早早晚晚,甚至午休都用上了。父亲那一口纯正的伦敦英语给小胜以深刻、生动的熏陶。三十多个日日夜夜过去了。小胜要回武汉参加高考了。经过父亲测试,小胜的英语水平有了"关键性的提高"。这期间,皮兄多次来信询问小胜学习情况,并一再表示感谢。我亦反驳他;当年你皮兄、大姐对我家的支助功莫大焉,且你不让言谢,而今日我父为小胜稍出小力,能言谢么?!

小胜入考,一举成功,我全家喜不自胜。四年过去,小胜在国外亲友支持下赴异国深造。去年父亲去世,小胜闻知,十分悲伤,说没有好好关心姨公公。早几天,小胜在电话中告诉我,他已从其父(皮兄)处得知我那上大学外语系的女儿需要新出的英文原版文学书籍,他已着手在办。在90年代,我这位表侄又在以精神养料,供应我的女儿了!

这就是我们老表之间的亲情,一个包括了三代人、延续了数十年,且正在继续着的"亲情"！这不是一般的亲情。因为，我之与皮兄，与小胜，小胜与我父、与我的女儿，除了用血缘铸成的关系外，更有深蕴着的"知识情结"、"文化情结"、"事业情结"等"情结"在起作用。写到这里，我更深切地感到，华夏大地上，人与人之间的"亲情"关系，血缘固然重要，但应扩大一点——凡我中华民族大家庭成员之间十分自然地不都有同胞之血缘关系么？除了这层关系，在我同胞之间，更应有"心与心的联姻，心与心的联盟，心与心的帮促"这一高层次的亲情意识，这才是最重要、最恒久的、最牢不可破的。这也是我们国家、我们正在从事的伟大事业无往不胜的重要因素之一。

写于 1995 年 7 月

犟 父

提起父亲之"犟",我儿女辈感受犹深。"五卅"运动浪起,作为上海教会大学(沪江大学)英语系学生的他,不顾亲友劝阻,"犟"着性子加入上海学联,挺身走上大街振臂为死难者募捐;解放战争烽烟骤起,他不顾"国统区"特务横行,"犟"着性子与我地下党联系。引来鹰、犬盯梢,跟踪;1949年10月以后,湘江水暖,他舍弃省城工作机会,"犟"着性子举家南迁至永兴小城,为发展偏远地区的教育以尽绵薄……

"犟",给他戴上过朵朵金花;"犟",亦将他推入不测"深渊"——1958年春,他跌落谷底。时年五十二岁。那时我才十五。一日,我含泪送他赴林场。他反倒安慰我:"伢子,我绝不是右派。揭露贪污、为学生健康问题呼吁这是大仁大德的好事——我把这一去作为'入党考验'!"他悲色全无,唯有"犟"味十足的天真!此后,二十年沉冤莫白!不仅入党全成梦呓,且"帽子"越戴越紧。

二十年中,他"犟"劲依旧。且不说他在"改造"中,一直坚持英语学习,旁人要批斗,也无隙可乘,何故?他学的可是英文版《马恩文选》、《毛泽东选集》,真可谓"犟"得有法。但许多时候他"犟"得令人啼笑皆非。1965年冬,我地开展四清运动,作为被"专政"对象的他,理应夹着尾巴做人,而他却"犟"着性子隔墙私听工作队组织的文件学习会,还胆大包天,一把雨伞、一双泥足去调查邻居——一位公社负责人偷销公家化肥的贪污事。

"阶级敌人竟然抓起了阶级斗争。"一时间,成为山乡奇闻。

"无法无天"的他又尽尝无穷批斗的滋味……

命大的他直至1978年12月以后,才苦尽甘来,他以73岁的高龄从湖南耒阳县退休后,见湘潭地区英语教员奇缺,便毅然应聘于湘潭师专(后更名为湘潭师范学院、湖南科技大学)任教。旁人力劝他"安心地退,舒心地休",

他却"犟"劲勃发:"我等待今生有尽心为国从教之日,已等了二十年,现在不干,年纪再大,想干也不行了!"于是,义无反顾地重登讲台。入校时,他的一口牙齿或磨损,或脱落,几乎只剩一副牙邦,又不宜装假牙。好在那时还留有两颗动摇门牙。为使发音准确,他分外小心维系动牙。有时牙痛发作,痛彻心脾,他不听医生"拔掉"之劝,而总是紫着脸竭力强忍,如爱惜无价之宝般珍惜两颗半截门牙。就靠这摇摇欲坠的门牙,一直坚持上语音课,时常是且痛且讲,痛痛讲讲,讲讲痛痛,在师专外语讲坛上硬是讲了五年!因自然规律使然,父亲在年近八旬时"全退"。近几年,他身体日衰。加之大病几场后,如今已成三足,然而其"犟"劲势头无减,每天坚持阅报、听广播,随时向家人、邻居宣传中央决策和改革信息。1987年他鼻孔大出血住院,病情危重。我那在"非常时期"远赴新疆的大妹、三妹和在岳阳的二妹均归来守护。医生见他抱着收音机进医院,特嘱咐:您鼻部大出血,宜静养,听收音机事可暂歇一段。他表面应承。当鼻血稍止,便又一切如故。那日一早我去病房,只见他全身罩在棉被中。叫他,无应声,但身子有蠕动。稍倾,他终于掀开棉被,露出一张被憋红的脸,手托收音机,含几分腼腆:"我不听它,受不了,又怕影响别人,就……"那神态就像是十岁顽童。面对他这奇特的动作,我不得不又一次为他的"犟"劲感叹。感叹之余,只得替他买来一只耳塞。这次住院,他更有"犟"的高峰。就在他病情已经稳定的5月3日,早饭后,他把儿女们召至床边,刹那间态度变得分外严肃,他用火辣辣的眸子望着我们,声音渐亮:"我的病没事了。你们爱我固然好,但更要爱工作,爱国家的兴旺——为此,我已奋斗了一辈子。你们也要照样。大妹子、三妹子你们后天就回新疆去。一定要走!至于想调回湖南,我看马上打消这个念头。难道新疆就不需要人去建设?难道新疆就不需要经济起飞?……"这话一句比一句响亮、激昂、气盛。全然不像出自八十病翁这口中!我们明白,这都是他那修炼了一世的"犟"劲的使然!

写于1987年冬

憾 歌

　　这是一首憾歌——遗憾之歌。我把它唱给我的贵哥，唱给安歇着他的躯壳和灵魂的山川，也唱给自己那曾被震颤过的灵魂……

　　在贵哥安卧的山坡上，橘树翠色醉人；梯田鲤鱼欢跃闪红；遍岭的黄花菜金光夺目……

　　这都是贵哥的杰作！

　　江山巨变着。而为这巨变献出了血汗的劳作者，却过早地弃之而走了！他的"走"，对于他确无遗憾，反之倒有几分甜蜜的满足；而他的"确无遗憾"和"甜蜜的满足"，却正是在生者追悔莫及的"最大憾事"！

　　俗语云："江山易改，本性难移。"这在他，却出现了"江山可改，本性亦可移"的奇观！

　　贵哥啊，生你、养你的湘潭县偏远的野猪山冲，用了48个春夏秋冬塑成了你那地道的中国农民形象！你有不算高大的身材、黄黑色的皮肤、宽且厚的嘴唇、尖尖的下巴，普通得令人不屑一顾，但这野猪冲却格外恩惠地赐予了你一双山鹰般犀利的眼和一颗深藏于内的既灵巧又具非凡活力的心！

　　我也生长在这里。但我比你走运。因某种机缘我极早就远离山乡，在大平原沃土上汲取营养，虽数经风雨，但最终长成一棵"文明树"——顶上了"无冕之王"的桂冠。你曾经因闻听此事替我兴奋。而你的兴奋更叫我兴奋。我深知，你"懂得兴奋"是多么不易！

　　记得是肚内塞草的岁月。你皮黄骨瘦、举步维艰。就因为拾吃一片"集体的"生菜叶，你被号称"强人队长"者罚饿一餐。你眼睁睁望着"强人"在公共食堂里把你活命的半钵米饭夺走，当面食下。而你只呆望着，且只会呆望着。好心人劝你去公社申辩，你却僵立着，脸上愁沟频添，进而让泪水填满，过后你把一腔猛火泻在青草上——你用兰花草、车前草的茎叶把胃袋撑得吓人的大。

　　一个春日，生产队开"神仙会"，商讨一年生产大计，而你凭多年的体会，战战兢兢、结结巴巴说出了兵分几路抓钱抓粮的以达饱肚足衣的打算。就因为上面来"蹲点"的干部一声吼："你一定姓'资'！"你刚出喉的话便全咽回肚里。从此，你成了半哑。

　　及至公共食堂烟散，队里状况有所改善，你肚内叶绿素所占有空间渐小，而与白米饭的缘分仍不太多。你来找我，为米，为被盖。你总是郑重地说这是"借"。而作为小弟的我，怎忍心认可这么一个使亲人陌生的字眼啊！那时并不富裕的我总是满足你的"借"，甚至主动让你来"借"。偶然一次，我翻到了你的一个小本本，你那蝌蚪样的字，把米数、钱数和日期记得那么扎实。我看出，你一点也不甘心这样的"借"，你在期待着有那么一天……

　　这一天终究来了。一连数年，你再也不来"借"。"借"字似乎已从你的语汇中消失。这时你一开口就是自家田产的粮如何多、自家山结的果如何好，更夸你的发明——梯田养鱼之高超。但你还是说过一次"借"字。

　　五年前的秋末，你来了，带来了丰厚的农副产品。你递给我一张小纸片，上有你几行蝌蚪小字：

　　　　请代买　收音机一台个子要小　管子要多
　　　　收录机一台　用电池的　儿子要英语磁带
　　　　彩电一台

　　你塞给我一沓"大团结"，我照办了。不久，你来取货。你带走了前两"机"，却指着后一件说："这彩电借给你们看吧。我们那里还没有电。"这就是你最后说的一个"借"字。你的18寸"金星"就这样"借"给了我，从此不再提起，但我终究发现我被你"愚弄"了。你这最后一个"借"字潜藏了好多好多未说出口的话啊！

　　1986年春节，我应邀到你家小住，你仍不善言语，临走前一天晚上，你把我拉坐在火塘边，久久地用深深的笑纹向我传送你兴奋、欢愉的信息。我亦十分乐意同你一道如此久久地、幸福地沉默着。沉默中，你津津有味地托着一只更新、更高级的袖珍收音机，谛听新闻和歌曲。就在我已疲倦、欲起身去歇

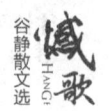

息时，你一把紧紧地抓住我的手，说了两句话：

"你……是……记……者？"（我连连笑着点头。）

"我看，我够上广播了。你，写写我，好啵？"（说着，你用手指指收音机。）

这第二句话，使我惊愕了。这、这怎能是贵哥你口中说出的话？你是由历史铸就的忍气吞声的山野之人，怎么今日会想到要上广播、想到用这现代传播手段让社会知晓自己？讲良心话，贵哥你的事，是完全够格上广播的。但作为一个同山石一样普通的山民，竟向从事新闻的亲人，直捅捅地提出写自己，一时间我觉得有些别扭，很有些手足无措之感。在片刻惊愕之后，我并未细细领会你那心海里掀起的巨澜，只当一般的问话回复了你——"贵哥，你再多做些成绩，自然会广播的。"

我不知你听了我的回答有何想法。我那因疲倦导致的朦胧状态，使我未曾看清当时你的面部表情，是兴奋？是失望？还是期待？至今已是无解之谜。

一去两年。贵哥！平庸忙碌的我，虽时不时记起你曾说过的话，但我却不断地以"过后再说"为安慰，把事往后推，往后推……而人们却说，你已经满意地走了，行前你还对我表示了"谢谢"——这就更增添了我内心的巨大痛楚。

世道进入1988年——是农历丁卯年的腊月二十一。你已病危。你那在北京部队服役的大儿子赶回来了，许许多多亲戚赶来了。弥留之际，亲人们问你还有什么话要说，其时，你已经不能言声，但从你的表情看来确实有话要说。人们试问许多，但得到的是你艰难的摇头。

骤然间，人们看见，你用了最后时刻所能聚集起来的力气，抬起了右手，颤巍巍伸出一指头，直直地指着床边木案上的收音机。人们即刻打开收音机，拨到有音乐的波段，让你欣赏悦耳的乐曲，而你仍以摇头回答。人们又搬来录音机，放送平日你最喜爱的花鼓戏段子，但又遭你艰难地挥手拒绝。你极力睁大两眼盯住收音机，久久地连眼皮也不眨。已经无可奈何的众人百思不得其解，最后是你的小儿子洪伢子猜出了你的意思：

"爹爹肯定是要听电台广播自己这几年致富翻身的事——这事他讲过好多次！"

这又成了难题。众人一片叹息。有人提建议，马上给我打电话，让我在电台立即撰写通讯稿子，写你从穷得吃草到今日变富的经过，以最快速度在电台广播，相信电台领导会予以支持。但那时我正在外地开一重要会议，电话难通，即使打通了，等我赶回，那你肯定也留不住了。人们再次如锅蚁焦急！

后来，此难题被你那从北京归来的大儿子解决了。他以不寻常的机敏，悄悄地、迅疾地以我的名义撰写了一篇通讯稿，躲进另一间屋子，对着那架收录机，按下录音键，用他那七分京腔、三分乡音的"普通话"播送了这篇稿件。

"爹爹！""贵哥！""伯伯！""……""湘潭电台广播你的事迹了！""湘潭电台广播你的事迹了！"人们用泪眼呼唤着你。

顷刻，你呆瞪着的眼睛闪亮了。对事物已真假莫辨的你终于听到了你久久期待的声音："各位听众，现在请听本台记者谷静采写的通讯：《野猪冲里致富人——记湘潭县较场乡村民李西贵致富事迹》……"

弥留之际的你，终于如愿以偿。刹那间，你瞳仁显出光彩，脸面上洋溢着甜蜜、舒畅的表情。几个月未曾言声的你竟在此刻说出了三个字："谢……谢……静……""弟"字终因你气力将绝而陷在喉头永远没能出来！

贵哥！你以连续两天的欢悦神情度过了你回光返照的最后时光。你满意地上路了。等我赶来，你的卧处已是一座坟茔。

人们溅泪向我叙述了你与人世告别的情景。他们说无论如何也想不到你在人间的最后要求是要上广播！想不到你在生命将尽时完完全全成了另一个人！那个有理也不敢言声的、胆怯的你到哪里去了？

贵哥，弥留之际的你是得到了几分慰藉。但人们给你的慰藉却是用超常的机智愚弄了你。而这对我来说，原本是可以、而且完全应该堂堂正正做到的啊！

至今日，无奈何，借纸笔，以我挚情的憾歌，为兄作祭，作祭……

写于 1988 年 10 月

"比钢还强"

艾爱国,一位"耍弄"焊枪已届 22 年的焊接工,人称"痴焊(汉)"!

那回,湘潭钢铁公司从原联邦德国引进了一台 6000 立方米的制氧机。安装它的核心部件有 900 多道焊口要焊,又全是铝合金,焊铝合金则是"焊界之险峰",众人为此议论不止。高鼻子德国专家舒尔茨耸肩晃脑说:"要焊好它,非到我国去学一年半载不可!"另有人建议:"出国不行,就到外省去受受训……"话音未落,一敦实中年汉子大声说:"出国去学既花外汇又花时间,外省那厂我待过,学不了什么!我看还是自己干靠得住!"说话人就是艾爱国。

这些年,艾爱国一门心思扎在焊接技术里,他磨破了《焊工工艺学》等数十本书,写了 10 万多字学习笔记。1983 年,他出色地完成了冶金部下达的高炉风口焊接任务,荣获国家科技进步二等奖。他常说,要降服钢铁,就得"比钢还钢"!这回,他又"钢"上了。

他在制氧机上做了试焊。舒尔茨不放心,带着仪器检查试焊质量。舒尔茨用 X 光机反复透视焊口又搞机械测试。末了,长出一气,连说三个"OK",同意爱国正式上机焊接。

制氧机空分塔内管道密密麻麻。焊温高达 700 摄氏度,上下左右刚焊好的管口一时难降温,衣服碰上去哧哧冒烟。爱国衣服烫焦,手套灼穿,掌上血泡累累!可他咬牙一干三月整!硬把那 900 道焊口全部征服!"逼"得舒尔茨吐出肺腑之言:"这老艾的手艺真同我们德国技师一样好!我宣布不再检验!"

该兴奋了吧?可爱国他不!他在想:和他们技师一样,这不等于说是"1∶1"吗?不行,得焊他个"1∶0"!

说也怪,这样的活儿也真找上了门。1991 年元月,湘乡啤酒厂给爱国所在的湘钢建安公司下请帖,邀请他去该厂焊接两口进口铜锅,并特意说明:铜锅从意大利米兰启运时,我方才发现此锅有渗漏现象,也发现了有洋人焊过的痕迹，可见洋人也未能焊好，运了回来，然而运回后请遍各地"焊家"，均对此锅束手无策！

爱国带了三位同事赶到湘啤厂。他绕着这直径3米的巨锅打圈圈，一遍遍思索，终于悟出这种高纯紫铜制品的焊接难点在于焊温难以控制。他让一人在锅内用电焊升温，而他则操主枪在锅外焊接，来个"内外夹攻"！此法奏效。焊锅底，全靠仰焊，数百度的焊渣，颗颗铜粒溅如雨下，不料三颗较大的灼红铜粒竟跳进了他的衣领，沿肉身下滑，停在了胸脯处。此时如果停下焊枪清除铜粒，铜锅温度骤降将会出现更大裂缝——一切将前功尽弃！于是，他"钢"劲大发，似当年邱少云，挺着身子，紧盯锅缝，手执焊枪劲不松，铜粒烫得他大汗淋漓，他全忍着，硬让其在胸肉上慢慢冷却下来。铜锅的裂缝被他焊得平整光滑，而他的胸脯上却血痂凸起，又增添三块疤痕。

艾爱国又赢了！这个"焊接铜锅的单方国际赛"，我们终于打了个"1：0"！

几年来，艾爱国胸前佩戴过许多金牌牌：全国劳模奖章、全国五一劳动奖章、湖南省特等劳模奖章……然而，很少有人知，这些金属奖章的后面，还有那么多大大小小的"肉质勋章"，且常常是"旧章"上面添"新章"！而知情者无不慨叹曰："爱国啊，你可算'钢'到家了！"

写于1991年7月

（此文发表于《人民日报》1991年8月24日"大地"副刊。）

与路遥的一次相遇

真的想不到,路遥今年64岁了。他去世时才42岁,正当盛年,是大干事业的年华。然而,他就这么英年离世而去,却给我们留下了厚重的、并不平凡的《平凡的世界》。岁月如涛。《平凡的世界》在岁月波涛的汰洗中创造了当代文学史的奇迹。据2009年4月5日《人民日报》披露:

由中国科学院生态环境研究中心国情研究室所做的"20年内对读者影响最大的书"这项调查中,"新时期"小说入选的唯一作品是《平凡的世界》;

在某知名网站做出的"改革开放三十年,你记忆犹新的书"的调查活动中,《平凡的世界》位居第一;

在中央人民广播电台《长篇连播》栏目中,《平凡的世界》是听众来信点播最多的作品;

……

而我的周围,几位书商告诉我,《平凡的世界》已不知进货过多少次了,总是卖得最好,还常常脱销;一位年轻朋友告诉我他准备第三遍读《平凡的世界》……

一部传统的现实主义题材小说,其艺术魅力竟如此历久弥新,为何没有随着其时代背景的消失而湮没?

我陷入了深深的思考。当年与路遥的一面之缘又浮现在我的脑际……

1984年的9月25日,根据路遥的中篇小说《人生》拍摄的电影《人生》在湘潭举行首映式,《人生》摄制组主要人员,西安电影制片厂厂长、著名导演吴天明,编剧路遥和主要演员吴玉芳等应邀出席,受到湘潭观众极为热烈的欢迎。第二天上午,《人生》摄制人员与市影评学会、有关文艺工作者近二十人在市工人文化宫小会议室举行座谈会。我有幸被邀参加。

在座谈中,我记得以湘潭一方人士发言最多,大家都畅谈了观看电影《人生》的感受,一致认为影片提出了农村知识青年在城市化浪潮汹涌而来的冲击下如何作出选择的问题,认为影片成功塑造的主人公高加林,正是那种艰难选择的典型的悲剧人物。大家对影片给予很高评价。摄制组一方,则是导演吴天明谈得多,路遥和吴玉芳等也谈了自己的创作体会。我记得路遥的话并不多,言简意赅地讲了自己对生活与创作关系的认识和体会。我在发言中,对路遥中篇小说《人生》和此次观看的影片《人生》进行了对比分析。我简短的发言,倒引起了路遥的注意。他就坐在我的左边,我讲完话,路遥悄声问我:"你在哪单位工作?"我说:"在市电台当文艺编辑。"他说:"看来我们是同行了。"又问:"贵姓?"我答:"姓谷,山谷的谷。""啊,谷编辑,听了你刚才的发言,我觉得你对小说创作还蛮熟悉。"他说。"在编辑工作之余,我也搞小说创作。"我答。他听了点了点头。座谈中,我们的悄声对话就到此为止。

就在他刚才转脸向我问话时,我注意到他胖胖的圆脸分外地显黑,天气并不冷,他却穿着厚厚的风衣,他的烟是一支接一支地抽,几乎没有间歇,说话烟气很重。座谈中,他似乎总是在沉思,他那有特色的黑框眼镜镜片后的亮眼,总朝长条桌面上某点凝视着。当时给我的感觉,路遥是个随时思考的人。

座谈会结束,路遥起身先走出会议室,好像有什么事要办。这时会议室中有好几位同志正找吴天明导演签名,我没带笔记本,手上只有一本正在读的电大《中国文学史纲要》教材,为了留个纪念,我也最后一个把教材递了上去,吴导便刷刷刷地在我那本教材的扉页上签下"吴天明 9.26"几个字。

吴导给我签了名,我便匆匆走出会议室,一出门,恰巧看见路遥独自一人在一棵树下,踽踽着步子在抽烟,不时仰着头吐着烟圈,见了我,他说:"就回去?"我说"是。要去看稿子了。"说着我走近他,开始在树下聊起来。他问我:"抽烟吗?"我点点头。他立即递了一支烟给我。我点着,一边抽一边说:"我看你抽烟蛮厉害的。"他笑了:"动手写东西,一天起码两包!""是不是太多了点?"我说。"不抽字出不来呀!"他这话把我俩都逗笑了。我问他:"在等车?"他说:"还有个会(后来知道他要去的会是我市正在召开的戏剧创作会)要去,车已经开出来了。"不知怎的,望着他那让人感觉是虚胖的泛黑脸庞,我不由得说出如下的话来:"路遥同志(我记得当时是这么称呼他),我衷心祝贺你的创作取得如此成就。可是,你可得注意自己的身体啊!"

他用带疑问的眼神望着我:"啊,你看出什么来了?"

"您的脸现黑色……"

他把头仰起来晃了晃,似乎要使脖颈轻松一下,说:"是吗?那是累的。"

我说:"我如果连续通宵加班,脸也会黑。"

他说:"是吗。"

我说:"搞创作,不容易,一要注意休息,二要注意营养。"

他笑了:"营养?我是馒头加咸菜!"说罢,大笑几声。又说:"我的早晨从中午开始。"我明白这是他长期开晚班而形成的"规律"。

我说:"我写东西也是习惯加夜班。"

他说:"是啊,一到晚上,那精气神格外好,看书、写作效果奇好!我就喜欢这样!"说着脸上露出一股陕西汉子的豪气。

我说:"写了《人生》,你下一步打算写什么?"

他略微想了一下,说:"要写的东西很多,我的经历就一下子写不完,我一直想要写个厚重的东西……"此时,我发现他镜片后的眼睛分外地发亮。

我问他:"你喜欢看些什么书?"

他深吸一口烟,微眯起眼睛,说:"看书嘛,最喜欢曹雪芹的《红楼梦》和鲁迅的作品,喜欢我们的前辈柳青、周立波的小说,外国的有托尔斯泰、肖洛霍夫,还有巴尔扎克、莫泊桑、雨果等等,……我已经看了几十部了,还计划看几十部、上百部……"他忽然转过脸对我说:"看来,你也是读书迷,开会还带着书。"

我笑笑说:"我带的是电大教材,我上午是听了一堂课再赶来参加座谈会,还真赶上了。"提起教材,我忽然想起什么来,忙说:"刚才吴导替我签了名——就在教材上,你……"

他马上会意到什么,笑着说:"好,我也跟你签一个!"

我把教材递给他,他翻开来,从风衣口袋里取出笔,沙沙沙地写起来。此时有人在叫他,是汽车来了。他正好签完名把书还给我。我朝书上一看,一下子愣住了!只见他在吴导签名的左下方用红色圆珠笔写下了"高加林"三个很有劲的字。我用疑惑的眼神望着他。他就要上车了,向我伸出手:"再见!"我们的手紧紧相握。对于我满脸带疑问的表情,他没有作答,而只对我报以一个耐人寻味的微笑。

这就是我与路遥一次交往的过程。这次交往虽短暂,但我对路遥忘我为文的拼搏精神，深为震动，觉得他是个不平凡的人。对有他和吴天明的签名的那本教材，我家无论怎样搬迁，怎样处理过时书籍，我都不曾丢弃而始终珍藏。

尔后，我与路遥再也无缘相见，只是不时见到他的创作捷报见诸各种媒体。我为他取得的文学成就而感到振奋。尤其是他用6年时间完成的长篇小说《平凡的世界》在八十年代末出版后，我即买了来。此书立即成为我家的常用读物（我的二女儿就看过四遍！）1991年《平凡的世界》获茅盾文学奖，我更为其欢欣鼓舞！因为我深知此小说是路遥的艰辛之作。对于他的生活习惯，他的身体状况，我总有些挂怀、担心！果不其然，1992年他终因积劳成疾而一病不起，告别人世。

每当人们十分惋惜地提到路遥英年早逝的事时，在痛惜之余，我对于当年他为我签名不签"路遥"而签成他的小说《人生》的主人公"高加林"总会疑云又起！

前不久，我阅览了许多纪念路遥诞辰60周年的回忆文章，这个疑问终于有所解开。

根据路遥去世后一友人的回忆，路遥曾经对《人生》的主人公为什么取名"高加林"，作过这样的解释："当年一个孩子曾经热泪涟涟地望着夜空，因为当晚有个叫加加林少校的人正飞向太空，所以这孩子如今把他的作品主人公叫'高加林'。"这里，说明少年路遥是多么热爱、崇拜宇航员加加林少校，从小就有对人生目标的高追求，而《人生》主人公高加林的身上就有在人生旅途中曾受苦难和坎坷的路遥的影子，在某种意义上可以说"高加林"融进了路遥本人的追求和向往，是他本人的化身；而当时，《人生》在全国已产生轰动效应，因此路遥在签名时，很自然地把自己用心血塑造的"高加林"作为自己的"替代名"了。

这，大概就是当年路遥给我签了"高加林"三个字，又给我一个"耐人寻味的微笑"的谜底吧！

写于2009年4月

惓惓前辈心

——记叶君健

不久前,笔者在长沙举行的《小溪流》全国少年作文征文授奖大会上有幸见到了老作家叶君健。叶老身材高大,面色红润,白发苍苍,气宇轩昂,给人以既庄重又慈祥之感。他的神态、声调、表情和手势,使人难以置信他已是七十高龄了。

第二天登南岳时,我正巧和他坐在一起。我望着这位国内外著名的老翻译家、老作家,敬仰之情油然而生。叶老翻译的世界名著《安徒生童话全集》等,文笔多么生动、有趣,打动过多少大、小读者的心啊!他的风靡海内外的长篇小说《山村》又是多么朴实、纯真。这部在四十年前他用世界语写的作品,前年由他自己翻译过来。他懂八九国文字,是国际笔会(即国际作协)的负责人之一。

一日清晨,我怀着试探的心情去拜访叶老。他住在南岳山庄侧边一栋老式别墅里。这里一切都是蓝色的——蓝色的床,蓝色的沙发,蓝色的墙壁……其时,他正端着蓝色的瓷杯在吃药。我见此状,却步了。可他微侧着身子,笑容可掬地说道:"进来,进来!坐,坐!"我在蓝色的沙发上坐了下来。他一手托着未吃完的药片,一手端杯傍我坐下。我说:"叶老,我想请教一下关于学习外国文艺创作技巧的问题。现在……"

他把药用开水送下喉,说:"现在就可以谈嘛。"他告诉我,作为青年文学工作者,应当多多汲取中外文艺精华,包括创作技巧。对待外国好的创作技巧,我们不应一概排斥,而要有分析地吸收。当然,我们要珍惜自己的传统的东西……

我们说着笑着,半个多小时过去了,要去登祝融峰了。我觉得不好再打扰,便想告辞,叶老却说:"边走边谈嘛。"

我真没想到与叶老这样的大翻译家、大作家萍水相逢，竟能得到他这么亲切的教诲。这种关怀、培养后代的品格，不正是我们应该认真学习的吗？以后，在车上，在望日台，在湖南宾馆，我们又进行了多次交谈。在这段时日里，我看见许多同志都喜欢找他交谈。特别是获奖小朋友，更把他当老爷爷看待。他都兴致勃勃地与人们交谈着。叶老确实是一位诲人不倦的长者啊！我永远忘不了他那洪亮而亲切的湖北口音，忘不了他那认真听你谈话的专注神情，更忘不了他对中青年无比关怀的惓惓之心！

写于1983年6月

记 峻 青

初夏的南岳,景色宜人。

一行人在南岳管理局导游员的引领下,在林荫覆盖的石板山道上缓缓而行。行人中有一位身高体壮、头发乌青的戴眼镜的五十开外的人,以特别欣喜的神情,四顾这秀美的景色,不时赞叹道:"真美、真美啊!"他除了频频摄影之外,还兴致勃勃地用微型录音机录下了叮咚流淌的溪水声……

这位为南岳胜景所陶醉的,就是著名作家、上海《文学报》负责人峻青。

他虽然是个快要称"老者"的人了,而他对祖国山河的爱恋却像年轻人那么热,那么狂。他就是凭着这样的炽热,写出了脍炙人口的散文名篇《秋色赋》,和一部部脍炙人口的长短篇。

然而,这位对祖国、对人民怀有无比真挚之爱的名作家,在十年浩劫期间却遭到了江青等人的暗算。他在南岳讲学中,对人们说:"一九六六年的一天,我在大街上行走,被江青派人秘密逮捕,六年的监狱生活,使我连讲话的能力也丧失了。一时,外面传说我死了。我那十五岁的女儿不相信我死了,到处找我,最后找到了北京,在中央军委接待站一位解放军同志的帮助下,找到了我的下落。我和女儿又写信给周总理,汇报了我的情况。在周总理的关怀下,我被放了出来。而那位协助我女儿找到我的下落的解放军,至今不承认他做了好事,甚至连面也不让见……世界上,就有这样的好人啊,我永远忘不了他,我们全家也永远忘不了他……"

是啊,我们的峻青与党、与祖国、与人民就是这样血肉相连。在会上我同他只接触一次,他竟记住了我的名字。我为他这惊人的记忆力所折服。这回南岳之行,同行三十多人,中间有许多省内外的名作家。这些名作家在我们后来者面前,便成了当然的师长。"听君一席话,胜读十年书"啊。散会了,我们要分别了。在湖南宾馆峻青同志的卧室里,他用山东口音对我说:"谷静同志,有空到上海来吧,我住在……"说着便掏出笔,在我的笔记本上写下了他家的住址和电话号码。他又叮嘱我给他们写稿。后来,回到湘潭,想起与峻青同志的交往,我总觉得应当按他的叮嘱寄点稿子向他请教。于是,我将一篇杂文再三修改后寄给了他。不出一个星期,他回信了。稿子虽然退了回来,但我的心仍是热乎乎的。峻青同志那关心后学的殷切之情,使我深受感动,也催我加紧学习,认真生活。

写于 1983 年 6 月

怀念叶蔚林

时间匆匆,著名作家叶蔚林去世已六年了。六年中,我阅读了多篇回忆叶蔚林的文章,多是与他数十年的故交所写,还有一些与他短暂相交甚至听过他一次创作讲课的也写了回忆文字。读着这些文字,我总觉得一般的叙说多,有关他的为人和创作的细节少。这也难怪,叶蔚林就是一个十分内向的人。他鲜于与人交往。若没有一定的时日,初初接触他,你一定会为他的"冷"而望而却步。

这六年中,我时不时涌起写一写叶蔚林的念头,但琐事纷纷,"念头"一直深藏心底。早一向听老文友振文兄转述谭谈等对他的怀念、感慨,这引发的情感波澜促使我拿起笔来,写一写久蓄心底的我与叶蔚林交往的往事……

我最早接触到"叶蔚林"三个字,是在欣赏歌曲《挑担茶叶上北京》的时候,知道这激荡人心的"山歌"的词作者叫叶蔚林。到上世纪七十年代初,又读到他在《湘江文艺》发表的长篇散文《过山瑶》,深深为他那动人文笔创造的优美意境和刻画出的鲜活人物形象所打动。那时"叶蔚林"在我心目中几乎是遥不可及的,甚至有些神圣的。

然而,湖南省委宣传部组织的一次创作活动,把我们"组合"在一起,几个月的朝夕相处,我们成了朋友。后来还成了亲近的朋友。

那是1973年3月至11月,湖南省委宣传部抽调湖南各地作家参加散文集《韶山红日》和诗集《韶山颂》的创作。参加者大部分为在基层的作家。除了来自零陵地区的叶蔚林,还有郴州地区桥口农科所的古华、耒阳县文化馆的任光椿、长沙卷烟厂的肖建国、武冈县文化馆的鲁之洛、株洲军分区的节延华、溆浦维尼伦厂的王燕生等二十多位作家。(这些作家后来都成了全省乃至全国著名的文学领军人物。)我亦作为湘潭地区的代表忝列为创作组成员之一。

这二十多人起初三个月是分头采访,大家分别去了井冈山、韶山、湘潭、文家市、醴陵、白果、安源、平江等革命纪念地。六月份采访结束，大家先是集中到韶山采访多天，最后住进长沙省委第八招待所（简称"八所"）进行创作。也就是在韶山采访和八所创作的三个月，我和叶蔚林有了同生活、同创作的经历。

初见叶蔚林，他有高而壮实的身材，一张双眼下陷的岭南人的面庞（他是广东惠阳人），不多言语，经常是一个人静静地坐着，双眼似乎总向着茫茫的远方，好像他总在沉思，很少与人交流。那时我们初次相见相处，互相都很感兴趣，因为以前都在报刊上见过名字，现在见到真人，人人都有股兴奋劲！作家中好几位带了照相机，闲时常常互拍留影。每当照相时，叶蔚林都悄然走开。有时有人去邀他，他坐在远远的地方纹丝不动，表情淡漠地说"我不喜欢照相"。每次都令邀他的人颇为扫兴。（因此我们二十多人在韶山、八所相处数月，分别时每人都洗有数十张照片，唯一没有影像的就是叶蔚林。）

矜持好静——这就是叶蔚林给我的"第一印象"。那时他已经在文坛上颇有建树。尤其是别开生面的长篇散文《过山瑶》的问世，更是使他声名鹊起，将要出版的散文集《韶山红日》的主要文章，就是由当时的省委宣传部领导指名要他撰写的。

我对叶蔚林是佩服的。比他小九岁的我确实很想与他交流，但我身上也有几分矜持，使我不敢贸然接近他。我与他"平行地"在同一环境里生活、创作，没有交集。但随着时日的推进，早早晚晚抬头不见低头见的我俩也有搭讪一两句的时候。于是开始有了点滴交流。

虽然在大家研讨作品时，他总坐在不显眼的地方，永远不是"研讨的中心"，一场讨论下来很难听到他几句话。对自己的经历，他几乎不谈。我想，叶蔚林之所以如此"守口如瓶"，也许与他经历太多曲折有关，也许他担心拉开话匣子难以收场而浪费时间。然而，他又常常在无意间"泄漏天机"——透露自己的往事。比如，他讲他参军的经历，是由他吃饭快引发的。一日，他像往常一样，菜肴没有上齐他就连吃地吃，嘴巴一抹，说"我吃完了"，起身离席。我素来吃饭吃得慢，于是对他几乎几分钟把饭吃完产生了好奇。那日饭后，我便问他："老叶（那时我们已可以这么随便称呼他了），你吃饭太快了，对胃不好。"他笑笑说："我这个吃饭快，是在部队里养成的……"这下子引起了他讲起自己参军的事。他说他十六岁参军，一参军就随部队开进广西十万大山剿匪，情况瞬息万变，很少有吃安稳饭的时候。有时炊事班刚把饭做好，枪声响了，那就只好扒几口饭拿起枪就上去了……他还说，他所在的部队后来编入广东公安军，他的创作就是从公安军开始的。这些经历他往往点到为止。这次讲到公安军，他不再展开，站起身走向宿舍，又静静地坐下来，进入创作状态……

叶蔚林的创作可说是"打坐式"创作。那时省委招待所每间房两个床一张书桌算是"高级待遇"了。一房两位作家就会有一位没有桌子用。大概叶蔚林让出了桌子让室友写，我每次去看他，他都是盘腿坐在床上写，稿纸就搁在右边大腿上，一笔一画地写着还十分顺溜。只要他这么一打坐，任何人进房他都是不理的。他的两眼定定地朝窗外望着，眼神空蒙缥缈，左手夹着一支正袅袅燃着的烟。在他的枕头边有一个长方形纸盒，里面密密麻麻排列着烟卷，大概有几百上千支，那阵式就像重机枪的子弹盒。我是第一次见有人如此抽烟，内心吃惊不小。他就是这样默默地抽烟，默默地思索（遥望就是他在思索），默默地将想好的句子一个字一个字地写进稿纸的格子里。他的小说、散文的句子就是一个字一个字从脑海里"抠"出来的。有朋友说，他写得慢，每天写的字数只有一千字，顶多两千字，但费时不少。此话一点也没错。慢工出细活。他的高质量的作品就是这样"慢"出来的。我注意到，由于写得"慢"，他的手稿永远那么干净，字迹永远那么工整。

叶蔚林似一泓静静的潭水。可是也有激浪起伏的时候，他也会讲一些让人笑破肚皮的话。一次，我们几个人议论如何在生活中把握人的特殊性，说着说着有个人就讲起一些参加革命的老同志，因为没有文化，上台做报告念报告也念不顺，常闹笑话……正讲到此，在一旁静听的叶蔚林突然插进来说："我们有个老首长，长工出身，当上司令员，一作报告，满嘴粗话。一个下属为争一个任务开始兴致很高，等争到手又没兴趣了，这个司令员就在大会上说，'你开始要看别个胯里的东西，等别个脱了裤子仰起××给你看你又不来神、不看了！'……"叶蔚林学得惟妙惟肖，引来大家哄堂大笑。虽然是引述别人的话，叶蔚林记得那么真切，足见他观察、记忆生活的认真、扎实。

尽管那个时候文艺并未放开，禁锢还很多，概念化影响着文艺创作，而叶蔚林坚持文学的个性化的描写，而且做得十分认真。《韶山红日》散文集的书名就是以该书的首篇散文《韶山红日》命名的。而这篇领头散文正是叶蔚林的手笔。在这篇散文中,叶蔚林特别写到在韶山的人们欢庆党的全国代表大会召开的场面。他以动人的笔触写了一位老赤卫队员以自己的革命经历表达对党的深情话语,接着又写了藏族战士站在翻身农奴的立场上的郑重表态,再写上了清华大学的西双版纳的傣族姑娘用翻身的切身经历表达对党的感恩……最后叶蔚林写道:"人们一个又一个发言,深情倾诉对毛主席和党的无限热爱。"

那天,我到他房间去看他,他正在写稿,而正写到了在韶山的各种人物对党的全国代表大会召开的个性化表态。正好我看到了,我随便说了句:"要在新闻里就一句话够了——人们纷纷表示,一致认为。"

叶蔚林听了,先是一愣,马上会意道:"是啊,用'纷纷表示'、'一致认为',多省事!"转瞬便张口大笑起来,笑声震荡全屋。

以后几天,讲到文学语言的呆板,叶蔚林就会用揶揄的口气说:"这又是'纷纷表示'、'一致认为'啊!"讲得大家笑声一片。

随着接触时间的增加,叶蔚林与我更融洽,更随便了。有时他也会"干预"起我的"私生活"来。

我在我家是独子,脚下三个妹妹。从小时候起,我母亲给四个小孩缝内裤都是买的紫红色布来做。及至长大了,大概是下意识吧,我到商店买内裤也是买深红色的。这一点竟让叶蔚林注意到了。一次我从澡堂出来,叶蔚林正坐在他的房门口,他突然指着我说:"看哪,这小谷老穿红裤头!"说罢便放声大笑。弄得我真有些不好意思。以后,他又陪我上街,硬劝我买了两件蓝色短裤。也许,他是要我生活多元化。这,也是一种关心吧!

创作组住在省委第八招待所的时候,有一位专门负责我们房间打扫的年轻女服务员,很负责,人也长得端正。那时我还没谈恋爱。一次,叶蔚林坐在走廊上看书,我正从外面回来。他悄悄地向我招手。我走拢去。他小声地对我说:"那个拖地的姑娘怎么样?可以吧?我给你做个介绍?"我感到有些突然,但很快摇摇头,说:"现在不想谈。"叶蔚林不做声了,似乎有点出乎他的意料。其实当时我的想法是,个人问题的解决不是一下子的,还应有个了解过程,比如家境、个人爱好,等等。别人告诉我,老叶观察、了解那妹子好几天了,我还真想不到他在这方面还是个有心人。

在韶山,我还受命于叶蔚林完成了一项他的"私人任务"。

那时,他打算写一篇歌颂韶峰的散文,但因身体原因对登韶峰感到为难。

好在那时我、节延华、鲁之洛、谭增铭、杨悠等决定登一次韶峰。那天我们早上五点起床,六时出发。头一截路还是在朦朦胧胧中前进的。头天我们决定登韶峰时,叶蔚林把我叫到一边,说:"这次我去不了。登上韶峰你帮我做件事。""什么事?"我问他。他把手划了一个圆,说:"你就在峰顶上给我看看有哪些树木、花草。"我答应了。

那时的韶峰顶上只有个残破旧庙的四壁,四壁之内尽是乱石和荒草。而破庙外,倒是葱茏一片。我站在韶峰顶上细看起植被来。那时韶峰顶上除了松柏树和一些分散的枫树外,均以灌木、杂木居多,半山以下有些青茶树,至于野花是一些很不起眼的小野菊花。我把这些记了下来。下山以后,我把记录下来的告诉了叶蔚林。叶蔚林后来写了散文《唱给韶峰的歌》。他在文章中写韶峰景色时按照我提供的情况,写到了松柏、枫树和青茶,小野菊花因为太不起眼没有写进去。这,也是我对叶蔚林创作的一次小小的支持吧!

时间一晃近三十年过去,我和叶蔚林一直没有谋面机会,但不时在心中悬念他。1979 年,他的小说《蓝蓝的木兰溪》获全国优秀短篇小说奖,《在没有航标的河流上》获首届(1979—1980)全国优秀中篇小说一等奖,以这篇小说拍成的同名电影,获 1983 年文化部优秀电影奖和夏威夷电影节"东西文化中心奖"。全国性大奖带给他更大的声誉。他迎来了一个又一个创作的丰收时节。我一直为他的创作成就而兴奋着。

2003 年秋天,我们在省文联偶遇了。他还是那样胖壮,也不显老。我问他身体怎么样。他说鼻子出了点问题,是鼻咽癌,但无大碍了。我说这鼻咽癌还是好治的。我问他最近写什么。他说正在写长篇。当时有人叫他,他笑笑挥挥手走了。这就是我们这次谋面的全部。想不到三年以后,他竟驾鹤西去了。我是在一份刊物上读到噩耗的。面对噩耗顿时我眼眶湿了,当年在韶山、在八所的日子一下子又浮现心头……

矜持而沉静,生活中不轻易喷发激情,在孤寂中坚韧地追求文学之美,不善交往但又不失关怀他人之心。这,这大概就是我心目中所认定的叶蔚林性格的主体吧。

写于 2012 年秋

(此文发表于湖南人民出版社出版的《湘潭文学》2012 年第三期。)

最 后 一 笔

——著名剧作家颜梅魁临终之前

著名剧作家颜梅魁先生离开我们两年了。两年来，我时时想起与他交往的这二三十年间的往事。尤其在他去世前的三个月与他的交往，更体会到他这位艺术家的不寻常的情怀……

那是2008年2月26日中午，市文联主席赵志超先生给我打来电话，他告诉我：今天上午9时40分颜梅魁先生去世了。得此噩耗，我一时无语，也应了那句话：悲到极处无言辞。

在那段日子里，对于梅魁的走，是在我的预料之中，因为在他住院治疗的三个多月时间里，我曾经前前后后上十次到医院看他，对他病情多少知道一些，但我总希望有奇迹出现，因为像这样六十岁多一点的年龄是不该"走"的呀！

然而老天就是如此无情，让才俊英年早逝。

我是在去年11月22日得知他住院的消息的。24号上午我去中心医院看他。那时他住在中心医院老住院部6楼29床。当时是作为外科疾病治疗的。当时的他，与平时差不多，谈吐正常，只稍微现瘦。他告诉我，进院9天了，目前正在确诊病类。四天后，我再次去看梅魁。这时他搬了病房，住进了新住院大楼7楼肿瘤科。他告诉我，他的肺部肿瘤是良性的，只有2厘米大，他放心了，又说朋友们也该放心了。我连连点头。当时他的情绪还蛮好。探望结束，颜夫人老段送我出来，在走廊上，她告诉我，梅魁得的是肺癌，已是晚期，还转移到骨头里去了。说罢，泪溢眼眶。我安慰她，还举出几个肺癌患者病情好转至今还活得蛮好的例子告诉她。她心情稍稍平静下来。她对我说，真实病情可不能对梅魁说啊，以免影响治疗。我当然知道情绪对治病的重要。我答应了，还叮嘱她和亲属莫无意中泄露"机密"。

　　梅魁被确诊为晚期肺癌的消息,令我震惊不已。在离开医院的路上,我满脑子都是这几十年中与梅魁打交道的"影像":我们曾是文友,还可谓邻居。他20世纪80年代初创作的现代花鼓戏《破铜烂铁》,受到很大争议,那时我力挺了他。此剧后来演进了中南海,获得殊荣。以后凡说起这段往事,梅魁总要说我如何如何支持肯定那个戏,在关键时刻给他鼓了劲。其实,当时我是有感而发并未想得那么远。此事足见其对友谊的珍视。反而倒是他对我帮助不小。在我的创作历程中,我是文学和戏剧创作并行。在一般情况下,在戏剧创作上我是不打扰梅魁的。因为他创作任务多时间宝贵。2003年春,我接受了创作歌赞为民书记郑培民的广播剧任务。由于我自90年代初以后基本搞新闻工作,对广播剧、特别是多集广播剧已经多年未接触,于是我打电话给梅魁,请他与我在写郑培民的广播剧的创作上作一探讨。接到电话,他便爽快答应了。那天晚上他打着雨伞来到我们相约的茶楼。我先谈我的构思,谈完请他提出看法。他首先肯定了我的构思和剧情大体安排,而接下来则率直地指出我在高潮处抒情不够。于是我问他该如何设计。此时,他站起身,仰着头,用朗诵诗歌那样,把他的想法用诗一般的语言"诵"了出来。这一"诵"使我激情勃发,我也把我的"延伸设计"诵了出来。茶楼的小小包间成了两位"戏痴"的剧情演绎间。他就是这样全身心地投入到别人的戏剧创作中去。后来,我把他建议的情节加进了剧本,录制出来,获得好评。这中间,就有梅魁的智慧啊!

　　我与梅魁交往愈多,更深知他的为人。后来我专门对他进行了一次深入采访,写了一篇报告文学《常创常新说梅魁》,在《湖南日报》等报刊发表。通过这次采访,我对他之所以能在戏剧创作上囊括全国最高戏剧奖项的根由有了更深刻、全面的了解,进一步认识到他对戏剧创作的非同一般的勤奋、刻苦和执着以及他为人的坦荡真诚。

　　我回想到,我同他的交往,完全是兴趣爱好所致。到他去世止,几十年中,我没有请他吃过一次饭,他也没请过我,而我们的友谊却日益醇厚。我更想到,梅魁是戏剧奇才,如今得了绝症,不管怎样,于公于私,作为朋友应当为尽力挽救他的生命出一点微薄之力。于是,就有了我和朋友们为他找药方、找医疗线索和找抗癌食品等工作。同时也就有了我多次在他病房的出入……

　　然而,这一切努力都回天无术。梅魁人一天天显瘦、现黑,但却出奇地镇静和乐观。2008年2月19日,是我第9次去看他。这时的梅魁已插上了氧气管子。老段告诉我,梅魁已经有好多天没吃东西了。我心中很清楚,形势越来越严峻了。但我还是笑着对他说,要相信病是可以治好的。又举了我的朋友的例子开导他。他一边握着伸进左鼻孔的氧气管子,一边断断续续对我说:"我……我原来以为……背不痛了……腰也不痛了……脚也不痛了……我可以恢复工作了,哪……哪晓得又……又病倒了。"我说:"梅魁兄,你只要安心,坚持治,病会好的,工作尽有干的,你要有信心。"他费劲地吐出几个字:"我、有、信、心。"

  2月22日下午,我第十次走进梅魁的病房。这时的梅魁总觉得睡不舒服。他的夫人和儿子几乎随时随刻在调整他的睡姿,而他总不满意。好不容易调整好了,他才静静地吸着氧气。他仍是未能进食,人更黑更瘦,然而那眼睛却很明亮,人还是出奇的平静。他已不能多说话,我坐了一会儿,便走出病房,倒是这时梅魁开口了:"谷兄,我爱人这时走不开(她随时要给梅魁的嘴唇涂一种液体),这次就要颜开(他的儿子)送你。"这是梅魁对我讲的最后一句话。在走廊上,一个久悬心头的话我对颜开说了:"你爸爸是不是晓得自己得的什么病了?"颜开说:"不晓得,大家都不说。"我想,这个时候是应该把真情告诉梅魁了啊,你们总得听听他的最后的交代吧。可是我没说,因为如果真的这么一说,梅魁受不住,那不更坏事?但我又想,凭着梅魁的聪明,难道他对自己的病的严重没有一点察觉?而从梅魁这些日子同我的交谈,似乎对自己的病的严重仍然一无所知……这件事成了我心中一直未解之谜。

  这个"谜",直到开梅魁的追悼会的时候才解开。那天在追悼会开始之前,我去慰问颜夫人老段,我们都在流泪。悲伤之余,我对老段说:"你们最后还是应该把病情告诉梅魁,听听他有什么嘱咐。"老段流着泪说:"他已经晓得,可就是不对我们娘崽讲啊。"我问:"你怎么知道他晓得?"老段说:"他早几天就同一个亲戚讲了——'想不到我的病咯样难好,我这生已无遗憾了'。"

  这就是梅魁啊,他在心中早就对自己的病以及生命前景作了结论,有了最坏打算,但他就是不对家人说,不对朋友说,怕人家受不了。这就是梅魁的情怀,一种关怀、体贴他人的高尚情怀!就这样,这位创作了许多感人剧本的剧作家,在自己的人生剧本上,写下了自己最后的感人一笔。

写于 2008 年 3 月

附记：颜梅魁先生逝世后，凡遇到省、市文友或文艺界领导，几乎没有不谈及梅魁先生的。大家谈他不凡的创作成就，谈他的苦学奋进精神，谈他洁身自好的高尚品格，都为这位"剧坛奇才"的英年早逝而叹息。省文艺单位一位领导、同时又是一位文艺评论家的同志说：颜梅魁以他超群的天资和勤奋，用出类拔萃的影视剧作品，囊括了国家级影视剧各项奖项，至少在目前，省里还没有第二人。是啊，在2002年，我省在全省范围内评选十位省级优秀专家，全省文化系统就评了他。

梅魁先生的影视剧创作是令人瞩目、让人钦羡的。自上世纪九十年代以来，他的各类剧作，陆续获得全国"五个一工程奖"、文华奖、金鸡奖、百花奖、华表奖、曹禺戏剧文学奖等等。如今，他人虽然远离我们而去，但他的为人风范永存，他的不凡成就永存，他的奋斗精神永存。人们没有忘记他。就在2008年举办的湘潭市第二届文学艺术奖评奖活动中，省市专家一致提议并很快得到批准，给颜梅魁先生追授"湘潭市文学艺术事业终身成就奖"。

从糊裱工到名编剧

一个仅有初中文化程度的编剧,自二十世纪七十年代以来,创作、发表、上演戏剧影视作品 30 余部。近几年来,由他编剧的《筒车谣》获"文华奖",《榨油坊风情》获中宣部"五个一工程奖"、曹禺戏剧文学奖。初次"触电",他创作的《毛泽东在一九二五》又一举夺得中宣部"五个一工程奖"、金鸡奖最佳故事片奖、中国电影华表奖!今年我省首次评选"湖南省优秀专家",他荣列 10 位获奖者之一。

他就是湘潭市艺术创作研究所所长、国家一级编剧颜梅魁。

梅魁,梅之首也;他的名字似乎诠释了他成功的秘诀——"梅花香自苦寒来"!

梅魁是我的挚友,我们交往多年。他个子不高,相貌平平,还有些口吃,但他那一双黑亮的闪现着聪睿甚至狡黠的双眼,会使你永远难忘。

梅魁自小聪明好学,小学、初中成绩一直名列前茅。可惜就在他进高中之后,因父亲病故,不得不辍学,去一家字画糊裱店当了学徒。1964 年 9 月,颜梅魁以优异成绩考入湘潭地区花鼓戏剧团,当上了演员。这年他 18 岁。

进剧团不久,"文化大革命"开始了。当他看到造反派抄来的大批中外名著被作为"封资修"堆放在剧团的仓库里无人问津时,嗜书如命的他犹如在沙漠中见到绿洲,一头扎进了书堆。其中,他特别钟爱历史典籍和戏剧作品,用了近两年的时间通读了《史记》、《汉书》。这两部历史巨著,对于只有初中文化的他来说,要读懂弄通,何其难啊!他一手拿书,一手拿字典,书读完了,字典也翻烂了。

梅魁在博览群书的同时,毛泽东关于生活与创作关系的论述,也深深激励着他,他曾用了 5 年时间扎实地深入生活。

那 5 年间,他一头铺盖一头书,挑担走进了湘东地区的大山深处,和农民

群众吃住劳动在一起，学说当地方言，了解民风民俗。白天，他与山民一道，下水田，浴山风，干粗活；晚上，在昏黄的煤油灯下，他把白天的所见所闻，一一记下，特别是山民那特有韵味的语言、充满野趣的山歌和闻所未闻的传说故事，常常使他兴奋不已。从此，他与大山结下了不解之缘。日后他创作的充满大山情韵、轰动剧坛的"大山三部曲"——《筒车谣》、《榨油坊风情》、《赶山人》，其源头盖在于此。

八十年代初的一天，接原地区文化局创作任务，梅魁率创作组深入县区进行采访。旅途奔波加上连轴访问，累得全组人员一进住所倒头便睡。作为组长的梅魁却坚持灯下整理采访记录，又拟剧本提纲。

不知过了多久，一组员被一阵呻吟声惊醒，急忙起来一看，只见在袭人的寒夜中，梅魁患病的肛门脱出，却仍在坚持写着。组员惊呼："肛门出来了！"梅魁凄然一笑："提纲也出来了。"

颜梅魁就是以这样的坚韧不拔的精神创作着，他的目光总是盯着"下一个"！

一个雨夜，我来到梅魁家中。他的妻儿在看电视，而自己却躲在书房上网读"书"。我说："你对什么都感兴趣、都想学？"他谦和地笑笑："是啊，不然怎么与时俱进呢？"

我问他："你这个名编剧怎么能做到与时俱进呢？"

他稍加思索一番，黑亮的眼睛透出智慧的光芒："第一学人物，第二学人物，第三还是学人物。"

见我不解，他说："这第一个人物，是要不断地寻找生活中新的人物原型，只有塑造新人物，所写剧本才新。这第二个人物，就是专家，以专家为师。记得我写戏还是停留在写故事阶段时，听了余秋雨教授三天课，他讲了浅层心理与深层心理的关系，深层心理挖掘出来了，作品和人物的定位就会高。对于他的戏剧理论，我运用了，很有效……"

"那第三种人物呢？"我问。

梅魁笑了："就是向身边的人学。对我说来，主要是向导演学习。我有幸与很多著名导演合作，受益匪浅。"

夜已深了。离开颜家，梅魁书房的灯光还亮着，大概他又坐在电脑旁，催生着一部更新的、更有影响力的作品……

写于 2002 年 11 月

附记：此文应《湖南日报》之约而写。发表于《湖南日报》2002年11月29日"双休周刊"头版"周末特稿"专栏。

老　潘

——往事回眸

2013年9月。从11号出版的《文艺报》上，我惊讶地发现一则讣告：原湖南文学杂志主编潘吉光同志，因病于2013年9月5日逝世，享年81岁……顿时，我懵了：这是真的吗？这是真的吗！然而，白纸黑字，言之凿凿，逝者的职务，著作的名字及影响，说明就是我的师长、好朋友潘吉光先生啊！一边看着讣告，一边我翻到了我正在编的自己的散文选的一篇文章《老潘》。昨天晚上，我还在读写于1998年春的这篇文章，而今天，这篇文章的主人公却远离我而去。这，更增加了我内心的伤痛。现在我把这篇文章奉献给大家——

1965年春天的雨真是下得没完没了。4月底，在湘潭县黄湖塘小学任教的我，接到了时任《湖南文学》编辑的潘吉光同志的信，约请我写一篇反映韶山大队民兵生活的报告文学，拟在8月号《湖南文学》发表。我是在写作、发表我的第一篇报告文学《红色少年周达斌》时认识潘吉光的。那时他很年轻，大概是三十左右的样子，刚从沈阳作协调到《湖南文学》编辑部。他待人热情又诚恳，给我留下很深的印象，尤其他那龙飞凤舞的钢笔字，更让我喜爱有加。

接到他的信，我即向学校领导请假。很快得到批准。因为他当时也有一篇关于韶山的采写任务，于是我们在信中约定了怎么会合，怎么走法。

大概是4月28日上午吧，老潘从长沙赶到了湘潭，我也从楠竹山赶到湘潭，两人会合了。他穿一件夹衣，我也穿一件夹衣；他手拎油纸雨伞、脚蹬套鞋，我也一把油纸雨伞、足蹬套鞋，装束竟不约而同。一见面，两人都笑了。

当天下午，我们一道乘车去韶山。在车上，我们肩挨肩坐着。老潘笑吟吟地说个不停。他对我说："你的《红色少年周达斌》是去年我们《湖南文学》反映最好的。它那么受欢迎，主要是细节刻画得好……"

老潘这么夸"周达斌"，我真觉得有些不好意思。我说："这都搭帮你的指点……"我这话不是虚话，是肺腑之言哪！记得1964年春，我获知我班学生周达斌在上年暑假从水库中救起三名落水儿童的事，心情十分激动，激动之余我动笔写了一篇长达六千字的文章《周达斌勇救落水三儿童》。当时自我感觉极好。但又苦于不知什么报纸可以发表如此长文。想来想去，我想到了在长沙的二舅，他也是文章爱好者，所订《长沙晚报》每天从头看到尾几乎从不落一字地看完，何不请他指点一下迷津？那时学校已放暑假了。于是我从湘潭乘车来到长沙二舅家。二舅看了文章，连说"事情好感人、好感人"，但又说："长沙晚报、湖南日报肯定登不了这么长……"我眼直直地望着他，希望他能出高招。他运了一会儿神，突然说："有了！你何不去一下《湖南文学》杂志，请示（教）请示（教）。他们那样的杂志，只要看中了，再长也用得上——就是印书，加纸就是！要是看不中，你就再学习就是！"于是我来到当时设在五一路的《湖南文学》编辑部，见到了小说编辑潘吉光。我将稿件内容向他说了。他说："你把稿子留下，明天再来，我再同你讲讲意见——你住哪？"我说住舅舅家。他没再说什么。

　　第二天上午，我再次跨进潘编辑的办公室。他很热情地站起来和我握手，又泡了一杯香气四溢的茉莉花茶。他搬了一条凳子要我坐。我坐下后，他把放在桌上的我那稿子拿在手上，头慢慢点了点，脸突然变得有几分严肃地说："文章事迹很好，可你这稿子还是人物通讯啊——还不是文学！"他的"还不是文学"五个字一下子把我镇住了。他见我有些紧张，缓了缓口气说："报告文学和小说一样，要写人物性格。嗯——你这个周达斌的性格特点是什么？"我稍微想了一下说："是做了好事不声张。""对！"他有些兴奋地接口说："那就是不锋芒毕露！"我马上点头："对！对！是不锋芒毕露！"他说："那你就按这个性格写。"接下来，他又说："要写好人物性格，就得写好细节……"于是我俩又议论起细节来。末了，潘编辑从桌上的一叠书中抽出一本，递到我手里，这时他脸上出现了笑容，说："你拿回去看看，看别人是怎么写人物的。"我一看是一本报告文学集，头一篇就是《大寨英雄谱》。我立马喜滋滋地放入我的挎包中。

　　这次去长沙，我真切地感受到潘编辑对我的指点是真诚的、直率的、具体的，一路乘车回家，一想起他，我心中便充满了暖意。

回到因放假变得冷清、空荡的学校，我沉浸在对未来报告文学的重新构思之中。我抓紧时间读完了潘编辑送我的那本报告文学集，接着细细琢磨起周达斌"不锋芒毕露"的性格和相关细节来……经过两天两夜的连续思考，到第三天一个个串起文章的细节在我胸中酝酿成熟了！第四天一清早我把一张连凳课桌搬到校门口的水塘边，就这样坐在课桌旁，从清晨六点多曙光初照开笔，一直往下写，饿了就啃几口先天从镇上买的馒头，喝两口凉开水，那时候我已全然不知周围的一切，就这样写到暮色苍茫才写完最后一句话。我连忙回宿舍就着煤油灯光把这近万字的稿子读了一遍，自己竟感动得不行。我改了几个错字、补上几个漏字，第二天就投邮寄给潘编辑。

稿件寄出，我又惴惴不安起来：不知这么写编辑部认可不？我翘首期盼潘编辑的回音。到稿子寄出后第五天潘编辑回信了。我心忐忑着拆开信封，展信一看，让我简直不相信自己的眼睛。只见老潘开头这样写着："谷静同志：你好！你这一稿我和编辑部的同志都读了，我们觉得很好……"接着又分析哪些方面好，比如通过细节把周达斌的性格写出来了，还有语言也好，等等。他还告诉我，个别句子他还想替我润润色，并郑重写道"此稿准备发第十期，勿念。"

终于，在1964年《湖南文学》第十期——全国人民欢庆国庆的时候，我的报告文学《红色少年周达斌》登出来了。我很快收到好多封读者来信，纷纷对文章给予好评。那段时间我沉浸在说不出的愉悦之中。在高兴之际，我心中更怀着对潘编辑的深深感念：潘编辑，没有你的关键指点，就没有这篇报告文学的成功啊！

今天，在去韶山的车上，老潘（当时潘吉光同志要我这么叫他，说这样亲切些）又一次夸我那篇文章，这使我很不自在。我对老潘反复强调说：没有你的指点，这篇报告文学就是发出来了，也不会有这个反应啊！而老潘却说："那是我本分应该做的。你是写文章的作者，文章的成功当然属于你！"他竟不让我夸他。

车到韶山，我们立即被韶山那绿的世界所包围。那浅绿、新绿、翠绿、嫩绿……让人心醉。那时韶山冲除了韶山学校和其旁边树林中小规模的韶山宾馆，在现在的铜像广场处就只一栋三层楼房的小招待所，跨出招待所几步远便是一大片水田和水塘。整个韶山就是极平常的乡村。晚上听蛙鸣，白天闻狗吠

——这就是当时的韶山冲。

我俩在招待所住下了。招待所也冷清,整个三层楼只住着我和老潘及来自湖南群众艺术馆、湘潭地区文化馆四位采访干部。由于毛主席旧居以前我们参观过,一到韶山,我们便投入了紧张的采访活动。我去采访韶山大队民兵营,老潘去铁皮大队采访模范社员刘雪娥。

我们吃了早饭分头出去,到吃晚饭时才回来。那时正是春雨绵绵的季节,每人从各自采访点回来,全身是湿润的,裤腿上满是泥花。晚饭后,我俩匆匆洗漱一下,便聊开了。那时我和他共睡一房。他睡进门的左边床,我睡右边。我们都是躺着聊。(下队采访一天确实累!)记得头天我们采访回来,他就详详细细地问我的采访情况,去了哪些地方,采访了什么人,有什么收获,等等。当我告诉他我到了韶山公社,采访了公社副书记、秘书,还有韶山大队民兵营长,对韶山大队民兵营的情况已经有所了解……他静静地听着我的讲述,最后对我说:"你这样好!有了多方面的情况,再进一步选择有典型意义的深入采访。"

他的"再进一步选择有典型意义的深入采访"给了我拨灯照明的作用。我记住了。第二天我就重点捕捉这方面的素材。

第二天采访回来,晚饭后我们又在房间交流情况。一开始,我就详细汇报了当天采访情况。我一讲完,他紧问:"有没有典型?"我说:"有啊。"他问:"哪个?"我说:"毛连斌!"

听说有典型,这下子他来劲了,连忙要我讲毛连斌具体的事迹。我便讲了毛连斌如何苦练步枪射击的事。他兴奋起来:"好,好,这个情节好——不过,你看了她打枪吗?"我说:"想看,但没机会。"他说:"你一定要到现场看民兵打靶,军事训练就看枪法准不准啊!"他沉默一会儿,想了想,又问我:"不知他们民兵营这两天会不会打靶?"我说:"我了解了一下,他们大后天打靶,可是我们大后天要走……不过,我可以去建议他们提前打靶。"老潘又一次兴奋起来:"想得好!就提这个建议,请他们提前打靶。你一定要亲自去看看现场打靶啊!"

第二天一早,我到了大队民兵营长家,提出要看打靶现场的要求和时间上的矛盾。他很快领会了我的意思,马上说:"大队民兵打靶提前到明天!"

翌日,在一条狭长的山谷中,在阵阵清脆的枪声中,我实地观察了韶山大队民兵特别是女民兵排打靶的英姿，还学到了不少射击和刺杀的军事术语。那天老潘也到了打靶现场，自始至终默默地陪同着我，高度尊重我这个"采访主角"。

三天采访，从时间上看是短了些，但在老潘的提示、点拨下，我还真记下了不少扎实素材，我心中真感激这位"潘编辑"！

第三天晚饭后，我们又开始"交流"。我又准备听他提问，早早翻到采访本上的当日部分。可是很怪地，这时刻他倒先翻开了他的采访本，把他这几天采访到的刘雪娥的素材说给我听。说一段就问："这个素材行么？""这个情节你觉得有意义不？"……一连串发问，弄得我很不自在，还真有几分尴尬。因为从搞文学的经历上说，老潘是先行者，从业务上讲，老潘是编辑我是作者——是师生关系啊！怎么他、他这时候如此颠倒过来，总问我这行不行、那好不好。尤其是后来，他还把他写刘雪娥报告文学的主题、构思、细节安排逐一告诉我，又是一连串的"好不好"、"行不行"。当时真问得我脸热心跳，手足无措。但当我想到，老潘这一切是真诚的，是对我的信任，我的心才渐渐平静下来。然而我的回答是很谨慎的，有时对他的某个问题我拿不准而表示沉默，他也不强求，而说"我再想想"；有时我回答说"这蛮好"，他就高兴地说"就这样！"他待人之平等，之谦和，之礼贤下士，至今想来，我仍感佩不已！

第二天早饭后，我俩都在房间整理行装，准备返程。当我们整理完毕在房内小憩时，老潘忽然笑着对我说："你缺钱了吧？"

听了他这话，我无可奈何地点点头。（当时我还真不晓得老潘怎么观察出我已囊空如洗的。那时我每月只 40 来元，除了我在学校的生活费，我还要负担因冤案在农村的父亲及三个妹妹的生活、学习费用，经济相当拮据！）

他见我点了头，关切地说："你写个借条预支点稿费怎么样？"

我这是第一次听见"预支稿费"的说法。有点惊奇，也有点犹疑。老潘见我犹疑不定，又说："这预支稿费是很正常的——就是借钱哟！你借几块钱？"

我想了想，说："8 块。"

他问："够不够？"

我说："够了够了。这 8 块钱就是我们乡村老师一个月的伙食费。"我又担心地问他："如果文章发不出怎么办？"

他仍然十分亲切地说："到时再说——我想文章会发出来的。"

就这样，我生平第一次领到了预支稿费。到那年八月份，报告文学《韶山女民兵》在《湖南文学》上发表了。杂志社在寄给我的稿费汇单上写着"预支8元已扣回"。我的心放下了。

8块钱预支稿费，在今天看来是微不足道的区区小数！而在当时可是一个农村教师一个月的生活费哪！尤其令人难以忘记的是：省文学刊物的编辑老潘，在一次采访中能细心观察到同行作者生活的困顿，并尽心想办法替作者解决部分困难，这份心思、这份情感，实实在在是极其珍贵的啊！

1998年春初稿
2013年9月改

附文：

友情的分量

——从预支稿酬8块钱说起

潘吉光

现如今看来，8块钱算得了什么，还预支呢！可在当年的分量却不轻呀！

这是湘潭市作家协会副主席、作家谷静在最近给我的信中提及他"第一次得到预支稿酬"的情景时，我才记忆犹新地回想起来。记得是六十年代中期，我与他同行，一把纸伞一双套鞋，去韶山采访模范女民兵毛连斌，并要观看实地打靶现场。我们都是头一回见识，两人就都很兴奋。在湘潭至韶山的汽车上，我们言谈不休。他讲述他已掌握了这位女民兵的许多动人事迹。我则一边听，一边叮嘱他，要紧紧地抓住好的细节不放，与小说创作同一道理，没有生动细节，人物是立不起来的，如他已在《湖南文学》刊发的报告文学《红色少年周达斌》，之所以反映好，就是因为作者抓住了周达斌忘我救人的感人细节……。不觉间车已到了韶山。我们住进了当时韶山冲唯一的三层楼房的韶山招待所，房中二床，我睡进门左边，他睡右边。采访还不到两天，得知他已囊空如洗，一文不名。也怪不得他，当时都是低工资，我每月59元，他在湘潭县楠竹山黄湖塘小学当教师，月薪只有40来元，家中负担却极重，三个妹妹读书，罹难打成右派的父亲在老家患病，全靠身为长子的他这么一点工资支撑着。我要他写个借条，预支点稿费。

"借多少？"我问。

"8块。"他答。

"够了么？"

"够了够了。"他感激不尽地说，"这8块钱在我们乡村小学就是一个月的伙食费呢！"

他把钱接过去以后，仍显有点不放心的样子："若是文章发不出怎么办？"

"到时再说吧，"我说，"我想会发出的。"

这乃是谷静生平第一次领到了预支稿酬。到了八月份，报告文学《韶山女民兵》在《湖南文学》上发表了。财务在给他的稿酬汇款单上堂堂正正注明："预支8元已扣除"。

谷静在信中感慨系之：别小看这8块钱，情重如九鼎啊！

诚然，编辑与作家之间，我所敬奉和珍惜的，就是这种相互支持的情感与友谊，正如一位老编辑家所言："没有一个作家在成为作家的过程中没有得到过编辑的帮助，也似乎没有一位编辑（文艺类）在没有作家的帮助下编好了刊物出好了书。"谷静与我相处一直非常融洽，若用兄弟般的情谊来形容也一点不过分。他后来在《湖南文学》上接连刊登小说作品，几乎都是经由我的手发出的，有时甚至几易其稿，反复修改，以期提高作品的质量。这对于他来说是很苦的事，但谷静的为人和创作态度恰好在这方面表现得很鲜明，只要有益于他创作的提高，哪怕千辛万苦也在所不辞。

当然，他对于我的支持也是很多的。我每到湘潭休创作假搞创作，他都给予最具体的关照，记得是一九八九年冬天，我住在湘潭市总工会招待所修改和抄正长篇小说《黑色家族》稿，每晚只象征性的收2元钱的住宿费，这就是谷静和袁文海二位文学朋友给我的帮忙。每到星期天，谷静就邀我到他家喝酒，改善伙食。特别令我感动的是，我每抄完一部分，他就迫不及待地拿回去阅读，连他读高中的女儿也催着他一页不落地从他手中拿过去，读完了作品。

这父女俩作为第一读者的良好感觉和印象，给我的鼓励不可谓不大，对这部小说，我也就更加充满信心。

　　为这部小说，另有一事更是叫我铭感于心，不敢忘却的。一九九一年热夏，谷静来长沙开会，恰逢《黑色家族》的出版校对。由于当时我编务繁忙，校对相当匆促，连自己也不放心。谷静散会后得知我这一情况，竟立即改变返湘潭的日程，留在招待所，通宵达旦为我再校对一遍。30多万字，一句一字地纠正了许多差错。次日见面，他竟轻松而诙谐地说："又通读大作，凭感觉，这本书订数少不了。"我在感激之余，真钦佩他的感觉和预测，尔后新华书店果然征订了1.8万多册。谢天谢地。

　　（此文原载《作家与社会》1998年第3期。）

追思伯青先生

2013年4月27日中午，作家徐澜来电话说："我爸今上午9点多去世了……"话语哽咽，哀音透心，我几乎有些蒙了："不是说这几天好些了么？"徐澜说："这是突然发生的……"

一时间，我两眼模糊，觉得时间、空间都凝固了，停滞了。在书房里，我下意识地翻开了《湘潭文艺家辞典文学卷》有关"徐伯青"的条目，朦胧中一个身材高挑、脸上洋溢着慈祥笑容的汉子迈着大步向我走来……他，就是上世纪六十年代《湘潭日报》健壮开朗的徐伯青先生！一晃数十年过去，至今日辞世，他已是八十四岁的高龄了！真是人生易老又易逝啊！

我在心中呼唤我们的挚友——伯青先生！

伯青先生！在漫长的人生历程中，您二十岁就参加人民解放军，并奔赴抗美援朝战场，出生入死，经受了残酷战火的考验。转业到地方后，您又以不懈的努力，把本职工作干得有声有色！您体验人生，描绘人生，尤其在走上媒体岗位任职报纸副刊编辑后，您更与文学"相依为命"，与文学共生共长、共进共荣。

伯青先生，在与您相处的数十年岁月中，您的品格，您的才华深深地镌刻在我们的心屏上：

伯青先生，您有一支朴实而饱蘸生活美汁的笔，是我市文学创作的先行者。还是在上世纪五六十年代，您就写了许多充满乡土气息和诗意的好作品，您塑造的人物形象和描述的动人故事至今仍让我们激动不已。我们忘不了您在上世纪五十年代出版的小说集《第十张申请书》中反映的社会大变革的动人景象；我们忘不了您在六十年代出版的纪实文学《韶山风云》中率先在国内描述的可歌可泣的伟人斗争故事和伟人故里如火如荼的革命场景；我们忘不了您在改革开放后撰著的《屈原的传说》中展现的楚地风物人情和体现三闾大夫高洁情操的感人故事；连您退休后抒写的表现报社人生活的散文，至今仍让人清风扑面！

伯青先生啊，您有一颗十分热忱的心！是我们文学作者的好老师。您虽有一支彩笔，但没有成为一支专事写作的笔，您在更多的日子里，用这支彩笔蘸着浓浓的情，帮助初出茅庐的年轻作者润色文字，提升文品。在您的辛勤培育下，湘潭许多作者在您耕耘的副刊园地里茁壮成长，成为颇有建树的作家！许多作者不约而同地回忆说，您对稿件严肃审读的神情、提意见时的灼灼亮眼，和认可优稿的由衷的微笑，至今想来，就在眼前！

伯青先生啊，您有严谨的做人准则，是我们处世为人的楷模。您写文学作品的资历那么老，您的作品那么优秀，仅上世纪八十年代您的《屈原的传说》就荣获湖南省首届儿童文学大奖、报告文学《盘根草》获《健康报》全国征文一等奖等等，可是您从不张扬，从不高调。您的不争名利、低调做人，反而衬托出您做人的高品位、高格调！

伯青先生……

逝者是唤不回的了，但伯青先生的英灵永在，在朋友、同事的心里，在朋友、同事的念想中。

我和伯青先生相识于上世纪六十年代。我也是受过他扶助的众多文学作者之一。他对我的帮助，至今深铭我心。数十年交往，我们成了好文友。就在去年夏天，我的一篇回忆性散文在《湘潭日报》发表，他看后立即打电话给我谈感受。后来在一次散步中我们相遇，他说要好好聊聊我所写散文的那段史实，我们约定去他家聚谈一次。然而，因种种原因一推再推。早几天我听振文兄说伯青先生好多了，我当即就下决心要尽快践行这次约定，再次聆听他的教诲，汲取他丰厚的文学营养。然而，天不假年，伯青先生就这么匆匆地走了，给我留下一件无法挽回的憾事！

一生倾心血，文苑留芳名。伯青先生离我们而去了，但他仍然永留我们身边。他没有走远。因为他的作品，他的高尚人格，已作为宝贵财富融入我们的生活，融入我们的创作，融入我们的人生之途！

写于2013年4月29日

且说欧兄忍耐力

前不久，我整理自己的文稿，在一大堆资料中，发现了欧阳毅先生（平日简称其为欧兄）早在上世纪八十年代为我手抄的小说稿《寻找》。欧兄端正的字体、工工整整的笔画，使我又想到他当年为我抄正稿件的经过：

一天，我到他在平政路一条仄仄小巷中的居所拜访他。他的所谓"居所"，讲实在的只是一个够睡觉的地方——里面只能放一张床、一张小办公桌，客人进屋只能坐在床上，且房屋低矮，进去就感到气闷。我去拜访，是因为先生刚退休，有闲暇时间，便请他替我抄抄稿子。时值夏日，坐在他屋里不动也流汗，还有众蚊虫嗡嗡缠绕。我说了来意，又将我的底稿给他浏览了一下。就在他浏览稿子之时，嗡嗡着的蚊子便趁机在他的胳膊上咬了两只红砣。见此，我决定不让他抄稿了，便说："欧兄，你这里蚊子太多，不宜抄稿，我……不麻烦你了。"欲取走稿子。但他高低不肯，说："这蚊子咬几口算什么，我耐得住！何况我还有蚊香对付！"硬是"扣"下我的稿子。过了两天我去取稿子，当他把抄得工工整整的稿子交给我时，他那手臂上的红砣砣几乎连成了片。又看见他脚边的一盘蚊香曾经的点燃处发着黑，说明刚点燃就熄了——是因为屋里湿气重，蚊香也难点燃！这下我可领略到了他早两天说的"耐得住"的含义了——他有非同一般的忍耐力！他这种为朋友抄稿不惜蚊咬的忍耐力让我有点心酸。

说起他这点忍耐力，还真是"小意思"。据我所知所晓，他还有更让人心动的忍耐力……

他对党是无比真诚的。那年月，像他这样学徒出身的年轻人，对共产党怀有天然的亲近感，十分自然。在新中国诞生的前夕，他毅然决然参加了革命队伍，成为"革大"一名年轻学员。抗美援朝战争爆发，他响应党的号召，义无反顾地报名参加志愿军，作为铁道兵的一员奔赴战火纷飞的朝鲜前线。抗美援朝战争胜利结束,他与战友们返回祖国又成建制地战斗在鹰厦铁路建设的工地上,流汗流血,为鹰厦线的建成通车又立新功。1958年,铁道兵缩编,大批干部战士转业回乡。那时已经担任单位办公室工作人员的他,又一次响应党的号召转业回乡。

在转业回何处的问题上,他又一丝不苟地按照党的"从哪里来回到哪里去"的指示,想也没多想就把他的户口迁回老家——湘潭县锦石乡槐树湾。其实,他完全可以落户到湘潭市城正街,因为他的爱人是城区单位职工,两个孩子也是城市户口啊!(由于他这一举措,使他在乡下一待就是漫长的几十年!)

回到老家,农村生活的艰苦、困难,他是完全没预想到的。可是,他认了,并认为这是党对他的考验。新中国成立前就远离家乡的他回到锦石乡的土地上,已是上无片瓦无处栖身了。亲友们也处于困顿之中,无力相助。面对如此窘境,他气不馁,劲未减,千万百计扎根乡土。他到处寻访有无破屋或旧庙可以栖身。然而几天寻访带给他的全是失望。可是他不灰心。那天他从一间泥砖垒的厕所旁经过,进去解小便,发现里面杂草丛生,蹲人的几个坑里污秽物已近干涸,得出结论:这是一间废弃的厕所。顿时喜出望外:"我不就可以在这里安身吗!"合作社的领导和社员见他要在厕所安家,除了同情还只是同情。他说干就干,第二天就把粪坑填了,又把厕所里的杂草污物铲除,把地面填平。当晚就搬来土砖和几块木板把"床"架好,硬在里面睡下了。几天过去,他还真过得安然。有小青年问他:住"茅厮"(厕所)憋得住臭气吗?他倒笑呵呵地说,有些事忍耐忍耐就过去了,何况这比在朝鲜蹲坑道强多了。住进废厕所的第五天,他到供销社买来铁锅和热水铁坛,准备砌灶。就在这时,乡上托人传话,要他去乡上一转。原来他转业回乡遇到的困难,已经村里向乡政府,那时乡下正缺老师,又闻知他在部队当过文化教员多年,便决定派他到学校担任拿工分的民办教师。因此,他的打灶工程停止,背着背包、提着生活用品,走进了乡村学校。他扎根农村宁愿睡厕所的忍耐劲儿,也在乡下传开了。

不仅生活上的事他能忍,在政治上,别人难以接受的事他也能忍,而我就亲眼见过他这股忍耐劲儿。

那是1970年春天,县里在"五七干校"举办特别学习班,主要成员是所谓在"文革"中有问题者。学员一进校就被宣布"几不准"(不准请假、不准与外面通信、不准打电话、不准互相交头接耳等等),实际上是被监控起来了。

学员们除了听报告、写检查批判自己外,其余时间就是下地劳动。在这样的环境下"学习",人们的心情如何,不言也知!

一天下午,我在大院外菜地劳动。我干活的那块菜地正对着学习班办公室的窗户。我听见办公室一工作人员在往下面的射埠区打电话,说的是让一个叫"欧阳耀荣"的干部马上来干校学习。当时我想:好了,我们又会来一个接受"几不准"监管的"学友"了。

第二天上午,我所在的小组在寝室里由监管小组组长领着召开学习会。组长宣布:今天我们组会增加一个名叫"欧旧耀荣"的新学员。十点多钟,门外面有人声传来,门开了,一位高个子、国字脸、上唇边有一抹胡须的汉子手提铺盖卷出现在我们面前。见了汉子,我心中一惊:这不是欧阳毅老师吗!怎么是"欧阳耀荣"?!当时,除了我明白汉子是欧阳毅,其他学员都认为他是组长说的"欧阳耀荣"。下午搞劳动,欧阳毅与我被分配在同一块菜地里扯草。起初我俩还保持相当距离,等监管人员走远了,我们扯草越扯越近,等近到一定距离,我悄悄告诉他:他们要的是欧阳耀荣,不是你欧阳毅,是你们区里搞错了,学习班也将错就错。他听了,满脸立时憋得紫红,一种即刻要爆发的模样,但,他却抑制住了自己的情绪,两眼直直地盯着菜苗,许久才长出一气,脸色也由紫红慢慢变为惨白。

我对欧阳毅讲的话,不知怎的传到了组长耳里。当晚,他把我叫到办公室,问我:"你在菜地里同欧阳毅说了什么?(这时他们已明白搞错了人。)"我坦率地答道:"我告诉他不该来这里,是你们搞错了人。"组长一拍桌子:"我们搞错了,关你什么事?你不好好考虑自己的问题,反而管起我们的事来,你、你、你不晓得天高地厚,你必须检讨!……"听着他打炸雷般的批评,我心平静,心想,我有什么问题自己最清楚,你们错了不认错,我说破了你反而还说是我的错,然而事实永远是事实……这么一想,我心更平静,更坦然。

欧阳毅来的第二天的学习会上,组长介绍他时改了称呼,面无表情地说:"他叫欧阳毅,是新来的学员——欧阳毅,你当着其他学员就表个态吧!"对为什么"欧阳耀荣"一下子变成了"欧阳毅",组长不置一词。我看出,此时的欧阳毅心中五味杂陈,憋屈得不行,他完全可以讲、可以申辩,甚至可以离座甩门而去,然而他竭力控制住了自己,还慢慢开了口,说出如下的话:"这五七干校,是干部学习提高的地方,我一个农村老师能进这里学习,是……是一分光……光荣！"一时间，我对他的忍耐力感到惊讶，感到不解。静下心来，我也明白了，在那样的氛围中，不这样干不行啊，何况他在前几年也参加过群众组织，无大错总也有小疵吧。

就这样，欧阳毅这个被乱点入校的"新学员"在"几不准"的管束下，整整一个月跟我们一起学习，一起写检讨，一起骂自己，一起下地挥汗劳动……不过，他到底和我们"正式学员"不一样，刚满一月就被"解放"，回学校去了。而他这受冤受屈的忍耐力，给我留下了极深印象。

然而，另外一件事，又稍稍修正了我对他这种忍耐劲的看法。

那是七十年代初的一天下午，我从我任教的学校步行三十里到他任教的学校看望他。吃过晚饭，我打算步行回去。他高低不肯，说学校等会儿只开个短会，散了会就陪我聊天，硬要我在他那里住一晚。见他这么恳切，我留下了。他去开会了，我便在他房里看起书来。会议室与欧阳毅的卧房只隔着一间教师宿舍，里面的人声时不时传来。他们这短会真不短，一开就开了一个多小时还没结束的迹象，我便躺在床上小憩。这时，会议室传来一个我有些熟悉又觉陌生的声音，这声音出奇的响亮，还很激昂。我仔细一听，这下可听出了是欧阳毅的声音。他的声音刚响过，会议室顿时人声鼎沸，嘈杂声一片，看来是为什么事争论起来了。延续的嘈杂声又响了好久。等嘈杂声平息下来，我已睡着了。直到散会后欧阳毅推门进房，我方醒来。我说："你们的会开得好热闹啊，我特别听到了你的男高音。"他脱衣上床与我并排而卧。他叹了口气，说："是不得不说了啊！是为了树学校'三好学生'标兵的事，大家都遵从校长的意思，我唱了反调，因为我掌握一些他们没掌握的情况，有些属品德上的事，不能迁就，要评标兵就得评货真价实的标兵！"说着他又有些激动。我问："你搞赢了？"他说："当然搞赢了！"又郑重地对我说，"其实，对看准了、有事实依据的事，我会忍不住，就会要讲，要表达，而且会耐着性子'蘑菇'，一定要搞赢！"

这下子，我可明白了他的"忍耐劲儿"的双重性——要么耐着性子沉默，要么耐着性子争辩到底。就是由于这"忍耐双重性"的后一种，他与校领导较着劲，关系别扭。正因为如此，他的人生之路便不平顺。按照他的资历，一九六二年全国精简"大跃进"新招员工，按政策他百分之百不在下放人员之列，可是他却被首批下放务农，又回到食住艰难境地。一年多后，大概领导发觉有误,又将他作收回安排。又如,对于加入党组织,他一直孜孜以求。转业回乡教书后,他是每学期都写一份入党申请书,有时写两份。他曾对我说:"我认为我比我身旁的党员并不差,还比个别党员要强!"大概就是由于他对自己有如此自信,所以他这样坚持着写入党申请。但一年一年过去,他入党的事一直是入海泥牛。是他的教学不行吗?历届校领导都说:"欧老师的语文课教得好,没话说。"是学生反应不好?你去问学生,学生说:"欧老师对我们学生最关心,是蛮好的老师!"私下里,校领导谈起欧阳毅入党的事,常常说:"欧老师工作没话说,就只有点那个……"

"那个"是什么?可谁又说得清道得明?

欧阳毅先生对党究竟有多忠?他耐着性子坚持申请入党究竟坚持到什么程度?这个谜底,直到他 2011 年以八十四岁高龄辞世后才揭开。他去世后,妻子老罗清理他的遗物,在一只木箱箱底发现了一只红布包裹,打开一看,里面全是入党申请书的底稿,有一百多份!是欧阳毅从五十年代至退休近四十年间写的,有的一份有四五页纸,最少也写了满满一页纸!一个人对党的信赖和追求到这种程度,在我的众多朋友、熟人中绝无仅有!在我的周围,绝大多数人只写过一两次申请就入了党,最多的也只写过上十次就如愿以偿!而欧阳毅老师数十年坚持写申请,写的申请书若装订起来就是一本书!创造了信仰的奇迹!创造了对党的爱的奇迹!这需要怎样的耐性、坚持性!而他却始终未能如愿,这成了他人生最大的憾事,也是我们党的憾事!他一个普遍农村中学教师,一不贪、二不骗,几十年如一日坚守农村讲台,还写了那么多鼓舞人心的好作品,他哪一点不够格?!那些忽视他、以个人好恶阻遏他入党者,当你们面对这百份申请书时会作何感想?会有愧吗?会觉得对欧老师有亏欠吗?只有天晓得!

俗话说,人在干,天在看。欧阳毅先生也终有云开日出的一天!就在他去世前一年,他的离休干部资格得到了党的认可,他的资历、他的表现和贡献得到了党的肯定。据说,接到认定他是离休干部的通知的时候,他笑了,十分欣慰地笑了。他的忍耐劲(也包括他的生命的忍耐劲儿),使他终获补偿。

2011 年 8 月初稿
2014 年 3 月底三改

说 石 安

肖石安先生是我的老朋友。这几年，因共同担负湘潭市作协《楚天文学》杂志的编务工作而交往密切起来。我们经常互通电话，有时聊一聊编辑、写作事，有时是纯粹的聊天，还经常互相调侃，真可谓其乐融融。然而从今年四月份以后，他突然没了电话，我手机的屏幕上再也见不到他那熟悉的号码。我有些说不出的焦急。恰在此时杂志副社长也在找他，打电话问我，这时我才真正感到事非寻常。于是几经曲折，终于弄清了石安的"去向"。原来他病倒住院了。他的侄女肖雪在电话里告诉我，他得病时手机丢了，所以没有跟大家联系。我问他得的何病，肖雪的回答真让我遇上地震般的震惊——他得的是肺脏恶疾！于是我一不做二不休，迅速与石安几位好友打电话，告知情况，并迅速集合赶赴医院探望……

我认识石安好多年了，而真正交往密切却是近几年的事。

记得还是上世纪七十年代末，那时我在湘潭县文化馆任文学专干，他是我们的业余作者，而且是有一定创作基础的业余作者。他经常寄稿子给我。于是，我们有了书信往来。我们的信的话语不多，几乎都是围绕作品而谈，但他对创作执着追求的韧劲，给我留下了深深的印象。后来，他的创作果然有所收获。他的散文、小说、评论等不时在省市县报刊发表，获得好评，有的还在全国性征文中获奖。我亦为老友的文学收获而感到高兴。

后来他又搞了一段民办教育工作，再后来又去外省打工。这一去就是多年。早些年，他回到湘潭，又以绝大部分精力投身文字工作，于是，就有了我们共编《楚天文学》的机缘。

由纯写作者到编辑者，是个角色转换过程。而他转得很好。看如此众多的来稿，对有些有"潜质"的稿子进行修改，这都需要耐心，更要韧劲。那时杂志办公室设在老电台五楼。他就在那里看稿、改稿，接待作者。我常常登上五楼与他商量工作。每逢去都没见他歇着,不是与作者交流,就是阅稿、改稿,要不就是到作者单位约稿去了。有好几次,是夜半时分,我回家从电台大楼下经过,还看见他办公室的灯亮得正旺,窗口逸出股股淡色烟朵——我知道此时是他挑灯夜战正欢时。心里不由对他这种对编辑工作的拼劲生出由衷的感动。他对编辑工作的认真负责的态度,感动了许多作者。众所周知,《楚天文学》是没有稿费的,他去约稿,许多湘潭地方的名作家如张德宁、赵竹青等都乐意给他。可见他的编辑工作与作者建立了良好的关系。

《楚天文学》是没有经费来源的,全靠被宣传的企业或单位支撑着。有时某些单位答应宣传,然而临到我们去人采访又突然变卦。这种情况我和石安都遇到过。一次,某单位答应采访,当石安赶去单位,单位负责人却避而不见。为了这个单位的采访,石安打了二十几个电话,还上门十多次,终于感动了单位负责人,对采访进行了良好配合,完成了该单位的宣传任务。

另外,我们杂志为某单位完成了宣传任务,杂志也印出来了,且由石安送上了门。但一提付款的事,对方就以种种理由予以推脱。因我们是包干制,石安遇上这样的单位便打起了持久战。有一个单位,石安硬是从秋跑到冬,又从冬跑到春,跑了好几个月才把款子拿到手。石安之"磨"劲,令人叹为观止!

尽管编务工作很忙,但他仍抓紧时间写作品。我们每期新杂志印出来以后,有一段的松动日子,这成了他创作的"黄金季"。每当这个时候,他走路在构思,睡觉在构思,就是吃饭也在构思。有几回,我和他在一起吃饭。吃着吃着,他又讲起了他正在构思的小说。讲得绘声绘色、津津有味,桌上的饭菜已全凉了也不顾及。我当然也要陪他聊。往往就这么聊着聊着下半餐饭就全是吃的"凉饭"了。这几年,他写了一些中短篇小说,散文,评论,以及律诗和楹联,等等。他的中篇小说《告别文明》在《楚天文学》发表后,立即获得反响,有读者打电话给他说"看着看着眼泪水就出来了"。那期杂志,很快被索取一空。他的散文和评论,也受到好评。他的痴心创作,终有所获。

在办杂志期间,他对我是很照顾的。我除主管全面稿件质量及出版装帧工作外,还负责小说、评论版面,他负责散文、诗歌版面,而报告文学各负其责。但我们既分工又合作,从未截然分开。有时涉及送杂志等体力活,他总是说"谷老师(他多年来就这么称呼我),你的事多,这送杂志的事由我包了,我搞过几年装卸,比你有劲。"还说"你老(他也这么常常称呼我,我总感汗颜）年纪比我大，你就莫送了。"这几年，有关向四大家机关送杂志的事，真的就全由他包了。他也真的有好体力，一包四五十斤重的杂志，他可一气登上五六层楼而不喘大气。

通过这么些年的接触，我渐渐知道他就出生在我的老家，扯起来还有些亲戚关系。因而，这几年我有几次因事回老家邀他同行。他总是欣然应允，从不推辞。前年我那参加过抗美援朝的姑妈以九十三岁高龄去世，因他也认识我姑妈，曾经也有过接触，我便邀他下乡参加追悼活动，他即答应。在镇、村干部主持的追悼会上，本没安排他讲话，但他主动提出要讲一讲。看他如此热情，我们同意了。他发言了，怀着对抗美援朝老战士的崇敬之情，饱含深情地从抗美援朝战争的残酷性、它的重大意义讲起，再讲对我姑母的评价，款款深情，洋溢在字字句句之间，感动了在场的村民们。

许多事情，他就是如此主动担当，且担当得出彩出色！

以石安先生的天资，他的境况本应好些。但由于众人皆知的"左"的路线的局限，他的人生之路一直不顺。他在碧泉乡当民办教师，所教学生质量有口皆碑，还被评为县优秀教师。可他就是没能转正。有一次差不多要搞成了，又是由于个别人的阻拦，而永远搁下。每当提起此事，一向隐忍的他，总会令人诧异地突发愤言："冒良心的，不得好死。"他的婚事，也是由于同样的原因，被长期搁浅。但庆幸的是，随着社会的开放发展，他的境况在不断改善中。今年春节，他打电话给我，喜滋滋地说："我又发了移民金（他是从我老家移民到碧泉的），还有民办教师补贴，有点钱了，谷老师，你莫总替我担心了！"这几年，他的婚事也有了眉目。甚至还曾有大学女教授想与他结连理。我几次笑他走"桃花运"了。他都笑笑默认。就在他的喜事顺利进展时，老天无眼，给了他如此重击。这是我和他的其他友人至今想不透的！

石安先生对我的帮助，我永铭于心。最近，从他的亲人处，我获知了一个秘密：他的年龄比我还大一些！这是因为当年生产队为了促成他的婚事，而将他的实际年龄在户口簿上改小多岁！石安总说我是"好心人"，其实他才是真正的"好心人"。为了多做事，为了多帮我的忙，他总是说我的年纪大、身体差，总称我为"你老"。而直到今天，我才明白论起辈分和年龄，他是不应这么叫的。而他却坚持叫了这么多年。想起这些，我不由得鼻酸而泪落。

2009年8月28日凌晨急就于金侨

念一鸣兄

按照惯例,每年春节我都要给贺兄一鸣打拜年电话。可是,2010年大年初二,我给一鸣兄打去电话,他却不能接话了。他的夫人赵荷芳在电话里告诉我:贺一鸣病了,接不得电话。我只好把我对一鸣兄的新春祝福请她代为转告。放下话筒,我暗忖:难道病重得连电话也不能接了?但转念一想,这或许是急病,来得急去得也急,应当不碍事的,他那么好的身体是不会有大意外的。这么想后,我心里稍稍舒坦一点。

3月6号,市作协在湘钢开作协主席团会议。大家在会上热议"老艺术家荣誉奖"人选。我们都不约而同地提到了贺一鸣先生。其间,楚荷对大家说:贺一鸣病得不轻,已走不得路了,现在已住进了中心医院,大概冒多少日子了。他的话使我不由一惊:一鸣兄难道真的病垮了?

3月7号下午,我和振文兄一道去市中心医院探望他。我们几经周折,才找到入住老住院楼6楼17床的他。此时的他,正穿着厚厚的衣服、戴着布帽坐在病床边的方凳上朝前斜倾着身子埋着头一动不动。在旁边守护的他的二儿子贺赵冰悄悄告诉我们:"这几个月我老太爷就是咯样坐着睡。"我问:"为什么不上铺睡?"赵冰说:"他一身痛,上铺睡不得。"这时一鸣抬起了头。他儿子忙说:"杨伯伯、谷叔叔来看你了。"一鸣此时眼中有几分惊讶,脸上未见平常易见的笑容,似乎还有些嗔怪地说:"你们用不着来看我,又远又耽误时间——真的,我的病拜托你们莫告诉别个了。"我俩问他的病情,他便从第一次腹部发痛的地方讲起,讲到全身各部位的疼痛……这时我注意到他脸色苍白,虽不现瘦,但嘴唇乌黑乌黑,黑得出奇。我们讲起了他创作的辛苦。他说:"如果不写后两个长篇,可能还不会得咯重的病。"似乎有点为近两年写长篇有些后悔。但接下来却说出这样的话来:"我一个新长篇的提纲已经写好了,还交给冰静看了。可是现在拿不得笔了……"似又有些惋惜。看来,这位老作家的"文学情结"实难割舍啊！

　　这次探望，我依自己的治痛经验，给他提供了某维生素作为治疗疼痛之药，还把国际上有关此维生素治病的资料内容告诉了他和他儿子。赵冰也真的去买了来让一鸣兄服用。第二天傍晚，赵冰在电话中告诉我，吃了你讲的药，痛轻得多、甚至不痛了。我便有些欣慰，希望有奇迹出现。

　　可是15天后，一鸣兄仍然与世长辞了！（直到此时，我才知道一鸣兄早几个月身上的癌细胞已经扩散，这点维生素药是无济于事的！）

　　闻知他的噩耗，我一时无语，泪雾倾刻蒙眼。我想，一鸣兄一生都在追求文学，他是为文学而生，也是为文学而死的。数十年的业余文学创作生涯，一鸣兄，你铸就了自己两百余万字的作品，更完成了自己人生独特的个性和格调，一鸣兄，我们不会忘记：

　　一个因文才出众而有过辉煌、而又因此而蒙难的你。还是在上世纪五十年代初，你还只18岁，就在《人民日报》发表小说，尤其在当时的《湖南文艺》（后改为《湖南文学》）发表的小说《白花》、《师徒之间》等，引起文坛注目，时任《湖南文艺》主编的周微林亲自撰文推介，影响甚大。当时你遂有"湖南工人作家代表"之美誉。尔后，你又在许多文学刊物频发作品，声誉日盛。然而，"天不容才"。你的才华遭到了某些人的嫉恨。在一次政治大风暴中，我市某文学社被打成"反革命组织"，尽管你是个普通工人，不在"划右"之列，但你却被冠以该组织"秘书长"之职，由此被打入冷宫达数年之久！（几十年后，某文学社被平反，一鸣兄你却不在其列，平反无份，因为经查你并不是该文学社的真秘书长，那是凭空杜撰的！你真是冤到家了！）划"右"后，你在马家河劳教队改造，睡在又湿又冷的稻草上，吃着毫无营养的饭菜。那时你才22岁，你忍受不了这一切。为了尊严，你喝下一大菜碗"666"，以了却这非人的待遇。后经抢救，挽回了生命。不久你又得了更要命的伤寒症，而医生因你的身份和病情之重不敢施救。是你娘老子和爱人小赵的长跪恳求感动了那医生。经医生下猛药，方捡回你一条命！（而治你的医生不久却因同样的病而撒手西归！）然而，就在你从阎王殿返回后，你对人生有了更实在的思考，由此你变了，变成了另一个你……

　　一个以幽默向世、"笑"对人生的你诞生了。一鸣兄，在那几年的"炼狱"般的经历中，你对人生的真谛，颇有所得。因而，你整个的人生态度似乎变

了，变成了"笑话专家"。你的民间笑料，你的荤段子，不晓得为何那么多。无论你走到哪里，都有人要你来几段，而你总是"求之不拒"，总是绘声绘色地讲将起来，且从不收"出场费"。每当别人笑得直滚时，你却能做到基本不笑。你是在别人愉快时自己心里"偷着乐"！这就是你讲笑话的本事。你给人们带来了愉悦，别人亦赠你别号，雅的叫你"开心果"，俗点的叫你"贺一乱弹"。但你都不恼，似乎还乐于接受。一鸣兄，你从当年那"厌弃人生"到后来"笑对人生"，你这个转变的秘密，可从未对人言起。而我却揣度出其中一二：这是你看淡了人生的体现！是你悟出人生苦短、必乐观行之的体现！写到这里，我们的贺一鸣同志难道成了个遇事皆称好、遇人就开笑的"笑面佛"么？如果那样看你，你是会一百个不答应、一万个不答应的！实际情况是：你是在有原则地生活着——

一个正气与热情在身、敢讲真话的你！一鸣兄，在多年的接触中，我总觉得你身上总有一股袭人的热力在影响着你关切的事物和你的朋友。早几年，我在某报社看到你写给报社总编室的信。在那封信里，你从那几个月报纸的版面设计，到每个版面、每个专版所发稿件的特色一一给以评点，对写了好稿的作者还一一点名"表扬"，对不足之处也提出了积极的建议。看了这封长达四五页的信，我对你不由感慨良多！一鸣兄，你如果不细读报纸，无论如何是写不出如此中肯的意见的；你如果不长时期读这种报纸，你又如何能把那几个月的稿子梳理得那么全面到位？后来，我问了你的夫人，她说你对我市这张大报几十年来每天都细细阅读，甚至还做记录。你这个"义务评报"行为，难道不是在对我们的社会投入极大热情的关注？一鸣兄，你对全市文学界的事，也同样倾注热情竭力关注。也是早几年，我市筹备出版一本文学史专著。其中小说一章由你撰稿。这下子，你这全市小说创作"活字典"的形象原形毕露了！读了你撰写的稿子，我真佩服你把湘潭数十年小说创作的情况掌握得那么全面细致！近百位作家姓甚名谁，何时何刊发过何小说，都一一道来，如数家珍。对作家、作品的评价，你从不躲躲藏藏，而总是直来直去，坦露真言！你对湘潭小说创作数十年的高度关注，可谓极矣。我可以这么说：至今无有出你右者！你对作为小弟的我也同样热情关注。2006 年，我的小说选《醉》清样打出，我请你替我看一遍。你满口答应。我说一个星期看完行吧？你说，我会尽快看好。从交清样给你后的第五天，你打来电话，说稿子看完了。当时，我真感动得不知说什么好。一部 30 多万字的小说书稿、一位 70 高龄的老人，这么快就看完了，而且校出了不少的错讹（后来还写了评论）。感动之余，我邀你找个餐馆小聚一下，你坚决拒绝；我邀你去茶社小坐，你仍坚决拒绝。后来，倒是你带我到你朋友开的铺面上坐了个把钟头。我晓得，你之所以这么做，是怕我"破费"。一鸣兄，你处处替朋友着想，怕给他人添麻烦，可谓极矣！

一个勤学苦写、清贫生活的你！一鸣兄，你的文化底子只是高小毕业。你在 1952 年随第一批 50 多位工人筹建纱厂进厂起，就开始了艰难的业余文学创作。那时你真是"一鸣惊人"，成为湖南文坛的耀眼新星。可是不久厄运降临。几年后，你草草地"被平反"。你曾经把钢笔折断，并说要告诫子孙"再莫读书"。可是，当车间里要你搞宣传时，你又来了瘾。你对朋友说："人喜欢了这一门（文学），逃都逃不脱！"从六十年代中期起，你又热情似火地投入业余文学创作。那时你抽劣质烟、喝"打酒"（最低档酒），以烟酒为提神剂，你拼命地读书，拼命地写稿，又陆陆续续在《长江文艺》、《湖南文学》、《羊城晚报》等报刊发了不少作品。你被选为工厂职大老师，执教二十多年，你的许多学生已成为高工和专家，可因为你没有文凭，一直还是工人身份！前不久，你的退休工资增加到 1700 多元。你好高兴。你对相濡以沫半个世纪的老婆说："婆婆子，我们两个的工资这下加起来，有三千块钱了！日子会好过多了！"欣喜之情，溢于言表。可是，这点工资比起你教的学生，仍是微不足道啊！在一鸣你的心中，这日子确确实实会好过多了，可是，你这 1700 多元只领了一个月，你就走人了啊，这不能不说是个天大的遗憾！那天我和老杨去医院看你，你仍旧穿着几十年前就穿的中山装，而且一下子叠起穿了三件！你毫不时髦，真正是几十年一贯制的朴素到底。你的家至今还安在老职工宿舍的四楼，区区 40 平方米。多少年了，你就在这里生活，写作，自始至终其乐融融。你保留下来的一大沓、一大沓手稿，页页字迹工整。此外，你还有记着大量民间俚语、好词好句的自制本本，以及写作提纲……对照这几年你出的多部长篇，由此我们可窥见你在小说写作上是下了一般人难以企及的功夫啊！

一鸣兄，对你要说的话实在太多，你的事一时半会也难以言尽。在生前，你几乎不谈自己，对自己曾有过的创作业绩极为低调，以至众多文友对你的过往一无所知。当"知情人"要说，你总把话岔开。其实你是一个内涵极为丰富的人，你本身就是一部耐读的书。对于你这么匆匆离去，我根本就没有思想准

备,一切似在梦中,倒真希望是一个"传闻"。然而,事实无情,你是确确实实地走了。多少天来,我心中总是空落落的。我似乎仍在期待,期待你会在某一天又在我面前出现,又讲出新的更有趣的"故事",再次逗乐我们,期待你再次同我等朋友作心的交流,充实我们的生活和创作……

期待即为向往,将化作永恒的忆念。

写于 2010 年 4 月

当官的文友

我与他，三十年未见面了。三十年，几乎三分之一个世纪，不短啊！这三十年中，我一直与他无缘谋面，但他的"升迁信息"仍通过各种渠道传来：他从县政府办公室的一般干事，升为"主任"级，又由"主任"提为"县长"……再后来成了某电影厂的厂长、某地区行署专员，到早几年便进大都会，成了大都会的行政首长，真是一路飙升、春风得意！

他的"官"是越做越大，然而他那文学之笔却不曾放下。他的诗作、散文，乃至小说时有面世。每当看到他的文学新作，我的心头总会荡起一股温馨的春潮。殊不知，我就有"文友"一当上高官（有的还算不上官），便鄙夷起我辈埋首笔耕者来，一下子有了官相、官腔，既从心底里离弃了文友，也背弃了文学。也难怪，在当今，做官比"布衣文人"各方面都不知强到哪儿去了！我也曾有过一闪念：我那文友会不会"人一当官脸就变"？

真是巧得很，在省第六次作代会上，在会议大厅里，我发现了他。细心的我从他那眉眼、姿态认出差不离就是"他"。其时，他悄悄地坐在最后几排的座位上，静静的，像当年那样不事张扬，而台上坐着的是经常与他在一起的省委、省政府一把手及其副手，还有省委宣传部、省文联、省作协的负责干部们，其中许多人的"官"比他小。看到此，心中不免有种怪味。而他却很娴静地坐在一大片代表之中。很快我明白了，他是把自己作为一名普通的作家在听会哩。

会间休息，当他从座位上走出，就有许多人上前向他打招呼、围着攀谈，我也曾想走上前去，但很快打消了这个念头。三十年了，岁月这把无情的手术刀，已把人的容颜弄得面目全非，也许他早已认不出我了，我何必自讨没趣！

世上之事，常有偶然来给人制造机缘。就在另一次会间休息时，许多代表不约而同地朝会场外走去，我随人群前行，就在走近大门时，我看见他站在过道里与人交谈，刹那间，我们的目光交汇了。他朝我微笑着，我亦以微笑作"答"。我似乎觉得他认出了我。但此时我无法以"××长"的称呼叫他，因为在过去的岁月里，我们均是以直呼其名为亲切。我走到了他的面前，用"你"代替了对他的称呼："你还认得我吗？"他脸上的笑纹更生动了，语调轻轻的："啊，谷静！谷静！谷静！"又说："你胖了！"他一边轻轻唤我，一边向我伸出了手。我们的手紧紧握在了一起。这是三十年后难得的"一握"啊！与他正谈着的人见他如此移情于我，似有几分诧异。他仍轻言细语地对我说："我们是老朋友了，昨天见了杨振文，我说邀请你们到我那里聚一聚。当年，在湘潭，在韶山灌区创作班……"

他的话，勾起了我对往事的回忆。上世纪七十年代初，当时的湘潭地区文协（作协）几乎每年都在韶山灌区招待所举办文学创作笔会，每次都是一两个星期左右。那时浏阳属湘潭地区，他就是作为浏阳的作者来参加笔会的。他比我小几岁。我记得那时他刚从浏阳县某中学调进县政府，我也刚从湘潭县某中学调进县文化部门。他写诗，我写小说。那时的他，穿着质地并不好的白衬衣，脚蹬一双旧解放鞋，背着一只洗得发了白的挎包，说话总是轻轻的，带着朴素、真诚的微笑。也许是有当过农村中学语文教师的共同经历的缘故，经相互介绍后，我们更有了亲近感。笔会分诗歌组和小说组，讨论作品我们不在一起，但他却时常把新创作的诗让我看，要我提意见。讲实话，在搞创作之初，我也写过诗，但后来不写了。新交的文友要我提意见，我也常常胡诌几句有关感受之类的话，而他却听得很认真，有时我讲中了，他乐得笑眯眯的。我也拿短篇小说给他看，他也无保留地谈看法，有些看法还蛮有见解。我们就是这样"跨行业"地交流着。他写诗很勤奋，常常是整整一个上午、一个下午地"关"在自己的房间里不出来。我们只有在饭后休息时，才有与他交流的机会。每次笔会一结束，他都有一批构思新颖、语言隽永的诗作问世……

后来，有几次笔会，因工作关系我没有参加，再后来，由于行政区域的变更，浏阳从湘潭地区划出，他和浏阳的作者就没再来湘潭参加笔会了。

我们一别就是三十年！

这次省作代会开得十分紧凑，我们只有在会间休息时才有时间相聚，而每次都很短暂。会议第三天上午，在会间休息时，我俩又相遇了。他旁边有人提议照相，哪知一下子围上许多人都要与他照，有二人与他照的，也有三四人与他照的，要"挤"上去，还真不容易。好不容易，我走拢去，站在他左边，一下子又有人站在了他的右边，他微笑着说："三十年的朋友了，我们俩来一张！"那人自动退出了，闪光灯一亮，三十年后重逢的我俩，有了第一张合影。

　　找他的人实在太多。趁选举结束、闭幕式还未开始的间隙，他又和湘潭作家攀谈起来。他向杨华方和我打听过去他熟悉的作者近况，他问了写出了小说《积极叔》的攸县作者刘小兵、又问写出了《没有被面的被子》的晓宫……我们一一作答。他轻声感叹道："他们都是很有才华的作家啊……"说罢，再次向我们湘潭作家发出邀请："我们得好好聚一聚啊！"

　　在会中，我与老友接触的时间很短很短，但我觉得这短暂的接触却已填补了三十年未曾晤面的"空白"。"文人相亲"，我的老友还是那么真诚地对待友谊，甚至是抓紧时机地呵护这种年久、易碎的友谊，更没有因地位变化而忽略她、怠慢她。这正是做人的一种品位，一种格调。在当今，更显得难能可贵。老友是谁？他就是一级作家、长沙市市长谭仲池。

写于 2004 年 9 月

深　情

——记老作家刘勇

　　六月初的湘乡，气候宜人。炎热未至，蚊蚋不兴。湖南省作家协会第八届中篇小说笔会在这里举行。

　　我去时，笔会已经开始三天了。我按通知找到招待所的报到房间。一位约有一米八的个头、满头飞雪，戴着厚厚的近视眼镜的老者笑容可掬地迎接了我。我一看，哟，这不是老作家刘勇同志吗？

　　我们虽是老熟人了，但在一起开人数不多的会，却还是第一次。一阵寒暄过后，他便坐下来给我办理报到手续："喏，这，这是钥匙，这是会议安排表……"

　　他把要给我的东西一件一件清点给我后，说："我、我等你两天了，总想这、这是怎、怎么搞的、还不来？"又说："走、走吧，我送你去房间……"

　　他说话微微有点"口吃"，但一个字、一个字十分清晰、亲切。

　　他真的陪送我上到四楼的房间。这里清洁、安静，确实是写作、学习的良好场所。他似乎又要说什么，但又没说，一个转身便匆匆离去了。

　　过了一阵，他气喘吁吁地来了，手里举着一盏日光台灯，说："你墙上的壁灯坏了，就、就用这一盏，我早就借好了的，刚才忘记了……"

　　毕竟是六十多岁的老人了，走上走下也费力了，他的脸上此时已发红冒汗。我心里不由有些酸楚，我想起了什么，问他：

　　"刘老师，这笔会的工作人员就你一个人？"

　　"是、是的，一个人办事干脆，又节约经费。"他说得十分轻松，边说边笑了。那笑，十分诚恳，实在。

　　后来的几天，我又进一步观察到刘老师这"一人主事"的不简单：他不仅负责报到、收伙食费、安排住房、发放物品，而且对每个人的"特殊需要"也尽力给以满足，与我同房的老覃有给稿子打"补丁"的习惯，刘老知道后，就跑到街上买了胶水送来……

我报到后的第二天，他邀集我们几个迟来的作者到他房中小坐。他一一询问我们的情况，带了什么稿子，有什么构思和设想，等等。我们一一回答后，他兴致很高地谈了他的看法，鼓励我们努力写出好作品来……尔后，他的语气变得十分认真，脸上也有几分庄严：

"大家既然来了，就应当专心读书、写作，我相信大家会珍惜时间的……我建议你们，在读书、写作时要少串门、少闲扯……"他把"少串门"、"少闲扯"几个字说得很重。

这真是点到了"要害"！

整个笔会期间，除了休息时间，他从不打扰我们。只是在吃饭时，问问大家写作的进度。当我告诉他："这几天没写一个字，想先看几天书，再写。"

他说："好、好，先充实，再动笔。"

我一连看了三天书，第四天才开始动笔，经过六个昼夜的苦干，拿出一个中篇初稿，誊正后，交给了他。

一连两天，不见他找我谈稿子，我也不好去催。第三天晚饭后，他来到我的房间说："晚上九点半钟到我房里来一下。"

我知道他要同我谈有关稿子的事，心中好不兴奋。

九点半钟，我来到他的房间门口，门敞开着，我悄步走进去。只见刘老坐在写字台前，勾着头，一盏亮度不大的台灯映着他正一笔一画地写着什么的身影。我轻轻地叫了一声"刘老师"。

他回过头来，笑了，说："你，你来了，好、好，坐、坐！"几句寒暄便进入正题，——谈我的稿子。

他说："我看了你这初稿——有三万三千多字吧？这个题材不错，能鼓舞人。"接着，他从人物、结构方面作了分析，没想到他对我小说中的人物，一些重要细节都记得很清楚，并指出他喜欢什么细节，哪些细节还要加强，等等。他给我提了好几条修改意见。可能是怕我接受不了，又说："我写东西，从来不急于寄。特别是长一点的东西，总要放一个时期，再改，再看，再改，才寄出去……"

我说："我打算改，也习惯改。当年立波同志不是一再教诲我们，好文章

是改出来的么!"刘老满意地笑了。

刘老是五十年代就闻名全国的农民作家,曾在 1959、1960 两个年度荣获全国劳动模范的光荣称号,至今已出了十一本书。改革开放以来,也发表了上百万字的作品,(其中 20 余万字是为培养青年作者而写的辅导性文章),成果不可谓不丰!而今,六十多岁了仍然壮心不已,不仅仍在辛勤笔耕,而且时时关怀、挂念着后来者。这"中篇笔会"自 1983 年始至今已是八届了。其中七次都是他一个人主持,热情为作者看稿。在八届笔会中,许多中、青年业余作家前后共创作、修改了二百多部中篇小说。其中在全国、省级大型刊物上就发表了五十余部。《小说选刊》、《十月》等刊物曾以显著位置刊出了在笔会写出或加工的作品。如今在全国已颇有影响的青年作家翁新华、陶少鸿等的长篇作品就是从这里开笔的!这次又有三十二部中篇在这里修改、创作。

这些成果无不渗透着刘老的心血啊!

我以记者的职业习惯问他:为什么要坚持这么做呢?

他说的道理十分纯朴、实在:我自己就是从业余写作搞起的,深知业余作家工作、生活在基层,有生活、有体验,但苦于没有时间,我们作协就应当理解他们,为他们提供时间和写作条件。湖南文学事业的发展离不开业余作家这支力量……

笔会于 6 月 15 日结束,大家就要分手了。一早,刘老来到我的房间,找着老覃,给他看一张信笺。我走拢去一看,只见上面密密地写上了字,是刘老的亲笔。这是一封推荐信,是给国内一著名杂志的编辑写的。刘老认识那位编辑。信中谈了他对老覃这个中篇的看法和他举荐的理由,写得十分客观、中肯,字里行间洋溢着他对作者的深情。

我不由抬头望了望我面前的刘老,银发下,他那厚厚的镜片后的眼白已是赤红赤红的了。这样的信,刘老写了好几封。啊,难怪,刘老房间里的灯光,总是深夜还在亮着呢!

写于 1991 年 6 月

(此文发表于湖南省文联《文坛艺苑》1991 年第 3 期。)

大 平 先 生

2009年春日的一个上午，我带着自己不久前出的小说集，敲开了市文化局原址某栋宿舍二楼一住户的房门。这是江大平夫妇住了几十年的地方，90多平方米。我多年前来过。按理他二老应该搬新屋了，而昨天与他电话联系，才知他仍蜗居在此。站在光线欠佳的客厅，我发感慨了："江老，怎么还住在这样的旧屋里，要是别人早换了！"

江老微微一笑，说："我们住在这里蛮好，生活也方便，够了，够了。"他夫人老李说："我们的崽伢子也要我们搬，老江就是不肯。"

江老对生活就是如此淡泊、低调，他的穿戴从不时尚，连讲起话来，也是温文尔雅，轻言细语。

我和江老已相交四十余年了！当我还是十七八岁的业余作者时，他就是专业文化工作者了。

我与大平先生的交往是在下摄司开始的。大概是在1961年的秋天。当时我在下摄司一完小当老师，课余之时，常常往下摄司新华书店跑。那时市文化馆的下摄司分馆就设在新华书店的里屋，大平先生是分馆抓文艺创作的专干。大概大平先生发现我常常在书店看书买书，而且看的买的几乎都是文学之类的书，这就引起了他的注意。于是，我们相识了。我们谈文学观念，谈读过的名著，谈我的初作……每次交谈，我都能在这位长者身上汲取许多文学营养。

转眼到了1962年春。这天，我接到市文化局的通知，说我已作为市文联的正式代表，被邀请参加"湘潭市第一届文学艺术工作者代表大会"。当从白纸黑字的通知上知晓自己被确认为"文学艺术工作者"了，顿时，一股激动之情充溢胸间！

那次大会，我和代表们聆听了时任团中央第一书记并兼任湘潭地委第一书记的胡耀邦同志鼓舞人心的报告，还与文学作者们进行了创作交流。然而，在会中和会后,我心中始终有个疑团未解:是谁推荐我当上文代会代表的?

四十多年后的今天,当我把小说集送给江老时,情不自禁地抖出了这个疑团。大平先生说,很可能那时我们觉得你很有潜力,所以推荐了你,还有下摄司一个工厂作者。你看,直到这时,大平先生还在用"很可能"、"我们"等词低调处理一位文学先行者曾经给一个文学青年以极大鼓舞而做的"好事"、"善事"。

大平先生对文学青年的关怀是持续的……

1962年下学期,我被调到地处偏远山乡的楠竹山应新学校任教。是年仲冬时节,一连数日,风雪迷漫。这天上午,正是课间休息时间,我忽然发现,有两个人影从山下顶着风雪朝上走,看样子是朝我们学校来的。待走近了,我终于认出,来人就是江大平和江立仁两位先生。他俩在当年湘潭文坛是有名的"两江"。我迎了上去,带几分诧异地说:"两位江老师,这样的天气,你们怎么也来了?"

大平先生说:"专程来看望我们的作者,能怕风雪么?"他的话说得我们几个都大笑起来。

我引他俩进了学校,在办公室坐下聊天。学校成校长很快弄来了藕煤炉子让客人烤着。大平先生和立仁先生先后都问起我的创作情况。我如实说来,还把近几个月在地区《建设报》等报刊上发的散文请他们指点。两位江先生怀着很高的兴致读着我的作品,不时发表一些建议。我向他俩说我正在筹写一篇万字报告文学或小说,准备三年突破省刊。大平先生听了,一下子变得兴奋起来,声调也变得有些高昂地说:"好,好,搞创作就得这样,要有高目标,尤其是对作品要舍得磨,要有百折不回的精神……"这是我第一次听到大平先生颇带激情的话语,真是语重心长,句句叩心。

大平先生和立仁先生的上门指教,给了我极大的鼓舞。我对教学工作,更加踏实认真,多次被评为先进教师。而我的写作也大步向前。到1964年,我提前一年实现了在省以上报刊发表作品的计划,其中一篇长报告文学还受到省文联领导的称赞。大平先生闻知这些情况,总是向我表示祝贺,却从不提及自己的创作。其实,他对自己的创作并不"淡然",而是数十年如一日孜孜不倦,笔耕勤勉,时有佳作问世。据我所知,他当年和后来创作的传统戏《妲己乱宫》,就受到观众的热烈追捧,曾有外地多达20多个剧团来潭学习演出;他创作的歌颂彭总的故事《三个好朋友》脍炙人口；他创作的传奇小说《张鹏飞传奇》塑造了抗日英雄张鹏飞的动人形象……

后来，我长期在新闻单位工作，由于工作繁重，与他的联系少了。再后来他退休了，我们的往来更少了。但想不到的是，在他退休多年以后，他和他那在省内外文艺界很有影响的儿子联袂出版了浩浩然近200万字、几大本的小说、故事、戏剧作品选集。

2005年春末的一天下午，大平先生和夫人李曼甫不知怎么打听到我在老电台后面立新围子的居所位置，更不知夫妇俩又怎样经过曲里拐弯的巷子找到我家所居楼层，并不顾年高体弱亲自登楼送书到家。可惜当时我没有在家，是我爱人接待的。等我从外面回来，二老已经离去。当我翻开大平先生赠我的著作的扉页，看到他那遒劲的赠语，又听爱人说了二老这次专程上门送书的经过，我一下子被这位年近八旬的老人的诚挚之情深深打动了！……

我将我的小说集送给江老后，江老十分高兴，称赞了我几十年来对文学的执着和热爱。我们所聊的话题很自然也谈及已经逝去的岁月和当今国家的喜人巨变。大平先生一生并不平顺，尤其在"左"的路线桎梏下也屡遭坎坷。但他有他的做人原则和坚守。正因为这样，他才写出那么多好作品，并在退休后又在党史办等处续尽笔力，为地方文化建设，作出了新的贡献！

拜访结束了。我忽然想到，人的一生要结交许多朋友，但交往中能给你鼓舞和启迪的则是不多。大平先生于我就是这类难能可贵的师长和朋友了。

写于2009年7月

卅年求索写春秋

——记志超

很早就想用散文的形式写写赵志超。但苦苦找不到突破口。近向，我从别处看见志超写的一首题为《言志》的七绝，一下子荡起了我的写作激情。那首诗是这样写的：

> 执著为文哂未休，
> 卅年求索写春秋。
> 楼台宛在思湘倚，
> 不废云河日夜流。

这首诗，把志超自己的多年追求和以先贤为榜样持续奋斗的情怀体现得淋漓尽致。

我认识志超已三十年矣（恰巧他的诗也写到他工作三十年）。在三十年中，如一株小树长成如盖大树，他坚实地挺立在中国作家群中。他创作的纪实文学《毛泽东和他的父老乡亲》、《毛泽东一家人》、《毛泽东十二次南巡》等，成为研究毛泽东的重要著作，影响全国……

还是在上世纪八十年代初，我就认识了年方二十的志超。大概是1981年的夏天，天气燥热，住在湘潭老街城正街的湘潭县文化馆三楼的我，敞开宿舍门，借微弱的风消除天气和令人烦心的刊物校对带来的燠热。下午三时左右，一个人影出现在门口，随着一声轻轻的问话声传来："你就是谷老师吧？"

我边应声边抬头看去，只见一个瘦高个儿的年轻小伙子有些拘谨地站在我宿舍门口。我请他进屋。他缓步进屋。我要他坐，他不肯坐，仍然很规矩地直直地站着。他自我介绍说他叫赵志超，刚从省供销学校棉检专业毕业，被分配到县供销社工作，因为从学校起就爱好文学，组织过文学社，编印过社刊，现在参加工作了，还想搞点业余文学创作……他还带来了一篇稿子，是诗还是散文记不清了，但稿子上工工整整的钢笔小楷给我留下了深刻印象。我当即对他对文学的热爱表示了肯定和鼓励。

我们就这么认识了。

星移斗转，岁月匆匆，一晃数十年过去了。赵志超经风沐雨，壮壮实实地成长起来了。在数十年后、特别是在近十年中，我与他接触大为频密，对他的了解也日渐通透。现如今的他，已不可以用"文学作者"一衔概之，他成了既有作家身份又有领导职务的"双重人才"了！

他这双重人才有何特点？

我觉得又得以"两型"概括之：一曰"创作勤奋型"，一曰"思维开阔型"。

"创作勤奋型"是指志超以超人的精力，在这些年中创作并发表了五百多万字以纪实文学为主的各类作品。这么多文字是他一笔一画写出来的，其素材更是"行千里路"披星戴月、筚路蓝缕所苦苦搜集来的。这样的例子太多太多。以影响巨大的《毛泽东和他的父老乡亲》这本四十五万字的著作为例。前期的采访费时三年，先后采访了两百多人，仅素材就有数百万字之巨。那时他在湘潭县政协文史组工作，这种采写、创作基本上是业余的。他利用节假日，有时也结合本身的文史工作，深入社会进行采访。是20世纪九十年代初的十二月份，那年冬天特别冷。只穿着一套单薄西装的他，已在韶山采访多天了。为珍惜时间，他没有回机关接衣物，就这么瑟瑟缩缩地坚持着。他到东茅塘毛泽东的堂弟毛泽连家采访，冷得嘴唇都是乌的。毛泽连与老伴张玉莲见状，忙扶他到火塘边。采访就在火塘边进行，直到夜深。当晚他就在毛泽连家住下。第二天一早就起床帮毛泽连两老在厨下烧火，边烧火边问毛泽连一九四九年进京见主席的情景，问毛主席历次给他写信及接见他的情况。那时在乡间采访，为了及早与被访者见面，他经常连早餐也不吃。那时采访拍下的照片，用"寡瘦寡瘦"来形容他，极为恰当。

"思维开阔型"主要是指志超在2001年走上湘潭市文联领导岗位的"创新型领导"。古人云："寂然疑虑，思接千载，悄焉动容，视通万里。"我观志超，他常常对问题的思虑就有古人所言境界，思绪如波，浪击多方。谁也不曾想到，在履职文联主席第三年——2004年初，就提出创建晓霞山文艺村的设想。这是一个将文艺工作做到基层，又充分利用晓霞山丰厚的历史人文资源建设新

农村的"一鸣之举"！令人惊异的是，这个设想比中央提出新农村建设的指示还早几个月！可见"先见之明"正是源于他的勤思，是他从曾读过的一九一八年毛泽东对农村新村建设的史料中得到启发，又经反复思虑，再经多地考察、调查，最后将文艺村建设方案落笔晓霞山。如今晓霞山文艺村创办已八年，吸引了三千多文艺家和文艺爱好者（包括各届大学生）来此参观学习、体验生活。仅我就陪同过多批全国知名作家参访。晓霞山也成为湘潭市、县新农村建设的先进典型。如此"思接千载、视通万里"的志超，凭他孜孜不倦的思考，还成功地提出了恢复万楼的建设方案，全省首创的乡镇文联、行业文联建设方案，全省首创的厘清湘潭两千年来文艺家底子编撰《湘潭文艺家辞典》方案，等等。时至今日，这众多"创新方案"均一一兑现，效果彰显！

说实在的，起初我真不理解志超在文联主席任上如此众多的事是如何干成的！直至早几年的一次与他"吃冷饭"，才令我揭开其"谜底"——知他的这一切不仅是苦思出来，而且是苦干得来。

2008年夏末的一天，临近中午下班的时候，我为一件事去找他。当时他正在一页一页地校对该年第三期《君子莲》大样。他见我来了，只示意我坐下，又埋头去校稿了。只见他全神贯注地改呀，写呀，有的页面四周都是他要添进去的文字。坐了好一阵，他还没有中断的意思。只是到了十二点以后，他叫来司机小周说："你吃完饭多带一份盒饭来吧。"又对我说了句"委屈你吃盒饭"又埋头去校对了。

不一会儿，小周把两份盒饭端来了，就摆在茶几上。这时志超抬起了头，说："谷老师，你先吃吧。"

我说："我等你，一起吃。"

然而，这一等几乎将近一个小时。他又完全沉浸到工作中去了。大概校对得差不多了，他再次抬起头来，发现两份饭还在茶几上，便说："谷老师，怎么？你有吃？"他放下笔，说："你莫等我吵，来，吃，吃！"

我俩吃起来。这时的饭菜已经冷了。我发现他吃得颇为艰难，大概也饿得差不多了，于是盒饭也吃得所剩无几。吃完饭，他又将校样复看一遍，这才同我商量起事情来。没多久，下午上班的时候到了，他叫来小周，要他马上把校样送到印刷厂去，转身便同我告辞，说还有两个会要开，便离开了办公室。

争分夺秒，毫不懈怠，这就是志超把一切工作落到实处的"秘诀"。

如今，志超已离开市文联赴任市委副秘书长，职级一样但岗位位置高了，这该可当当"甩手干部"，凡事指点指点就行了吧。可是，他不，他仍像在文联那样，把争分夺秒、毫不懈怠的工作精神带到了新岗位。志超在市委办工作的重点之一是分管党委信息工作。这项工作"技术"含量高，责任重大，对上下影响非同一般。

2012年春末夏初的一天，上级要求湘潭把处理某区一问题的结果报送省里。当时责成某区某单位上报材料。考虑到材料要花费的时间，本来约定凌晨一点送到市委办赵志超这里。可是到了凌晨一点钟材料没送来，又说两点可送来。两点没送来，又推到三点。赵志超和几位年轻人左等右等，直到三点半，某单位才把材料送来。赵志超一看，哟，有五六千字，太长了，根据经验领导不会看。于是由志超亲自操刀，他给另外两个同志布置删削任务，再由他亲自综合。可综合起来仍有两、三千字，于是由他字斟句酌进行浓缩……这期间志超让叫小李的去休息一下，到五点半钟另一同志也熬不住了，离开了。只留下志超在灯下猛熏烟，一个字一句话地掂量，那稿面是左一条杠、右一把叉，又是添又是涂……终于把个五六千字的材料压缩至一千多字。此时，赵志超忽然发现四周全亮起来——原来已经是早上七点多了，天大亮了！这时他才感到肚子饿了，一个通宵加班，能量（脑能十体能）的付出可想而知！

市委领导对及时改出的材料很满意，省里领导通过材料对湘潭对问题的处置也很满意。

陪着赵志超改材料的某区的一位负责文字工作的同志深有感触地说："你已半百，还干通宵。我被你的工作精神所感动！以前我总觉得搞文字工作默默无闻很清苦，今天通过这件事，我再也没有怨言了！"

我曾问志超："为什么抓得这么紧？"

他答："信息报送要及时。若我先去休息，待第二天八点上班来处理，时间就来不赢了，上午改出来的稿子也会报不出，甚至下午也报不出。只有全力以赴，及时报出，这就尽了我们的责任！"

这就是志超在新的岗位的工作状态，他这工作状态，正起着连锁反应……

眼观今日之志超，他仍是高高的身材——但当年那株瘦长幼株已长壮长阔了——他有些发福了。当年那黝黑油亮的头发如今已有白发闪烁其间，然而他成熟了！无论从问题的考虑、从办事的决断上，他几乎是成竹在胸、运筹

有序。

　　在上世纪初，中国文人曾在"知难"还是"行难"上进行过大争论。其实是"知也难"、"行也难"，最难的是"知行合一"。时至今日，按一位为民众立过汗马功劳的县委书记的话说"中国有的干部凭嘴巴干活（吹嘘），可以震撼联合国，讲落实就无一行动"。我想，如志超这类干部"知"与"行"结合得多好啊。这与他年幼在农村的体力磨炼、意志锤炼是息息相关的！所以能把"创造性思维"落实到客观现实中——无论是文学创作还是行政工作——且果实丰盈！志超在"知行合一"的道路上坚实迈步。他继续走下去，正如在我开篇引用的他的那首诗所吟咏的"不废云河日夜流"，生命不息，奋进不止！

写于2012年夏

（此文收入中国文联出版社2013年1月出版的《评心序曲》一书。）

"才女之邦"续写华章

新时期以来，湘潭文学创作蓬勃发展，这中间就有女作家的贡献。说起湘潭女子文学的历史，当上推至汉代置县之时，已延绵两千多年，故自古湘潭就有"最称才女之邦"（清《湘潭县志》）的赞誉。今天，承前启后的湘潭女子文学在不断成长的凯歌声中，又迎来了丰硕的创作成果。此时此刻，作为当过多年文学专干、文学编辑的我，对湘潭市女作家取得如此丰硕成果表示热烈的祝贺！

湘潭女子文学的成长虽有它得天独厚的历史底蕴，但若无女作家们本身的不懈努力，是不能自成气候的。从我的职业经历，就深深感受到这一点。有几个故事，至今仍感动着我。

20世纪七十年代中期，当时我在湘潭县文化馆任文学专干，负责抓文学创作。一天，县文教局的袁局长打电话给我，说他在花石区一水利工地上发现了一位女作者，这女作者写了一部反映农村修水利的长篇小说，现在他已经把小说带回机关了，要请我看一看是否有修改的基础。放下电话，我便去了局长那里，从他手中取回了稿子。

晚上在灯下我仔仔细细地开始阅读这部长篇手稿。这是用普通材料纸写成的稿子，有两三寸厚，好大一叠，算来起码有十五万字。作者的字写得并不好，但一笔一画极认真。文句也算通顺，但对人物塑造、情节提炼和篇幅剪裁还欠功夫。一连几天，我终于把稿子看完了。总的印象一般，但其中有个章节却写得十分动人，若要独立出来改成一个短篇，还得下番功夫。对这部长篇初稿，我从主题、人物、情节、结构、语言几个方面写出了我的阅稿意见，有一万多字（在当时作为文学辅导干部就一个中篇或长篇写出上万字的阅稿意见是常事）。因为县文化馆不是出版单位，当作者写的稿子不够向上推荐水准时，只能退稿，而长篇作品则规定上门退稿，以示对作者辛勤劳动的尊重。

一个初冬的早上,我背着那位女作者的长篇稿子登上了去花石的汽车,下车后又走了近三十里山路,终于找到了那位女作者的家。这是一个十分普通的农家。全家人对我的到来表示热情欢迎。他们万万没想到他家女儿的"作文"会引来县干部上门。他家女儿,一个走出校门没几年的高中生,中等个子,面色潮红,头发泛黄,给人一种历经劳累的感觉。我同她仔仔细细地分析了稿子的优缺点。她欣然接受,并说:"照老师说的,说明我在文学上努力不够,我一定再努力!"

"你还要再努力?!你不是吃这号菜的虫!"女作者的父亲发话了,"老师,她白天到水利工地出工,晚上回来就在房里点起煤油灯写,写!有时写一个通宵,第二天又去出工。冒得纸打草稿,就先在报纸上、废纸上写,写了再誊到材料纸上。咯篇作文她写了去年、今年两个水利工地,真是费力不讨好!老师,你看!"女作者的父亲把堂屋一扇侧门打开,这时我看见,一大沓报纸在屋角上贴地垒起,已快挨近屋顶了!我惊呆了,问:"这是她的草稿?""是啊,是草稿。"我走近去,借着屋里微弱的日光看见在报纸的四边空白处写满了密密麻麻的小字。这就是这部长篇的初稿啊!面对如墙的"初稿",想到女作者不正常的潮红和那带黄的头发,我的眼睛不禁潮润了。我同女作者谈到人生之路不止一条道,劝她在保证正常生活的情况下再搞创作。她表示都接受,但又说"对文学的追求一刻也不会放松!"

当时,我就深切感受到:这女孩对文学创作有一股势不可挡的韧劲啊!今天回想起这件事,我又感到,不管那个女孩成功与否,她身上这股韧劲,不正是酿造千百年来湘潭这"才女之邦"的"奋斗基因"的体现么?打从花石女作者家归来不几年,我就调到市新闻部门工作了。后来有消息传来,说那女作者三年后招工了,一到单位不久就获得"女秀才"之称,也有说她远嫁他乡,仍在坚持文学创作……

在我的文学编辑工作中,也遇到过深陷"痴劲"的女作者。也是在20世纪七十年代末、八十年代初,有女作者在山区邮政单位工作。她是位文学的"痴迷者"。恰好那时我分管该区的群众文化工作,常有机会到她处访问。这是一位喜欢思索的女作者,经常处于构思小说的冥态之中。由于她的这一勤思、痴思,一篇篇质量可人的小说发表了,一篇篇令人喜读的散文问世了。然而,她自己的"故事"也不胫而走了!说的是有一段时间她负责汇兑工作。这收汇兑出的工作是丝毫不能出差错的，否则出了钱物差错自己就得全兜着。而这位女作者，常常在客户来兑汇票时仍然不由自主地进入构思状态。于是，问题来了。别人兑五十元，她曾一连给了两张"绿钞"。就这一笔，她就得赔五十元。就这样，她的构思带来了汇兑的欠账、亏损。但对文学创作的"痴情"又一时半刻不能消解。大概单位在后来也找到了她"亏损"的缘由，就不再安排她搞汇兑工作了。由于对文学如此"痴迷"，她的作品提高很快，不几年，在邮电部、在省市邮电系统都小有名气，她终于走上自己喜爱的"写作之岗"……

有些女作者，以自己的韧劲、痴劲外加钻劲，改变了自己的生活道路，揭开了人生大书的崭新一页。如有女作者在上世纪八十年代初期，是漫漫山野的一株山花，在浸润着革命汁液的红土地上，绽放着文学之梦。当时我们在韶山办小说创作讲习班。一天，时任市文协主席的杨振文同志对我说，韶山冲里有一位十分勤奋的女作者，我们去她家看看吧。于是我们按照别人提供的地址一路寻访而去。到她家受到她和她的家人的热情接待。我们鼓励了她，并对她的父母讲，你家的女儿如此努力，是有文学前途的。据这位女作者说，我们的这次登门访问，对她和她的家人都起了极大的鼓舞作用。她的创作更勤了。这株山花展枝舒叶，伸嫩根，从四面八方、从厚厚红土地中汲取多种养分，又经霜晨雨夜的精心孕育，终于化出了缤纷的散文、小说之作，熠熠不息地闪耀着引人注目的文学异彩。后来，她终于走出山村，成为国家专业文学工作者，在祖国美不胜收的文学大花园里，迅速成长，硕果满枝……

湘潭女作家的故事，还有很多很多，实难尽述。以上仅仅是点染几位代表而已。回顾以往，过去我们所做的一切，也可说在文学创作园地里践行了"妇女半边天"的伟人教导，做了一个文学工作者应做的工作。今天，湘潭女作家们的创作形势大大超过以往，全省第一个市级女子作协成立了，女作家们的创作水平有了大幅度的提升，创作质量已不可同日而语，可以预期：由于她们在文学园地上的辛勤劳作，必将为湘潭这"才女之邦"之文学篇续写出更丰盈的华美篇章！

写于 2010 年春

（此文收入湖南文化音像出版社 2008 年出版的散文集《湘女》。）

愿文坛多有"袁鹰们"

——一个业余作者的"奇遇"

从事笔耕者,常喜好笔下生"奇"。而生活中之"奇",又难以常遇,而在前不久,我亦遇上了可称之为"奇遇"之事……

我是湖南作协较早的会员之一。从六十年代中期开始创作,后因"文革"而中止。"文革"后又重新运笔。在这时断时续的笔耕生涯中,积累下来的作品凑数也有了数十万字之多。

这几年,因商品观念的渗入,文坛的风气也为之生变。"关系稿"、"人情稿"、"交易稿"渐渐盛行起来。编辑部门与作者之间那曾有过的"认稿不认人"、"以发现、推出优稿、优作者为乐事"的美好"编风"渐渐柔弱。面对此情此景,我这从事"纯文学"创作的人,常有不寒而栗之感。笔耕固已成瘾,但写作数量较前些年大为减少;虽也相信文坛会有"沙漠绿洲",却也崇信"关系"、"交易"之类的"奥秘"。于是乎,凡投稿之时,总得在"文外"来番冥思苦索,在稿子的"投向处"有无"至爱亲朋"上绞尽脑汁。渐渐地,因我交游有限,识友太少,而投稿劲衰,一般不投,甚至竟偶萌废笔之念。

去年春,一友人约我写该系统某厂一报告文学。很快,稿子写成交出,我亦未放在心上,因此作之本意在为友帮忙。"忙"既"帮"过,淡忘就十分自然。然而几月后,那友人面带惊喜告诉我,说我那篇充满散文味的报告文学《静悄悄的风暴》已在《散文世界》刊出(此文本书已收入)。起初,我认为纯系讹传,不予置信;后来,友人为我借到该刊1989年第5期,方知此事实为"千真万确"。就这样,一团团疑云涌上心头:怪,我自己一未向《散文世界》投稿,二未委托他人代投,当今世界,难道真有不投稿者也发稿,且发的是"中央级"刊物的"奇事"发生?此乃货真价实之"奇遇"也!

于是,在我近几年的创作历程中便添了一"谜"。

完全出于破"谜"的好奇，我或打电话，或走访，几经周折，方粗知此事端倪：我为友人采写的那拙稿先由湖南省纺织厅推荐至北京《经纬风流》丛书编辑部；而中国作协许多同志参加了该丛书的编辑工作，著名作家、编辑家、《散文世界》主编袁鹰同志就是其中编审之一。是他提出要选发丛书稿子，于是我的拙稿有幸被选中发表了。

为"落实"此事，我曾于1989年10月底向袁鹰同志写去一信。原想，作为作家、编辑家一身二任的他，写作、编务堆累一身，对我这南方一普通作协会员的信，能回复么？我于是不存丝毫奢念，一切听其自然。

可万没料到，在去年十二月下旬的一天中午，一个厚厚的牛皮纸信封递到了我的面前，袁鹰同志亲笔回信了！那时那刻，我真有些不相信自己的眼睛。兴奋中，急忙展开信纸，一页页潇洒的钢笔字映入眼帘。

袁老在写了三页的信中，将选发我的稿件的经过，具体、扼要地告诉了我。他指出："'得天下佳作而推荐之'，并由此结识作者，是我从事编辑工作数十年来引为最大乐趣的。而且也是报刊编辑的职责。漏掉好稿，那应该是失职了。"其堂堂正正的"编风"，和待作者之融融胸怀令人肃然起敬。他又告诉我选发我那稿子的是值班编委韩少华同志，说"大作在刊物上发，应归功于少华"。这种有"功"不居（其实袁老的审三校，有把关重任）、求实、谦逊、礼让的崇高品德确为我后学风范！由此可知，这个刊物的主编与编委、编辑之间的和谐合作、秉公办刊已蔚成风气。

特别令人感动的是：在我未提及索要所缺刊物的情况下，袁老不顾年高事忙，还将我未购到的第5期刊物亲自邮寄给我。这种事必躬亲的认真、周密的办事态度又何等可贵！

一时间，我深深地沉浸在感动之中。感动中，我的心头自然而然地涌出了我第一封给袁老的信中的几句话："我终于又一次体味到了文坛上尚存的、十分需要的'浩然正气'。这正是我们的社会主义文学大有希望的标志。人民多么需要这样的编辑家！"

愿纯正"编风"遍文坛。

愿文坛多有"袁鹰们"。

写于1989年12月

初 识 刚 田

我第一次接触刚田是在 1996 年 5 月。那时我上任《湘潭视听导报》（后为《湘潭广播电视报》）的总编才两个月。一天上午，我正在办公室里审阅稿件，一阵轻微的敲门声把我从对稿件的思索中唤醒。

"请进。"我说。随即一位中等个子、宽脸庞、稍胖、约摸三十岁的汉子走进来。

当他坐下以后，我发现他还戴着镜片厚厚的眼镜。我泡上茶，他接过来放在桌上，不喝，两眼静静地盯着我看，脸上微现笑意，轻声对我说："你是老总吧，我是地调彩印厂的，这是我的名片。"我接过他递过来的名片。只见上面印着：

　　湘潭地调彩印厂
　　王刚田　业务经理

"啊，你就是王经理？"我说。

"我是跑业务的，今天来……"他语气轻轻、语速缓缓地说起来。我立即对这位不急不躁的业务经理产生了好感，觉得他很实在。他详细地介绍了地调彩印厂的规模、设备状况，特别告诉我，他们厂在省地调院的领导下，投资正在加大，是很有前景的工厂。

接着，他又谈起了印刷业务，从电脑排版到印刷，讲得十分内行也十分在理。说着说着他从一只简陋的黑色手提包里掏出了他们厂的印刷样品。我一看，确实不错，有些动心了。

于是，我们谈起了价格。他问我："你们在县印刷厂每份价是多少？"我如实相告，又转念想，便问："你怎么知道我们在县印刷厂印刷？""我作了些调查。"啊，看来这位年轻人的调查研究工作还蛮扎实哩。我心里不免有些佩服起来。他又说："我晓得你们办报也不容易，所以，我们打算以低价为你们印报。"讲心里话，那时我们报社的经济周转正有困难，加之我刚接手，一切都不熟悉。而这位业务经理这么理解我的困难，到这时，我彻底动心了。于是跟他核算起来。他把随身带来的计算器按得"嘀嘀"地响，结论出来了，我们一年真的要节约一定数量的印刷费。这个时候，我们交谈已很畅快，就像一对老朋友似的。我递烟给他，他摇摇手，递槟榔给他，他还是摇摇手，倒是把我泡给他的、已经变冷了的茶水一口一口地喝起来。"为了谈业务，他连茶也忘记了喝，直到我让他抽烟，他才想起喝茶，这是个专注于工作的人。"我心里这么琢磨着他。特别让我记忆深刻的是他那厚厚眼镜片后的那双神采专注的眼睛，透着诚恳、谦和的光泽。

"好吧，明年我们的报纸就由你们厂印。"这就是王刚田给我的"第一印象"，在不到三十分钟内，就使我作出了"转厂印刷"的决定。

他走了。他的真诚、谦和、实在给我留下了深深的印象。

时间过去一个多月，一次在街上我偶遇老友江立仁先生，自然谈起了我负责的这张报纸。我特别告诉他，我们的报纸要辗印刷厂了。他说为什么，我便把王刚田上门联系印刷业务的前前后后告诉了他，并说："我是被王刚田的营销艺术给征服的。"又问："你熟悉王刚田吗？"

江立仁先生有些不好意思地笑了，欲言又止，沉吟了片刻，才说："他，就是我的女婿啊！"

我一下子怔住了！这个王刚田，为什么不把他岳老子和我的关系摆一摆呢？照常理，扯上我和江先生是多年好友的关系，谈起业务来就多一层亲近感啊！现在不是有些很难办的事，就靠"关系"疏通的么?! 可王刚田就是不谈，连一字半句也不提及。也许，这就是王刚田的办事特色——靠诚心、靠自己工厂过硬的产品质量。这是一种多么好的品格啊！

这一下，我的"转厂印刷"的决心更坚定了。但后来事情的进展并不一帆风顺，我们又在原印刷厂印了一年，直到1998年才一股脑儿扎根到地调彩印厂来印刷了。

以后，为报纸印刷事我每周都要去地调彩印厂，我同王刚田接触的机会就多了。后来他任副厂长、厂长，有时我叫他"王厂长"，但叫得最多的是"刚

田",因为我觉得这样更自然,更亲切。一次,我提起他第一次找上门揽业务的事,我曾问他,你为什么不说我和你岳父的亲密关系呢?他总是笑笑,似乎还有些腼腆,但总不解释什么。对于这一点,我曾向许多需要推荐印刷厂的友人讲过,友人们听了,也很感动。现在原来的地调彩印厂已发展成有相当规模的彩色印刷厂了,刚田也升任地调院副院长兼厂长,但他的实在、谦和、待人亲切没有变。

他还是当年那个"刚田"。

写于2005年9月

心心相悦第一潮

韶山。1997年10月14日。下午。

不知怎的,刚刚抵达韶山的中央电视台"心连心"艺术团的艺术家们下午将在毛主席铜像广场"走台"(彩排)的消息,那么迅疾地传遍了整个韶山冲。

人们从四面八方涌向铜像广场。不一会,广场前便密匝匝、黑压压地汇成了人的海洋。"起码超过了一万人!"有人初步估计。

这是一次不寻常的"走台"。它一反往常演出团体"走台"的冷清、寥落,竟成了心连心艺术团在韶山冲的"首演",形成了老区韶山人民和艺术家"心连心,情相依"的第一个高潮!

下午4时,"走台"开始。导演老赵面对广场近2万名观众,心情格外激动,他手执话筒下命令:"音响开始!"悦耳的伴奏音乐响起来,演员们按节目顺序,依次上场。我看出,这时的赵导,既要严格地按照演出要求,不断修正演职员未达标准的"演出效果",又要照顾台下万名观众看这场特殊"演出"的欣赏要求。还好,训练有素的演职人员在赵导的指导下,"走台"基本上没有太多纰漏。"走台"在艺术的切磋和调整中有效地运作着。

为了节省"走台"的时间,对演员们演唱的许多歌曲,赵导只让唱上三、四句,就下令:"下一个!"但对带有湖南特色和老区人民反应热烈的歌曲,他就"另行安排"了……

当主持人向观众报告"下面由国家一级演员,湖南著名歌唱家何纪光演唱《挑担茶叶上北京》"时,伴奏带响起来了。突然,赵导说:"伴奏带未到头,请音响师把带子倒到头,重来!"音乐戛然而止,几秒钟后,伴奏带重又响起,从头来的伴奏乐曲终于引出了湖南人熟悉的何纪光。

"杉木扁担轻又轻,我挑担茶叶出山冲……"何纪光高亢、浑厚的嗓音把故乡人对伟大领袖的一片深情,通过唱腔的一字一句唱出来了。这时,赵导没

有中止何纪光的演唱。何纪光亦尽情发挥。观众的掌声一次次海涛般响起。尔后，王昆的《农友歌》、宋祖英的《辣妹子》、马玉涛的《八月桂花遍地开》……均一一唱完。

"好啊！""好啊！""精彩！"……人们欢呼起来，笑声阵阵，掌声雷动。虽然好些演员没有穿演出服装，但他们声情并茂的演唱使老区人民"醉"了。我身边的几个农民把手板都拍红了。

这时的广场上，靠近舞台的大片观众是坐着的，再后一部分是站着的，再外一点是站在自带的凳子上的，最外的一层便是站在摩托车上的（外围摩托车之多，是我首次看到），形成了四个梯级。"梯级"外的则是爬在汽车上、树上、广告牌上的，真如众星绕月、气势非凡！忽然我发现往日设在铜像广场边上的一个体摊棚的货物都被撤了，那柜台上坐了一排观众，原来是开通的老板，为使人们看好这个"走台"，已把货物转移了！他也笑吟吟地坐在柜台上看这"首演"呢！

我见到一摩托车上一前一后站着一男一女，男的站在踏脚上，女的独立于坐椅上。乍一看以为他们是夫妻。一问，才知他们是素不相识的当地农民。我对那男的说："你不怕踩坏你的车？"那人笑了："不怕。这样的演出难得看到，我看她看不到，就叫她站上去，我就站在矮一点的（踏脚）上面！"人群中，有自费从湘潭、湘乡、宁乡赶来的观众。他们从电视和报上了解到艺术团要来韶山演出，就提前赶来了，好多人就落脚在亲友家。

一位操河南口音、身着工商干部服的女同志在我身后一边鼓掌一边说："这太难得了，我们来得正是时候！"一了解，她是河南商丘的，这次结伴瞻仰韶山，恰巧碰上"心连心"艺术团来韶山演出，他们便成了荣幸的"首场"观众。她说："我们已经住下了，明天我们还要看！"

天，渐渐暗下来。艺术家们的"走台"演出在继续着。秩序井然的观众没有一个乱走动的，他们的目光，他们的身心，全倾注于前方舞台上。

此时，一位年过六旬的老农从兜里掏出个红薯吃起来。

我问他："明天来不来？"

他说："来。"

"有票吗？"

"没有。"

"怎么办？"

他笑起来，有些神秘地说："告诉你，我有办法，明早我五点钟就会到这里，五点钟！总会找个站的地方吧！你要是没有票，照我的做，不会塌场……"

歌声不断，掌声不断。10月14日夜的韶山兴奋着。

写于1997年10月

附记：此文首发《湘潭视听导报》（即《湘潭广播电视报》）1997年10月21日头版，湖南省《潇湘声屏》杂志1997年第11期"朝花夕拾"副刊栏目发表，《中国新闻出版报》1997年12月8日转载。获中国广播电视奖（报刊类）银奖、湖南广播电视奖一等奖。

中国城市广电报刊协会专业委员会主办的《声屏学报》杂志1999年第1期"佳作欣赏"栏目全文转载，并配评语：

抓住"走台"（彩排）场景表现中央电视台"心连心"艺术团在老区韶山演出获得的热烈反响，这一新、特角度"真使人意想不到"（读者语）。有关专家说：发现"走台"是作者的敏感，且作者能忠于自己的发现，用极精炼的笔墨把"走台"场面写得很到位，很别致。

敬畏农民

写下这个题目，心湖似有一股澎湃之水即将泻出之感。这股"水"在我的心湖中蕴蓄得太久太久。

我出生在一个知识分子家庭中。父亲以教书为业，与农民八竿子搭不上边。然而，历史的颠簸，社会的动荡，又使我与农民渐行渐近，以至于有时"耳鬓厮磨"，甚或"肌肤相亲"，结下不解之缘。

尽管如此，我却与农民保持着恒固的心的距离——在人与自然的搏斗中、在锻造人类史诗般的大厦中、在承受人生苦难中，我远不如农民，我远弱于农民。我的心湖深处，永远供奉着四个字：敬畏农民。

敬畏之一：农民"三铁"

我第一次真切地接触农村、农民是在1958年的春季插秧时节。此前我曾在六岁多从成都回湘潭县农村老家小住半年，但那时仅深居瓦屋内，少有外出时，有时到荷塘看蜻蜓、观小鱼也只有回数。

这次下乡插秧，是我们初三年级几个班整体出动。那时伟人提出的教育目标"培养在德智体方面全面发展的劳动者"已深入人心。我们这些十四五岁的伢妹子就是冲着这个目标而去下乡的。那回具体到耒阳哪个乡哪个村已记不清楚了。只记得当时春雨绵绵，道路泥泞。我的许多同学出生于农民家庭，一到乡村就打起了赤脚。于是我亦模仿之，把鞋袜一脱，两只雪白的脚丫片子踩在泥水中，顿时我全身凉透，上下牙有些细碎磕碰，大概嘴唇也变色了。好在我头上一顶篾斗笠护住了我的窘状。我坚持提着鞋子在泥水里行走，脚板踩上硬石子磕得生疼也一声不吭。但内心却叹息：农村这路真难走！便佩服起旁边大步流星迈步的农村同学来。到目的地休息时，我发现农村同学和农民兄弟赤脚行走毫无顾忌，是他们的脚板上都有厚厚的一层茧子——是多年赤足磨出来的，堪称"铁脚板"！尔后多年，我下乡时看见，无论湘南湘北农民就是凭这双铁脚板打土车子，下田插秧、犁田、秋收晒谷……还有我曾经执教过的农村学校，学生们在那岁月中百分之九十以上都是一双赤脚！

当年，随着下乡时日的增多，我又体会到农民另外两大本事。

一是手劲大，堪称"铁手"。我接触过的农民兄弟绝大多数都有非凡的手劲，跟他们扳手腕，一般人根本不是对手。通过观察，我终于发现农民兄弟的"铁手"是如何炼成的。在农村一切劳动离不开手的劳作。开荒挖土要用手操锄头，收割稻子要勤挥镰刀，夏收扮禾更是大幅度挥动双臂的运动……农村一切简单的工具都离不开肉手的操持，因此，农民兄弟的手和臂在千百次、上万次的运动中炼成了"铁劲"，他们的手上也有一层厚厚的茧子，硬硬的，就像上了盔甲一般。

一是担劲大，双肩堪称"铁肩"。这里的"担劲"指的是"肩膀担担子的劲"。这种担劲可曾了得！多少年了，乡村几乎没有公路，而乡下物资的流动则基本靠挑担解决。我的老家就在山区，通往外处的全是羊肠小道。多少次了，我看见，农民兄弟担着一两百斤满满的百货担子，在山道上吭哧吭哧地行进，上山下山，全身洗汗。而这些百货是运到我大队供销社的，村民就靠着这种方式运来的货物补充着自己的生活。还有秋季送上缴粮，闲暇上城镇卖菜，都离不开肩挑担子。于是，农友的双肩又异常坚强——上面有一层厚厚的肉突，就是重担磨出来的。

在乡村生活是艰难的。而农民兄弟就靠着这铁脚、铁手和铁肩向自然索取了生存的物质，养活自己，养活家人，繁衍子孙！这是了不起的自力更生啊！而我就不具备这些，既没有一双铁手，也没有一双铁脚板，更没有一副铁肩膀。因而从这"缺乏三铁"上，我就敬畏农民三分！

我很羡慕农民兄弟身上的"三铁"。数十年中我也向往自己身上也具有"三铁"。为此，我曾三次三年参加县委农村工作队，蹲点办点，与农民兄弟同吃、同住、同劳动。冬天担塘泥，夏天搞双抢，我都参加。除了不会用牛，其他农活我都体验过、参与过。就说担担子吧：小时候我家住在永兴县城，当时家庭经济情况一度困窘，为了省买煤钱，十一二岁的我曾和小伙伴们到六七里外的"湘永煤矿"捡煤渣并担回家。每担四五十斤，我也撑过来了。但那种挑担是数得出的几回。我没有农村孩子所经过的长年累月的挑担磨炼。但我也利

用一切机会练"担功"。一九六九年我在湘潭县土桥中学当教师，那时学校食堂的吃米都由老师轮着去一个叫王坝老的粮库去挑。那次轮到我了。我和一位姓胡的年轻老师担着箩筐担子上路了。到王坝老要翻几座陡山。等翻过山，我俩全身就汗透了。待每人担着八十来斤米往回走，那肩头很快就麻辣火烧的。但我咬牙坚持着，一步一喘气地硬是翻过了那几座山。回到学校衬衣也嵌进了肩部肉里，一扯还扯脱了皮。自此，我更有意识地争取帮厨房挑水，学校扮红砖去挑红砖坯子……终于锻炼出了一定的肩劲和脚劲。后来到生产队蹲点，我也曾显过身手。一次，我竟挑起了一百七十斤重的毛谷子，还走了两里路，把毛谷子送到晒谷场。社员们欢呼起来，说"想不到老谷还有咯（这）样的担劲"！这大概就是我担担子以来创造的唯一最高纪录吧。那些年，我如此下农村，手上有了茧，脚板皮也增厚了，肩上也有了肉突，但其"质量"却与农民兄弟无可比拟。我终生羡慕并学习农民身上无与伦比的"三铁"，这种羡慕和学习让我终身受益！

敬畏之二：坚忍精神

在羡慕农民兄弟的"三铁"的同时，我还羡慕他们的坚忍精神。

我第一次体验到农民和他们子弟的坚忍精神，也是在1958年春插下乡时——让我记忆深刻的是吃的第一顿"农村饭"。那次我们是上午步行到村里的，等安顿好已是中午时分。几十里路的体能消耗，大家都饿慌了。村干部带我们到村部去吃中饭。只见一间大屋内放着一只大箩筐，箩筐里是堆成圆锥状的热气腾腾的米饭，四周是一些不规则的大大小小的桌子，每个桌上一碗盐辣椒外加一碗莴笋叶，还有一堆碗筷。吃饭前，班主任杨老师说要交代几件事，引来同学们一片抱怨声。老师也懂味，三言两语把要说的事说完，便说"现在开始吃吧！"这句话引来一片哗哗的取碗筷声，转瞬同学们都挤着到箩筐里去盛饭。我也迅速地盛了一碗。当我猛地扒进第一口饭开始大嚼时，"咔叽！"一颗大砂粒把我的臼齿磕得生痛。自小家长和老师教导我们砂子千万不能吃，不然会得盲肠炎的！我立时放慢吃饭速度，决定先把砂子选出再吃。我就这么一边选砂子一边吃。不选不知道，一选吓一跳！我在我那碗饭中，竟选出了几十粒砂子。等我这么吃完第一碗饭再去盛第二碗时，饭箩已经底朝天，一只光溜溜的木饭瓢在嘲笑般地对着我。这就是我在农村吃第一餐饭的经过。很自然的，下午插田我几乎是饿着肚子下田的。事后我晓得,杨老师和几个城里同学那餐也饿了肚子。杨老师好像还向村干部反映了饭里砂子多的问题。得到的答复是:这一带晒谷坪含砂多,村里已尽力淘了米,砂子已少了很多了。

这天晚餐我吸取了中餐的教训,一开始吃我就几乎是没有咀嚼地囫囵下吞,速度跟大多数同学一样,尽快把一碗饭赶下肚去,哪管他饭粒还是砂粒,管他盲肠炎不盲肠炎!这样一来,我居然吃了三碗饭!在乡下春插一周,我都是这么吃饭的,居然也没得什么盲肠炎(就是数月、数年后我也未得盲肠炎;然而必须指出我并不认为吃砂子饭是符合科学的,在此我只是叙述当时生存条件下的一个反常事例),我的同学也一样,安然无恙。我曾经就这一现象和农村同学交换过意见,同学对我说:我们也不愿吃有砂子的饭,但有砂子的饭我们平时也吃得、也受得住,不觉得是什么大事。这就让我心生佩服了。我第一次体验到农民和他们的子弟非凡的忍耐力!

同样的,农民和他们的子弟的忍耐寒冷、忍耐饥饿的精神使我震撼不已。1958年秋,因搞大跃进农村青壮劳动力多数被调去炼钢铁,这收割稻子的任务就派到了我们学生们身上。当时就读省办耒阳师范的我随同学下到马水乡开展收割劳动。(这是我第二次下乡劳动。)时已深秋,地上已起了白白的寒霜。气温骤降。可是马水乡的农民绝大部分仍穿着单衣单裤,似乎没有寒冷的感觉。我问他们:为什么只穿一件衣服一条裤子?他们的回答是:多衣多寒。我冷静一想,此话还真有一层道理,衣服穿多了有时不见得暖和,而在寒冷中锻炼反而能增强御寒能力。我的师范同学何先孝,是农民子弟,整个冬天只穿一身单衣裤,身体还棒棒的。其实,我也明白当时国家棉布是计划供应,大家也无法添置更多的衣物,然而,必须承认农村人在与大自然的搏战中所生成的非凡的抗寒能力!这使我想到了抗美援朝战争中著名的长津湖之战。在零下二三十度的冰天雪地里,衣着单薄的志愿军战士仍坚持战斗,一个连的伏击战士经过一夜的冰冻,到早上全被冻死,而他们每一个人都保持着作战的姿势,这让突围的美军士兵震撼不已。这些急匆匆出国、急匆匆上战场的战士,绝大部分来自农家。农家子弟抗寒的坚忍精神在抗美援朝战争中发挥到了极致!

农民兄弟的坚忍还体现在"忍饥挨饿"上。著名作家莫言在好多篇文章中,都讲到自己小时候在农村挨饿的故事。他与同学与老师饿得吃煤也坚持上学,为了坚持活下来,五六岁的他一次能喝八大碗野菜汤。多年前,我到老家

看望时已近六旬的叔叔。当时正是青黄不接的时节,乡下人大多断粮了。叔叔家因主劳力缺乏,生活极为困难。他告诉我,已经三个多月没吃饭了,每天吃点红锅子小菜熬着,就这么活饿。听了他的话,我久久无语。我知道叔叔体弱,挣的工分少,分得的谷子也少,可要养五口之家,负担之重可想而知,但从不从公家田里多采一粒谷。由于经常挨饿,叔叔的孩子个子都不高,我的两个叔伯妹妹上十岁了,还只正常儿童五六岁般高。每次见到她俩,我心酸痛极了。

然而,就是这样的农民们,以无比坚忍的精神坚持活了下来,延续着民族的生命,成为国家牢靠的基石,多不容易啊!

敬畏之三:农民大智慧

农民又是有大智慧的。这里我用自己经历的一个故事,"反证"农民的智慧。1979 年我在湘潭县涟水河畔一生产队蹲点。生产队的社员们十分热情地欢迎我。尤其是我居住的社员家更对我照顾有加。每日的饭菜都安排得熨熨帖帖。那时社会的物资供应紧张,市面上的猪肉都按计划供应且数量很少,为了改善伙食,户主父子便抽空到涟水河中打鱼,使我经常能吃到鲜美的河鱼。我与社员也很融洽,和他们说说笑笑,无话不谈。春天插秧时节,我同他们一起起早扯秧又一起下田插秧,共沐春风春雨其乐融融。夏日双抢时节,我又接了晒谷任务,与他们在烈日下翻晒从田里收上来的湿谷,眼见一堆堆湿谷在我们的翻晒中成了颗粒金黄干爽的新谷,我和社员们都有说不出的愉悦。谷子晒干了要进仓。当时上级有指示工作队员一定要把好新收谷子的"进仓关",主要是核实产量。我便在晒谷场上与社员们一道参与称谷记数和记入库担数等劳作。那一年,由于社员们齐心努力,加上风调雨顺,稻子得到了丰收,仅早稻就多收了好几千斤!我和社员们都沉醉在欢乐中……

然而,就在我离开生产队回到机关两年后,有社员来我处作客,笑谈中一个青年社员告诉我:老谷,你不晓得吧,当年你在我队蹲点,你守着我们称谷进仓,你只知当年早稻增产几千斤,实际上我们在你的眼皮底下瞒了一万斤产啊!

听青年这么一说,立时我惊呆了!心上掠过一股股凉意,全身不是滋味。但是当我冷静下来,又觉得这个"瞒产事件"又可以理解。因为这是在当年生产粮食不足而国家向农民的征粮又丝毫不减的情况下，社员们为了生存、为了吃饱饭，而悄悄地进行的"自主分配"啊，是在严苛的"计划经济"条件下采取的对策啊！它与安徽小岗村暗地里"自主分地"有异曲同工之妙，只是小岗村的地下活动风险更大！而我的这些农民朋友们又如何在我面前瞒下如此之多的谷子，是用什么方法运作成功，至今我不得其解，只能说他们太"狡猾"，或他们太"智慧"了！

上世纪七十年代中期，我作为县委工作队在湘潭县花石区蹲点，公社一工程队的队长只小学文化程度，可对建筑一行从房屋设计到施工的所有环节，都一一精通，还很有创造性。我看过他的设计图，那精细的程度不亚于专业设计员。问其这本事从何学来，他笑而不答。旁人告诉我，此人在某大型建筑公司干过，这一切都是"瞟"学得来。这一"瞟"何其了得！没有大智慧是"瞟"不来一丁点儿东西的。还有我一位只有小学三年学历的文友，从小自学文学，在劳作之余竟写出了让大学女教授惊叹的散文、小说，竟至于那位一直独居的女教授向这位小学三年学历的农民作家发起了爱情攻势……农民中如此"智多星级"人物可说数不胜数，他们是"中国智慧"的强大基础！

以上所说我对农民的"三敬畏"实质是农民在中国亿万民众中的"三过硬"。这"三过硬"使农村这广袤天地成了"中国人才造就场"。古圣贤有云：天将降大任于斯人也，必先苦其心志，劳其筋骨，饿其体肤，空乏其身，行拂乱其所为，所以动心忍性，增益其所不能。以圣贤的话来比照农民，我想，绝大多数农民是经受过如此磨砺的。正因为此，从农民中成长起来的"担大任者"所在多有，如毛泽东、朱德、彭德怀等等，在我的人生经历中，就有许多从生产队长干起，后官至省、厅级的朋友。在我与他们的接触、共事中，我深感他们身上所具有的农民精神——刻苦，有韧劲，遇难事敢打硬仗，特别在改革汹涌的大潮中，他们更成了中流砥柱。农村造就非凡人才。当年伟人号召知识青年到农村去接受贫下中农再教育，千千万万知青下到农村锻炼，绝大多数经历了苦其心志，劳其筋骨的磨炼。这种"苦"酿成了后来的"甜"。多少年后，他们中许多人成了企业、学校、机关、科研单位的骨干和领军人物。如今中共中央常委中就有好几位是知青出身，被舆论称为中共领导层进入了"知青时代"。我们的总书记习近平当年就下到艰苦的陕北农村，一干就是六年。据当地乡亲反映，习近平当时练就的"扛劲"就达到扛两百斤一麻袋的粮食走十

多里山路不歇脚的程度。这种"劳其筋骨"练就了他坚强的体魄和顽强的意志,为胜任今日之大任奠定了坚实的基础。农民中走出人杰,农村培养人杰,是中国的大幸和希望啊!

"严重的问题"和忧心事

我对农民的"三敬畏"引起了友人的热议。他们对我说,农民中的落后的东西你怎么视而不见呢?我说,这也正是我思考的内容之一。对于农民群众中的陋习甚至恶习,在我多年与农民的交道中,同样颇有体会。但这毫不足怪。伟人不是说过,凡是有人群的地方就有左、中、右。这里的"左中右"即是"先进、中间状态、后进"的三种状态的表述。农民中除优秀的东西外,其落后的东西长期存在,因为中国是有几千年封建历史的农业国度,农民身上的精华如巍巍大山磅礴于中国历史,而糟粕也积淀甚多,这也是客观事实。著名作家贾平凹新近出版的长篇自传性作品《我是农民》,就是写他出生于农村、成长至十九岁的经历。他初中毕业后在农村当了五年农民,经受了极艰苦的磨炼,他写道:我在这几年"长高了、长壮了,什么菜饭都能下咽,什么辛苦都能耐得,不怕了狼,不怕了鬼,不怕了不卫生,但农村也是个大染缸,它使我学会了贪婪、自私、狭隘和小小的狡猾"。正因为如此,伟人还有句话可以作为这种后进现象的注释,那就是"严重的问题是教育农民",就这样,使人们对农民的认识全面起来。

我尊敬的农民们的精华毕竟是主流。不然,我们这以农立国的泱泱大国何以能延绵、发展数千年而长存?中国三十年的高速发展,如果没有几亿农民工的鼎力奉献,能实现吗?

我不担心农民中的"支流"会变成"主流",倒是对中国农村的严峻现况和农民的伟大精神的流失,令我忧心忡忡,令我常常念兹在兹。对此,我有"两忧":

其一,忧农村的优美环境不再。有的乡村绿水青山逐渐丧失。由于一些化工企业从城市转移到农村,也有些村民为眼前利益乱采乱挖致使乡村环境遭到严重污染,山不青了,水不绿了,含有毒素的污水横流,空气中充满呛人的异味……更为严峻的是,随着村民纷纷外出打工,许多村庄的田抛荒了,山塘淤塞,道路长草,留守在乡村的尽是"61(儿童)99(老人)部队"。有的村庄连"留守部队"也走了！国务院参事冯骥才对此现象作过深入调查，他说，过去十年全国每天消失八十至一百个自然村！这真是极其令人惊诧和痛心的啊！

其二，忧农民的伟大精神难再。我国广袤的乡村大地，曾经为国家各行各业输送了浩浩荡荡的劳动、卫国的勤劳、勇敢、进取的生力军。而现在，农民的后代，对千百年我民族赖以生存的种田一行已无兴趣。加之国家无力改变的应试教育也将"农二代"培养成高度近视、身体孱弱、不经风雨的文弱书生。前不久，我的一个在城市打工的侄儿与他的一位朋友为"能否有扛百斤东西上房"的本事而比拼起来。一个说可以背一百八十斤水泥走悬空跳板上到十层建筑物而脚不软，另一个说可背两百斤东西在建成的房顶走来走去而心不跳。他们所说均为事实。因为农村多年的磨炼，已使他们高大的身躯和顽强的毅力及胆魄胜任建筑行当中的任何"高、险、难"劳作。可他俩均是四十上下的"大青年"了，而在他们以下的弟妹们中，却无一人胜任。难怪有位搞家电营销的先生担心，不要过多少年，我们要找个在高墙上安装空调压缩机的人也会找不到了啊！问题的严峻性就在于此。我们的城市化，不应是大城市化，不应盲目无度地城市化，建设社会主义新农村不应只是在口头上，严峻的现实逼使我们对当前的"农村问题"进行严峻的思考。

祖国壮丽疆域内的千千万万个乡村的山、水、田、土是我们华夏民族赖以生存的栖息之地，更是锤炼民族精神的"历练场"。就像某些国家为培养骨干官员特设艰苦磨炼场所那样，我们亦完全可以利用中国农村的田、土、山、水，留一点旧有的耕作方式，作为锤炼年轻人的必修大课堂。尤其可以有意识地让年轻干部到这些山水田土间去"苦其心志，劳其筋骨"，培养有意志、敢担当、又有大智慧的各级领袖人物。

农村应该是大有希望的。我虔心期望在国家新农村建设的伟大蓝图的规划和建设中，能将中华大地上的农村优美环境建设好，能将农民的伟大精神传承下去，并发扬光大。因为这是实现我中华民族伟大复兴所急需的啊！

写于2012年12月

胸　　怀

　　1992年3月。韶山银田乡的偏远村子——长田村一位平时很少生病的农民周春南老人病倒了。老人的生病引发了两位盲人老姨娌韩祝英、张清奇的失声痛哭；村民们纷纷含泪前去探望。

　　一位老农生病何以如此"惊动"众人？

　　正如一位哲学家所说的：给人带来幸福，就是最真实、最高尚的幸福！周春南，这位七十三岁的韶山老赤卫队员、老地下党员是享有这种"幸福"的人……

　　1985年深秋的一天傍晚，春南从田里做完功夫归来，对老伴说："孤寡婆婆韩祝英病得不轻，我想，我们明天就把她接过来住……"老伴沉默了。她很了解韩姨娌的情况——她是春南搞地下斗争时的战友李志祥的妻子，年近六旬，双目失明，丈夫病故后，她的日子更艰难了。

　　"她不是有个儿子么？"老伴问。

　　"哎呀，她的儿子就是因为儿媳妇的不幸死亡跟她不通来往已好几年了……"

　　"接她来住，当然是好事，可我们也有困难呀！"老伴这话实在。虽然现在搞责任制日子好多了，可作为春南这两口之家一下子又添一口，而这口又病又瞎，这个负担可不轻呀！春南深情地对老伴说："人生在世总得做好事。社会是大家的。我们就要为社会尽一份责任。早年子，我和志祥也是为了大家的解放而参加革命的。我们毛主席一家为了大家……"老伴终于答应下来，韩姨娌拄着拐杖住进了周家。刚来那阵，韩姨娌正病着，呕吐不停，高烧不止。春南又是请医生看病，又是熬药喂药，整整护理两个多月，病情才有好转。从此一家三位老人，十分融洽、和睦地生活下来。

　　转眼到了1987年年初。这天，春南顶着寒风去乡上办事，途经郭家老屋，忽见一女青年从屋里跑出来，手里抓着一根绳子，边走边喊："救人，快救人！"春南叫住她，一问，才知道这女青年的姨妈，一位七十岁的五保老人张清奇因双目失明，亲戚早没来往，现在右臂脱臼、右身瘫痪，觉得再活也无意思，正准备上吊自杀，被她发现，夺了绳子。春南连忙同她进屋劝慰老人。

这件事又使春南心神不宁。他把此事告诉了老伴，果决地说："婆婆子，我打算把她也接来我家住！"老伴一听惊呆了："哎哟，难道我们家接一个瞎婆婆还不够，还要添一个又瞎又瘫的？！"春南又一次掏出自己的心底话。在他火辣辣语言的熏陶下，老伴又一次点头了。可他还不彻底放心，又说："一个人做点好事并不难，难的是一辈子做好事。把她接过来，不是住两三天，要住到死！你有这个胸襟？"这位多年跟春南共患难的老伴反问他："你有，我就没有？！"

乡武装部长兼民政干事听说春南要赡养张娭毑，就找他说："周老，原来我们要送张娭毑去敬老院。因为她要专人照顾，敬老院人手少负担不来。这下您老可给我们帮了大忙了，说，你这么干要多少护理费？"春南呵呵大笑："如果为了钱，我就不会接！"

一个晴朗的春日，春南把张清奇背进了自己的家门。

从1987年3月起，春南夫妇进行了长达半年的紧张劳作：他们抓紧给张娭毑治伤。瘦得只剩一把骨头架子的她，右手脱臼全不能动。春南请来郎中替她开单方、正骨位。每天早上，春南和老伴给她穿衣服、洗脸、扶她上厕所；晚间给她按摩，一日三餐由春南给她喂饭……一天，韩、张两老在卧房闲聊，韩娭毑说："听说我这样的胃病要多吃红枣健脾胃……"张娭毑说："我右手脱臼，要多吃虾子小鱼……"谁知几天后在吃中饭时，春南老人给她们下了"指示"：今后吃饭，每人面前都有一碗菜要包干吃完！韩娭毑去夹自己的"包干菜"，夹进嘴里的是红枣煮蛋；张娭毑去夹自己的"包干菜"，发觉是清蒸小鱼！一连好几天都是这样。她俩终于想到：是那次两人闲聊的话被春南老人听见了。两人不由感叹道：春南老人，你操的心太多、太细了啊！这么一想两人都难过起来：这么样让春南夫妇照顾，添这么多麻烦，受不了啊！两人便悄悄决定：离开这里，去找"上头"，让"上头"解决她俩的生活照顾问题。

那日，两人正打点衣物准备出走，被春南发现了，问："两老准备去哪里？"两老流着泪说："我，我们住不下、下去。您这么好……太麻烦。我们去找上头!"春南抓着两人的手:"哎呀,我的个老大姐,你们找上头,不就是找共产党,我这个共产党,你们还信不过?!"春南这么一说,两位老人不好意思再说什么,两人想,春南是老共产党,他的关照,不也就是党的温暖么!

说也怪,半年过去了,张娭毑那只伤手奇迹般恢复了功能,右边瘫痪也好了。两位盲人瘦脸变圆了,脸色也红润起来。人也似乎年轻多了!

人们"数落"着周春南七年来为赡养好两位残疾老人给自己找的"麻烦":

人们知道,政府给五保户和春南的地下党津贴等总共才90来元,远不够四位老人生活开支。春南便辛勤种菜,每年还喂值上千元的两头肥猪补贴进"全家"伙食之中;

人们也知道,两位盲人常常半夜发病,春南常常迎着风雨摸黑请医找药;天气晴和时,春南夫妇一人牵一个外出散步,还带她俩去"听"电视。

人们看见,周家自添加两人后,生活用水大增。春南从水库每担一担水进屋要上下八十四个梯级,现在每天担五担,一天要登410梯,一年要登15万梯,六年就是上百万梯,等于走了1800里!

人们也看见,春南前后四次到数十里外的楠竹山给韩娭毑的儿子做工作,最终使母子和好如初,如今她儿子每月按时探望母亲!……

多年的操劳,终于使春南病倒了。他患的是心脏病。前不久,病稍好,别人问他,还有什么不放心的。他说:"我唯一担心的是自己'走'在两位娭毑之前。那我的责任就没尽到底。"他的儿子和村民们说:"如果真那样,还有我们哩!"

现在,春南老人又在精神抖擞地为两位盲人尽责了!

湘潭市、韶山市和银田乡党政领导关怀着春南的义举。这两年,他们给春南家送煤,还捐款为他家打下一口家用机井,并资助他购买了一台电视机!

春南老人多次被评为银田乡和韶山市的优秀党员,1990年12月,湖南省民政厅、省残联授予他"优秀残疾人之友"的光荣称号。

写于1992年4月

附记:此文于1992年7月25日在中央人民广播电台配乐播出。此前曾在湖南人民广播电台播出,并在《湖南残疾人》杂志发表。获湖南省"第二届残疾人事业好作品"一等奖,又获省残联、省电台联合评选的助残好作品一等奖。

共　识

——湘潭市第一次文代会琐忆

1962年3月，乍暖还寒，湘潭市文艺工作者联合会第一次代表大会在市交际处（现莲城宾馆）召开。我有幸被邀请参加。其时，我正在下摄司某校任教，工作之余，常拈笔涂文，并无成绩，但大会组委会还是作古正经地将我列入了正式代表。

能参加市一级、且是首次"文代会"，甭说我心里有多高兴了。为开会，我请示了校领导，经同意后，又与本年级组的老师调了课，一门心思、兴高采烈地赴会了。三天的会，安排得紧凑而生动。在会上，我见到了江大平、江立仁、蔡望斗、衣冠履等当时在市内外已颇有影响的文学作者们。大家一见如故，像老友般地握手、交谈。特别让人激动的是团中央第一书记兼湘潭地委第一书记胡耀邦的大会报告。他语重心长地勉励我们要认清自己肩负的历史责任，发挥自己的特长努力写出好作品，创造文艺百花盛开的春天！用今天的话说，他这十分"煽情性"的报告，使在座的代表们个个都有坐不住的感觉。说也怪，刚刚在"三年困难时期"正熬着的文艺工作者们，在会上谁也没有诉苦，一时间竟灵感大发，临场"蹦"出了一篇又一篇作品。与我同组的一位市电台的记者，在会上就创作了一篇小小说《选种》。一场会议报告讨论会，一开就开成了作品讨论会！人们畅怀地谈、畅怀地笑，情绪几乎达到"沸点"，真可谓一扫困难时期滞留在人们身上的暮气、霉气！我自然也激情勃发，也暗暗草成了两篇小散文，但那时的我尚有几分胆怯，始终没有拿出来，只一个劲地看人家的、听人家的。就在这次会上，一个坚定的信念已在我的心头萌发：我一定要努力再努力，创作出无愧于党和人民的好作品！

会议期间的晚上，都安排了剧团演出，不是看湘剧，就是看花鼓戏。散戏后，代表们仍三三两两聚在一起倾心交谈，常常谈到半夜还舍不得收场。我因

住在市内,为了省钱,没有要铺位,但必须赶深夜十二点的末班车回学校,只得与大家悻悻而别。到第三天晚上,大家谈得更欢,想到明天大家就将分别,虽时间快到十二点了却没有中止的意思。一位老兄(恕我不记得名字了)对我说:"谷老师,你今晚就莫回去了,该省时就省,不该省时还是要花,你还是花一块钱买个铺,开张发票回去报就是。这是党的文艺工作会呀!"

我想,也是,就安心地留下了。大家一气又"扯"了二三个小时。那时,作者们既崇高又单纯,都互相鼓励着,要为党努力写作,大家的"共识"达到空前的一致。

市第一次文代会闭幕了,我满腔热情回到学校。按规矩,找一位领导汇了报。那领导自始至终带着微笑听完了我的汇报,却未置一词。回校第三天我找着主持财务的一位同志,请她报销住宿费。她看了一眼发票,十分严肃地说:"不能报。"又说:"住这么贵的铺。"我忙辩解:"市交际处的铺位是贵一点,可会议安排在那里,头两晚,我都坐车赶回来,车票不报算了,这房钱按规矩是可以报的,我咯(这)里有会议通知,上面……"

那同志不看通知,打断我的话:"晓得不,你是老师,又不是作家,这个会,你本可以不参加!"

我一听火了,便提高了嗓门:"什么?本可以不参加?!你晓得不晓得党的文艺事业的重要?"

"我不怕扣帽子,不行就不行!"她也来了火。语气铁硬。

有市里的通知也说服不了她,真正无法与她沟通达成"共识"!

此事终于导致了我工作单位的异动。

以后到了新的学校,我始终坚持把搞好教学工作放在首位——做到教学质量走在同级学校的前列,但仍坚持业余写作。好在新的单位领导对我业余创作还颇理解,说我利用休息时间不乱谈、不贪玩、不打牌,搞搞创作,写写报道,对学校、对教学只有好处。于是,我颇为安心地"奋斗"了几年,直到1964年一系列文学作品在省、地报刊发表,颇获好评,引起了省、地、县有关领导的重视,我的业余写作,终于获得认可。

日月弹指间,一晃四十年。我们的社会大大发展了,对今天称之为"精神文明建设"之一的文艺创作,在整个社会获得了她应有的地位,大多数业余作者们已没有我过去同单位因"写作"而造成的使人难以置信的"隔膜"。认识的更新、提高，使大家对精神文明建设的重要性形成了"共识"——极其宝贵的"共识"啊！

2004 年 5 月初稿
2009 年小改

（本文发表于 2009 年 5 月 30 日出版的广东《诗词》第 10 期。）

土桥岁月

在我人生的历程中,有近四年时间为土桥所占有。1969年的夏初,正是早稻拔节扬花的季节。那天,二十六岁的我从湘潭县射埠汽车站下车后,挑着被褥和木箱,沿着一条机耕道,徒步十二里,终于第一次踏入土桥境界的"首站"——吟江小街。

在接近吟江小街的时候,我竟憬然伫立了片刻——我被这里的景色惊呆了:在机耕道两边是一片平展展水田中碧绿的稻浪,远一点,一条缓缓流着的透蓝透蓝的河流出现在我的面前,一座不太规整的石桥横跨河上,再远一点便是一座又一座小山包沿江依次排列,这些小山包全被绿树覆盖,这逶迤起伏的碧绿山包倒映在吟江(后来我知道这条河叫吟江)中,使河水蓝中染绿,更显无尽靓色。我感叹说:这不就是桂林山水么?

我就是这样走进了风光诱人的土桥。

我所任教的土桥公社中学,就在吟江小街右手进山两里路的地方,也是个被绿色环抱的所在。

我到土桥正是如火如荼的"文化大革命"时期,那时节纷扰动荡,道不完的纠纷,已烦得人心疲累。一到土桥,土桥清凌凌的水、清爽爽的风、绿莹莹的山使我精神一振,心即刻清静下来,全身顿觉轻松爽快,便全身心地投入到教学工作中去,一干几年,这算不上匆匆也说不上悠悠的岁月,倒也有不少耐人寻味之事,在此略述几则。

老 师 们

我到土桥中学见到的第一位老师是T。那时"土中"设在鹿鸣大队小学内,占了鹿小的绝大部分江山。实际上中学与小学已融为一体。三十出头的T老师是小学部的。我去时大概是周日,学校就她一人。她把我迎进办公室,又帮我卸下肩上的担子,还给我泡了一杯热茶,还向我简要地介绍起学校情况来。我揣摸出她大概知道我今日到校,她的接待是有准备的。但也使我感到土桥老师的纯朴和热情。后来我知道 T 老师是鹿小负责人,她的爱人是某公社负了一点责的干部,这在当时的农村是了不起的"关系",而 T 老师硬没一点"官太太"的味道,使人钦敬。

更令我感动的还有这么一件事:我大概是五月中旬到土中的,只上了一个多月课学校就放暑假了。假一放,师生员工(包括炊事员)都回家了。那时我是孤身一人,放假之初还不晓得去哪儿好,便准备在学校多待几天。不知 T 老师怎么知道我还未离校,放假后的第一天中午,她提着个圆竹篮从对面山冲的大路上朝学校走来,好像旁边有个人问她做么子去,她笑呵呵地朗声说:"我去给一个'瘫子'送饭。"到了学校,她把竹篮子递给我,说:"我给你这个'瘫子'送饭来了。"原来,她的娘家就在学校对面的山冲里,离学校只二三里路,她家在做中饭时她特地为我留了一份。当时我感动得不知说什么好。我吃着她带来的乡土味浓浓的饭菜,又想到她那幽默的话,我觉得她真没讲错,对做饭炒菜之类全是外行的我,离开了炊事员不就如同"瘫"了一样么?其实她的这个特殊的比喻更多的是一种对同事的关心、照顾。就这样,我扎扎实实当了几天由她照顾饭食的"瘫子",所受之惠,至今不忘。

用今天时兴的话来说,当时土桥中学(含鹿小)的老师的相互关系是和谐的。大家一心务教学,一心为学生,土桥中学的学生质量反应良好。要晓得那时是"政治挂帅"时期,突出政治就是首要任务。就是在这样的氛围中,大家对教学工作仍抓得紧。大概是老师们的切身体会使然。因为那时的教师大多有受过初中以上的教育的经历,对知识的重要性可谓刻骨铭心,不是任何政治风暴所能吹走的。

于是乎,大家默默地将知识传授摆在首位。大家的课可说都讲得精彩。一到上课时间,你就会听到每间教室传来老师抑扬顿挫、有声有色的讲课声。这些讲课声,无不透着一股澎湃的激情!一堂课下来,老师们回到办公室,经常互相一看都不由得笑了,因为不是你帽檐上有粉笔灰,就是我脸上有白道道。真是:讲课已忘情,笔灰沾上身!

老师们精彩的讲课,其来源是认真的备课。一到晚上,夜幕四合,学校到处是黑洞洞的,只有办公室多盏煤油灯绽放光华。那时学校实行的是集体备课制度，而土桥中学又没通电，因此一到晚上备课时间，老师们纷纷端着自己的煤油灯从自己的宿舍走向办公室，常常因鱼贯而入出现"灯龙"的奇观。一进办公室，没有随性交谈，更没闲聊，大家都专心致志地在自己的位置上看教材、写教案。偶有交流，其声音之低，两步之外，便难听真。

  老师们不仅讲课"忘情"，对学生的学习督促也达如痴如醉的境界！那时为督促学生在家坚持学习，老师们各出招数，有的加强家访，有的利用亲友聚会、群众大会（那时这种大会很多）向家长传递学生学习信息。而我这个教语文又当班主任的则出了一霸蛮的"怪招"。那时我在班上规定学生在家必须学习两个小时。为检验学生是否这么做。一到晚上八点以后，我便与副班主任Q老师出发了。首先我们悄悄爬上鹿鸣大队一座山顶上，看准半山腰是某学生家，就悄无声息地攀着树枝、跳过沟沟坎坎，步步挨近半山腰那房舍后面守候"偷听"起来。大约二十多分钟后，房舍里传出了读书声。好呀，这伢子兑现了规定。静听几分钟，学生朗读声更加激昂。我和Q老师满意地离开了。接着又爬到另一座山的山坡上聆听另一家的学生学习动向……土桥林木覆盖极好，山中野物蛇虫时有出没，但这一切我们都不顾了。那一晚，我们跑了四个大队，来往三十多里，在九家屋外听了学生的学习情况。这九个学生中只有一个没有行动，其余八个都做到了晚上学习。只是有两个学生到九点半以后才开始，太晏了。那晚我们回到学校已过了十二点了，但心中十分畅快。

  第二天，我将四个大队九个学生的晚上自习情况在班上说了。同学们一片惊讶。惊讶之余，都说"老师太辛苦了！"这么一抓，学生学习质量明显上升。那时学校之间不搞排队评比，但见到学生对课文更熟了，字也写得好了，数学作业正确率上升了，比自己得了上级嘉奖还高兴！

  时至今日，我觉得在当年"读书无用论"盛行时，我们却这么用死劲抓乡村学生文化学习，真有"反潮流"的味道。不论我们用的方法是对是错，但我们当时一切为了学生提高学习质量的赤子之心和不怕累不怕险的精神，应该有正面评价吧。我现在回忆起来，实有恍如隔世之感，甚至怀疑自己是不是真这么做过。

  岁月如梭，几十年时光匆匆过去。今天回想起当时土中那些同事们，还人才济济。他们中有既能教文科又能教理科的L老师，有当我班的副班主任极负责任、与我一道多次夜访学生的Q老师，有数学教得好又打得一手好篮球的 H 老师，有为人善良、乐于助人（多次为我顶岗）的 X 老师，有语文课讲得精到又写得一笔好字的 W 老师，有初入语文教学门道善于勤学深钻的新教师 T，还有有相当的知识底蕴又虚心求教上好每一堂课的知青老师 M、S，还有那教学的组织者、为人忠厚老实的被称为"G 哥"的文教专干，等等。有如此的年轻的教师阵营，即算那时大环境不追求教学质量，而在土中这小环境中却奇妙地生成了一个以教学为中心的"小气候"，回顾起来，不得不令人感叹唏嘘。

教师种菜轶事

此前我曾在城市（厂矿）学校呆过，也曾在市郊学校呆过，当教师的上课、下课的规律都差不多。现在一下子来到这离城近百里的半山区学校，其"味道"却略显不同。它没有厂矿子校的"洋气"：那时我去学生家家访，学校有七八成新的单车归你使用。而在这山冲中学，却没有人置得起单车，连公社的书记、社长也没有单车。那时的状况就是如此。每天放学后，除了批阅学生作业，一有闲时要么是种菜，要么是下生产队参加政治学习。

说起老师种菜，那也是形势使然。那场面可说兴味盎然。在那山冲里，没有蔬菜市场，老师们要吃菜，就得靠自己种，有时附近社员也送一些菜过来，但那时限制自留地，社员们并没有多少多余的菜出售。因此，老师种菜"自产自食"就成必然。

每当下午学生放学归家，学校只留下老师了。这时种菜劳作就开始了。

在学校东北角有一块空旷地，校门前池塘边有一片田土，这就是学校的蔬菜基地了。土桥中学十几位老师，加上鹿鸣小学几位老师，不到二十人，每人都分到一块土，每块大约长十米、宽一点五米。我的菜土就分在学校东北角的公共厕所旁。我分到这块地，正是一九六九年下学期开学时，正值蔬菜换季——夏菜（藠菜、苋菜、丝瓜等）衰落，冬菜（白菜、萝卜、莴笋等）下种。所有的菜土都得重新翻耕一遍。那时一到学生放学，老师们便三三两两肩扛锄头、耙头走向自己的菜土。不一会，嚓！嚓！嚓！扬起的锄头、耙头"插"进土里的翻土声便响彻冷清的校园。翻土声一直响到晚饭时分才会止息。第二天放学后又会响起，经过两三个放学后的时间，一块块翻耕过的菜土以它细软的泥土、规整的长方形出现在大家的视野里。接下来便是挖穴种菜了。一般每横

行打四至五个浅穴,直行打二三十个,视菜土长度而定。很快这些浅穴就栽上了各类菜苗。老师们便投入给菜苗浇水、施肥和除草的劳作。这浇水、施肥、除草是一两个月的持续性劳作,直到几寸高的菜苗长成尺多高的大菜棵进行收获,方才停止。

在这一连串菜园劳作中,大家一边盘弄泥土、菜苗一边说笑,气氛融洽、放松。一些在平时不太容易开口的话,在菜土中劳动竟不假思索脱口而出。一天,我的同行、语文教师W在帮我的白菜土扯草时,一阵说笑后,她突然说:"谷老师,你知道编辑是怎样的工作?"我不知她为何突然冒出此话,弄得我一时无语。她又说:"你当过编辑——主编吧?"这话自我到校以来还真没人提过,这触动了我的敏感之处。因为在来到(有人说我是"下到")土桥之前,我就是在县革委会宣传组工作、而且是当时县报(三代会报)的主编,因为当时的种种因由,我从不提及这些。而我来到土桥教书确实是我百分之百的自愿。在这种时刻,我不能展开叙述。我笑着对W老师说:"当报纸编辑就是改稿,校对,排版,我的确干过。不过我以前长时间是教书,我更喜欢这教书工作。"她听了,眼睐睐地笑了。从这里,我明白了,老师们对我是知根知底的。我对这些更不用藏着掖着的了。W老师的坦率的问话,使我感受到与老师们靠得更近了。

在学校老师的种菜队伍里,有一位年近五旬、慈眉善目的老教师引起了我的注意。每次劳作他到得最早,收工最晚。而浇菜时他肩挑着的偌大一对粪桶里的水总是最满的。每当他把自己的菜浇完水后,便帮其他老师浇水;有时他干脆叫别的老师去休息而由他完全代劳。他就是Z老师。Z老师若走在路上,你绝对不会认为他是当老师的;因为他的脸黑红黑红,头上戴一顶洗白了的、帽檐又起皱的便帽,衣服旧得有补丁,脚上是一双旧得穿了洞的解放鞋。然而,他的的确确是老师,而且是令人羡慕的、在学校拿着最高工资的"国家教师"。后来我们熟悉了,知道Z老师是岳阳人氏,新中国成立后就在粮食部门参加了工作,由于工作扎实肯干,被提拔为某粮食仓库主任。一九五六年工资套改,他每月工资晋升至六十六元五角。那时这可不是小数目,可养活一大家子人呢!再后来,对行政干部政治要求越来越高,他由于"出身不好(地主)",被"调整"到小教队伍里来了。俗话说"一行熟一行",又说"半路改行急煞人。"他正应验了这俗语。一个堂堂粮库主任应该教得小学管得住小学生吧？可他就是不行。一个偌大的土桥中学校园，平时上课时所有教室都清清静静，只有老师的讲课声。若此时有一间教室吵翻了天，那一定是Z老师在那间教室上课。我就目睹过他上课的情景：他捧着书本在上面讲，下面学生叫的叫喊的喊，有的还躲在他屁股后藏猫猫。他只好一个劲地喊"莫吵莫吵"。这个喊声几乎喊到下课，教室里却一直吵闹不停。我想他喉咙长期嘶哑就与这长期的喊叫上课不无关系。奇怪的是，其他老师到教室门口一站，教室立刻静下来。这就说明他在学生中没有威性，而这没有威性由于他从心理上、教学方法上都不能把握住学生。学校也想尽了办法，但这位为人忠厚、慈眉善目、凡事扎实肯干的Z老师到教育战线十多年了就是过不了"组织教学"这一关。我更想到，当初为什么硬要他转行当教师呢？这个新中国成立前有进步思想的中学生、后来又当上粮库主任的他，难道会放火烧粮库？那有关方面当时为什么又让他当主任？要他这么转行，既苦了他又苦了学生……这些想法当时只是在心中想想而已。

Z老师等学生一放学，他似乎也被"解放"了一样，立即肩挑粪桶、手提锄头来到菜园里，尽兴干起来，常常干到天黑还不收工。Z老师与老师们的关系都蛮好。大家对他拿着学校第一高的工资，有羡慕的，有眼红的。因而一个外号出现了，有人称他为"六十六块五"，还有人说，Z老师担着粪桶，扁担闪闪，那扁担有节奏的"咿呀"声就是哼的"六十六块五、六十六块五"……不知是纯粹的玩笑话，还是暗喻他的价值只体现在扁担上？

学 生 们

学生是教师的工作对象，是教育工作的重中之重。想起当教师的岁月，自然首先会想起学生们。

老话说："儿女是父母的心头肉。"作为教师，对学生的牵挂，也可以用"学生是老师的心头肉"来形容。土桥山水孕育出的土桥幼苗，其中不乏佼佼者。这中间有几个学生令人难忘。

学生C。我六九年夏初到土桥中学，随即任教初二一班政治课。那时初高中实行两年学制，因此这初二便是毕业年级了。班上学生二十来人。每当我上课时，坐在右边一排三座的一位学生听课神情格外专注，尤其是那双扑闪扑闪的大眼睛令人印象尤其深刻。第一堂课后，他走到我面前，提出一些那时初中

生不容易提出的问题。我高兴极了,便倾我知识之囊向他作详尽解释。我们的交往渐渐多了起来。后来我知道他家住泉井大队,父亲是屠宰员兼种田。他是老大,弟弟妹妹像楼梯梯级排列下来一长溜。他对学习的认真劲堪称少有。除了上课极认真外,在完成规定课业外,还开拓新的学习领域。有一次我到他家去,他拿出了他练写书法的"临帖本"给我看。原来,他每晚在完成老师布置的家庭作业后,规定自己从古字帖中选一个字,照这个字写上一百个,然后他将这一百个字与帖上的字严格对照,从中只选出一个写得最好的用红笔圈上。这一个被圈上的字就是他对自己当晚练字的肯定。那时我看到这被圈上的字与帖上的字,简直毫无差别了!写一百字只圈一个字,说明他对自己的要求何其严格!令我惊讶且深思的是,在当时人们不提或很少提及练习书法的时期,他竟如此下功夫狠练书法,如果不是一个对知识文化有高追求、高要求的人,是不会这么想、更不会这么做的。别人不思我独做——这不是"出奇者"么!这不是奇才!这就是C的学风。到六九年下半年,他升高中去了县八中。我们的联系少了。高中毕业后,他回乡务农,又深受社员欢迎当上了大队副支书。尔后,在七四年推荐大学生时,他被推荐上了中南矿冶学院(现为中南大学)。在大学他也是学习上的佼佼者。据说为了学好英语,他衣服裤子的口袋里装的都是英语单词小本本,这些单词本还曾被小偷误认为钱包而被偷过。他以优异成绩大学毕业,又以优异成绩留学澳大利亚。至今在澳从事科研教学工作。他上中南大学后,曾给我写过一封信,有好几页。当时我刚调到县级机关不久,常常下乡,来去匆匆,竟至找不到原信,无原信即无地址,加之时间一久也未去打探他的地址,就再未回书了。此事至今仍在我心中搁着,深为歉疚。我祝福他在事业和家庭上圆满幸福!

学生Y。这位学生不属我的"嫡系学生"。在老师们心中,既任课(最好是语文课)、又当班主任的班之学生就是"嫡系学生"了。虽然Y不是我的"嫡系学生",但我的同事、好友L老师经常在学校多个场合提到她。说这个学生爱学习、理解力强、记性又好。既然学校有这么一位"有特色"的学生,我和同事们也开始注意她了。在记忆中,我曾在她班上代过几堂课,她回答问题总是在一番认真思索后才举手,往往这样回答出来的问题就比较正确,有时她还会超出问题范围,答得更全面一些。这样的回答往往使老师喜出望外。而使我更惊讶的是,在小小初中阶段她竟有兴趣去读难度极高的马克思主义哲学著作的翻译著作。那时党中央要求全国干部学马列翻译原著，一向关心我学习的、在武汉《长江日报》当记者的表哥给我寄了一套带辅导和解释的马列原著。那么大一叠我就放在办公桌上。被Y看见了。起初她问我马列著作最重要是哪一本。我便想到恩格斯的《反杜林论》。这是一本被肯定为马克思主义的百科全书式的著作，顺口答道："《反杜林论》。"于是她就要借《反杜林论》。我就借给她了。心想，这样的翻译原著虽有解释，大人也难读，你能读下去么？可是，一个多月后她来还书了，她告诉我她是硬着头皮坚持通读了一遍。我问："你的收获在哪里？"她说："我记住了'否定之否定'这个辩证法原理。"我要她解释，她还解释得蛮到位。我当即鼓励了她。我深深觉得，对这么一个唯物辩证法的核心观点，她有了如此虽粗浅但十分正确的理解，真算了不起了，何况是个区区初中生！从此她爱上了哲学。据说她后来在湘潭卫校学哲学课，所写的学哲学体会文章还成为学生中的范文，老师还拿到几个班去朗读过。学生Y的努力，取得了不错的成果。后来Y成了市直属局的中层干部，工作业绩毋庸赘述。

以上两位是我在土中教书时我印象深刻的"非嫡系学生"的故事。举贤不避"亲"，我叙说一下"嫡系学生"的情况吧。

学生M，个子瘦小，面有菜色，是营养不良所致。其父原系国家职工，1962年国民经济调整时举家下放到继述桥公社务农，全靠他锄头挖、扁担担养活家人，一家人生活实为困顿，常有断炊之虞。那时M就读土中七〇三班，连每天一分钱的中餐蒸饭费也付不起。七〇三班是在学校出了名的"乱班"。我接手后，大力整顿班风，把那几个"浮头鱼"狠狠整治一番。那时的整治用今天的话说是"简单粗暴"——就是把那些常常起事的不听话的学生进行重点"帮助"，对特别顽劣者则令其上台作检讨，再由同学们一个个发言进行批评，并对照社会上的大批判警示他们。说实话，这批评会还真有些开批判会的味道。对"浮头鱼"压力之大，可想而知。这样几次重点"帮助"后，班风大转，上课寂静了，学习气氛浓了。其实这是得益于当时社会上的"大批判"氛围。"浮头鱼"们见过社会上大批判的阵势，也有畏怯感，因而宁愿在校挨批评，不愿成社会大批判对象。在几次批评会中，M发言次数虽不多，但态度恳切，言辞直率，起到了积极作用，受到同学们的赞扬，我也给予了肯定。加上她学习认真，成绩尚佳，因而很快当上了班学习委员。

　　M 的语文成绩算班上上等，尤其是作文较其他同学写得好还写得长。我自干上教师这个行当以来，对学生特别是对好学生的要求，尤其严格。就在 M 他们上初中二年二期时，是毕业的学期了。一次在看作文的时候，我发现 M 的作文出现了几个错别字，特别是"能"字，她又把左边的"厶"写成"匕"。这我可教她纠正过多遍，而她就是改不了。我将她叫到办公室，从她父亲的辛勤耕作讲起，讲到她过去的成绩，更讲到她最近学习的松懈，特别是一些错别字顽固不改。我特别讲到，写错别字就是粗心，粗心习惯一养成是要坏大事的！至今回想起来，当时我的话亲切不足，严厉有余，讲得她泪流满面，最后还哭出声来。自那次谈话后，她作文的错别字大大减少，有时甚至没有。对她学习的再次起色，我很满意。那时初中升高中不考试只推荐，在班上推荐名单中，根据成绩和表现，我把她排在了第一位。她顺利地升入高中，后来考入专业学校成了正式教师，主要教英语。在教学岗位上尽职尽责，口碑极好。她实现了自己的价值。

　　讲心里话，那时候我是将全身心投入到教学工作中去了。那时我也朦胧认识到，上面提倡的"大批判开路"终究不是好办法，好办法就应该多开展有益的活动，让学生在生动活泼的活动中，增强凝聚力，提升创造性，培养纪律性。1971 年元旦快到了，我决定在班上搞文娱活动，其重头戏就是排演革命现代京剧《沙家浜》第二场《转移》。这对于没走出过山冲的学生可是个大难题啊！但我仍信心满满地刻印《沙家浜》剧本第二场。因为我觉得那时革命样板戏天天广播，这京剧《沙家浜》学生们几乎都熟悉。就凭着我从小喜爱歌唱、在小学当过合唱团员的"本钱"，一句一句地给全班学生教唱《沙家浜》选段。这选段教唱就忙乎了一个月课余时间。我的喉咙唱嘶了，嘴也唱大了，终于让学生们唱熟了那几段唱腔。据那时来校看我的县文工队的朋友说："这些学生唱《沙家浜》不说字正腔圆，但没走板、没走调，还真是那么回事呢，不简单，不简单！"

　　接着是排练。先是选演员。我们班还真选出了符合剧本角色的演员：体格健壮、有英武气的陈解强演郭建光，个子敦实、脸蛋圆圆的李甲云演沙奶奶，精致端庄的刘孟嫦演阿庆嫂，模样俊俏的赵凤姣演卫生员……演员角色一出，大家齐呼"妙！""妙！"学生们推我当导演，我没推辞，没别的，凭我回忆电影《沙家浜》第二场演员的一招一式地依样画葫芦地排练（当然差距很大！）

就这么"硬导",硬是把第二场《转移》的初坯排出来了,我又请在校任教的知青老师一道进行精排。于是名曰"革命现代京剧"的《沙家浜》第二场在一九七一年元旦上演了。老师看了笑裂了嘴,学生看了说"我们把巴掌拍红了"!

除了开展文艺演出活动,我还利用学校组织学生去韶山参观的机会,带着七〇三班"滞留湘潭"两天,带学生去动物园参观,还带他们看芭蕾舞剧《红色娘子军》电影。有个学生在参观归来后写的文章中这么写道:

"学校这回组织学生去韶山参观伟大领袖毛主席的旧居。在韶山我们受到了很生动、很深(刻)的教育……(韶山参观情况略——引者注)。而谷老师带我们参观不同的是,其他班到湘潭市没停留就走回去了(那时学生去韶山参观从学校到湘潭七十多里全部步行,到湘潭再乘火车去韶山——引者注)。而谷老师却带我们七〇三班在湘潭多待了两天,去参观了湘潭动物园,看到了老虎、豹子、狮子、天鹅等过去听过或没听过的动物。回来后,我讲给生产队的小伙伴听,他们听得眼鼓粒鼓的,很惊讶,很羡慕。谷老师还带我们看了电影芭蕾舞剧《红色娘子军》,边看还告诉我们芭蕾舞的特点、什么叫'追灯',等等。这次参观我扩大了眼界,增加了知识。"接下来,学生又写道:"这次为了多参观、多看地方,谷老师带着我们一连几餐都是吃简单的面条,为的是节约钱买门票、电影票。晚上睡觉是找熟人的学校睡在教室里,节约了住宿费。还有,从韶山回来坐火车,火车到湘潭我班一个同学晕车睡在座位上动(弹)不得。是谷老师把他背下火车的,又为他卡(掐)人中、买药,直到他清醒得和平常一样……"

学生这篇文章层次还需调整,但写的是实情。当时我还找着这个学生说,你在作文里故意表扬我啰。他倒说,写的是真的就不是故意表扬。说得我俩都笑起来。因这篇文章我记忆深刻,录在此文中,大概八九不离十。不知怎的,虽处在当年那突出政治的时代,我总觉得要尽量让学生在学习时学得生动一些,有趣一些,学得活一些。我就是这样当老师的。

刻骨铭心的"反标事件"

这的确是一桩让我刻骨铭心的往事。

一个天真无邪、思维活跃的初一学生,一下子成了目光呆滞、思维迟钝的痴人,你见了你的心境究竟会怎样?而我在1972年就曾处于如此心境。

那是1972年的夏天。距土桥中学四五里的吟江渡槽的干涸了的过水隧道内发现了写有"打倒×主席"的反动标语（时简称为"反标"）。是几个小学生到隧道内玩耍发现的。

土桥公社出现反标！公社革委会很快报告了上级。很快地，县公安局的刑侦人员来了，和区、社领导以及区、社公安特派员一起云集渡槽，又是拍照、又是下户调查，一时间气氛紧张到了极点。因为这条反标"级数最高"。

刑侦人员依据反标字迹分析来分析去，最后确认是正在上学的学生所为，很可能是小学高年级学生或初中生。范围一圈定，那土桥、古塘桥、继述桥几个沿吟江的学校学生就在审查范围内。土桥的学校自然是审查重点。公安人员收走了学生们的作业本，组织数十个干部查对学生笔迹。也真是皇天不负苦心人，公安人员从几百上千的作业本中，终于找到了与反标字迹相一致的一本。这本作业本的主人就是我当班主任的第十一班的学生文××。

"写反标的竟然是十三岁的文××？"结论出来，熟悉文的老师和同学简直是百分之一千地不相信。当然我也是其中之一。虽然我接手这班初一生才几个月，但对班上学生情况已基本熟悉。男学生文××在班上成绩中等偏上，上课总坐得端端正正，平时不太讲话，连笑起来也有几分腼腆，但他的两眼黑亮黑亮，上课回答问题基本不会出错。他的家庭出身也没任何问题。只是家里对他有些娇生惯养。这样的学生能写反标？这使我百思而不得其解。

既然作案者已确定是我班的文××，他本人也承认了，根据县公安局的指示，就要立即进行大批判并挖出后台。学校领导对我说："既然文已定为作案者，还要进行批判和挖后台，那文××就不要回去了，晚上由你带着睡。你除了上课就陪着他，你要配合公安做工作要他交代后台。"

对领导的安排我一一承诺照办。那些日子，我除了上课就是陪文。晚上，我让他睡床里边，我睡床外边。半夜他要小解也由我"陪"着。因为他白天常常被带去一些学校接受批判，怕他万一想不开而采取不测行动。那时候，他除了挨批就是接受讯问——交代指使他写反标的后台。多数时候他是被公安人员带到公社进行讯问，在学校我也参加过几回。

每次公安人员要他交代后台，他的脸上总现出痛苦的表情，然后总看着自己的手指头，再无言语。每次问讯，被问者和问者就这么相对坐着，甚至长达一个多小时无语。我钦佩公安人员的耐心，每当坐过长时间后，他们仍会平静地说:"文××,你再好好想想,你的行动,不会冇得后台。好,再想想。"

那时我发现,每当他挨一次批,神情就黯然几分,到后来,连目光也有些发呆。我明白这是那成百上千人的口号声、无数的批判声所致。每到睡觉前,我总开导他:"犯错误不要紧,主要是认识错误,我们的朱总司令有句名言:有错改错不算错。××,你承认这事是你做的,那你为什么做?你的后台是谁?有就痛痛快快讲出来。讲了你就没一点事了。如果没有后台,那就讲实话你为什么要这样写……"我这些话,公安人员也讲过,他听后,总是沉默,而我这么一讲,他睡在床上竟泪流满面,是不是后一句话打动了他?

对他如此沉默,我真是一筹莫展。我读师范时是学过儿童心理学的。睡在床上,我结合他生活的周边环境发生的事作了一个大胆的推测:他的家庭和他本人对"主席"是没有仇的。他写的打倒对象没有直呼其名而是称的"主席",至少在程度上比直呼其名有所不同吧?我认定他是在搞一场恶作剧!因为他所居住的泉井大队(村)离古塘桥小镇只一河之隔,早两年有人在古塘桥邮政所投寄了一封反动信件,为破案,县公安局来了人,几个月一无所获。后来地区公安局也来人了,甚至省公安厅也派了高级侦查人员,经过两年蹲点破案也没破出。这事当时在古塘桥一带影响很大。这位年仅十三岁、在家中娇生惯养凡事大人都由着他的文××是知道古塘桥反动信件案一直没破出的。是不是对这类事好奇的他,也想搞个事耍一耍,料你公安人员同样破不出,于是,就有了他在吟江渡槽过水隧道的行动。这当然是我的推测。(对这个推测,我向个别老师讲过,获得认同,但同事劝我莫乱开方子,扰乱破案方向的责任谁也担当不起。)

有天晚上,当我们睡下后,我试着对文××说:"你是不是看到古塘桥那个案子冇破出,就……"我话没讲完,他就全身发抖,嘴里喃喃地说:"不,不……"我揣摸他此时的想法是:若承认是恶作剧,那就全是自己干的,那错更大;现在公安人员要挖他的后台,是在找负主要责任的人,其实是在帮他找理由减轻他的责任。于是挖后台搞了个把星期,他既不说有,也不说无,就这么耗着。

然而,最后他交代出了一个"后台"。这次讯问我参加了。那天公安人员再次耐心开导他,指出交代出后台就算立功,对他这个出身好的学生此事虽错误严重但没大事。一番开导后,他微微抬起头,慢腾腾地说:"我想起来,我有个后台,是她要我这样做的。"

他这么一说,公安人员立刻兴奋起来:"文××同学,你快说,要讲真的。"

"是真的。"文××仍慢慢地说,"她就是我们生产队那个地主婆。"

"是她要你写的反动标语?"公安人员紧问。

"是的,是她要我写的。"文××答。

"那她怎么对你讲的?"公安人员问,并加紧记录。

"她……"文××沉默一下,然后说:"是她心里想着要我写。"

这话让大家一下子惊呆了!大家几乎齐声问:"你怎么晓得她心里想要你写?"

文××沉默了一阵,然后喃喃地说:"真是她想要我写、是她想要我写……平时,她给花生、糖粒子给我吃,想收买我……"

讯问又陷入僵局……

这个反标案件再拖下去是没有结果的。县公安局干部们回到局里进行了研究。两天后又来到学校,向校领导和我宣布了县局关于此案对学校的要求:由班主任写个材料,说明文××的家庭情况和在校表现,至于结论由县局去作。于是,我按他们的要求,把文××的整个情况作了介绍,在证明他的表现时,我实事求是地阐述了他平时"遵纪守规表现尚可"(大意)。

材料送上去了。县公安局再没找过学校和文本人。此事就这么不了了之。自那以后,文××更加沉默,与同学几乎没有交往。他的脸好几个月了还有些浮肿,十三岁伢子似乎有了眼袋,一举手一投足都十分拘谨,就跟个小老头似的。见着他这个变化,我心头是什么滋味也说不出。

对于我关于那位学生写反标的原因的推测,至今我认为有科学性。如果真有"后台",那时文××不干脆交代落得个及时开脱了事。他是不想讲真正的原因,在一再逼他交出"后台"的攻势下,他所交出的"后台"竟是"心里想要他做的"。这令人啼笑皆非的"后台交代",文××坚持不说是地主婆明言指使,说明他的心中还存有良知。他清楚地知道说谎诬赖任何人是不可取的。他如此逼自己在真动机和假动机之间游移,最后使案子不了了之。这,也许是他这个少年被"逼"出来的智慧吧。

硬把"双抢"战到底

每年七八月是农村如火如荼"双抢（抢收早稻、抢插晚稻）"的日子，也是农村劳动大受考验的日子，头上太阳晒，脚下田水烫，还有蚂蟥、蚊虫绕着人叮。为完成"双抢"任务，社员们都全力以赴在泥水里滚，一天下来，全身没一根干纱。那时正是学校放暑假的时候，老师作为接受改造的知识分子，每当放假，除家在农村的回队劳动外，家不在农村的或家在远地的单身汉，无一例外地被分配到学校所在公社的生产队参加"双抢"。

这些老师往往下到生产队很少有能坚持到最后的。常常干不了几天，就以各种理由离开了。朴素老实的社员们，对这些单身老师的离开充分理解：教书先生受不了这个苦哇！我也曾经是只搞了个把星期就撤的人之一。那时大集体出工，每个队的双抢都要搞三四十天，有时还搞不完，搞得很艰难，被人称为"难完工"。

1972年七月中旬学校一放假，公社就安排我去离吟江坝不远的合力大队一个生产队搞"双抢"。这一次我下定了决心一定要和社员们一起搞到双抢上岸，看这"难完工"究竟是怎么"完"的（因为它必须完工）。

这个生产队（名字忘记了）处于半山半平地。有一些梯田，也有相当的平地水田。一到队上，只见一片茅草房，还有些是用竹篾片织墙糊泥的简陋居所——只图个遮风挡雨罢了。我是问路去的，很快找到了生产队长。队长说："我听王支书说了你会来支援我们搞双抢。我们好欢迎。"我说："我是来向你们学习的。"他说："只有我们向老师学习的。"双方一见面就这么客气一番，气氛融洽。我向队长提出要多干几样活，想换换新鲜，不要老是插秧插秧。他笑着点点头。队长中等偏矮的个子，有浅浅的络腮胡子，三十多岁，未婚，一脸坦诚的笑。他把我安顿在一个五保户孤老婆婆家。她举家一人，年近七旬，手脚还灵便，能做饭，只是眼睛有点不好使。老人的家有两间织篾壁屋，安排我住外屋。两间屋墙泥大部分脱落，露出根根篾片，有风从篾片缝隙呜呜吹进，好在是热天，有风还凉快，但不知冬天如何过。队上每天安排她炒一个蛋给我做荤菜。社员说这是顶客气的了。我不敢独享，吃饭时与她一人一半。

到队当天，队长要我休息，第二天早上可随社员去秧田扯秧。第二天天刚微明，队上哨声响起，是为避热及早出工。我随社员在朦胧曙色中前行。有微

微凉风。下到秧田里,水也有凉意。用现在的话说,选在如此之早出工,是为保护劳动力。

我刚下到秧田里,有社员向我发出警告:这秧田里蚂蟥多!老师你干脆在田塍上跟我们把秧把子齐到筅箕里算了。我听了心里有点不舒服,这社员也太小看我了!我和社员一齐下到田里干起来。我已不是第一次下田扯秧了。我记着以前下乡时社员对我的教导:你只要不停地移动脚,蚂蟥就咬不住你。这回我也不停地移脚,也真有效,还真没蚂蟥上脚。但这不停地移动,就影响了扯秧速度,一心不能二用,我还是专心扯秧、扎秧把子。此时,不时有人尖叫蚂蟥上脚了!就有人跳上田塍,一顿狂拍把蚂蟥震下来。大概我的秧把子扎到二十来只时,又有人尖叫,"谷老师你腿上巴了蚂蟥!"我一看真是,一条比小拇指小一点的大蚂蟥已紧紧巴在我的右脚巴子上。我几步上岸,把蚂蟥拍下来。蚂蟥咬过的地方开始流血。有社员大喊:"老师脚巴子流血了,'鸡屎蚊子'(对'知识分子'的蔑称)还是去休息吧!"我笑笑下到田里,用泥水洗两下又去扯秧。有社员故作担忧:"啊呀老师,这会有细菌的。"我说:"你们经得住,我就经不住?"到后来,仍有蚂蟥叮我,我干脆不理,叮了三四只我才上岸一次性"解决"。尽管腿上有三四处冒血,怪吓人的,我也只洗洗又下田。我这股执拗劲,堵住了那几个轻看我的社员的嘴,他们再也没发声了。不一会,社员们讲起了笑话。我也掺和进去。常常和大家笑作一堆。

回家吃过早饭便是大部队插田的时候。那时时兴"合理密植",要先由有经验的社员用划行器把田里画上格子,我们这些"插手"才开始按格子插秧。插秧这活男女老少都可以干,只是在插的质量和速度上有所不同罢了。我的插秧速度中等。一般不会被"关笼子"(指周围的插完了把你围在了田中央,这是一种游戏般的小"惩罚")。但在这个生产队也被"关"过一次,那是几个伢子搞的,弄得我颇为狼狈,但关人的和被关的都笑声连连。

插秧最不舒服的是腰痛。因为老是弯腰干活。头几天还感觉不到,到六七天后,整个腰部灌了硫酸般的胀,有时还有刺痛感、火灼感。这时候真想上床躺两天,可见到队上的男女老少都没事一样照常干,我也"没事一样"干着。这么坚持几天,那酸痛火灼竟渐渐消退多了。

我坚持插了半个月秧。后来,队长要我去踩打谷机。踩了两天。大概他看出我受不了这激烈的动作,便令我去割禾,让我干点从容活。其实,哪样活儿都有难度，这战天斗地从来就不轻松。我割了一星期禾，把禾的左手就被镰刀划伤多处，更没想到左手"分工"是仅仅抓拉禾秆，而搞久了当休息时，左手指摊开就捏不拢，而捏拢又摊不开——手部运动肌伸缩过度的反应。但再坚持又会慢慢恢复……后来，我又去晒谷坪晒了多天谷。火辣辣的太阳和热烘烘的晒场，使我臀部生了个火疖（疖子），痛得要命，但我一直忍着偷偷挤脓涂上我带去的消炎药，从未声张。队长兑现了我要换"新鲜活"的承诺，我也体验到了各种农活的多种滋味。

五保户婆婆对我生活的安排是"三餐一贯制"，主食每餐吃的是队上送来的机打米饭，菜是蔬菜＋炒青椒，只是每天中午多一个葱煎蛋（由于油不多往往煎黑了）。尽管如此，每餐我都吃得喷喷香。我们干活越走越远，有时天太热我就不想回老人处吃中饭，老人会托人把饭送到田塍上。每当在田塍上吃了饭，我会倒在田塍上扮过谷的稻草把子上美美地睡一觉，这时太阳虽大，但常有凉风吹来，并不显热。睡了个把小时，社员们还没到，我便独自干起来。对此，队长还在社员大会上表扬过我呢。

晚上收工后，吃了饭，到塘里洗个澡，便坐在门前歇凉。此时与五保户婆婆隔壁的小房子里就会传出幽幽的笛子声。曲子吹得太一般，好像是初学。但吹者吹兴很浓，每晚吹得好久，直到夜深，多少给这寂寞的山村添了些韵味。这吹笛子的是个二十来岁的小伙子。我们很快就熟悉了。他就是那个经常背划行器给水田里划格子的。他似乎是个孤儿，从小在叔叔家长大。我到他"家"去。那也是一间用竹篾片织的再糊上泥的简陋房子，墙泥也开始脱落。他的家当就只一条棉绸长裤，一件旧衬衣，两件汗衫，两条短裤，再加一支短笛，如此而已。那些日子，他白天只穿一条短裤，其余是赤裸，四肢晒得墨黑。有时队上要他外出买东西什么的，他就会穿上棉绸长裤和衬衣去办事。回来就立即下塘洗了晒在竹竿上，准备下次外出再穿。当年的一个精壮劳力，家当就只这点，说给今天的年轻人听，谁也不会相信。但那时确实就是这个样子，因为队上壮劳力劳动一天只值一毛五分钱哪！我与这小伙子交谈较多，对于自己的生活他没觉得什么不好，他的最大愿望是参军。一参军一切都好啦。他只读过初小，对知识很感兴趣。我便讲些时事故事给他听，他听得眼睛忽闪忽闪的。听故事这晚他的笛子就歇气了。

那时，晚饭后常有辍学的小学毕业生到我住地玩（似乎该队没有初中生）。

我也给他们讲故事。有几次电影放映队在三十里外的外公社放电影,我们还一同跋山涉水去看,人人兴奋得不行,回来已是后半夜。但第二天一早又照常出工……那时这些社员们处于如此生活状态下,我还真没见他们发过牢骚,倒还常听他们在田里说笑话,打山歌,追着电影看。我还真佩服他们如此的"清贫乐"!

一连三十多天的"双抢",到后来,大家都疲劳得不行了,走路都懒洋洋的。但仍坚持着。进入八月下旬,最后一块秧田终于插上了晚稻,可以说,双抢基本结束,只是晒谷的事进入高潮。三十六天了!我终于看到"双抢"的结束的一天!有俏皮社员说我终于把"牢底"坐"穿"了!大家都说我成了"黑老师"!

离开生产队那天,我想吃了中饭就走,队长、队委们坚决不肯,他们一定要我吃了晚饭再走,并说派人送我回校。我只好留下。原来,队上为我的走特地作了安排。他们派人到队上水库里去打鱼,打了半天,终于打上来一条四斤多的大青鱼——这在当地可是大鱼了,还派女社员去摘黑豆子,一大堆豆荚,捶打出好几斤黑豆。原来他们要把这些送给我。他们这些准备我一无所知。那个下午,我跟几个队委把所有插上晚稻的地方又走了一遍,他们分析这些绿茵茵稻苗的长势、估计每亩田的产量,兴味浓浓。我在一旁分享他们的快乐!

送别晚餐很隆重,队上从吟江街上称来了肉,又杀了鸡、打了鱼,还买了酒。餐桌上,大家说我辛苦了,还有的说我顶了一个劳动力,等等。我也说,我接受了大家的教育,懂得了"双抢"的艰辛……我不喝酒,但大家硬让我干了一杯。

晚餐毕,我告别大家。大家一齐送到村口。这时队长担了东西冲到我面前说:"谷老师,我代表全体社员送你。"又说:"这青鱼,这黑豆是大家的心意。"这时我注意到他肩上的扁担一头挂着一条大青鱼,一头挂一个圆圆的大布袋。我推辞。我拒绝。但总说服不了他们,只好乖乖地从命了。

队长挑着东西,伴我向学校走去。一边走他还一边揩眼泪(我是生平第一次看见一个精壮农家汉子在我面前流泪)。他说:"谷老师,我还没见过当老师的像你咯(这)样干的!谷老师你受累了!"我说:"我这算不了什么!你们可是天天、月月、年年这么干的啊!从你们身上,我学到了在学校学不到的东西!"我又说:"队长,你是个好队长,社员那么拥护你,就不容易啊!"说着说着我也流泪了。我还说:"你别光顾了搞队上的事,自己的个人问题,也要抓紧啊!我盼望早早闻到你的喜酒香……"这一说,倒把他说笑了。

他一直把我送到学校我的宿舍里,才返身回去。

回校后,我即投入紧张的开学准备工作。

九月某日,全公社召开教师大会,总结上期工作,布置新学期工作。中间穿插了一个表彰内容,对暑假期间老师守校、双抢及来期准备工作搞得好的进行表扬。突然公社宣传委员读到我的名字,说是双抢先进,要我上台领奖。我有点惊愕:我可没汇报过我参加双抢的情况啊。但我还是走上台去,从宣委手中接过奖状,只见上面写着"五好教师"四个大字。

对这次在土桥合力大队的双抢,我记忆深刻。它加深了我对农村和农民的理解。三十一年后的2013年,我写了长篇散文《敬畏农民》,把对农民的认识与情感集中融汇于文中,其中就有当年在土桥公社合力大队一个生产队获得的感悟啊!

2010年初稿

2013年改

静悄悄的风暴

他是湘潭市毛纺织厂厂长范光祈。

他的性格实在太"儒"了一点,论外观他完全不应如此——个头,一米七二;相貌,如果倒转三十年,他应该在"迎宾仪仗队"站头一排。然而,他的内心却是另一个世界,一个风暴的世界。可这一切又被他这静悄悄的外表所掩盖。

让我们来探测一下这世界的内在景观吧!

"借东风"

1984年春天。南方的倒春寒令人难耐。那天,直到傍晚,范光祈才从成品仓库里走了出来。他表情平静,内心却比这倒春寒还凉。处在粗梳毛纺织品畅销的黄金季节,产品却无人问津!他脚步越来越沉重,终于站住了。

烟,一支支地抽。白天工人们同他的对话又在耳畔回响。

"哎,厂长,常说'货比三家',我们厂的货同别厂的一比,人家会拢边吗?"

"为什么?"

"还不是我们的本事不如别人,做不出好家伙。"

"说得对极了,"范光祈自语道,"我们厂投产只有半年多,技术水平与外厂差距太大了。"其实,他已想了好些天,只是觉得还应想得更深些、更细些……

黄昏的风送来了收音机播送的京剧《借东风》的唱腔。一听到这个"借"字,他心中不由一震。我们厂技术落后,为什么不可以"借"技术呢?

他回家拈了两个冷馒头,匆匆去了林志强家。

会议室烟雾腾腾。

"厂长的'借东风'听起来不错。可我认为花几万元协作费去请上海师傅,还不如把这钱给自己干,我们比上海人蠢吗?"

"做人就得有志气!同上海搞协作要花钱费米不讲,主要是贬低了自己!"

范光祈静静地听着。直到大家把话讲完,才平平静静地说:

"现在存在两种意见:赞同与不赞同。不赞同的虽是少数,但他们的话也有一定的积极因素。可我们必须看到一个严酷的事实,现在市场竞争激烈,自己干不是不可以,但要在短期内使企业素质得到提高,闭门发展做得到吗?人家成功的经验我们接过来就用,这明显的捷径我们何必舍弃呢?'借东风'是个老故事,却包含着一定的道理。如果有谁不靠引进技术,不靠学习先进管理经验,能在短期内赶上人家,那我就甘拜下风!"

一刹那,会场静极了。范光祈继续说:

"关于协作的问题,我已作了调查:上海第一毛纺织厂技术力量强,产品很有竞争能力,全厂产品百分之四十出口。再有,这个厂老工人占百分之六十,工程技术人员多。由于厂区发展余地小,有条件抽出力量,与我厂搞技术协作。现在,"老范笑容满面地说,"我给大家请来了一位联络参谋——林志强。他岳父家在上海,他与上海'一毛'厂有些关系。就请他介绍一下具体情况吧!"

林志强犹豫了一下,但很快就"进入角色",滔滔不绝地讲开了……

会议结果:绝大多数人同意向上海"一毛"厂"借东风",立即派人赴上海考察,建立协作关系。

借"风"也送"风"

日历翻到了1985年年底。湘潭市毛纺织厂与上海"一毛"的第一期协作结出了硕果:开发了六个品种、十五个花色的新产品,一九八四年呢绒一等品率上升,到当年十二月份达到百分之九十点七五(原来只百分之五十),全年产值六百万元,到一九八五年年底产值就实现了一千万元。

"湘毛"成了湖南省进行横向联系、开展技术协作最早的先进典型。

协作之果是甜的,但不知足的范光祈还觉得不够味。他记得不知是谁说过"人生不是单行道",人生如此,作为工厂,更是一个复杂的系统工程。要协作,单一的技术协作远远不够。他的工作记录本上出现了这样的字句:

"……协作应当发展:我们的单一型技术协作应向复杂型技术协作过渡,而后,更进一步向生产经营型的全面技术协作发展,还可购买专利权……"

"怎么?搞了一、二期协作还不够,又要向生产经营型全面技术协作发展?净让上海人占便宜!"有人找上门向他发问了。

"要算账就得算活账,不要算死账。我们一年不支付十一万元给'一毛',你就不可能得到一百四十三万元。怎么能说净让上海人占便宜?!"

上门的人无言以对。

为了第三步协作,范光祈再次赶赴上海。

一上火车,往硬卧上一躺,老范就从旅行包里取出一本厚厚的《毛纺织染整手册》津津有味地读起来。老范的老本行是机械制造,干毛纺是货真价实的转业。他这个人就这么怪,一遇上自己喜好的事,就立即被迷住。这几年他脑子里全转的是毛纺的事。车过宜春,天暗了下来,他借着卧铺车厢顶棚的朦胧灯光——"好,又读了三十面!"

自当厂长以来,连下班回到家里,也常常是宾客盈门,到晚上十点以后才能看书,难怪每次出差他都要带上几本专业用书。

车到上海,已是凌晨四时。在车站出口处,他被先期来到这里的小宋接到了。

"我们住哪儿?"老范的脸在霓虹灯下变换着颜色。

"他们厂作了安排。"小宋神秘地一笑。

老范很理解小宋的"表情语言",连连摇头:"谢谢他们的好意——这每天百元的宾馆我住进去会病的。"

半小时后,他们在一家由防空洞改建的招待所里安营扎寨了,睡在双层铺上还挺香呢。白天就在厂部食堂,敲着饭盒排队买饭菜。

这次上海之行硕果累累。老范设想的"由生产技术协作转向生产经营全面技术协作",得到了"一毛"厂支持,组建了驻"湘毛"专业队伍,不日开赴湘潭——范光祈又一次成功了!

"要使上海客人生活得同在自己家中一样。"老范对管后勤的郑副厂长说。老郑连连点头。

"湘毛"在发生着巨变,技术与管理水平由启蒙阶段飞跃到较灵活的自主管理阶段,企业素质迅速提高。一份总结上这么写着——

"我厂由一九八四年松散型协作发展成今天紧密型经济技术协作,每年实现五六百万元税利,每年开发四五个新产品,精纺投产仅半年时间,全毛华达呢一等品率即达 90%以上,产品畅销全国二十一省、市,学生呢和制服呢坯布进入国际市场。一九八六年连续被省市人民政府授予管理先进单位的称号,一九八八年五月省人民政府授予'横向经济技术协作先进单位'称号……"

协作的暖风把"湘毛"厂吹得生机勃勃的。对那些需要技术帮助的兄弟厂,范光祈也在尽力帮助。

湘潭市与湘西自治州建立了友好州市关系,刚起步不久的凤凰毛纺织厂需要技术支援,市委领导就此征询老范的意见,老范当即表态:上海厂支助了我们,我们也有责任支助本省的兄弟厂家,放心吧,凤凰厂由我们包了!

这几年,湘潭毛纺织厂除了向凤凰厂提供支援外,还尽力对本省的津市、湖北的坚利等厂给予了帮助。受援厂一一活起来了。

"你们这是给自己树对立面啊!"笔者曾这么问老范。"对手多了也好,"他仍是轻轻地说,"这就逼得你非增强竞争能力不可!"

永无满足时

范光祈被评为湘潭市优秀企业家,他的协作经验由省市报刊、电台向全省、全市作了介绍。向"湘毛"厂学习经验者接踵而来。

在旁人看来,范光祈的"协作梦"已经实现,且成效卓著,他该满足了,知足者常乐嘛!

然而,范光祈在成果面前仍苦苦寻求……

办企业也如逆水行舟,不进则退。这是老范多年从事企业管理而认准的一条"死理"。

范光祈又提出:

"能不能使我们厂生产的高质量呢料变成成衣直接投入市场呢?"

不久。与浙江奉化河头服装厂联营的服装厂办起来了,很快赢得了市场。

赞词又来了,"湘毛"真是"一条龙"啊!

不,范光祈才不满足呢。羊毛价格扶摇直上,且无货供应。范光祈把眼光投向了那"天苍苍、野茫茫"的大草原。他决心从活羊抓起!于是,他风尘仆仆、日夜兼程,开始与供销部门合办"羊毛基地"。内蒙古、张家口等地又有

了"湘毛"人的足迹。自然,又有了收获。

可是,永无满足的范光祈仍然忧心忡忡:国内毛纺织业正在发展,羊毛需求量大,单靠国内的羊毛是不够的。基于此,我们的老范开始把他的眼光投向了大洋彼岸——澳洲羊毛!那里可是个闪光诱人的羊毛世界啊——他要借助"大洋风"!

一个跨出国界解决原料的构想,在他静静的思索中成熟了。但是,就"湘毛"目前的条件来看,他们厂是不可能一步跨出国界的。这时候,又有人嘀咕他这是想得太出奇了。

老范胸有成竹,这一点也不出奇,中央的政策不是已经给了我们跨出国界的桥梁了吗?只要把"桥"搭向香港,而香港的商团大多与五大洲有长期固定的关系,由此我们不也可以从这里走向大洋彼岸么?

他努力探索着。他与香港经营羊毛的商团"德山毛纺织染整有限公司"建立了联系。

目标很准。可要与它建立牢固的贸易、联营关系,就不容易了。

年届七旬的"德山"公司的董事长管先生颇有阅历,对于大陆要求他"搭伙"的厂家总有"不放心"之感,以致常常不能"一拍即合"。这中间有畏惧心理——怕大陆政策不稳定,还怕与之合作的厂家不讲信用。对于"湘毛"提出合作经营的意向,管先生当然也不会欣然答应。直到经过三轮谈判,才实现了合同的草签。管先生对范光祈说:"范厂长,你真是诚招天下客啊!"

范光祈回来了,带着喜悦和更多的思索回来了。

我去找他,可他又赶赴北京参加第八届企业管理国际讨论会了,此会湖南仅去代表二人。直到会毕从北京归来,一个深秋之夜,他在送走了商谈工作的同事后,才坐下来与我叙谈。

我提出了一个个问题,他一一笑答,仍是平心静气、轻声轻语地说:

"这次在北京开会,我又有了新的收获。"他欣喜地告诉我,"就是觉得一个企业家搞商品经济,就应该有全球意识。为什么?商品经济本身是没有国界的。任何一个企业家都希望自己的企业有最大的覆盖面……"

"全球意识"!"最大的覆盖面"!多么崭新的思维!言为心声。如果他的胸中没有个广阔的世界,能说出这种气吞山河的话吗?

"这是我们的努力方向,我们是要一步一步地朝这个方向走去……"他补充道。

他的话引起了我的思索。打从与上海"一毛"厂的单项协作到多项协作，到今天要与港商联营，这是一个大跨度的前进啊！这正是范光祈和他的同事们一步一步扎扎实实走过来的啊！

"老范，你已经年过五十了，你还打算干多久？"我问。

"再干它几年吧。除了解决工厂的兄弟姐妹们的衣食住行外，我还想，我这一届应该给下一届有个好的交代……"

多好的想法啊！老范，你是在把自己当做垫底铺路的石子。中国的企业多么需要你这样的"石子"啊！老范，你在写着一部意义深远的垫底春秋。

他娓娓地向我说着，轻轻的亲切的话语在我的胸中掀起了不平静的心涛。我又一次深切地感到，在老范的胸怀中有一个广阔的世界，一个飓风劲吹的世界！尽管，他的外表是十分平静的……

写于 1988 年春

附记：此文发表于 1989 年第 5 期《散文世界》。有人称它为"用散文构思和笔调写的人物报告文学"。众所周知，报告文学也属广义散文。此文出奇之处，在于我未投稿而在由著名散文家袁鹰主编的全国性刊物《散文世界》发表了。对袁鹰们的"认稿不认人"的高尚"编风"我曾撰文表示敬意，见本书《愿文坛多有"袁鹰们"》一文。

水嫩的七爷

七爷是我们栗山区农业银行营业所的副主任。他之所以"爬"上副主任的位置，据知情人透露，是全凭他那众人不及的"熬劲"——在所里资格老掉了牙，因论资排辈才把他这五短身材、五十好几的人摊上个"老副"。

大家似乎并不怎么喜欢他。而来所不到两年的我，心目中把他的档次排得更低：是个让人不可思议的"三老头子"——馊老头子、糟老头子、朽老头子！不过这是我心里的评价，嘴里从未显露过。

说七爷"馊"，因为他老出馊主意，他作出的决定，常常使大家目瞪口呆，不知所以；说他"糟"，八九十年代了，还是一身蓝制服，上面常有灰土、油渍，像陈年的酒糟尽霉；说他"朽"，因为他老喜欢固执己见，一固执就板脸，扯着喉咙"朽"人。

那一天，七爷风尘仆仆领进一个年轻人。此人大概二十七八，蓬头黑手，衣冠不整，表情有几分木讷。

"给他贷一千五，"七爷说，"我签字！"

"做什么用？"我问。

"让他砌个窝。"七爷有几分幽默地说。

"他是你亲戚？"

"你怎么这么多嘴！你管亲戚不亲戚，反正我负责！"七爷的"朽"劲上来了。

那年轻人与七爷是啥关系？后来我还是打听清楚了，原来是七爷一日下乡在一山村小店喝酒时碰上这小子的。当时这小子也在店里喝闷酒。七爷一问，才知这小伙子从小是孤儿，参军两年复员回乡，原来的住处——队上公屋被拆了，急需起屋。就那么几句话，引来了七爷这一拍板决定。

小伙子的新屋很快落成了；不出两个月，七爷又领他进了营业所。

"小珍,再给他贷1000元!"七爷再宣布自己的拍板决定,"我负责!"边说边在那小伙子的报告上写上自己的名字。

"又做什么呢?怕是用来喝酒吧?"旁边一个同事开起玩笑。谁知,这下七爷涨红了脸:

"你懂个屁!这是他的生产本金,蠢家伙,你听着:人要活,就得有生产本钱!你再发宝气,试下看!"同事已闻见了七爷微微的酒气,立时缄默不语了。

其实,这次七爷为小伙子打的算盘还真不错。他贷这一千元给他,是为他养鱼、养牛蛙、种花生,作购种苗、种子和购原料、肥料之用。因为扶持生产、支持村民致富是我们农行的重要任务嘛!

我们期待七爷的决定会带来爆炸性的收获。

三个月光景一晃而过。

一连数日,七爷不值班,也没有回家,一个人老坐在卧室里抽烟。他的那身蓝制服却显得整整洁洁,没有灰土,也无油渍,人也显得心气平和,只是那双浑浊的眼珠上透着忧郁、焦灼的神光。

真是天变地变了?!这七爷一下子不馊、不糟、也不朽了?!这下子,我倒觉得有些不习惯起来。

七爷久久沉默。好久好久,才用低沉的话语说:"山山(那小伙子的乳名),养鱼鱼死,喂蛙蛙亡,种花生花生颗粒无收——真是姜子牙卖灰面,全倒担归家啊……"

原来是这样!

"七爷,你急么子。千万不要为这两千多元贷款急坏身子,因为这乡里拖欠贷款的,又不止他……"

"闭嘴!你呀,懂什么!……"七爷一下子又恢复了"朽劲"。

第二天一早,七爷下乡了。一去半个月,不见他的踪影。到第十八天,他才回到所里。

"七爷,这回下乡催还贷款可去得久哩。"一位同事说。

七爷瞪了他一眼,径直走向我,既带点幽默,又不容分辩地说:

"珍珍,再给姜子牙贷个2000元,让他买台小四轮!"

"什么?您还要让他来次倒车归家?!"

"怎么?你不放心?!……"七爷被我的话激怒了,他"噔噔噔"地走回自

已房间,很快又"噔噔噔"地跑回来,把小纸片往我的桌上"拍"地一放:"这是我的定期储蓄存单,就放在你手里作担保,我的娭毑,这总可以吧!"

我被他呛得几乎要哭出来;我无话可说,只得照办。

不料,山山的事竟真的发生了转机:山山开起了小四轮跑运输,车子不但未"倒",只过了一年多,又贷款三万买了台"东风",又过了一年"东风"换成了中巴,专门开由栗山乡到县城的客车。时至今日(1994年7月27日),他这些年的贷款和利息早还清了。那年用1000元贷款起的房子已经无偿交给村上人使用。而他自己则在乡政府所在地的公路旁建了一栋两层两进的小洋楼,还有了妻子、孩子……

真是一切都变了,一切都因为"小四轮"而转活了。

现在,我终于知道了当年七爷那次"一去18天不见踪影"的奥秘:

那一向七爷为了山山的致富,琢磨数日,为此,他还专门去了一趟县民政局,查阅了山山的复员技术档案,了解到山山在部队干的是涉外炊事工作,学了一手烧洋饭、洋菜的本事,可在这山冲旮旯里,这洋饭洋菜谁来消受?七爷急了,便去寻访他昔日的战友,七寻八找,最后从他的一个战友的口中知道了他在部队时曾偷偷学过开拖拉机、开汽车的技术,还开得真不赖!于是,他当机立断,贷款给山山买台"小四轮"!从此,山山便转活了。那些日子里,七爷身上的灰土、油渍更多,那全是在县驾驶培训中心,为陪山山温习驾驶技术弄上身的。而且,人们还说,这个农行营业所副主任,这么死心眼操心,帮助别人使用贷款,搞活经营,还不止几个人,仅这几年,在栗山山区受益者就有五六十人!

就这样,我对七爷的看法也大大改变过来了——他那馊主意不馊了,那糟样子不糟了,那股"朽"劲,还蛮有性格呢!他走出了"死贷死收"的围城。他这超前的思维,超前的办法,使我们所里的一切,变得蛮鲜活、蛮现代。用一句文雅的话说,这个老头子,还真像一株刚开的山茶花,水嫩着哩。

写于1994年夏

附记:此文获1994年湖南省"潇湘巨变"散文大赛铜奖;收入湖南教育出版社1995年5月出版的《潇湘巨变散文大赛获奖作品集》。

勇背"艺术之石"

随着中宣部推荐的优秀影片《背起爸爸上学》和《花季·雨季》先后在全国上映,更因《背》片获大学生特别奖和《花》片荣获政府华表大奖,两片担纲主演的颜丹晨已令全国观众瞩目!

人们说,这位刚刚20岁的湘潭妹子、北京电影学院大二学生以自己的艺术追求为湘潭父老乡亲争了光,为湘潭这文化名城添了彩。

颜丹晨这不凡的"起步"是如何迈得如此坚实的呢?为此,我两度采访了她,留下了深深的印象。

一访:捧回政府"最佳新人奖"的她,充满纯朴天真,还是地地道道的"学生味"

今年7月的一天早饭后,我和暑假休假的高一新生小帆和大一学生小任两位"小记者"来到市中心医院的颜家。

身着干练短装、脚蹬运动鞋、身材健美的丹晨用她那略带羞涩的笑容迎接了我们。由于客厅小,椅子不够用,丹晨让来客坐沙发,而她却搬了只矮凳依在小帆、小任身旁交谈,他们都曾就读市一中,是校友,三人更像亲姐妹似地聊了起来。其间,笔者向丹晨了解了一些拍片的情况,便让小记者们发问。

小记者问她:"你对拍戏有什么体会?"

丹晨的头微微歪着,嫣然一笑,明亮的大眼睛忽闪着,顷刻,她又沉醉到拍戏的场景里了:"有苦,也有乐……"她讲起在拍《花》片时一场雨中戏,是冬天,淋了个透,但达到了剧情要求,天虽冷,但演得真痛快。

小记者问:"你读初中时业余爱好什么?"

"学声乐,还学钢琴……"

"你在市一中读初中,有没有好朋友?"

"有,有好多……"

"你最喜欢吃什么?"

"辣椒。"

"你想不想出国?"

"不怎么想,但也想出去玩一下,开开眼界……"

"……"

这无拘无束、随想随问的采访逗得人们不时笑了起来。

小姐妹们的情感完全融汇在一起了。丹晨现在可算"名人"了,可她的学生"童真"丝毫未减。有位艺术家说,艺术的要素是"纯真"。这,不正是艺术创造的基础吗?

二访:"童真"之外,丹晨不乏严肃的艺术探索与思考

几天后,丹晨要赴西安拍20集电视剧《南来北往》,就在她离潭的前一天,笔者再次来到颜家。

在1997年中,丹晨拍了两部电影《背》和《花》。笔者提了个颇有"深度"的问题:"你演的这两部片子在题材、人物、地域上反差极大,你是怎样处理好这种反差的?"

面对我这种带"理论性"的提问,丹晨的神情一下子严肃起来,她思索了一下,说:"这两部片子,一个是典型的北方农村陕西,一个是典型的开放城市深圳。演《背》片时,我就按剧本的要求把自己变成北方的农民……我到剧中人物的原型家中生活了一个星期,学挑水磨破了肩头,学蒸馍烫了手,还体会了一个星期不洗澡的滋味……"

说起演《花》片的谢欣然,她说:"《花》片人物离我比较近,我也是城市女孩,但又不是改革开放前沿的深圳女孩,因此我就到深圳的中学去体验,与那里的中学生一起上课,下课后一起折幸运星……"

"那这两类人物的主要差别在什么地方?"笔者又问。对这个问题她似乎早已深思熟虑:"在《背》片中我演大姐,就抓住她的一种奉献精神,农村女孩对爸爸、弟弟很关心,能牺牲自己不上学让弟弟上学,这一点城里妹子就少些;像城里女孩谢欣然就敢想敢说,自我表现欲望强,我就抓住她的敢于竞争的精神,这就是两个人物的主要反差!……"

说得对极了!人物是艺术的核心,抓住了人物的精神反差,两个剧差异的要害也就找到了。

笔者惊叹小丹晨现在所具备的艺术分析能力,便问她得益于什么。

她告诉笔者,她现在还是学生,首先要把学院的各门功课学好,平时喜欢看书,一些名作家如梁晓声、萨特、米兰·昆德拉等人的书都读过,还爱看优秀影视片。她特别告诉笔者,导演也是最好的老师,她下农村体验生活时,导演说,张艺谋演《老井》,为了体验背石头,从山下背到山上,每砣150斤,一趟趟背,体验对石头的下意识的认识……

明白了,小丹晨,你不也是在自己所具艺术潜质的基础上在背石头——背艺术之石,作最佳的下意识的体验么?!有了背石头的自我磨炼精神,因而就有了你在影片中塑造的人物所具有的催人泪下的感人效果!

写于1998年7月

附记:本文主人公是政府大奖"中国电影华表奖"之"电影新人奖"第一位得主,获奖时年仅20岁。本文1999年获全国城市广电报优秀作品一等奖和湖南省广电报系统优稿评选一等奖。

感恩湘江

走过许多长河大川，最令我难忘的就是湘江。

我初次感受到湘江的壮阔、雄伟，是在1958年的冬日。那时我在外地上学，是多年离开故乡第一次返回湘潭，加上是首次坐火车回来，心情很是兴奋。当列车从湘江铁桥上经过时，列车员为安全起见把窗子关了并介绍说："现在列车正在经过铁桥，下面便是湘江。"听着隆隆的车轮和铁桥的共鸣声，我把头贴近窗户玻璃，终于看见了夜幕下的湘江，江水荡荡，从容气派。列车在铁桥上足足走了好几分钟，我又体会到湘江有好宽好宽。

学业完成，我回到故乡湘潭工作，与湘江接触的机会就多了。我工作第一所学校离湘江不远，郊游时我带着学生来到江畔，观大江泛波，白帆点点，面浴江风，耳听涛声，其乐无穷！

后来，我进入机关，多次参加工作队深入农村。一次，组织上分配我到地处江边的生产队，这下我有了和湘江近距离接触的机会。

那时正是20世纪70年代末期，社会物资匮乏，吃食颇紧，而我所在的江边生产队却另有一番景象。社员们利用地处湘江之便，历来有打鱼的传统。虽说那时割"尾巴"闹得轰轰烈烈，但我和工作队员们睁一只眼闭一只眼，让生活"自然行进"。社员们在从事农业之余便以打鱼为副业，聊补生活之需。常常在时近黄昏之时，刚从田垅收工回来的社员们又驾起小舟，荡上清波，在粉金灿黄的晚霞映照下撒开渔网，尔后轻拖网纲，那徐徐出水的墨晕中便有片片银光跳跃，身旁的篾篓中就有了令人喜悦的磕碰声。那时湘江纯净，鱼肉亦纯净，吃起来清香满口还有甜味。至今回味，常常口舌生津，仍有余香。此是我真正享受到的"绿色湘江"的"绿色食物"的"恩赐"。

说起"绿色湘江"的"绿色恩赐"，在更早前我就享受过。那还是在儿时，借居市区河街亲戚家。每当清晨便闻抑扬醒耳的"买河水啵"的叫唤声。亲戚便以"分钱一担"的价格买下。那银闪清亮的河水徐徐入缸的景象，至今历历在目。那可是原汁原味的湘江水啊，无杂色无异味，我们小孩常常喜欢从缸中舀来直饮，边饮还边说咯水津甜的！

对"绿色湘江"的"绿色赐予"我还有更多体味。每逢炎夏，我总爱以短裤赤膊扑向湘江，在银波中翻滚腾跃，任湘江清波荡我肌肤涤我心胸，好不快哉！更让我"快哉无比"的则是对"湘江之晨"的体验了。是20世纪70年代末、80年代初，那时我在湘潭县文化馆从事文学辅导工作。白天馆务繁忙，创作全在业余进行。好长一段时间猛开"夜车"。白天忙了一天又再开"夜车"，头脑疲惫，创作效果大打折扣。于是，我想到了"晨练"。夏日的清晨，当东方略现鱼白，我便起床来到湘江岸边。县文化馆离江边不过百十米远，一会儿就到。此刻的湘江轻蒙白纱，江水淡碧，潺潺如吟。我坐在水文站砌向江里的石阶上以膝为桌，展开纸笔，簌簌而写。此时的江畔，一派静寂，柔风拂面，连空气也给人以丝丝甜润的感觉。我置身此境，顿觉神清气爽、思维专注、想象如飞，不禁运笔如疾。我那时在各级报刊上发表的小说、散文的初稿几乎都在此时此地完成。至今回想，不得不感谢当时湘江的"绿色环境"！

啊，可爱的湘江！尊贵的湘江！你给我的"恩赐"说不尽，道不完！

我们吮吸你的乳汁。

我们享受你的风采。

我们接受你的沐浴。

我们饱尝你的灌溉、舟楫之利。

作为我，还依傍你启开文思之泉！

我怎能不感恩于你？！

要感恩，就不能仅止于"感"而其要者在于"行"！而我"行"了吗？否。比如，面对江岸星散垃圾，我曾熟视无睹、束手无策。

面对湘江，我应当反省，因为我愧对湘江，甚至亵渎了湘江，尤其在今天当湘江遭遇各种因素亵渎的时候。

就在我对于自己的母亲河的现状进行自省的时候，我想到了我的一位朋友。他是沿江某区一位干部。一日，他接到群众报告，说是湘江某段某部分颜色异样，且有异味。于是他警觉起来，驾小船，取水样，又徒步沿江探访，泥一脚，水一脚，终于在一不起眼的岩墈下，发现了一个隐蔽的排污口。于是，

一场保卫湘江的战斗打响。他还亲撰报告，上送省府，并告知各媒体，形成了对污染者的"包围战"！这场"包围战"终于取得彻底胜利。那段湘江又味色无异，清流如常。

　　我的这位朋友，是一位真正懂得感恩于湘江之人！他把湘江真正当作了自己的"母亲"，容不得对这位伟大"母亲"的一丝一毫的亵渎和不尊！

　　面对朋友的作为，我想，我们爱护湘江、保护湘江、感恩湘江就应该从细节做起，一点一滴地维护她的圣洁形象。这是我们庄严而神圣的责任。

写于 2007 年 10 月

（发表于 2007 年 11 月 21 日湖南《金鹰报》。）

漫话湘潭"桥坛"事

提起"桥坛"一词，一般朋友总觉得与过江渡河的"桥"有关，其实不然，这里指的是一个运动项目——桥牌界的特称，如篮球界称"篮坛"、羽毛球界称"羽坛"，依样画葫芦，如此而已。

对于"桥牌"一词的初次入眼，是在 20 世纪八十年代初，是因为邓小平同志倡导打桥牌并带头打桥牌的新闻所致。而真正近距离接触桥牌，则是十一年前。那时，我在湘潭广播电视报任职，恒正科技公司的总经理彭新武打电话给我，要我去参加一项冠名为"恒正杯"的"桥牌赛"的报道。这是我第一次亲临桥牌赛现场，我也才知道打桥牌是类似打扑克般的活动，但比赛办法和裁判规则却远比打扑克复杂许多。即算要我观战，我也是云里雾里，一脑糨糊。好在我的任务只在于报道比赛消息，并不要求我也变为"战将"忝列赛事，于是我的报道则按比赛结果"冠亚季军"之类一一写来，既明晰又简洁，见报后颇受"桥坛"诸位肯定。尔后几年的"恒正杯"赛事，我均参与报道，渐渐地，对桥牌的知识也就略知一二了。

据有关桥牌的专业书籍称：桥牌是一项世界性的智力竞技活动，它源自于十六世纪的英国，已有数百年的历史。经数百年的发展，如今桥牌的比赛方法、规则已"繁花似锦"，什么复式桥牌赛，米切尔赛，豪厄尔赛，瑞士移位赛，等等。我国从 20 世纪八十年代就将桥牌列入正式体育竞技运动。彭新武先生他们推动的我市桥牌赛事，使这世界性的智力竞技活动在我市生根、开花、繁衍，真可谓是"首吃螃蟹者"，功莫大焉！

近些年来，由于工作变动，我已没有介入我市桥牌赛事的报道，可仍挂念着这项赛事的开展情况，尤其是"恒正杯"是否仍然"恒"着。

有熟悉情况的朋友告诉我：全市性的"恒正杯"桥牌赛，不仅"恒"着，而且每年一届，至今年（2007）已是十二届了，已是全省知名的市级常设赛事

了,更有其他赛事频频举行,以2007年为例,前后举办了元旦名人赛、六强赛、俱乐部赛、精英赛等上十项赛事,真是龙争虎斗,战火纷飞!

听了朋友的介绍,我对湘潭桥牌运动的迅速发展感到十二万分的惊喜,随即对这世界性的智力竞技活动能在湘潭如此持之以恒的因由和详细的情况,产生了浓厚的兴趣。凭着自己的"新闻敏感",我开始了刨根究底……

在一个阳光和煦的冬日下午,我见到了市桥牌协会秘书长李京湘先生。他瘦瘦高高的个子,目光睿智明澈。我们曾经见过面,话题很快切入了湘潭桥牌"发展史"……

他说,湘潭的桥牌运动在市体委的关注下,从20世纪八十年代初就开始了,我1982年大学毕业就参与了,1990年开始搞组织工作,算来也有十六七年了!开始是湘江区布鞋厂的张建国任桥协秘书长,抓全市的组织工作。他热情高,为开展赛事东奔西走,不辞辛劳。那时全市有近千人参加。有次在江麓打就有四五十桌!连电缆厂的厂内比赛就有十多个队参加!那时是以单位牵头组织开展,如湘钢、电缆、电机、江南等大企业领导重视、支持并亲自参与。他说,也许是社会娱乐、竞技方式的增加,后来以单位组织桥牌运动的情况渐渐淡了许多,开始以"个人参与"的方式居多了。但也有例外,比如早几年林武在湘钢任总经理,他就十分关心桥牌活动,鼎力支持,次次亲自上阵搏杀。就是到娄底去当市长了,他还常来湘潭参加活动。

虽然九十年代以后集团参与的很少了,但是我们的个人参与却来势不凡。由市桥协牵头,成立了桥牌活动俱乐部,有定点开展活动的地方——选了"北盛轩"作为活动基地。我们的活动做到了定点、定时,一年里还要在此举行十多次赛事哩!

说到此,他深有感慨地说,桥牌运动和很多体育比赛相比,相对而言用费是少的,但还是有开销,如,比赛场地费、通信费、打印费、宣传费,等等,也不是小数字。因此,就得希望有人以财力支持。这中间恒正科技的彭总经理的解囊相助,令人感动!以他公司命名的"恒正杯"桥牌赛坚持十二年了,彭总前后赞助了十多万元,也真不容易!他为人谦和,做事扎实且低调。我们桥协有个"群英榜",是这样评价他的:"桥协贡献第一人,事业上的成功铸就了独特的桥牌风格,常常使敌方雾里看花;他谈吐幽默,胸怀大度,塑造了省内颇具知名的'恒正杯'品牌。"这精要的点评"点"出了彭新武对我市桥牌事业的"特殊奉献"!

是啊,随着时代的变化,大企业集团式的支持很少了,然而,由市桥牌协会这一团队的队友们的互相支撑,又形成了更强的活力。他们勤于苦练精兵,勇于沙场搏战,战绩非凡:

这些年来,湘潭的桥牌水平一直走在全省的前列,在全省我们属 A 类俱乐部,曾经在 1991、1992 和 2006 三年夺得省甲级赛冠军,在 2005 年省职工运动会上,又一举摘得冠军桂冠。这个成绩来得真不容易!因为省内的长沙、邵阳、株洲、岳阳等队均属强队,其中有的队常常从外省引进"精英",要"突破"他们确有高难度,我市这几次夺冠是十分难能可贵的战绩。此外,在其他赛事中,我市也有不俗的表现……

我问李秘书长:你们在外部条件并不十分好的情况下,为何还能坚持至今并取得如此好的战绩?

这位国家一级桥牌裁判饶有兴味地告诉我,是桥牌活动的丰富内涵使他们坚持至今。这桥牌活动有可贵的"三性":

其一,高雅性。这活动在新中国成立前可是高级知识分子,如医生、教授参与的,改革开放由邓公倡导才有了"平民性"。因为它的高雅性,文明性,人们往往对它高看一眼。这里我讲个故事。某单位一位同志喜欢打桥牌,往往回家很晚,他爱人见是打桥牌,是高雅活动,不但不责怪,相反还蛮支持呢。后来那人搞其他的牌类赌博,负债累累,家庭由此硝烟滚滚。后来他又回归桥牌,家庭又和睦如初了……

其二,励智性。打桥牌经常要计算,进行逻辑推理,有时还要运用心理战、运用智谋,甚至还讲"法律程序",比赛设有裁判长,不服比赛结果可以申诉,设有仲裁委员会进行仲裁。打桥牌学的东西可多啦。

其三,坚毅性。打桥牌是很辛苦的,对意志也是磨炼,也要体力。打一场桥牌,往往一个星期,世界比赛打一个月!够考验人的了吧?当然,在我们这个地方因为经费关系,一次比赛打个三天就了不得了!

参加这样的于民众文明素质提高有益、于民众身心健康有益的体育活动,我们何乐而不为呢!他说。

通过这次"闲聊",对于桥牌我还真长了不少见识。几天后,他把桥协完整的《湘潭桥坛群英榜》通过邮箱发给了我,足足有 24 张之多!我捧着这厚

厚的"群英榜",翻阅着里面上百位湘潭桥坛骄子的精要评点,不由得感慨频生:湘潭桥坛为国家的桥牌事业作出的贡献是实实在在的啊!这里我略微摘录几条评点献给诸位:

娄炳林:主席。在学生时代就可以与省队抗衡。以至今日在公务繁忙中还有惊人的胜率;能透彻分析牌情;牌如其人,令人敬仰。

曹惠泉:桥牌圣宴的主持人,曾为我市桥牌界举足轻重的领导者。聪睿智慧,牌路清晰。叫牌过程游刃有余,打牌胜似闲庭信步,防守起来滴水不漏。

旷跃刚:国家星级大师。三湘大地无人出其右。为人谦和,善待他人。攻守兼备,尤其叫牌是专家中的专家。"桥坛梦想":全国冠军!

……

限于篇幅,所引评点,点到为止,但仍可"管窥全豹"。有如此骁将云集的湘潭桥坛,我相信,在社会各界的关心、支持下,他们的"桥赛业绩"定将放出更加夺目的异彩!

写于 2006 年 12 月

细说韶乐

在纪念毛泽东同志诞辰110周年的日子里，巍巍韶峰下，宏伟古朴的韶乐宫，响起了《韶乐》，乐声空灵婉转、如丝如缕。《韶乐》的恢复开发，使这失传了四千多年的瑰丽古乐，重放熠熠光彩。

"韶山"得名于《韶乐》。明朝嘉靖刊《陈志抄》曰："韶山，在县治西八十里。世传大舜南巡，道经此山作乐。"光绪刊《湘潭县志》载："韶山因虞舜南巡得名。"又据清同治刊《湘乡县志》载："相传舜南巡时，奏韶乐于此，凤为之下。"这使"凤为之下"的神奇的《韶乐》仙曲，在当时以其至善至美的魅力化解了一场血战：舜帝是中华民族五帝之一，是孝德化身，一生"苦忧人""只为苍生不为身"，他的南巡，为的是征服南方三苗，将中原文化传入苗地。当时的韶山位于汉、苗交界之地，为苗所辖。相传舜帝率众入长江，泛洞庭，溯湘水，到湘中徒步西行八十里，见一派崇山峻岭，登至一最高峰，忽听鼓角齐鸣，手执弓矛的苗民土著将其团团围住达三天三夜，呐喊声此起彼伏不绝于耳，形势危殆，舜帝率来人在三日三夜中奏起美轮美奂的"韶乐"，一时间，凤凰来仪，百鸟和鸣，虎视眈眈的苗民在妙不可言的和美的乐声中，一个个丢下武器，伴着节奏，跳起舞来，舜帝也加入到这乐舞之中，一场预期的恶战化为花团锦簇的盛大舞会。此化干戈为玉帛之举是作为中国道德文化的鼻祖的舜帝力践"德为先，重教化"的感天动地的杰作。而舜帝演奏韶乐的山峰由此而得名"韶山"。

《韶乐》是一部歌颂舜帝九功之德，宣传舜帝之仁德，集诗、乐、舞为一体，包含着尽善（伦理、道德的教化作用）尽美（完美的艺术形式和艺术表现力），即思想美和艺术美完满统一的史诗性乐舞。它是中国宫廷音乐中等级最高、运用时间最长的雅乐，由它所产生的文化艺术形式和道德思想典范一直影响着中国的古代文明。

《韶乐》如此奇妙,如此感人。更感人者,是它有数千年的延续史。《韶乐》是上古舜帝之乐,又名"韶"、"箫韶"、"大韶"、"九韶"、"九歌"等。原始"九韶"是南方百越民族的巫歌,舜帝韶乐在此基础上加工而成。舜帝(又称虞舜)来自信鬼好巫的东夷部落。《韶乐》具有原始宗教音乐娱神的性质,同时舜帝是古文献记载中一位很重视音乐的教育与教化功能的统治者。本身也是精通音律与多种乐器的音乐家,故自古《韶乐》已具娱人、教育、教化之功能。《尚书·尧典》篇中记载了舜对音乐的看法:(舜)帝曰:"命汝典乐,教胄子,直而温,宽而粟,刚而无虐,简而无傲……无相压论,神人以和。"《韶乐》后世演变成宫廷舞乐,皇室祭祖之庙乐,为宫廷专用,是天子宗庙制度的重要组成部分。后来孔子于公元前 517 年在齐国闻韶乐,"三月不知肉味",其评论《韶》曰:"尽美矣,又尽善也。"太史公司马迁也称颂韶乐的作用说:"天下明德皆自虞帝始。"

从夏朝韶乐至清代中和韶乐失传,《韶乐》经历了 4000 多年的延绵史。《韶乐》神秘,《韶乐》奇妙,这"华夏第一乐章"的神奇面纱能不能揭开。人们能否再次聆听到这部仙乐动人心魄的美妙旋律,对《韶乐》的研究与开发成了当今盛世的重要课题。

对《韶乐》的研究与开发。对于挖掘舜文化、韶乐文化、挖掘韶山的历史文化,恢复中华民族古老文化艺术,对于实现"以德治国",发展旅游文化艺术事业,都有不可低估的现实意义。在各级领导的高度重视下,从 20 世纪九十年代起,这项工作紧锣密鼓地开展起来。我市韶乐研究学者熊起起、夏毅辉等,从浩繁的古籍中找到了大量有关韶乐的论述,根据史料的记载撰写出了论述韶乐起源、历代韶乐特点、韶乐结构、韶乐歌词特色分析及韶乐舞蹈编排等内容的《韶乐研究大纲》,为恢复和开发韶乐提供了确凿的理论及实践依据。对于韶乐乐章,湖南省著名作曲家刘振球和舞蹈家刘永尧及熊起起等,从现存的浏阳古乐中找到了清代已失传的中和韶乐的曲调,而清代的中和韶乐又是传承于明、宋之前的《韶乐》。专家们也从宋代《琴》谱中找到了《韶乐》曲谱的记载。同时在以韶山冲为代表的山歌中,找到了隐含韶乐原形的许多素材。今日之《韶乐》即在浏阳古乐、宋代《琴》谱等基础上进行研究、整理和创造性加工而成,力求再现四千年前《韶乐》的真实面貌。韶乐是一部集诗、乐、舞为一体的史诗性乐舞。已完成开发出的《韶乐》,其舞和乐章凝集了音乐界、舞蹈界、文学界的几十位专家学者数十年的研究成果。它由序曲、山野之歌、萧韶九成、南风歌、关雎、湘夫人、潇湘云水、缶韵、中和韶乐九部分组成。它使用的乐器三十六种,有编钟(勇钟、博钟、歌钟)、磬、足鼓、健鼓、悬鼓、萧、埙、琴、瑟等可说是集夏商乐器之大成。舞蹈有干戚舞、羽舞等古代舞蹈。《韶乐》的具体开发建设由毛命军、邹忠益创办的韶乐开发公司具体操办,启动资金只20多万元,在四面八方的大力帮助下,这个项目总投资已达到了1200万元。经过他们辛勤劳作,目前已建成了充满古韵的韶乐宫、组建了韶乐乐团,各种演出设施也配套齐全。前不久隆重对外公演的"华夏第一乐章",以它曾令古人倾倒的宫廷雅乐之声,自然天籁之音,给现代人以非同凡响的美好艺术享受。

2003年12月写于韶山

附记:此文参阅了有关史料。也参阅了历史学者何歌劲等的相关文章,在此谨致谢意。此文发表于国内数十家媒体。

湘潭市中心医院记

湘潭市中心医院，百年名院，蜚声潇湘，医脉传承不绝。

1900年（清光绪二十六年），美国长老会来潭创办诊所，设病床二十张。1907年王家菜园（今卫校址）新址落成，曰"美国长老会湘潭医院"。时年住院病人不逾百，门诊数未逾千。1931年，医院改名"美国长老会湘潭惠景医院"，名播三湘。

1944年6月，日寇逼近湘潭，医院十余名医护人员携器械或乘木船、或步行，辗转安化蓝田、溆浦、泸溪和常德，至次年8月日寇投降方返湘潭。颠沛流离之中，坚持开诊施治，备受民众赞赏。1949年8月湘潭解放，医院由"中华基督教会湖南大会"经管。1951年2月18日，由人民政府接管。1953年更名"湘潭人民医院"。

医院历经清朝、民国凡半个世纪，至新中国成立时有职工68人，病床60张。接管后，医院各界同仁，励精图治，至上世纪60年代中期，拓展规模，更新设备，提高医技，职工增至160余人，病床250张。"文革"动乱，乱云飞渡，未忘职守，不弃不离，救死扶伤，再赢口碑。1983年地、市合并，医院遂改名为"湘潭医院"。

改革潮涌，开放经营。自上世纪90年代始，医院改革，如火如荼，以人为本，科学管理，医技攀高，尤倾力再造环境，社会、经济绩效彰显。至2008年，医疗科室达48个，职工达1300余人，病床1000张，医院业务量为改革前之十数倍。医疗设备居全省同级医院之前列，医技创新为省内外同行所瞩目。荣膺"国家三等甲级医院"之称号，获"全国百姓放心医院"、"全国百姓放心示范医院"、"全国卫生系统先进集体"等美誉。

自"惠景"初创，即本"博爱为怀，救人救世"之理念服务大众，虽历经坎坷，其践行如一始终。今日医院之以病人为中心，追求完美，善待生命，此乃医院之核心动力也。

今日之中心医院，上下同心，不断超越，再创辉煌。观百年之院史，丰赡璀璨，因著文以记之，光前贤，励今人，裕后昆。

2009年元月谨志

啊！生命的守护神

我的一位远方亲戚曾经告诉我这样一个故事：

1944年，日寇大举进犯湖南，千年古城湘潭自然成了他们攻击的目标。敷着红膏药的敌机难隔一天不来骚扰湘潭城乡。当时还颇年轻的他，在一家药材号当店员。店主稍知国防常识，早在日寇侵犯湘潭之前就响应当时的湖南省防空司令部的号召，在自家后院的土山中挖了一个一人高、十五米长的简易防空洞。那日店主下乡，留其一人守店。上午十一时许，四架敌机突然临空，发出慑人心魄的轰鸣。"轰！""轰！"不远处传来两声巨响。那时他正在店堂里算账，视情况不妙，忙夹起账本、银钱就往后院跑去。一长声尖啸传来，接着响起一声巨雷，店堂被炸塌了。他没命地跑到后院土山旁迅速朝那土防空洞一钻，正当他进得洞来，第二颗炸弹就像长了眼睛似的跟着他在洞口炸开了。洞外即刻被炸出一个大坑，洞口处也被弹片削去了好些泥土，但他却安然无恙，只不过全身冒出一层冷汗。过后多少年，他逢人还讲这段经历。等到我听到他讲这段往事时，他已年近古稀了。他颤抖着胡须，对我朗声说：

"小青年，懂不懂？防空洞，就是人之生命的守护神！"

防空洞——守护神！

守护神——防空洞！

就这样，这一公式在我的大脑皮层里留下了深深的印痕！

上学。学成。工作。其间也有幸参加了挖洞的劳作。人生旅途无定，但无论何时何地，我对"防空洞"这一守护神，在未来的严峻时刻将要造成的生命奇迹，往往给予特殊的思索和想象……可万万没想到，就在今天，在歌舞升平的今天，我竟也亲自领略到这位"守护神"的奇迹和风采……

盛夏，我正在湘潭医院门诊部外科采访。一辆白色的救护车急驰而来。车门开了，车上抬下来一个头裹绷带、腿部缠白、血垢斑斑的伤者。她是早几天一场车祸的幸存者。在一家小医院治疗了几天，不见好转，便急急地转到这里。量体温39.9℃，叫她的名字，没有反应。只是一个劲儿的昏睡、昏睡……

她来自湘潭锰矿农村。

医生们采取紧急措施，终于使其病情有所缓解。

负责检治的年轻医生翻开住院名册，一看，心里不由一惊：糟了，外科病房满员，连走廊上也摆满了病床。

医生犯难了。

"是不是让她进防空洞？"另一位年长医生在旁提醒说。

于是，伤员来到了这七米来深的地下。

讲真格的，当那位医生说出"让她进防空洞"的话时，我还认为是将这一重伤者"打入另册"以应付了之呢。然而，当我尾随他们下到这深深的防空洞时，才明白了是怎么回事。

这个由钢筋水泥筑成的"防空洞"内一片光明，四壁雪白。与地面摄氏39℃的气温相比，这里的恒温只有25℃左右，十四间房间，成对形成一条小巷。每房置病床两张，桌椅等用具一应俱全。这里已有许多病人在接受治疗。

众人见这一伤者进来，都关切地围拢来，悄悄地探问情况……

我问医生："她要住多久？"

医生答："两三个月吧。"

看来，这位伤者的伤势确实严重啊，不然，为什么准备治这么长的时间呢？至我离开时，伤者仍处于昏迷之中……

一个月后，我又一次来到医院门诊部。我办完公事，便步履匆匆下到防空洞内。

这里，同一个月以前一样，那么安静、整洁。我来到那间病房，把目光迅速投向靠左那张病床——怎么，床是空的?!

我的心有些发凉——不是要住两个月吗？为什么刚刚一个月，就……

正当我要展开那不祥的想象时，我的身后传来了脚步声，一回头，啊，一位二十出头的姑娘正用惊诧的眼光打量我。一见她那双浓黑的眉毛，我终于记起了点什么。

姑娘身后的护士此刻认出了我："哎呀，这不就是来采访过的谷同志吗？"敏感的她立刻又转向那位姑娘："小谭，这就是曾经一道陪你入院的老谷啊？"

姑娘感激地同我握了握手。

姑娘竟是那位重伤者!

护士娓娓地向我叙述着医生、护士们在这一个月中,为挽救小谭的生命所经过的日日夜夜。她讲得很细,哪天哪天的针是怎么打的、哪天哪天的药是怎么喂的、哪天哪天病人出现"险情"是如何排除的……

"在你们的努力下,她恢复得真快啊!"我感叹了。

护士说:"除了我们的努力,另处还有一个重要的外因……"

我忙说:"是领导重视嘛。"她不作声。我又说:"是用上了贵重药品!"她仍不表态,见我不说了,便噗嗤一笑:"你讲的这些原因都对,但属于一般化,没有典型性……告诉你,这个重要的外因就是住进了这个地下病房。在这里,既避热又凉爽,病人躺个几十天,全身不会生褥疮,伤口愈合快,恢复健康一天一个样!……"瞧,护士是在用打快板的语调夸"防空洞治病"了!

我兴奋起来,连忙又一次打量小谭,在她身上,因头、脚严重受伤而昏迷不醒、奄奄一息的危态已全无踪影了!

"这真是奇迹!是防空洞促成的奇迹!"我惊喜地把语调提得高高。

"莫小看防空洞,利用起来还真神呢!"护士也亮着嗓子说。

"神"?她的话语中的一个词在刹那间触发了我的大脑皮层的迅速反应,"对,对!是真神,是实打实的生命守护神!"

如今,虽然不在战时,可防空洞也在起着守护生命的作用,这位生命垂危的农村姑娘的"健康归来"不就是明证么?

这,真可说是防空洞"打"了个"提前量"!

我又一次打开了采访本。不待我多说,来自湘潭县、湘乡市农村、工矿等处的病人(其中大部分是外科病人),争着向我述说着他们在这儿治疗的经过、体会和效果……

我一一写下。采访完毕,我的本子上已有了这样一串非同一般的数字:

从1986年利用防空洞办起第14病室以来,前后已有436位病人经这里治疗而痊愈出院。

啊!今日湘潭医院的十四病室——可爱的生命守护神!

写于1990年10月

附记：本文发表于1990年12月25日《湖南人防报》。获全国26省市参与的"洞天杯"征文大赛一等奖，又获1990年度中国报纸副刊铜奖和1990年度全省专业报纸好作品一等奖。

门诊部的"老照片"

人们心中有许许多多老照片，记录下过往的旧人昔事。然而，随着时间的延伸，好些老照片会渐渐泛黄、进而色彩消融，乃至变得一片迷茫。

在我心中就有一些画面已变得迷茫的老照片，它就是已淡漠良久的湘潭市中心医院的原门诊部一带的风景、设施。

吾人为何对曾经交道多年的老门诊部竟如此迅速淡忘？答曰：此唯新建门诊大楼惹的"祸"！

面对巍峨、雄阔的新门诊大楼，我为她的轩然大气所震慑。当我第一次观瞻她，她那魅力四射的视觉冲击力使我激动不已！以后，我每次到中心医院都得这么经受一次"冲击"。就是这一次次冲击，使我心目中原有的老照片——老门诊部的形象竟一次次淡化，几近消弭。

如今中心医院的门诊大楼，不仅外观雄阔，巍峨，而且她的内部的机构设置和配备的医疗设备，在当今医疗系统，很算现代前卫。就说我们每年要进行的体检，如今只要上到七楼"体检专区"，所有应检项目就一次性完成，可谓"项项相连如行云流水"，是地道的"一条龙服务"，极为方便、快捷，其乐融融。再说新门诊大楼的分层设诊，也依门诊内容的轻重缓急，依次按患者就诊需要安排，十分科学、到位，体现人性化关怀，如急诊科就设在第一层，急救车可直开到一楼大门，接诊医生、护士可即刻在数十秒内将患者送入病房迅疾救治，充分发挥急诊科"争分夺秒"抢救患者的特色！

说来也不信，今天我心中的老门诊部之形象，要我一时半会回忆清楚，还真有蛮大难度。真是老照片彻底褪色、淡化于无了！好在我也看过一些心理学的书，书上说，对那些已遗忘的事物，你只要找到有关的"联系物"，即找到了记忆之"钩子"，旧的事物便会浮现于脑际。那我就以当年体检为思路，浮想中自己拿了体检表，一个项目一个项目地"检"下去，渐渐地我想到了是去一楼内科搞常规检查，登上二楼去做胸透，再下到一楼抽血化验，再又登上二楼检测视力，还有设在三楼的检测项目……于是乎十几项检查，就这么一楼、二楼、三楼地"上蹿下跳"，我终于在这样的冥思中把中心医院老门诊部的形象"勾画"了出来。说实在的，那时中心医院门诊部的设置就是如此繁复、局促，一场体检下来，正常人也会被弄得晕头晕脑。一句话，当时的门诊部是小院、小楼、小格局，就诊者摩肩接踵，病人来回受折腾！

"老照片"在心中既出，那感慨更又深一层！如今的门诊部如上所述，是雄阔巍峨、宽敞舒展的大气派、大格局、大效应。昔日的门诊部已无可比。这是改革中前进的中心医院的侧影（何尝不是湘潭改革开放的缩影！）但话又说回来，当年老门诊部的小院、小楼、小格局，也是时代的产物。在计划经济统帅一切事业的当年，湘潭中心医院的各种条件也是首屈一指的。就在当年的"小格局"中，中心医院人以自己崇高的医德和高超的医技，演绎出了多少动人的救死扶伤的精彩活剧！

当年的"小格局"的历史勋迹是永存的！

当我又一次伫立在中心医院大门外，仰望巍峨的门诊大楼，在赞叹她的雄阔、气派的同时，由"钩联法"唤回来的老门诊部的老照片，显影心底，耳畔不由响起一位伟人的话来：忘记过去就意味着背叛。是啊，我们不忘记过去，就是不忘记历史，今天改革开放的成果，就是历史演进的结果，常常进行"历史照片"的显影，将使我们在两相对照中，能更好地把握住今天，更信心百倍地走向明天，从而与时俱进地开拓奋进，创造出无愧人生的、扎扎实实的令世人瞩目的新业绩！

写于 2008 年 12 月

平凡岗位不平凡

这里,没有高端拔尖的科技产品;

这里,没有感天动地的英雄壮举。

这里,只有真诚的微笑,亲切的话语,和迅速、快捷、周到的服务……

他们的服务输送着人间温暖,给千家万户带来有滋有味、舒适便捷的生活,带来欢声笑语!

这,就是伟人故里湘潭新奥人的精诚服务。伟人故里新奥人把"让客户满意"的新奥服务理念融汇进自己的血肉,作为永恒的追求,以雷锋为榜样,为客户贴心服务,创新服务,倾情聆听客户心声,积极响应客户期待,谱写着在平凡岗位上创造不平凡业绩的动人篇章……

新奥人的优质服务,体现在"想客户之所想、行客户之所需"的理念中。有这样一位为客户服务自增工作量的员工的故事:

2011年10月的一天,"市长热线"打进了新奥湘潭公司经理办公室,反馈了普通市民一个信息:建议表扬该公司抄表员朱香霖。事情的原委是这样的:年初,23岁的朱香霖担任了岳塘区一个社区的抄表员。夏初的一天,在去一位叫陈云湘的老人家里执行抄表和维护任务时,陈老向小朱讲述了他和老伴都80多岁了,腿脚不便,儿女都在外地,要去较远的代收点交燃气费很不方便。小朱听说后便安慰两位老人说:"老人家从今往后就由我帮你代交吧。"从此,小朱的工作就这么增加了一项。每次交了费,小朱又专程上门把交费收据交给老人。小朱的服务如此周到、亲切,老人的邻居还以为小朱是陈家的亲戚呢。好几个月过去了,小朱一直这么默默地干着,这深深地感动了两位老人。于是,激动的陈老拨通了市长热线电话和《湘潭晚报》热线电话……市长热线的反馈,晚报的报道,使小朱自增工作量为客户贴心服务的故事在公司传开了。公司对小朱创新服务的事进行了表彰,并且将这个做法上升到公司管理层面，把对老、弱、病、残的代收费工作纳入抄表员工作内容，并制定了严格的工作制度。如今这一工作成为一项制度在全湘潭公司开展着……

设在湘潭市各处的几个加气站，是湘潭全市燃气汽车的"粮食"供应点。站里的加气员既要做好充气工作，又要负责安全检查，他们尽心尽力……

30来岁的大小伙子陈敏是吉安气站的普通加气员。人说他有一双明察秋毫的眼睛。事实也真是这样。今年6月的一天，在给数十辆的士进行例行安检和加气后，陈敏那敏锐的双眼没有丝毫懈怠。又一辆的士开过来了，引擎盖一打开，陈敏就发现减压阀到混合器之间的连接管的端口有极细的龟裂。陈敏对司机说：你这连接管的端口开裂了。那司机俯身一看，说：没有哇。陈敏说：你仔细看看。司机再看仍说没有。在给车加气后，陈敏让司机发动引擎，再让他看，果真发现正在送气的管子端口有一道裂缝——那细细的龟裂已裂开成了一道小缝。陈敏说："这管子漏气了，不怀疑了吧！它一碰上电火花就会起火，那你就人、车不保了。"听陈敏这么一说，司机惊出一身冷汗。他真的服了。陈敏和司机把车推到站外。陈敏立即将车关阀、放气、剪下开裂端口、接上完好端口，一连串动作三下五除二就把车的隐患排除了。司机感动得不知说什么好，只是连声说"谢谢！"几天后，那台的士所属公司给他们送来锦旗，红色的旗面上"车辆安全的保护神"几个金色大字分外醒目，这是对气站员工精心工作，实现"零事故、促发展"的崇高评价啊！

新奥燃气的工作是平凡的。然而在这平凡的岗位上，涌现了一大批像朱香霖、陈敏这样不平凡的员工。他们中：有在勘查中踝关节摔成骨裂，忍着剧痛坚持勘查完毕，保证安装进度的黄明纯；有下班时间过了，饿着肚子把工人师傅家的表具安装完毕、并及时送气的刘鑫和他的同事们；有耐心接听客户投诉电话、并在很短时间内组织解决客户困难的综合服务办员工郭赞；有身在统计岗位，遇到说话障碍的客户，想方设法用笔完成心的交流、解决客户问题的陈琼；有多次拾金不昧、将客户遗失在窗口的钱物，想方设法归还的气站年轻女收银员龚书等等。

伟大的事业，是由一件件平凡小事构成的。鲁迅先生说过："有一份劳动，就有一分收获，日积月累，从少到多，奇迹就可以创造出来。"今天，湘潭新奥燃气400余名员工在自己平凡岗位上，以各自岗位真诚服务的小业绩，汇聚成了公司的大业绩！几年来，公司民用户从企业成立时的2003年的1.7万余户，发展到今天的 18.2 万余户，工商户从 10 户发展到 1000 余户，平均日供气量达 30 余万立方！目前正为实现长株潭三市天然气一体化战略目标而齐心奋斗着……

高新目标已在前，待我新奥从头越。新奥人的服务精神将指引湘潭新奥实现新发展，再创新辉煌！

写于 2012 年夏

赢 得 细 节

朋友，您还记得"千里之堤，溃于蚁穴"的古训吗？

您曾听说过"魔鬼就在细节中"这一西方著名谚语吗？

"蚁穴"和细节之言，与我们新奥燃气事业的安全运作、平安发展紧紧关联！

说起天然气的使用，大家都称赞它是"美丽天使"，然而这位天使还有它另外的一面，它是易燃易爆品，若使用不当，这位天使就会像潘多拉魔盒一样释放出令人痛心的毁损和伤害。

相信大家都不会忘记，2009年3月，上海某小区的一户人家天然气泄漏，因第一时间的处理不当，引发了巨大爆炸，造成大楼损毁、一死三伤的惨痛后果。其中一个关键失误，一个容易忽略的细节，那就是工作人员按门铃后，产生的电火花引爆了天然气。

每当一次安全事故发生的时候，我们新奥人都感到无比的揪心、难过，同时真切地觉得，有一声声令人震撼的警钟就在我们耳边、在心中长鸣！

那是2009年5月17号的下午5点多，公司抄表员赵艳萍像往常一样在自己负责的区域进行抄收工作，当她打开蓝金花苑小区6栋1单元的外挂表箱时，发现7楼一用户家的燃气表数字正在快速地转动！她立马感觉不对劲，在与上次抄表数一比对，天啊！竟相差了600多方，这个差数引起了她的警觉：这相当于一般家庭燃气使用量的5到6倍啊！这悬殊的用气数字，使她马上判断出该用户家的燃气使用出现了异常！

她立即上楼查看。在登上楼梯的那一刻，她闻到了一阵阵强烈的异味，经仔细辨别，正是天然气的味道！赵艳萍的神经一下子紧绷起来。她迅速镇定下来，正准备去按用户家的门铃进屋查看。就在这关键时刻，她的手在门铃的上方停住了。她想起公司安全培训时讲过：当发生屋内天然气泄漏时一点小小的

火花就会引发爆炸,这门铃是万万按不得的!她暗自捏了一把汗,赶快把将要按门铃的手缩了回去,按照在公司培训时所运用的方法:轻敲门。一次、两次、三次,可怎么敲也没人开门。不容多想,她立即飞奔下楼,按照公司相关的处理程序,熟练地关闭了该户的表前阀切断了进户气源。随即向公司主管领导报告这一紧急情况。在等待抢险人员到达现场的过程中,她表现出了超常的沉着与冷静:为了保证用户安全,她又飞跑上楼,用嗓门喊开了每家住户的门,一家一家地告诉该单元发生天然气泄漏事故,请大家马上撤离这栋楼,并交代千万不要吸烟、不要使用电器开关……

住户们在她的通知下,迅速地走出那栋楼,又在她的引导下撤到安全地带。很快,公司的应急抢险队来了,公安和消防特勤队来了……一场与上海那次爆炸如出一辙的重大事故在赵艳萍一个一个细节的成功把握下被避免了!

谁都知道加气站,是燃气汽车的"粮食"供应点。在站里的加气员既要做好充气工作,又要负责安全检查……

公司员工陈敏,是吉安路加气站的一名普通加气员,一个30来岁的大小伙子。人们都说,他有一双火眼金睛。事实也真是如此。那一天,在给数十辆的士例行安检和加气后,陈敏那敏锐的双眼没有丝毫懈怠。又一辆的士开过来了,引擎盖一打开,陈敏就发现了问题:减压阀到混合器之间的连接管的端口有极细的皲裂。陈敏说:师傅,您的车存在安全隐患,您看,这连接管的端口都开裂了。那的哥俯身一看,说:没有哇。陈敏说:您再仔细看看。的哥再看,还是说没有哇。陈敏只好让的哥发动引擎,再让他看看,这一看,果真发现正在送气的管子端口有一道裂缝——那细细的皲裂已裂开成了一道小缝。陈敏说:您看,是漏气了吧!这种情况,只要一碰上电火花就会起火,结果肯定车毁人亡!很危险啊!的哥惊出一身冷汗。他说:我算是服了新奥的加气员了,真牛啊!接着,两人一起把车推到站外,陈敏立即将车关阀、放气、剪管、接管,一连串的动作完成,三下五除二就把车的隐患排除了。的哥感动得连声说"谢谢!谢谢啊!"

几天后,那位的哥送来了一面红色锦旗,上写"车辆安全的保护神"几个大字,这,正是对新奥人精心工作,实现"零事故、促发展"的最高评价!

正是陈敏这观察险情蛛丝马迹的"火眼金睛",将一起事故制止在萌芽状态。

为什么赵艳萍、陈敏等等员工能在关键时刻，抓住细节，排除异常？答案就只有一个：就在于一心为安全，一切为安全的意识已深深植根在公司领导和员工的脑海中，成为了公司从上到下的习惯性行动。

　　前不久的一天凌晨，大家还在睡梦中，公司安全管理责任人接到110打来的电话：半边街一宿舍起火了。收到这个消息，他立即赶往现场了解情况，与此同时，公司启动燃气应急预案，相关责任人各就各位，当了解到此次起火原因为电起火，而且火势很快被扑灭后，相关人员才撤离现场。虽然这次小火灾与天然气无关，但他们"宁肯白跑十次、不愿失误一次"的堵"穴"精神深深感动了大家！

　　湘潭新奥燃气400多名员工，就是以这样严防死守的精神，堵死、排除一个个"蚁穴"，使安全大堤稳固安然！给湘潭市18万户家庭、近60万民众带来安宁和欢笑！几年来，公司多次获得市、区"安全生产先进单位"的荣誉称号。他们深知，安全工作只有起点，没有终点，他们将继续坚持，在细节上狠下功夫，永保用气大堤长治久安！湘潭新奥人愿同各行各业的同仁们，共同努力，创造平安湘潭、幸福湘潭！

写于2013年春

　　附记：以上《平凡岗位不平凡》和《赢得细节》均为演讲词，在全国和市演讲比赛中均获奖。

蚊 战

看了本文的题目，容易让人产生歧义：使人觉得这是一篇童话，大概是写蚊虫间"大战"之事。其实不然，正如"鸦片战争"并不指鸦片在战，而是指鸦片引发的战争。此"蚊战"也如是，由蚊虫而引发的"战争"是也。

搬进了新居之后，居住环境起了变化，较前优美多了。房子大了，四周绿树环绕，芳草片片，着实让人看了舒心不已！真有一好百好之感！

然而其隐忧在伏，实未料也。

新居的第一个夏日来临，原来在密集城市区所见不多的蚊虫却成阵地夜夜来袭，叫人难以安睡。其实从事理上说，这也是世事"一分为二"的再证实，凡事不是一好百好；好了这一面那一面又出来"扰"。这绿树繁花够让人赏心悦目的了，可它又是蚊蚋滋生、藏匿之所。这些"理论"暂不去说它，还是回到现实的蚊虫叮咬上来吧！

说起这场蚊战也打得有点"难分难解"，让人心烦。先说这蚊虫的"攻击时间"就选到了要害处。它们白天从不现身，而一到黄昏则大显身手，一直要闹腾到清晨方止，让急需休息的人们彻夜不得安宁。再说它的阵式，则很少单兵出击而是不断发起"集团冲击"，形成"蚊军"阵式。

为了睡眠的安宁，这场"蚊战"势在必行。好在现在已是新世纪，睁眼处处现代化，区区小虫何足挂齿！那防蚊灭蚊的新式武器真可谓比比皆是，比如，引自洋人的电蚊香、那涂在身上可消蚊虫叮毒的药水、那轻如纱、薄如蝉翼的新式蒙古包式的防蚊帐，等等。

于是，我家动用了这些"武器"以对付气势汹汹的"蚊军"。电蚊香用上了。这没有烟雾的新式蚊香，静静地让电"燃烧"着，散发着幽香。起初点着还有点效果，蚊子果然少了许多。然而这蚊子也不是等闲之辈。没几天，它们显示出了非同寻常的适应性——它们竟在电蚊香面前悠闲地飞来飞去，真有一股不屑一顾的神态。我们身上的红坨坨与日俱增。就在此时，有邻居介绍了一个土办法，在电蚊香的药片上滴上几滴风油精。这办法果然奏效，房间里果然清静了几日。但又是"好景不长"，那"蚊军"又嗡嗡地、悠悠地卷土重来。我真服了蚊们的"与时俱进"！但，世上哪有人败给低等生物的道理?！这里又不是亚马逊河流域，遇上了能致人性命的巨型毒蚊。我和家人又使出一招：装新式蚊帐。这立在席梦思床上的蒙古包式的蚊帐，如云似雾，防范严密。它拉链式封锁固然把蚊军们挡在帐外，但人在夜间要行方便时的出入又成了大问题。只要你把拉练一拉，那早已排队叮在帐外的蚊们便见隙而入（这拉链也不方便，常常容易留下"口子"）。帐内只要有几只"别动队"进来，你这一夜又会有几个小时不得安宁。

我们对"蚊军"们的战争就这么不停息地进行着。

一日，一位朋友告诉我，说有新产品"电蚊拍"问世，那家伙效果可真非同一般。我即去商店购了一把。这家伙也真神。我拿在手里朝叮在墙上的蚊虫一扑，则"噼叭"之声炸响，蚊虫在电蚊拍上痛苦地扭动身躯，此时电火花闪烁，瞬间蚊虫就化为一缕小烟——蚊虫倾刻被"电葬"了！

自从有了这带毁灭性的灭蚊武器，我们对"蚊军"之战取得了压倒性的胜利。有一个晚上，已是半夜了，我在饭厅里遭到了蚊们的数波攻击。时蚊虫越来越多，几乎组成了不小的"蚊阵"，我大有被包围之势。面对此情状，我挥起电蚊拍左右劈砍，大概动作之迅速可与那耍"水流星"的杂技演员媲美！真是"拍到蚊亡"，随着连续不断的电火花的"噼叭"声，一部分"蚊军"当场在拍子上被"火化"，一部分被击落在地，粗略数了一下，躺在地板上的蚊虫"遗体"就有三十多"具"！当然"蚊军"们也未闲着，它们似乎也在想着法儿与人类较劲，也在探索与人类斗争的法儿。有好几次，我握着电拍接近蚊虫，不知为啥，拍子还未拢去，蚊们却得到什么感应似的"呼"地飞走了。这也迫使我加快了挥拍的速度。很自然地，仍是以我的绝对胜利而告终。

这中间，确有蚊虫不断逃脱的，对人的侵害仍时有发生。后来，我和家人同"蚊军"打起了"立体"战，将蚊帐、电蚊香、电蚊拍一齐上，终使夏夜的生活赢得安宁、和谐。

由同小小蚊虫之战，我悟出人要获得和谐生活是多么的不易。尽管社会进步了，生活现代化的步伐在加快，但非和谐因素仍未退出历史舞台，这些因素

仍要顽强地、甚至持久地作祟、捣乱。怎么办？那就只有一个办法：与这些作祟捣乱的非和谐因素作不疲倦、不妥协的抗争，大到与黑恶势力的斗争，小到对不正之风的抵制，只有这样，才能赢得正义和正气的生长，赢来和谐社会的诞生。

写于 2007 年 7 月

秋瑾湘潭足迹初寻觅

多年来，我对辛亥女杰秋瑾与湘潭的关系总是朦朦胧胧。我也问过许多人，他们大多数也只是知秋瑾之名，而不知其与湘潭的任何关联，所以也与我一样"朦朦胧胧"；有的连秋瑾的名字也不晓得。至于晚生后辈，仅知道历史书上的秋瑾，因历史书上并未提及秋瑾与湘潭的关系，故对此便是一问三不知了。

秋瑾就这样在湘潭几乎是"隐没"了。

2013年5月初的一天，刘君湘光陪我步行数里，来到湘潭市十八总一僻巷中瞻仰秋瑾故居。

如今的"秋瑾故居"已不是通常意义上的"故居"，她能让人看到的就只是过去秋瑾故居的一座丈余高的大门，且两扇大木门被两把锈锁锁住。整个门体高约两层楼房，呈灰色，门框为麻石，像上海的石库门。离门楣两尺许挂有一窄窄横匾，黑底上有似金粉写的"秋瑾故居"四字。门墙之顶有微草轻摇。这就是"湘潭秋瑾故居"给我的全部印象，简单至极。

据陪同的刘君说，这个门还不是秋瑾居住过的大院的正门。随后，他带我沿街坡上行三十余米再一拐至一"桥洞"处，指着一面高墙说："这里就是秋瑾故居的大门旧址。那时这个院子有九间屋，面积蛮大。而现在的门是侧门，当年用作轿子出进的……"

啊，我终于明白了，现在的秋瑾故居实为当年大院的"尾部"、"侧影"，这就说明秋瑾故居作为名人建筑已在众多建筑物中隐去，历时百余年，就如同，秋瑾在湘潭人中"隐没"那样。

这令我感到说不出的悲哀。这种悲哀令我极力去搜集秋瑾的相关资料，认真从字里行间去领悟秋瑾的思想、言行和人生之路。几个月下来，鉴湖女侠秋瑾的形象在我心目中渐渐清晰起来……

我深悟到：秋瑾之伟大、秋瑾之壮烈，任怎么说也不会过分！请诸君想想，在国力衰微的晚清，一位缠足女子，能诗能剑，一腔热血，与腐朽战，为革命拼，为恢复中华，甘愿断头，愿做"中国女界为革命牺牲第一人"、做"女子中的谭嗣同"，且说到做到，何其无畏！何其英烈！

说起盖世英烈秋瑾与湘潭的关系，不可谓不密切，她既有作为湘潭媳妇的人伦关系，也有成长依托的关系。

秋瑾之入嫁湘潭王廷钧，源于其父秋寿南与王廷钧之父王黻（fu 音福）臣为至交。王家为湘潭富商，在湘潭开有当铺、钱庄、茶号，而秋父时任湘潭厘金局（税务局）总办，可谓"门当户对"。客观地说，1894 年秋瑾 19 岁入嫁湖南，湖南人的霸蛮、舍死的"中国普鲁士人"（杨度《湖南少年歌》）的刚烈性格使她受到熏陶。据说，在王家茶号秋瑾就与从浏阳来潭帮人做茶叶生意的谭嗣同和夫人李润经常聊天，谭嗣同谈的尽是变法、变革之事，使她受到年长她十岁的谭嗣同的教益和启发。秋瑾的诗词写作也在湘潭受到熏陶、教益。在湘潭，秋瑾曾拜曾国藩的孙子、晚清"诗界八贤"之一的曾广钧为师，学习诗词，深获进益，陆续写出至今为人称颂的诗词一百五十余首，有"秋风秋雨愁煞人"、"休言女子非英物，夜夜龙泉壁上鸣"等诗句名世。秋瑾在湘潭还结识衡山人、曾国藩堂弟传纲之妻唐群英，经常与之切磋诗艺，并共议"驱除鞑虏、恢复中华"的志向。

人才成长史上，往往有这样的情形：一个人在成长道路上，有时因环境的改变、人际关系的新组使其眼界突然开阔，从而获得新的助力，达到意想不到的进步。如当年毛泽东走出韶山来到东山学堂，使其接触到当时中国最新式的教育，以致毛本人也认为这是"关键的一步"。秋瑾之成为杰出的革命者，也有类似的情形。

1899 年，王廷钧花了上万两银子捐了一个户部主事的京官。1902 年元月，王廷钧一家搬到了北京。到北京后，王廷钧的"业务"多为迎官拜客，秋瑾曾利用有限的机会接触过袁世凯、盛宣怀、吴汝纶等李鸿章的幕府门人和京师大学堂编译局总办严复等。对清廷的腐败内幕和上层变革人物有所初识。在居京的那段日子里，王廷钧整日忙于官务，秋瑾更多的是"赋闲"，利用如此"空档"，她结识了后来成为至交的京师大学堂总教习吴汝纶夫人吴芝瑛，以及京师大学堂日本教习（教员）服部宇之吉、夫人服部繁子、英国《泰晤士报》记者莫里循等等。尤其与吴芝瑛、服部繁子、莫里循的交往，使她眼界大开，感到自己知识的狭促，从而萌生赴外留学念头。先欲留学美国，后决定留学日本。1904年，在服部繁子的引路下，终于东渡扶桑，开始留学生活。

到达日本后，秋瑾更是如鱼得水。在日本中国留学生会馆，她认识了绝大多数革命激情高涨的中国留学生们，她更以"半个湖南人"的身份，在湖南同乡会馆结识了湖南留学生陈天华、宋教仁、黄兴、刘道一等等。这些湖南留学生是留日革命学生的中坚，秋瑾在他们身上吸取了强有力的革命养分。在日本她联络留日女同学，组建了"实行共爱会"，并创办了《白话报》，亲自撰写《敬告我同胞》，号召推翻清王朝，恢复中原。在日本两年，是秋瑾革命征途的"关键一步"，她的革命思想大大提升，勇气倍增，随时准备回国奋斗献身。这中间，王廷钧起了意想不到的"引道"作用。

在秋瑾从事革命活动的紧急关头，王家也起过"财力支助"的作用。

1907年年初，秋瑾为筹革命经费，离开绍兴，经安庆与徐锡麟商议起义初步计划后，再乘船到湘潭王家。这次筹经费有两种说法：一是秋瑾回到王家后，与公公王黻臣谈及办学校的事。对于兴办学校王黻臣是支持的，因而主动问及要不要资助。秋瑾连忙回说这样最好，学校正需要钱呢。于是王黻臣提出先拿三千两吧，以后需要只管说。这笔钱就这样到手了。这使秋瑾十分感激。

另一说法是，王黻臣知道秋瑾在从事对抗清廷的造反活动。当秋瑾提出办事要钱时，王黻臣拒绝了。秋瑾便举刀逼着公公交出了钱。（有人解释这是演出的双簧，怕以后王家担责，故此。）

从两种说法看，第一种说法言之成理些。因为当时秋瑾已好几年没回家，她的一双儿女也是她急于见到的，而且作为四媳妇的她也与妯娌们多年未见，正是团圆好时节，一家人其乐融融，秋瑾难道在这样的氛围中拔刀相向？这言之欠理啊！

此事倒有一种可能，就是三千两银子是公公主动资助办学的，但秋瑾遇难后，朝廷追责，王家把事情说成"被刀逼"以求脱责，也有一定道理。

不管怎么说法，王黻臣出钱支助秋瑾办事确是事实，在实质上支助了秋瑾的革命活动。

就在秋瑾遇害以后，尸体在浙江无法安葬，是王家人于1909年秋天主动出面，将秋瑾的棺木从浙江绍兴远迁湘潭昭山，与其夫王廷钧合葬。王家的

"厚道",可见一斑。

至于秋瑾与丈夫王廷钧的关系,从多方资料看,感情尚好。但比秋瑾小四岁的王廷钧,遇事谨慎,做事循规蹈矩,与秋瑾的刚烈个性形成鲜明对照。无论秋瑾赴日留学,还是在江浙从事过激事,王都未加干预,且一直维系夫妻关系。故秋瑾壮烈牺牲后王家主动迎回秋瑾棺木与王廷钧合葬,也说明夫妻关系"尚好"。

由以上事例观之,秋瑾与湘潭的关系又是较为清晰的。事虽不多,但关系非同一般,有的节点还是关键的。

从秋瑾与湘潭的关系种种,说明秋瑾这位当年惊天地、泣鬼神的大英雄,既是普通的,又是伟大的,是我们湘潭这方湖湘文化厚土滋润过的。作为今天的我们,她的忧国忧民之心,她的英雄气概,她的奋斗壮举,她的义无反顾的牺牲精神,很难企及!然而,世上的风云变幻、国之难题又是相通的。因此,秋瑾之精神虽难以企及,但并不是不可以企及,这就看我们的决心和努力了!当今我华夏儿女正为实现"中国梦"而奋斗着,困难和阻碍不小,但我们只要对照秋瑾,这些困难和阻力就不算什么了。秋瑾精神永远是我们湘潭人奋进的不息动力!

写于 2013 年夏

难忘 1949 之夏……

进入1949年的初夏，成都的天仍被厚厚的铅色的云所笼罩，还不时飘着丝丝小雨。我们全家七口（爸、妈、祖母、姑、两个妹妹和我）在成都机场待了两天了。我们在等天气晴朗飞机可以起飞的时刻。爸爸的脸色也同天气一样阴沉沉的。六岁的我对这一切都有些懵懂，只顾同妹妹们嬉闹。

这些日子，爸爸同妈妈总在商量着什么重要事情。爸爸的口中总出现有"台湾"、"湖南"、"湘潭"的词。有一天，爸爸对妈妈说："学校全体人员包括眷属都去台湾，学校长官已点名要我们也去，说是那里少不了我这样卓越的英文教官。"妈妈说："你作决定了么？"爸爸的语气变得郑重起来，压低了声音说："蒋光头快完蛋了。我说我不习惯台湾又热又湿的气候，还是决定回湖南。"爸妈又商量如何走，那时成都到湖南没有直达公共汽车，坐烧木炭的汽车，走走停停要一两个月。于是争取搭学校便机。

事情就这么很干脆地定了。其实，根据后来我年岁增大渐渐明了事情的就里——爸爸的决定并不是一时冲动之举。我的爸爸出生于清朝末年（1906），那时家道还算殷实，他先读了七年经史子集，后又读洋学，最后考入上海教会大学。由于受进步思潮影响，1925年在上海他第一批加入共产主义青年团。在"五.卅"运动中，他作为上海学运的中层骨干，身披"上海学生联合会"的竖红条，带头率领同学走上街头，声援顾正红等工运领袖，几次受到特务、巡捕追踪、盯梢。大学毕业后，他怀着"为国培栋梁、愿献全身心"的宏愿投身教育事业。1937年抗日战争全面暴发，国共建立抗日统一战线，爸爸决定投笔从戎，1940年经友人介绍远赴成都在成都航空学院（又称空军机校）和迁蓉的黄埔军校成都总校两校任英语教授。

我记得，爸爸虽身为两名校的教官，但他常常和普通老百姓来往。有一位送信的年轻人，嘴上留着一抹胡须，他一送信报来，就要在我家里坐好久，和

爸爸谈得很投入。爸爸一直订有重庆出的共产党办的《新华日报》，每次都由这个胡子叔叔送来。一次，我还看见他把包着报纸的一本书交给爸爸。他走后，爸爸将书藏在箱子的最底层。有天半夜我醒来小解，见爸爸在罩上报纸的电灯光下躬着腰全神贯注地看那本书。后来我终于看到那本书的书名了，是《论联合政府》。那时我已认字，这几个字读得出，但不懂意思。有一次我问爸爸："'论联合政府'是什么意思？"爸爸脸露惊恐："小孩子，莫乱问。"语气极为严肃。多年以后，我才知那本书是毛泽东写的，当时是禁书，那位送信报的，是川西地下党的人。

后来，那位胡子叔叔没有再来。我们小孩子也从大人口中，了解到打仗的事。时光进入1949年，周围的阿姨、伯伯唉声叹气的更多了。讲得最多的是"银子变水了"。一天，爸爸从学校回来，对妈妈说："这日子会没法过了！"妈妈说："莫讲得这么严重。"爸爸摇着头，从口袋里拿出一张纸条说："我们存的几个小孩从小学到大学的学费，现在只买得几杯茶了！"说罢，万般无奈地跌坐在木椅上，眼中有泪的光亮。（亲爱的朋友，我爸这几句话我刻骨铭心，当时国民党政府的通货膨胀已使国统区民不聊生！）

小孩不问政治，但对周围发生的事也时有感触，听得最多的是国民党仗又打败了。我觉得周围的眷属们一户一户搬走了。我幼稚园的玩伴也一个一个地不见了。后来才知道，航院的飞机正把学校人员和家眷往台湾"撤"。终于轮到我家了。而爸爸铁了心不再与"蒋光头"为伍。每当关起房门，爸爸就变了个人似的，眼睛亮了，脸上有笑容了。他跟我们说湖南是鱼米乡，冬天有雪，好看极了，不像成都一年四季看不到雪，今后的世界会是好世界……

天终于放晴了。但我们预定搭乘的那架美制C—47小型运输又出故障了。在候机室，有位伯伯走过来，递了一根烟给爸爸，说："谷远到（爸爸又名"谷若"、"光亚"）教官，还再等两天等大一点的飞机再走吧！"爸爸深吸一口烟，笑笑说："等不了啦！早一点走有早一点的好处，那边教书的事等着我咧。"那伯伯又说："长官是真心希望你去台湾。"爸爸说："代我谢谢他的好意。"我们全家又等了一天多，那叔叔又来过一次，他和爸爸又谈了好久。那伯伯最后一句是"你们全家真的要从衡阳下机？""是的。"爸爸语气是从未有的坚定。

那架运输机终于修好了。除我们家，还有三四家都上了飞机。飞机起飞了。几家的行李都放在飞机中间，人坐在机舱两旁。从身旁的舷窗向下望去，成都越来越小，嘉陵江变成了一根银白的细带子。只是飞机的轰鸣声太大，两个人讲话都得高喉咙大嗓子才听得清。其他几户人家的小孩中有我幼儿园的朋友，我们不时招招手，笑一笑，算是交流。其中一个和我同龄的小男孩，和我玩得最好，姓名不记得了，只记得他圆脸白红白红、眼睛黑亮黑亮，只有他晓得我家不去台湾，我昨晚和他道了别，我发现他的眼睛现在还红红的。

一个多小时后，飞机竟在重庆机场降落了。一问，才知飞机又有故障了，要小修，还要加油。

第二天上午，飞机继续起飞。在我的感觉中，没多久就到了衡阳。飞机降落后，舱门打开，机上人员和爸爸同事帮着把我家的行李卸下来，大大小小有一卡车。当大家卸行李时，那小男孩跑到机舱门口，和正准备下机的我紧紧拥抱起来，我们两人都哭了。

飞机又起飞了，螺旋桨搅起的大风旋起一股股黄尘，我们全家朝飞机挥手。我看见一只胖小手在一个舷窗口不停地摇着……飞机很快升高了，又很快变成一个小黑点，消失在东南方向……

回到湖南后，大概事先已有联系，爸爸把我们送回景泉老家稍事安顿后，便去安化中学任教了。那时湖南尚未解放，安化中学熊校长，也是湖南地下党负责人之一（湖南解放即任省委党校副校长），安排爸爸做"迎解"工作。他对爸爸的政治观点和经历很了解，多次讲他是"大革命时期的共青团"，还多次表扬爸爸的"迎解"工作做得好。爸爸以崭新的精神面貌投入了新生人民共和国的教育工作……

这令人难忘的1949年夏天搭便机返湘走向新途的事，在我们家史上可算是一件大事。可是，后来竟演化成爸爸的"特嫌依据"，这是爸爸万万没有想到的，其中曲折磨难，一言难尽。这，便是后话了。

写于2012年8月

捐　　献

电视屏幕上，出现了黑白画面：人们里三层、外三层围在写有"捐献处"字样的桌旁，争先恐后地把人民币、金银首饰交给正在进行登记的工作人员；镜头摇开：大街旁，一个个"捐献处"也是人潮涌动……

这是中央电视台近日播出的纪念抗美援朝运动50周年的历史镜头。这些镜头把我又带回到当年如火如荼的岁月里。片中所展现的全国人民节衣缩食为志愿军捐献飞机大炮的场景，深深激励着我。我就是那场让人刻骨铭心的捐献运动的亲历者。

那年我上小学一年级。

自从1950年10月志愿军入朝作战以来朝鲜战场发生的一切都牵动着全国人民的心！那时，我的父亲由长沙调往设置在湘南某县的省立中学任教。这小小县城也同全国各地一样，举行了声势浩大的示威游行，"抗美援朝！保家卫国！"、"打败美帝侵略者！保卫世界和平！"的口号声震天撼地。

我的父亲，这位曾就读于教会大学、又曾是1925年的老共青团员（一说已加入共产党），不顾自己刚从疟疾重病中解脱的病躯，也一次次地参加游行，情绪激昂地高呼口号。

在那些日子里，他不断地向我们讲述新中国成立前美军在中国犯下的"沈崇事件"等暴行。告诉我们抗美援朝的伟大意义，还讲报上登载的没有飞机、缺少大炮的志愿军在朝鲜冰天雪地以劣势装备同美、李军艰苦作战的情况……

时间到了1951年6月，为支援志愿军打胜仗。全国开展了轰轰烈烈的捐献飞机大炮的运动。那时我家有7口人——父母、祖母和我们4个小孩，而父亲每月工资只有40多元。日子过得紧巴巴，除了口中之食，平日里几乎不能添置衣服、用品。

一天晚上，父亲召集全家开了家庭会议。父亲说：

"为了支援中朝军队打胜仗,我已决定捐献两个月的工资。"作为家庭主妇的母亲犯了难:"捐献我同意,只是这、这几个月的饭钱……""先同别人借,到年底再还!"父亲一锤定音。

于是,在学校的捐献榜上,父亲的名字写在突出的位置上了。

那时父亲工作很忙,白天教课,还有其他事务,由于教务繁重,备课、改卷全在晚上,经常不到半夜不回家。

几天后的一个晚上,母亲召集我们六人也开起了"捐献会"。"九一八"事变时,年少的母亲随她的姐夫(我姨爹)和她哥哥(我舅)住在沈阳,曾经目睹中国人被日本侵略者蹂躏的惨状。她含泪说:"唇亡齿寒,如果不打败美帝侵略者,让它侵入中国,那又会同当年日本鬼子侵占东北一个样……"说着,她取下手上带了多年的银戒指,又从箱子里翻出一件质地较好的旗袍,说:"戒指我捐了,这旗袍明天就送进当铺,也捐了……你们小孩子没东西捐,就好好读书……"

母亲话未说完,我那60多岁的祖母忽地站起来说:"还有我的!"说罢,颤巍巍移动小脚,走近挑箱,把手伸进箱底,抠出一只小布包,麻利地把层层裹布揭开——啊,银元,两块银光闪闪的"袁大头"!据我所知,这是祖母唯一的私财呀!这会儿,她老也全捐了!我呢,怎么办?不知怎的,我突然说:"今年过年我不穿新衣,省下钱,也捐献!"母亲高兴地笑了,大家一下子鼓起掌来。那一晚,大家都很兴奋。后来,父亲知道了,也高兴得直点头。

自那以后,一连几个月,我们家全靠一大半蔬菜一小半米、半稀半干的"烫饭"度日。可是大家都吃得乐呵呵的。

我每天去上学,都不由自主地仰望天空,希望看见我们捐献的飞机向朝鲜飞去。后来才知道,这是不可能的,因为我们购买的飞机是从大北方的苏联直飞朝鲜!

当年十二月的一天,父亲把得自《新湖南报》的一条消息告诉我们:全省人民,已捐献了132架战斗机,超过原计划32架!

全家人听了,欢呼起来,异口同声地说:"这也有我们家的一份贡献哪!"

写于2000年10月

附记:本文获2000年度湖南省广播电视报系统优稿评选银奖。

《无价亲情》创作琐忆

想创作关于毛泽东的电视剧,由来已久。在我的"社会关系"中,就跟毛泽东有一点"牵扯",如我的外公黄梓柏先生在上世纪初,任教于湖南第一师范学校,跟在那里就学的毛泽东上过课,是毛泽东的老师。毛泽东一师毕业后,在一师附小当"主事(校长)",而我的二舅舅黄治忠正好在那里上学,毛泽东又成了我二舅的老师。所以,我的外公家与毛泽东有"双重关系"。外公一家生活并不富裕。外公去世早。到新中国成立前后,我的舅舅们尤其是二舅家生活相当困难。毛泽东知道后,多次委托他的同学、时任湖南省教育厅副厅长、后任湖南省副省长的周世钊先生将他的稿费(每次数百元)送到我二舅手中,以解燃眉之急。

从小我就听二舅讲过毛泽东的故事。特别在"文革"中,我曾在二舅家小住,就曾听老人讲过,在建国初期毛泽东拒绝他的亲友"谋官""谋事"的要求,却在生活上用自己的稿费对亲友进行帮助的故事。而我的父亲谷若(光亚),新中国成立后一直从事教育工作,后来虽受不公正待遇,但他对毛泽东的尊敬始终未改。在挨整最厉害的时候,他总是说:我受点冤屈算不了什么,你看,毛主席领导中国人民站起来了,扬眉吐气了,这就够了。1975年,他一个人以七十高龄步行去韶山瞻仰毛主席旧居并留影,要知道那时他还没有平反,头上还有"帽子"呢。

随着改革开放的加速,在经济高速发展的同时,大量的、前所未见的腐败现象出现了。这些现象如利锥刺痛着我的心。这更使我想起建国初的毛泽东的清廉无私的崇高形象。于是,想表现毛泽东在那段时期的清廉行为的欲望在心中一直"蠢蠢欲动"。

进入九十年代,有朋友在全无编剧经历的情况下也写起了电视剧,这给了我以极大的信心。从1991年起,我就开始注意搜集有关毛泽东建国初期事迹的故事。我买了数十本有关毛泽东经历的书籍，一本本地阅读。其中赵志超同志赠我的《毛泽东和他的父老乡亲》对我帮助很大。他在书中所写的一些故事，比二舅给我讲的更完整，为我的创作提供了良好基础。为了进一步充实素材，1992年夏，我利用星期天，几次到韶山采访。在韶山文化馆文学干部毛娟的陪同下，我专程到东茅塘采访了毛泽东的胞弟毛泽连，又去韶山毛泽东陈列馆采访有关人士，又获得了大量素材。在有关毛主席廉洁处理亲情关系的素材基本充裕的基础上，我于1992年秋开始动笔写作电视文学剧本。当时就取名《无价亲情》，直到发表都没有变动。

我一边创作剧本一边也想着拍摄的事。那时湘潭市市长是孔令志。为了争取他的支持，我一连多个晚上找到在市政府上夜班的他，和他聊创作剧本的事。我也同他的秘书彭延生同志聊过。孔市长听说我在创作关于毛泽东的剧本，非常支持，说："好好写！写出来给我学习学习。"孔市长的话给了我很大的鼓舞、鞭策。

时间进入冬季，我的创作在抓紧进行。每天晚上把带回家的公事完成后，已是十一点左右了，我便坐在火盆边开始我的创作。冬去春来，经过几个月的努力，到1993年春天，剧本初稿终于完成了。我先请颜梅魁先生看，又请焦炽先生看。在得到他们一致肯定后，我把稿子交给了彭延生秘书。彭秘书说："这么快就写出来了，还真不容易！"他很快转给了孔市长。几天后的一个晚上，我又到了孔市长办公室。一见面，孔市长拿起放在桌上的剧本，拍了拍说："我没细看，但总的感觉不错！"接着又用他那炯炯有神的眼光看着我，十分干脆地说："老谷，只要（拍摄）动工，我给你五万！"几个月后，在市政府举行的招待会上，我又一次与孔市长相遇。我对他说："孔市长，我有件事要找你。"孔市长干脆利落地说："我知道是电视剧的事，再给五万！"时任市委书记的范多富同志，在我的剧本写成后，亲自将剧本（手抄复印件）转交毛主席亲属邵华将军，后来在为拍剧的筹资中，范书记还亲笔写信给五大厂矿的负责人要他们给予支持。范书记、孔市长和后来的陈叔红书记、蒋建国市长对拍这部电视剧都是以极大的热情给予支持。

1993年夏，我同焦炽为局里出版报告文学集《毛泽东故乡》一事一道赴京。我亦把《无价亲情》手稿也带去了。在处理好报告文学出版事宜之余，我就《无价亲情》的投稿意向打电话给《人民文学》编辑部的王朝垠同志，他听

我介绍了稿子情况,说这种稿子最好在大型刊物《当代》上发。他立即给《当代》负责人之一的何启治打电话。在何的安排下,第二天上午,我和焦炽去到《当代》编辑部,时任编委的常振家同志接待了我们。我向他介绍了《无价亲情》一稿的主题、表现方法等情况。常振家说,今年是毛主席一百周年诞辰,我们很欢迎这样的稿子,但我们刊物从来没发过剧本,等我们看了稿子再与你联系。

从北京返回湘潭后,很快地我就接到常振家同志的来信,说编辑部已经同意破例发表这个电视文学剧本,因为从这个角度写毛泽东还没人写过。又隔了半个月,他把剧本发排的清样寄过来了。他在信中说,此剧本已由中央重大革命历史题材领导小组审阅通过,但要核实一个细节(具体细节我忘记了),最好由市政府出具证明。为了这个"细节"的核实,我又一次找到孔市长,把《当代》常振家的信给他看了。他说:"这个事(细节)我知道,没错,是真实的!明天由政府办出个证明寄去!"第二天,市政府办公室出了证明,由我用挂号寄给了《当代》。到 12 月份,《当代》杂志以头条位置推出了我的电视文学剧本《无价亲情》。剧本一发表,立即收到毛主席亲属黄华安等及全国读者来信上百封(另有多篇评论),对剧本进行了充分肯定。(后来黄华安同志还力所能及地支持了电视剧的拍摄。)

1994 年,陈建成同志担任广电局局长。我和焦炽向他汇报了想把《无价亲情》拍成电视剧的想法。他很快看完剧本,表态同意。此举又得到副局长王映玲、周清桂等的支持。从此,我和焦炽走上了长达一年多的上省赴京审批剧本(因拍摄又需审批)、筹资、找合拍单位、找演员、申请进中南海拍实景、找道具等一系列繁重、繁杂的事务。常常累得筋疲力尽。在困难中,焦炽同志始终充满昂扬的斗志,他还不时给我打气鼓劲。我永远忘不了焦炽同志对我的支持、鼓励,我永远感激他!

在这里,我要特别说一下我的妻子李清华。在我筹拍《亲情》最紧张的时候,我人在北京,而我父身患重病,无法照料,这请医、照顾的事就全落在她的身上,辛劳备至,却无怨无悔。我的两个女儿(钰、任)十分听话,学习努力,遵纪守规,没让在远方的我操半点心。家人的支持,是促使这部片子拍成功的重要动力之一。

经中共中央办公厅批准,《亲情》剧组于 1995 年 12 月 23、24 日进入中南海毛主席原居住地丰泽园拍摄，以实景演绎《亲情》故事。为了能进入这"党中央核心之地"，我、焦炽和市政府经济技术协作办公室邹冠球三人一道赴京联系进中南海拍摄事宜。在京运作近月，其间得到中央警卫局、湘潭县籍干部杨干民和中办年轻干部张俊民的大力支持。我们的申请被中办批准后，进去拍摄又得等七位中央常委不在中南海的日子，否则会影响常委们的工作。我们便再次待在北京等待。直到12月20日，中办传来消息：可进中南海拍摄。欣喜万分的我们，急电在长沙等候的剧组人员，他们立马动身，在规定的拍摄日期的前夕赶到。我们终于在珍贵的两天时间里完成了90多个镜头的拍摄，成为在中南海毛主席旧居拍摄实景最多的唯一剧组。

经过艰苦努力，我们的电视剧终于在1996年春天拍出来了！改名为《亲情》的上下集电视剧于1996年9月9日毛主席逝世二十周年纪念日前几天送至中央电视台，按常规安排至少在十天以后方可播出，但中央台采取超常措施，在9月9日晚调整节目优先安排播出，尔后，在《中国电视报》发布消息于10月1日上午隆重播出。一经播出，立刻产生强烈反响。时任中共湖南省委常委、省委宣传部部长的文选德同志高度肯定《亲情》，并亲自撰写评论文章《伟人风范 无价亲情》在《人民日报》发表。并在当年6月20日的审片会上亲口部署省文化部门要将《亲情》改编为湖南花鼓戏。《亲情》先后获得湖南广播电视奖一等奖、湖南省五个一工程一等奖。

《无价亲情》的电视文学剧本的诞生是难忘的，电视剧《亲情》的拍摄成功更令人铭记心怀，她是各级领导、众多友人共同支持的结晶，在我个人的创作史上留下了深深的印记。

写于2010年7月

（此文收入中国戏剧出版社2011年6月出版的《无价亲情》一书。）

我们坐在大路边

岁月如梭。

1993年至1995年间，其中有暑天或秋日，我和焦炽同志为筹拍歌颂毛主席伟大廉洁精神的电视剧《亲情》，而奔走于湘、京、沪三地。

其时，市广电局委托时任总编室主任的焦炽抓此项工作，而我则是以编剧身份、作为市电台的代表投入此项工作。如此两人一起干事，说是"筹拍组"也很恰当。我俩就这样挑起了筹拍的重担。从此形影不离，并肩赴事。

由于我创作的剧本属于重大革命历史题材，必须经过市、省、中央三级专门领导小组审查把关。因此，尽快完成剧本审批，就成了拍摄此剧的关键一步。要尽快完成剧本审批就要打破常规，不能坐等，而要"深入"负责审阅剧本的干部或专家家中。从那时起，我俩便从市到省、再到北京，层层"拜码头"（这种"拜"，纯粹是去催促，搞口头宣传，没有任何金钱关系）。市里一层好说，地小人熟，很快就办通了。而到省里，地域更大一些，找审阅剧本的人自然要"繁琐"一些。于是，"我们坐在大路边"的"情景剧"诞生了：

五月的长沙，已相当炎热。我们跋涉在长沙街头。不要多久，两人都满身大汗。有一回，当烈日又一次把我们烤得如枯木一般时，面对隔不远就有的冷饮店或茶社，熟视无睹的老焦却说："来，坐一会儿。"我问："坐哪儿？"他说："就在这儿。"说罢，就在旁有树荫的大街边的护石上坐了下来。我笑了，也坐下。两人一边揩汗，一边喝瓶装水。

老焦说："我们在部队搞拉练，累了就席地而坐休息，这种休息法还蛮管用……"

啊，原来他是在沿袭部队的做法！

而我呢，曾经在乡村蹲过几年点，乡下的田塍、土坡不仅坐过，有时干农活累了还躺过。对老焦的提议，我立时响应，十分乐意地在他身旁坐下，同他一起享受街景，领略阵阵热风。我俩还时不时互相打量对方沾尘、油亮的脸，莞尔一笑。那时刻，偌长一条街，只有我们两个干部模样的人在街边席地而坐，颇为显眼，故常常引来路人的诧异的目光。

如此片刻"坐街"之后，我们又抖擞精神上路。

后来进了京城，因为京城太大，有时为了找一个人，换乘几次公交车，下得车来还得逐街逐巷"搜索"，即算搭"的士"，也难一下子了却心愿。于是我们沿街坐的次数就更频繁了。有时我们不仅仅是"坐"，而且也"吃"在街边。捧着盒饭，边吃边聊，还看京城风光，那又是一番滋味在心头！

就这样，我们先在长沙后在北京穿街走巷，用"地毯式"的寻访精神，将要找的评审员一一找到，加快了剧本审阅进程，为剧本及早投入拍摄起了助推作用。

老焦是我俩"坐街边"的始作俑者。他倡议并力行的"街边坐"，使我感受到他身上那股朴素、坚韧的军人气息。

由此，我常常联想到他担任局总编室主任的工作，那真是一环套一环，环环紧扣、毫不松懈，也有"地毯式的搜索精神"。就说抓创优吧，他往往从根基上入手——从创意的提出到初稿的形成，及至修改成型，直到作品"出炉"参评，他是一抓到底，终获累累硕果。而他的文学创作，也是孜孜不倦，锲而不舍。他写诗，写散文，写报告文学……为了创作，他博览文学精品，文学创作动态的掌握也纤毫不漏。于是，就有了在全国著名《散文》杂志以头条位置发表的、脍炙人口的散文《中国雪》，就有了在《文学报》整版推出的报告文学《伟大而亲切——最大的毛泽东全身铜像诞生纪实》，就有了在中央人民广播电台配乐播出的《制造银色大像的人》……

焦炽同志就是如此以军人的奋进不息的战斗精神在工作着、创作着。一转眼，当年英气勃勃的转业军官，如今却迈入了花甲之年。真是岁月无情哪！最近欣闻焦炽同志要出散文集，他希望我作序。这倒使我有些为难，因为越熟悉的人越难写。这似乎成了"常态"。但我又觉得我应该为他作序，写一写我对他的认识和理解，我便从前人的哲言"平凡中孕育伟大"得到启示，就从令我难忘的"凡事"写起吧。于是当年我们为拍摄《亲情》而"坐街边"的情境又回到了我的心屏上……于是便有了上面的文字。

写于 2009 年 8 月

（此文收入湖南文艺出版社 2009 年 12 月出版的散文集《入伍》。）

冒着大雨见上将

从小我对解放军就怀有无比崇敬之心。那时是上世纪50年代初，解放战争结束不久，朝鲜战争又爆发了，许多在解放战争中立下卓著功勋的解放军又奔赴朝鲜前线，而且又以无比的军威打败了以美国为首的"联合国军"。那时候，作为小学生的我，经常给朝鲜前线的志愿军叔叔写信。通信中，我结交了好几位志愿军朋友。志愿军回国后，有一部分驻扎在我所在的县城，很自然地我又交上了几位军人朋友。他们的英雄气概，对人民群众那种诚挚、亲密的关爱之情，至今回味起来，我还感到异乎寻常的温暖、激动。

因此，在2005年5月底的一天，当知心的朋友焦炽告知我已去长沙见过他一位原来的直接领导、来国防科大学习的某大军区政委时，我的心又一次激动起来。几十年了，由于工作关系，我与部队、特别是与部队高级首长的接触几近于零，今天若也有同样一个能领略解放军当代年轻将领风采的难得机会，那该多好。焦炽大概从我眼睛里看出了我的意愿，说"好办"。我高兴得连连应声，连拍他的肩膀。

6月7日下午2时多，我和焦炽乘上大巴去长沙国防科大见将军（其实，这是第二次去了。第一次是6月5日（双休日），我们到了长沙，但将军已去了韶山，没有见到，这次是约定了的）。此时，车窗外飘起了小雨，不一会小雨变成了中雨。尽管天公如此不作美，但一想到很快能见到将军，我心中演奏的欢乐曲始终激越、高昂。

下了大巴后，我们冒雨换乘公共汽车来到国防科大北门。此时天空更显得阴霾，雨越下越大，地上已处处淌水，风吹得伞直摇。焦炽拨通了电话，将军身边的秘书回话说，将军一直在等你们。我俩在大门口办好进入手续，便撑着伞走上科大迎门的宽大甬道。

此时雨下得更猛，胜过瓢泼。我们迎着万千雨线前行，雨水飘在身上也全然不顾,我们加快步伐,很快接近将军所在的大楼。这时我和焦炽同时发现,在那栋大楼的廊檐下,一位高个子、穿军衬衫的军人在向我们方向张望,他就是将军的秘书。秘书是大校,精明、干练、机警。他热情地把我俩迎进大门,在我们稍事整理后,把我们让进电梯。又领我俩在四楼出了电梯,径直走近403室。

他先去通报了一下,再迎我们走进里间。我站在里间门口,见到一位个子中等,面色红润,头发青青,看上去顶多四十多岁、戴上将肩章的军人正坐在长沙发上打电话。我想,这应该就是那位大军区的政委了。转瞬,上将的电话打完了,忙站起来,与我先握手。焦弟对我说,这就是你想见的将军。我欣喜地叫了一声:将军。将军语调不高、但十分亲切地连声说"请坐、请坐",又说:"我们前天集体到韶山去了,让你俩白跑一趟。"话语中带有明显的歉意。我们说,是我们没事先约好。当秘书把茶斟上后,我们的拜访在一片随意的氛围中开始了。将军装了一支烟给我,紧接着又用他的火机给我把烟点上。焦炽把我的情况简要给将军说了,又回头对我说,将军在部队也是搞宣传出身的。将军笑着连连点头,讲到了上世纪六七十年代部队的往事。焦炽问起几位过去的首长和战友,将军还一一折指数着,谁还健在,谁已不在了。讲到健在的,脸上有笑。讲到不在人世的,如著名战斗英雄郝忠云,两人眼睛里有深切的回忆和怀念……

谈着谈着,他指着茶几上一盘樱桃,又细声说:"这是山东樱桃,好吃,来,来。"我吃了几颗,将军陪我吃了两颗,焦炽说完话也吃了一颗。

谈话中,他知道我是湘潭人,而焦炽又长期在湘潭工作,便告诉我们:"我去过湘潭,是在1967年、1968年到过三次,现在还真想去看看湘潭的变化!"

"那好啊!"

我俩邀请他到湘潭看看。将军带着有些惋惜的口吻说:"我这次是没有机会去了。"趁他提到湘潭之机,我忙拿出了自己的著作《当代湘潭人》送给他。我翻到书的扉页,写我的赠言时,我按照记者的习惯,先核实一下,问:"您大名是×××吧?"

他微笑说:"是呀,我的名字像小孩的名字一样。"这句话把我和焦炽逗得欢笑起来。

将军双手接过我的书,很郑重、仔细地翻看起来。我发现他很快进入阅读的角色,立时觉得他是个冷静而又细心、专注的人。

在他翻书的当儿,焦炽说起了三代领导人到湘潭韶山的事。将军说:"我们这次是集体瞻仰韶山,到了毛主席旧居、滴水洞、纪念馆等处,很受教育。"

接下来,我们谈到文化和创作,讲到一些有影响的作品。

将军说:"这些有影响的作品是能够流传下去的,而当官是一阵子的事。"

此时,秘书告诉将军,军区两位副司令员专程从济南赶来向政委汇报工作,已经到了。

将军轻声说:"请他们等一下。"

我讲起了我对解放军的认识。我说:我最佩服解放军的战斗精神。接着我讲了一个抗美援朝时,志愿军一个炊事员以大无畏精神,用一根扁担俘虏20多个全副武装的美军的事。

将军说:我们就是要提倡英雄主义精神。我讲起了当时令人思虑的台海局势。这时,他的语调变得坚定而毋庸置疑:胡锦涛总书记对此有周全的考虑!你们要相信,我们完全有能力粉碎"台独"!

他讲起了他在墨西哥访问"墨西哥英雄军事学院"的事。他说:在墨西哥反侵略的历史上,曾发生过一次激烈的战斗,有6位战士在城墙上被侵略军围困,在弹尽粮绝的情况下,6人从城墙跳下,全部壮烈牺牲。他们成为了自己祖国的骄傲。今天,在"英雄军事学院"的早点名中,都要点这6位英雄的名,由表现最好的学员答应"到",他们就是这样把英雄的精神一代代传下去!我说:这种精神、作法我们也可以学。将军说:对,对外国优秀的东西,我们要好好学。

我们讲到了勇斗歹徒的英雄徐洪刚。将军说:徐洪刚就是我们部队的。语气中透着自豪之感。因为我早知徐洪刚是济南部队的,也知道徐与焦炽的儿子、青年诗人焦炬已有文字之交,并将自己的《徐洪刚散文集》题赠焦炬。因此,当场把我当时主编的刊登有徐洪刚评焦炬诗作的文章的《楚天文学》杂志赠送给了将军。将军早知道焦炬,并亲切地称他为"炬炬"。他高兴地翻到徐洪刚评焦炬歌颂英雄主义的诗歌的文章,当场一口气把文章读完,连声说:"好,好,好。"

我们又讲到国家的周边环境。此时,秘书又进屋来了。我们知道是那两位副司令员的汇报事，便主动起身与上将告辞。上将正跟我说到高潮，边示意秘书请两位副司令员进来，边示意我不着急，我和将军仍坐着，他伸出手与我握着。我对他说："将军，我还要讲一句话，我们老百姓希望我们的部队继续保持大无畏的献身精神，保家卫国。"将军把我的手握得更紧，说："我们下一步正要开展培养勇敢战斗、不怕牺牲精神的活动，谢谢你对部队建设的关心！"

话刚完，两位副司令员同时步入小客厅中，加上秘书共6人，房间一下显挤，上将和我同时站起，他特意将两位副司令员一一介绍给我俩，站得近的焦炽先与之握手，再让我也近前握手。然后，上将送我俩出门，双方依依挥别。

我和焦炽对上将的拜访就结束了。

走出将军下榻的大楼，外面的雨早已停了。明媚的阳光普照大地，绿树、繁花一派艳丽，处处能闻到雨后清新的空气和那令人舒心的气息。

在回湘潭的路上，我一直处于兴奋之中。我想，在20世纪50年代，我曾和那时刚从朝鲜回国的、由红军战士成长为陆军某大校师长的张本科有过接触，后来在家乡乌石又与时任国防部长的彭德怀元帅有过偶遇（其过程见本人散文《偶遇彭总》），在新世纪的今天，我又有了与一位第十七届中共中央委员、大军区政治委员的一个多小时的会见。这三次与军队首长的接触，我感到我人民解放军的为国奉献的英雄主义精神、无比亲切的亲民作风，正一代代传承下来。这就是中国十三亿人的福祉所在。有这样的军人、这样的军队捍卫中华民族的复兴大业，捍卫祖国领土领海领空，我们还有什么不放心的呢！

写于2007年夏

（此文收入湖南文艺出版社2009年12月出版的散文集《入伍》。）

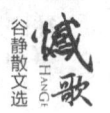

多吃了五钱肉

每当我走进超市的肉食供应区,望着那琳琅满目的殷红的、厚实的瘦猪肉、腿子肉、里脊肉、五花肉,和依次摆着的已分切好包进塑料盒中的肉块,不由得深深感叹今天社会的肉食供应之丰盛、之多样,感叹吃肉已成为极平常的事,同时,总还会令我涌起一种复杂的情愫……

是共和国六十年代初的"三年困难时期(亦称'苦日子')"。城乡民众的粮食供应难以吃饱肚子,那时几个月、半年不见肉影,甚至炒菜无油放、吃红锅子菜已不鲜见,蛋白质缺乏,许多人患上营养缺乏症(水肿病)……然而当时人们的工作仍然认真尽责,毫未松懈。但,饥饿仍是挥之不去的阴影。那时,人们工作之余谈得最多的,除了吃还是吃。大家常在一起回忆以前吃饱饭的日子,回忆每周打一次"牙祭(吃红烧肉)"的美味。许多人做梦也常常梦见在吃米饭、吃肉……

我所在的学校虽说是大厂矿区的学校,却有喂猪的习惯。学校杂工用学校食堂的淘米水和剩饭剩菜每年养一头小猪改善教职员工的生活。大概到了一九六〇年的下半年,学校的剩饭剩菜已近于无,而淘米水则用去养小球藻治水肿病。于是学校养的唯一一头半大不小的猪也养不下去了。学校头头们决定宰了分肉。一九六一年元旦前夕,屠宰令终于下达,全校员工一片欢腾——每位员工竟也分到了一斤肉!虽说是连皮带骨带毛,但大家都像久旱了的枯苗逢喜雨那样,以各自的方式享用难得的美餐。要知道,大家已几个月不知肉味了啊!

那时我是单身,老家又距校百里之外,元旦一天假,无暇送肉回去共享,这肉就只好由我"独享"了!

那时的我,从未独立烹调过猪肉之类的菜肴。面对骨多皮厚的"猪肉",我也来不及向行家里手请教,咕咕的肚子叫唤催我非自操"厨艺"不可。我买来一只砂罐子,冲洗干净后,便将草草用火钳烫过毛、再经自来水冲过的猪肉放进去，搁在用三只红砖架成的"小灶"上，用废木头炖将起来。这一炖就是三个多小时。我觉得只有炖透，才能把这一斤猪肉的效益充分发挥出来。猪肉的香气时时诱惑着我，但我霸蛮忍住。直到我用筷头一试，发现肉已稀烂时，我便迫不及待稍撒小盐，略一搅拌，连饭碗也不用，就着罐子大口吃了起来。说实话，这炖了几个小时的猪肉，我只几分钟就将它消灭净尽，甚至汤中的毛也一起喝进肚里。今天回想起来，这次吃肉是我平生吃得最美味最痛快的一次啊！

少肉、缺肉的日子持续着。令人万万想不到的是，一次多吃了四小砣肉还引来一场"小祸"。

时令转眼到了这年国庆节，学校食堂早已停办，老师们只好转到居委会办的以"七一"命名的食堂吃饭。那时肉食供应更为紧张。我记得那时过国庆食堂给每人配给四砣红烧肉，每砣如今日麻将桌上的骰子般大，总共不到五钱重。那天中午我是最后一个走进食堂。食堂刘师傅给我上了节日肉。我兴冲冲地很快吃完。我刚要起身，刘师傅走拢来，说："谷老师，你太累、太瘦了，我这里还剩了一份红烧肉，就给你吧。"我喜出望外，连忙数了菜票给他，也一鼓作气地把第二份四砣红烧肉赶进肚里。那时天已秋凉，吃了两份肉的我起初还没什么感觉，可到晚上加班备课时，我竟呕吐起来，吐出的东西都落在我的脚边。我忙出办公室去找扫帚。据别的老师后来告诉我，我刚出办公室，与我同时进校、负责抓团工作的某青年老师走了过来，蹲在我呕出的东西旁观察一阵。等我从外面撮了炉灰回来，发现那青年老师冷霜着脸，对我说："谷老师，今中午你多吃了一份肉吧？"我一时愣住了，心想，怪，他怎么知道我多吃了一份？我正准备解释，他立即用手势制止我开口，又说："证据确凿，不用解释，你多吃多占——准备作检讨吧。"直到这时，我才发现，我吐出的饭食中那八砣红烧肉皮正疙疙瘩瘩地坦露其中。我只好默认，并在沉默中接受了几个老师的"批评帮助"。

这就是我曾经为多吃几钱肉"挨批"的故事。

几十年过去了，当我把我曾经亲历的如许吃肉的故事讲给年轻人听，他们大多数表示怀疑：当时真的这样困难得几个月不闻肉味？还真的那么馋？还真的为了多吃几钱肉挨批？

我原谅年轻人的怀疑，但作为过来人、亲历者这都是确凿无疑、刻骨铭心

的啊!我也不怪当时那位带头"帮助"我的同事,因为当时他这么做也是有他的"行为根据"的,而那时因肉类极度匮乏导致发生"大眼瞪小眼"的事也不足为怪了。

后来,我们生活中的"吃肉"状况发生了可喜变化:到六十年代的后期至七十年代,每人所发肉票的"含肉量"逐年增加了,到八十年代随着市场开放、养猪量大增肉票消失、可随便购买了,社会再往前发展,以至于我亲眼见到了"肉林、肉海"的壮观景象:

早几年,我作为记者曾到我市伟鸿食品有限公司采访。这个公司是生产猪肉的专业公司。那天,我一走进公司高大、敞亮的屠宰车间,立即被那高高竖挂着、又徐徐移动的一排排整边整边的猪肉惊住了——这真是猪肉的森林啊!后来,在加工车间,我又见到了那偌大的操作台上,一大片一大片殷红的正在加工的鲜瘦肉——是肉的海啊!而仅仅这个公司,一年就要屠宰生猪六十万头!而湘潭市一年可出栏生猪五六百万头。这在湘潭历史上是从未有过的啊!

此情此景,是当年做梦也想吃肉的人怎么也想象不出的啊!

今日这肉林、肉海的源头在哪?普通常识告诉我们:粮多则猪多,猪多则肉多。当年之所以喂不出多少猪,是因为粮食少啊。而后来中国粮食问题的解决,我们应忘不了安徽一个小村子——凤阳县小岗村的十八户社员,一九七八年冒着危险签订了土地承包责任到户的协议,在党中央的支持下,最终引发了中国农村一场大变革,联产承包责任制以新的生产形式在中国农村扎根,大大提升了农村的劳动生产率,于是粮多了,猪也多了,人民生活大改善了,中国越过曲折开始腾飞了!这一切都是党领导的建设有中国特色社会主义的产物啊!

吃肉思源,答案就是如此简单而又深刻。

写于 2009 年 10 月

修 脚 憾 事

眼下，足浴场所几乎遍布街市。而省会长沙更甚，被冠之以"足浴之城"。可见当今足浴之发达了。

早几年，我为某单位帮忙，工作任务完成之余，该单位领导请客，其内容就是去"足浴"一番。这是我生平第一次走进足浴场所。顿生新鲜之感。

我们一行三人在一长形屋内的条铺档头坐下。不一会儿，来了一男二女三位服务生。他们在每人面前放下一只盛了药水的脚盆，让你把双足伸进去。这足浴便开场了。服务生给我们洗脚、擦干、脚底按摩……真是一套套的。也许为我服务的服务生手劲特足，她为我按足底穴位，差点把我痛晕。然而这足浴的保健效果是显而易见的。就在这环套环的项目行将结束之时，来了位管理员问大家：

"你们要不要修脚？"

大家竟一阵沉默，或是不懂其意，或是懂其意而不愿为之。而"修脚"一词在我听来却有异样的震撼之感！

啊！"修脚"，久违了的"修脚"啊！

这是八十年代初的事了。那时我父已七十好几。随着年岁的增老，他的双脚的指甲也起了变化，一只只脚指甲渐渐增厚、变成灰黑色，且长劲十足。这又厚又长的指甲成为脚趾正常活动的极大障碍，使父亲的行走成为苦痛之事。

一日，他把我叫到他的房里，对我说："儿子啊，你帮我去找找修脚师傅吧！"

"修脚？"这个词，我第一次听说。

父亲见我一脸诧异，便脱下袜子，露出了那已变得又长又厚的脚指甲给我看。顿时我明白了。

我说："这搞修脚的，湘潭好像没有。我真是连听也没听说过。"

"那……"父亲沉吟片刻,"那长沙肯定会有。"

"为什么?"

"在新中国成立前和和新中国成立初期,我在长沙教书的时候,我的脚喜欢起疔(茧子),就常常去澡堂找修脚的去修。我想,长沙会有的,会有的!"又说:"你找到了修脚师傅,就跟他约个时间,我再去他那里修脚。"面对面呈痛楚的父亲,哪怕工作再忙,我也要专程去长沙请师傅。

一个星期天,我搭车去了长沙。找了一圈,一无所获。

回家进门,就望见父亲脸上一片兴奋:"找到了?"

我有些丧气地摇摇头:"问了好几个澡堂,都说没有修脚的。"

对此父亲十分失望。我忙安慰父亲说:"爷老子,咯样吧,你把脚泡了,我用剪刀跟你剪。"父亲同意了。

当父亲把脚泡好,我便坐在小凳上为他剪起来。大概因为他的脚指甲长得太久,又硬又长。一剪下去没有效果,再用劲,他竟痛得叫出声来。折腾了好久,才剪了一小截。父亲说:"算了吧。我这脚不是专业修脚师傅来是修不好的了。"

我说:"那、那你老还记不记得长沙你印象最深的澡堂子?"

父亲默了好一阵神,终于记起了一点什么来:"啊,在中山路国货陈列馆(注:新中国成立后改为中山百货大楼)侧边有个著名的大澡堂,那里面有个姓胡,也许姓吴的,蛮会修脚……你再去长沙打一转,再去找下看……"

于是,我二上长沙。

一下汽车,我就直奔中山路。在百货大楼旁,果然有个大澡堂。我走了进去。门口一位二十来岁的年轻人问我:"要洗澡那边买票。"

我说:"我是来找修脚的。"

"什么?你说什么?"那年轻人连连反问。

我转过身,正对着他,一字一板地说:"我是找修脚的。"

"修脚?冒听讲过!冒听讲过!"

这时,一位大约年过五十的汉子正从里面往外走,见我们仿佛在争执什么,忙问:"什么事?"那年轻人说:"他要找修脚的。我还是头次听哒讲。王师傅,他是不是找错地方了?"

那叫王师傅的对年轻人笑了一下,说:"这里原来是有修脚的。文革一搞就废了。"

"为什么要废？"年轻人问。

"说是封资修，是为老爷太太服务的。"王师傅说罢，对我说："同志，我是这里的老职工，你找修脚的，我理解。"

我忙说："不是我找，是我爷老子找。"我把父亲急于修脚的事说了，并说："解放初期，这里有个姓吴还是姓胡的修脚师傅还蛮有名气……"

王师傅说："那时有名的师傅可多啦。今天你硬要找，就到便河边一带的木棚子里去找找看，那里有修过脚的，不过，都老了……"

我也真的去了一趟便河边，在那一溜溜欲倒未倒的木棚前挨家挨户地问了一遍。人们告诉我，以前这里是有好多修脚师傅，后来说这是搞封资修，都不敢搞了，都搞别的去了……

我又一次从长沙无功而返。

从此，我只好为父亲的脚趾做些小修小剪的工作。而他，也不再提找修脚师傅的事。

我的小修小剪未能改善父亲脚指甲的增厚增长。最后，他想了一个办法，把一条毛巾剪成两半，把两只脚掌囫囵包起来，再穿上一双大号鞋，这样指甲对走路造成的痛苦大大减轻。

诚然，父亲行走的痛楚依然存在，但他就是这么强忍着，仍挺着胸、迈着步，似乎没事一样。那时候，我的朋友老焦多次说，你爸八十多岁了，走路还蛮笔挺、蛮英气的。可他哪知道，我父亲是在克服了鲜为人知的"行走难度"的情况下，实现"笔挺"和"英气"的啊！一直到去世，父亲的"修脚"夙愿一直未能实现。

今天，当我第一次享受足浴保健的愉快时，也第一次叫了我父亲当年求之不得的"修脚"一项。以后，我又多次参加足浴活动，也多次请师傅给我修脚。每当我看见年轻的修脚师傅提着特制的小电灯，坐在我的面前，俯着身子，专注而精心地用五六种特制钢刀为我修整脚指甲、除去脚茧时，我不禁感慨系之！往往在这个时候，我便会情不自禁地同这些年轻师傅讲起当年苦寻修脚师傅而不得的往事。他们听后，无一例外地表示"不可思议"。

不可思议！不可思议！

当年我去长沙找修脚师傅，那澡堂门口的年轻人以"闻所未闻"表示"不可思议";今天,我讲当年修脚一行曾被"废止"时,这些年轻人也觉得"不可思议"。

我想,这些"不可思议",不正折射出我们社会的一种难以言述的变化么!

写于 2007 年 5 月

附记:此文获 2007 年度湖南省报纸副刊作品年赛铜奖。

自由言说使我幸福

有朋友学着央视记者的口吻问我：你幸福吗？

我甚至想也没想就答：我幸福。

朋友又问：具体说说。

我说：我现在能自由地讲话。

朋友若有所思。

刚才的回答，的确发自我的肺腑！对说话自由与否，我的记忆是太深刻了，甚至到刻骨铭心的程度！

忆往昔，因言获罪比比皆是！在这里，我不讲1957年至1958年的反"右派"运动，那时因言获罪的达到上百万之多。那时我还在上初三，对"因言获罪"——绝大部分是因几句普通的话经上纲上线就成了反动言论——还没有深切体会。因为那时我才十四五岁，觉得政治离我远着呢，因言获罪不会在我身上发生！

然而，后来发生的事实粉碎了我的预言。同样的、几乎将置我于绝境的"因言获罪"在我身上发生了。

那是1966年的7月，太阳的热力似乎在空前膨胀。在这汗流浃背的夏日，湘潭县部分区的中小学教师集中在市城正街县招待所搞"文化大革命"。其主要矛头是对准普通教师。凡是出身有问题"表现不好"者，或平时有"问题言行"者，均要接受批判，最后遭到清洗（开除出教师队伍）。运动开始头几天，大家互相检举揭发。这下子就有戏看了！同事与同事之间、朋友与朋友之间甚至恋人之间都进行"互相揭发"，以图自保。于是教师们互相"咬"出了成百上千条"问题材料"，可谓洋洋大观、满屋满屋。最后由学区或学校运动领导小组对互相揭发出来的"事实"进行梳理，排出最"反动"者作为批判重点。

某教师若列为批判重点,那他的教师之路就走到了终点,只待结论一作,或开除、或劳教、或判刑,那炼狱之门为之洞开。那境况用"人人自危"一词来形容,毫不为过。

我因"文革"前写表现模范人物的报告文学而在省内外小有影响。虽在当时受到肯定甚至追捧,但也遭人嫉恨。加之我父亲正处蒙冤之中,对我这样的教师,随时让人盯着也并不奇怪。运动一开始,我就将我发表的作品主动交给有关领导审查。几拨领导看后,几乎都不约而同地说:作品不但有问题,还蛮好。有位搞审查的年轻人还说:"文化大革命"就是要突出毛泽东思想,你的作品提出"干革命和建设需毛泽东思想指引"的话,在我们县是提得最早的啊!

尽管现实如此,但我也感受到有股股阴霾在我的周身盘旋。几天以后,一个刚参加工作不久的青年教师(其实当时我也才二十三岁!)十分严肃地对我说:"今晚你准备接受批判,好好反省你的错误、反动言论!"随即将一刀材料纸交给我:"想出来了,就写在上面!"他的话把我推入了五里雾中,早几天有关领导还那么样肯定我,而今日我为何一下子成了批判对象?!我脑子乱糟糟的,坐在宿舍里面对材料纸写不出一个字。后来,为了真诚"反省",我仔细回顾以往工作中的不足,倒也罗列了好几项缺点。

晚上八点多,批判会在一间稍大的办公房进行。我坐在为被批判者专设的席位上,听从批判会主持者的安排。首先,主持者要我念检讨书。我抱着诚恳的态度念了,念了我在工作中的缺点和不足。还没念完,主持者大吼一声:"这是在避重就轻,企图蒙混过关!"

我说:"我想我做得不好的就这些……"我还想讲下去,那个送材料纸给我的年轻人站到我面前,说:"你还不老实,有人揭发你攻击党中央、毛主席!"

听年轻人这么一说,我倒有些轻松,我实在没有攻击党中央、毛主席呀,便抬起头对那人说:"我从来没有攻击过党中央、毛主席。"

"你是不是要我揭发?那就罪加一等!"那人狠狠地说。人群中响起口号声:"坦白从宽!抗拒从严!"

我仍冷静地说:"攻击党中央毛主席,这对于我来说是从来没有的事。"

那年轻人脸上掠过一丝冷笑:"好,你至死不悟。我来点一个方向。"他神秘地说下去:"你在一个学校工作,一次散步,你说伟大领袖的夫人……"他没再讲下去。

我在心里重复着"伟大领袖的夫人"、"伟大领袖的夫人"啊,我猛然想起有这么一回事:

是1964年上学期,当时我在某校教六年级毕业班语文,当班主任,为争取学生顺利考上初中,我全力以赴地工作着,很少有休息时间。一天晚饭后,教四年级的、年过四十的L老师(请允许我以代号称)邀我去散步。这位L老师是新中国成立前的中学生,颇有古文功底,因为看我爱好文学,经常与我交谈几句。对他的邀请,我欣然接受。

我俩沿山脚小道漫步。在讲了学校一些琐碎事情后,他突然话锋一转,随之叹息一声,说:"像我这样出身(他家庭成分是地主),是怎么样也得不到党的信任。但我想到一个办法……"

我问:"什么办法?"

他抬起右手以手掌作刀状,左手作揪物状,边说边将右手朝左手下方"砍"去,说:"我到台湾去把蒋介石的脑壳一刀砍了献给毛主席。"此时他将两手抬起作托物(脑壳)状,"那,毛主席就会信任我了!"

听了他这类似笑话的话,我心中一惊,这L老师也太悲观了,也说明他与党的心距太大了!

我一时无语。两人在默默走了一段路后,为了轻松一下,我忽然想起早几天去市里办事与朋友聊天时,听见一位朋友说的新鲜事,便告诉他:"我听一位朋友讲,毛主席的夫人叫江青,这江青还当过电影演员呢。"

他也很惊讶:"真的?真当过电影演员?"

我说:"我也不晓得真的假的,只是听别人这么讲。"

关于主席夫人的闲聊就到此为止,以后再也没有提起过此事。两年时间过去,这件事我早已淡忘。今天年轻人隐约提及,我反复寻思,在我的记忆中,已记不准是不是对L老师说过这样的话。我依旧沉默着。

年轻人不耐烦了:"你不主动讲,那好我再来点,这又罪加一等!"他说:"是在某校(他点出了校名),是你教六年级的时候……"

我终于从朦胧的记忆中明白了,是与L老师有那么一次闲聊。便说:"是有一次闲聊,那次好像只讲毛主席夫人当过电影演员,是讲她的经历,冇讲其

他呀。"

主持者此时发话了:"伟大领袖毛主席的夫人是革命者怎么会是电影演员?你这不是诬蔑主席夫人还是什么?!"那年轻人大声叫道:"你污蔑主席夫人是电影演员就是攻击党中央、毛主席!"

又是一阵震耳欲聋的口号声震动屋宇。

于是,我这闲聊中讲的一句话成了我的第一条罪状:"攻击党中央、毛主席。"就凭这句话我被列为"第四类",至少要被开除。

然而世事难料,不久上级明确指示,这次运动的重点是"整党内走资本主义道路的当权派",于是,几个月后,"文革"初期我和挨整的普通群众被"解放"了,那位年轻人所整理我的材料,一下子成为了废纸。但为一句闲聊的话、而这话仅仅说了一个人的经历、没有丝毫的褒贬含义,却可以上升为攻击伟大领袖,被打成"四类",这样的事今天回想起来,还真有几分"后怕"呢。今天我同年轻后辈讲起这件事,他(她)们没有一个人相信,认为是天方夜谭。他们或许更不知道这种"因言获罪"之言论罪、文字狱(文字也是言)在中国历史上的源远流长。

那时因言获罪者真是数不胜数,识文断字的知识分子占多,就是没有多少文化的乡村青少年也因"失言"而获罪。当年我所工作的公社一出身贫农的十七岁伢子,只读过小学,一次,在集体开垦山土时说了句"彭德怀还是为我们农民好",就被抓到公社治安指挥部关了一个月。除因言获罪者外,还有因笔获罪者。一位老师挨斗之余要他给墙上写语录,几天几夜的"连轴斗"使他头昏眼花、双手发抖,不料把一个关键字写漏了,也成了"恶毒亵渎罪",被捆绑批斗,打成"现行反革命"。还有与我所在的公社中学毗邻的一学校老教师,因"擅自"作词与领袖"唱和",也被批判……

而今天,上述现象可以说是"俱往矣"。展现在我们周围的是自由的空气,自由的言说,人们道真情、抒胸臆,只要你不是恶意诽谤和攻击,你的言论会得到人们的尊重,人们绝不会告密或把你揪到司法机关去。我有位朋友,是政府的一位科长。他对当前社会的某些状况十分有意见,因而隔三差五对同事、朋友甚至路人发表意见,那形式还真有点像演说,其有些言辞还十分激烈、尖锐。对他的"演说",有附和者,也有不认同者。大家听了就听了,散了就散了,人们该干什么还是干什么。他还是当他的科长、拉他的小提琴(他年轻时曾在歌舞剧团任小提琴手)。

  这是多么让人心情舒畅的社会啊。也许有人说某某提出政见是不是"因言获罪"？我要说，如果你的言论、主张对国家政权形成威胁，这在任何法治国家是不允许的。当然，我并不是说，我们国家现在的一切都十分地民主、十分地自由了。她还有改进的空间。

  不经寒冬，体会不到春暖的珍贵；不经纷乱，体会不到和谐的幸福。我珍惜我们国家的进步，决心用自己的点滴努力使我们的国家变得更可爱、更幸福！

写于 2012 年夏

永远的感激

每当有人问起我的学历时,我总会响亮地回答:电大中文专业毕业!

这在当下不少人对所谓"五大生"学历讳莫如深的时候,我更是这么"响亮"地回答问者。为什么?因为电大学习在我的人生经历中,是刻骨铭心、永远难忘的啊!

带挑战性的选择

上大学,一直是我的人生目标之一。然而,一场政治风暴将我曾经在新中国成立前当过大学教授、新中国成立后任高中外语教师的父亲打成了"右派",随后父亲去林场劳动,恰巧那时我初中毕业,虽然在全地区升学考试中取得了第一名,但迫于拮据的经济状况(也迫于政治因素),我不得不填报了"中师",因而我也就与大学无缘了。

参加工作以后,我仍然做着"大学梦"。一方面,我争取参加了函授学习,另一方面加紧文学知识的自学和文学创作。函授学习因"文革"半途而废,但业余文学创作从上世纪六十年代初开始一直坚持下来,到上世纪七十年代末,我在中央和省地县各级报刊发表了三十多万字作品,不少作品受到社会好评。七十年代末,我加入了湖南省作家协会。尽管在别人眼里我是"小有成就",但我并不满足,一直盼望有进大学进一步充实自己的机会。尤其是著名作家王蒙先生1982年夏天发表的一篇题为《谈我国作家的非学者化》的文章,更坚定了我上大学的决心。王蒙在文章中指出:当今中国作家之所以写不出真正的名作,与知识底蕴不足的"非学者化"有很大关系;作家只有实现"学者化",中国文学才有希望(大意)。王文使我陷入深深的思索:我并不自认为作家,也没有好高骛远的想法,但觉得要在自己文学工作岗位上有所奉献(当时我已调到县文化馆从事文学创作辅导工作)创作一些好的文学作品,也同样需要全面、系统地掌握中、外文学知识，而要做到这一点，就必须进大学进行文学知识的系统学习。

然而，要迈入大学校门，谈何容易！然而，那时成人大学教育的大门已悄然启开。到八十年代初已有各公办大学办的成人函授班、广播电视大学、职工大学……陆续在社会上登台亮相。

究竟上什么大学？这几乎成了我昼思夜想的事。

有人介绍我进某高校函大，说，进这样的大学读书不用太费劲，到期末考试，老师交几十道复习题给你，考就考这些题中的内容，你只要把这些题背熟了高分也就到手了。又有人说，你读某职大吧，那里更容易过关，而文凭都靠得住……当时中央电大也办了两年多了，我有朋友正在上电大。我问那位朋友读电大的感受。朋友说：这电大可难读了，它的教材是北大等名校教授特地为电大编写的，知识起点就高，有许多研究新成果融入其中，教材有一定的难度，而它的考试你听了不要咋舌，电大期考只有泛泛的复习提纲，没有重点提示，你要考及格，非得把整本教材背下来不可！而更让人头疼的是电大期考是由地方老师组织复习、中央电大出题、省电大阅卷，"三环脱节"，你想同什么人"沟通"得到出题暗示，或让阅卷老师高抬贵手，你都没门！每次期考是全国电大统考，简直就是一次高考，你说难不难?！说着，把他那已卷曲泛旧的电大教材一本本送到我面前，说：这些书我只一个学期就磨成这样了！

我陷入了深深的思考之中……我想，如果为了弄一张文凭，那就不要进电大门，还图得个轻松，但那样取得的文凭于自己求知有好处吗？我父亲那时已经平反数年，又走上了高校外语讲坛。对于我的选择，他说："学习也要从难从严要求自己，不可单为文凭，而且学习难度越大，虽辛苦劳累，但效果最佳。"我父就是艰苦学习的榜样，一生掌握数门外语，"文革"中为不忘外语，他坚持用英语写学习毛主席著作心得体会。

干事就应该选择有挑战性的，电大再难，我也要读它！我就如此决定了。

可是，万万想不到的是，自己要求读电大的想法一开始就碰壁了。1982年秋季市电大招干部班，一要单位领导同意你报考（考试我估计没问题），二是考了还要有入学指标。这两条每条都成了我的拦路虎，当时我是一没资格参加考试，二是没有入学指标。虽想尽办法，但电大于我仍不得其门而入。这样读电大的事就耽搁下来。

1983年秋的一天,我又到那位读电大的朋友那儿去玩,他告诉我,电大现在把门敞开了,你可以读"自由视听生"了,如考满学分就可毕业,国家承认学历,毕业证与正式考试入学的学生的含金量一个样,唯一区别是学习过程中没有补考权。又说,电大本来就难读,而读"自视生"要求所有课程的考试要一次性过关就更难了,你可要慎重考虑、不要盲目行动啊!我兴奋地对朋友说:谢谢你的提醒!我早考虑好了,只要能进电大学习,天大的困难我也能克服!

高兴之余,我便立即行动,最后终于被批准插班进市电大82级汉语言文学直属一班就读。我就像一嗷嗷待哺的羊羔获得了维系生命的乳汁那样,浑身上下充满了活力!

"抢"时间学习

我插班进82级电大中文专业学习的时候,已是1983年的10月底了,同班同学已读了差不多两个半学期了,我要与他们同步毕业,那就得在余下的三个半学期的时间里完成三年的学习量,这个任务不可谓不艰巨,而且又是业余学习!而要坚持业余学习,我面前更是困难重重:一是我年纪已近不惑之年,记忆力差多了;二是本职工作相当繁重,我是湘潭县这个百万人口大县的唯一文学干部,除了要办两个铅印文学、文艺刊物和一个油印简报外,还要负责全县文学创作辅导任务,并且要到有20多万人口、200多个村的两个大区办文化点,同时每年还要完成一定的创作任务,家中两个孩子正处于成长阶段,十分需要我的辅导……事情如此多而繁杂,于是,时间成了我的"稀缺物品"!面对这如大山般压顶的困难,我没有后退,而是义无反顾地咬紧牙关挺了上去。为了不使领导担心,我的学习是彻彻底底的"业余"。我暗下决心:要始终坚持把工作放在首位,坚持高质量完成工作任务,同时也要把电大的学习任务完成好。

对坚持业余电大学习的困难,我想方设法一一"破解":对机械记忆差的问题,则用强化理解记忆去补机械记忆之"弱"。对没时间学习的问题,经过反复思索,我决定把时间来个"立体化",就是在"常规时间"中下死决心抓"附加时间",具体做法是抓"三上",就是:车上、厕上、晚上。

所谓"车上"就是利用出差的乘车时间看书。八十年代乡间公路都是土砂路,汽车行驶起来摇摇晃晃,无法看书。可我真舍不得从办点乡村到县城这三个小时的时光。我想着法子战胜车子摇晃给看书带来的不便,我坚持在行车途中,努力使手中书本与眼睛始终保持固定距离,使字减少跳荡,于是任车子如何颠簸,书也就可以看下去了。一日,夏雨滂沱,我从山区乡镇回城,许多路段危情不断,车空前地颠簸,而我坚持在三个多小时的摇晃中保持"固定姿势"看书。车经过许多危险地段我全然不知。车到湘潭,我竟把《中国通史讲稿》看完了两大章近七万字!

"厕上"就是利用上厕所的时间看书,做到"没带书本不进厕所"。

最让我赢得时间的就是"晚上"加班学习。我"逼"自己每晚学到次日凌晨两点以后才休息,有好多次还学到"不知东方已既白"!如果出差在外,要坚持晚上学习,还得另想办法。因为八十年代初人们出差几乎没有住单间的。同房的旅客,往往睡得晚。我就等他们熄灯入睡后,再在自己的被子里打着手电看书、做作业。有次半夜一同房旅客起床小解,睡眼蒙眬他发现我的红丝被面透着红光,被吓了一跳,以为着火了,大叫几声,让众人好不一惊。有次去衡阳出差,在旅店的被子中,我硬是用一个通晚,完成了一篇作文。在被子里打手电看书还比较好办,而在被子中写作就更得讲"技巧"了,既要想法"固定"电筒位置,又要用左手托出被子内一个小空间以利右手写字。总之,不论在被子里看书还是写作,都要做到"动而无形"、"动而无声",不影响别人,还得要有不怕憋气的功夫。

除了在"三上"中争取时间,我还注意见缝插针"抢"时间。如出差途中,有时班车误点,那我也不会放弃这等车的时间。车站嘈杂不堪,我就"另辟静所"。一次,我在乡下一小站等车,又遇上班车抛锚,等调车来要三小时。恰好电大的广播教学马上要开始了,于是,我利用这个时间,爬上车站附近的一座高山,钻进树林,用随身携带的收音机听起广播教学来,以至让山上村民认为我是"有问题之人",闹了个笑话。

为了抓学习时间,我没有星期天和节假日,尤其是单位组织同事开心旅游时,我都开心地放弃,我为得到了难得的整块学习时间而高兴!

就这样,我终于"抢"得了不少学习时间。

创新学习方法

学习中,我还注意创新学习方法。正如伟人说的:"我们不但要提出任务,

而且要解决完成任务的方法问题。"我的学习目标（任务）确定之后，实现目标的方法就成了关键。而要在短期内取得较佳的学习效果，那就非得创新学习方法、走出有自己特色的学习之路不可。

我创造了"折叠卡片法"。我根据自己经常出差、下乡的特点，想到了应该自创灵便、小巧的学习工具，以适应在出差、下乡中坚持学习的需要。我几经思考，制作出了"折叠卡片"。就是把一张大白纸一次次对叠成可以放进衣兜的大小，再把纸张展开，这时一张大纸就出现许多"小方块"，我就在每个小方块里写上课本要背的概念、要背的诗词等等。这样在出差时，一到旅店就可以把折叠的纸展开成大纸用图钉按在墙上，随时可看；而在旅途中又可以把大纸折成小方块，放进衣兜，随时可以拿出来对着"小方块"所写内容进行复习，十分方便。

我还采取"书本合并法"，也使学习达到事半功倍的效果。所谓"书本合并法"就是把课程参考书的内容，对应着抄到课本里去，这样在阅看课文时，同时也"看"了参考书的内容。加之那些参考书的精要内容由于经过摘抄，又加深了记忆。此举可说是一举数得。

我还想出了个"'外资'联想法"。这里的"外资"是指"课外资料"。因为那时我在工作中要接触许多与所学课程似乎毫不搭界的文件、资料，但中间常常夹着一些词汇、史料与课程相关，于是我在处理完公务以后，便利用片刻余暇时间，就从眼前这些文件资料中的词汇、史料出发思考课本上的阐述，以增强对知识的记忆。

在工作实践中，我结合电大学习，还开发了"实践检验法"，开展"交流学习法"，等等。

就这样，我经受住了电大这座"熔炉"的考验。用不到两年的时间，读完了电大中文专业三年课程，二十多门课程的考试，均一次性通过，且绝大部分成绩优秀，被评为"湖南省优秀电大毕业生"。就是在这两年间，我整整瘦了十五斤，这血肉之损终于换来了学业的丰收！

电大使我受益终身

电大的磨炼，使我终身受益。可以说，通过电大的学习，我的眼睛更亮了，头脑更灵动了，终身学习的信念更坚定了。何以这样说？"眼睛更亮了"

是指电大之学为我的编辑工作添了一双"亮眼",即对稿件的拿捏更准确了;"头脑更灵动了"是指创作的思路更宽、笔路更活了;"终身学习信念更坚定了"是指从电大学习中尝到了自主学习的甜头,从电大始,不断使自己的自学更上层楼,直到生命终止。总之,电大的学习使我的工作和创作赢得了强大的推动力和提升力。自1985年电大毕业以来,我创作各类文艺作品150余万字。小说《愤愧》发表在《人民文学》杂志上,电视文学剧本《无价亲情》于1993年12月毛主席百周年诞辰时由《当代》头条推出,所摄制成的电视剧《亲情》在中央电视台多次播出,报告文学《爱国曲》、《奋进曲》、散文《比钢还强》、特写《心心相悦第一潮》等在《人民日报》、《经济参考报》、《中华魂》、《湖南日报》等报刊发表。作品曾获中国广播电视奖、省五个一工程奖、省广播电视奖等省以上奖三十余次。

各级领导十分重视我的宣传工作业绩,给了我崇高的荣誉,1994年被评为湘潭市劳动模范,同年被评为湖南省首届"十佳记者",1995年被选为湖南省第七次党代会代表,1997年被湖南省政府记一等功。从1993年起我先后担任湘潭电台副台长、《湘潭广播电视报》总编辑。在领导岗位上,我进一步感受到电大给我的推动力和提升力依然是那么强劲,使我受益深深!

电大,你的学子永远感激你!

写于 2009 年 8 月

(此文发表于 2009 年 9 月 24 日《中国电大报》,整版推出。)

电大学生的追求

亲爱的同学们，我，一个年过四十的中年插班生来到了你们中间。有人朝我投来不赞同的目光，有人脸上布满疑云——他们的眼神和面部情态分明在问："你，中国作家协会湖南分会的一个会员，一个有多年创作经历、已发表了二三十万字文学作品的文学作者，为什么要削尖脑袋钻到这有些像苦行僧一般的学生行列里来？这何苦呢！"表示十二分地不理解。

"如果不唱为四化的高调，讲直爽一些还不是为了文凭！这又一次证明了如今是'文凭热'！"有人这么替我回答。

亲爱的朋友啊，为"四化"而学，这个高调必须放声高唱，必须从心底里唱出来，作为一个中国人，难道不愿为中国的富强而献身么？为祖国的四化而学、而工作，这是我们一切言行的准则。为祖国的四化，这是我们追求的总目标。

自然，作为一个正常的人，无论干何种事情，都会有他的具体的目标。这"文凭"理所当然地是电大学生和一切高等学校学生所追求的具体目标了。可是，在那祖国遭难之年，四害横行，"读书越多越反动"这根否定知识的杀伐棒，到处挥舞，有文凭，竟成了被专政、被批斗的罪证。然而，这中国历史上的大灾大难的日子，终于过去了。文凭，恢复了它应有的地位：文凭，是一个人学习经历的标志；文凭，是一个人知识储备量的反映；……在今天，文凭，它已得到了社会上绝大多数人的重视。我们——一切为祖国现代化事业献身的中国人，应当力争获得它，这是名正言顺的。

然而，我想，一个电大学生追求的最根本的目标，却不应当仅仅是为了文凭！我们，还应该有更为珍贵、更有意义的追求目标，这就是在知识的系统积累之基础上，通过运用储备的知识，去发展我们的创造力！不应当把文凭当做自己继承前人（他人）知识的炫人眼目的纪功碑，而应当把文凭作为增强自己为人类进步事业服务的能力的新起点。我们千万不要躺在文凭上睡大觉！

人类的文明史告诉我们，人类是在创造中前进的。没有创造，就没有人类的进步，也就没有人类社会由低级阶段向高级阶段的演进。革命先辈李大钊曾经说过："人类最高的欲求是创造新生活。"我们说，创造，就是开拓；创造，就是破旧；创造，就是发展；创造，就是前进！今天我们所享受到的这一切物质文明和精神文明，就是前人多少世纪艰苦创造的结果。那我们也应该在前人的创造成果的基础上，进一步去创造新的更高级的物质文明和精神文明。然而，要创造就得要有知识，没有知识，连1、2、3、4的概念也没有，何来创造？何来人造卫星上天和宇宙飞船探索太空？创造离不开知识，获得知识是为了创造！

没有知识，创造的翅翼难以搏击长空。让我讲一个我熟悉的故事吧：一九五八年，某省作协为了改造上层建筑的需要，曾经从基层调了几位工、农业余作者进省城当专业作家。这几位同志感情纯朴、创作刻苦，有一定的生活积累和创作经验，在当时也写出了不少作品。可是，随着时代的发展和社会知识水平的提高，到了今天，这几位同志的大多数，几乎都感到现在的创作已力不从心了。他们原来的小学、初中文化已难以支撑他们想要建立的文学大厦！于是，他们大多数"改行"了。（这其中也有极个别者经过学习而未落伍。）讲到这里，我想起了著名作家王蒙同志在前年出国访问归来后说过的一段话：作家的知识要更新，要学习新的东西，作家应当是学者，中国作家的非学者化是不可取的。他讲的作家要学者化，就是讲作家在学问上要有建树，这话说得多么中肯啊！中国人民的忠实朋友、英籍著名女作家韩素音，这些年来，年年访问我国，她每次到我国来都强调文学家要努力学习科学知识。今年五月份，她在上海一次座谈会上说："文学必须适应现代科学和信息革命的发展。""作家所写的作品要讲真知识。"我们再看看我国文学的几位巨匠吧，鲁迅、茅盾、巴金，他们每个人既是作家，又是文学理论家，还是翻译家。试想：如果他们没有广博的知识作为创作的"资本"，能够成为我国文坛乃至世界文坛的巨人吗？正反的事例充分说明，系统学习知识对于创造是至关重要的。

所以，我从繁忙的、火热的文学创作的行列来到了"书斋"，来到了大多数年纪比我轻得多的电大学生中间。我争分抢秒地学习，经常挑灯夜读。我年纪大（是班上年龄冠军），记忆力差，有时一段文章背了七八次还不熟，我就

坚持再多背几遍,每当我分析一首古诗,或学习一段古文的时候,我就想到将来要进行的创作。我太珍惜今天的学习时光了。我常常想,我四十岁来个重新学习并不迟,因为学完电大课程我才四十二三岁,如作六十岁退休,我还可以大干十七八年。如果现在还不学,那么到六十岁时,那就真该后悔莫及了!古人的"少而好学,如日出之阳;壮而好学,如日中之光;老而好学,如烛之明"鞭策着我。使我对学习充满了信心和力量!

所以,我不是为了"六十分"而学,不单单是为了文凭而学,我追求的是实实在在的系统的知识,追求的是创造的知识源泉和创造的力量,电大的高难度(对我而言)的学习,将使我获得观察社会的一双亮眼和一支描绘社会生活的彩笔,我相信新增添的知识像火箭的推进器,将把我的创作水平推向一个新的高度。

相反地,如果我仅仅为"六十分"而学,那么,将来一旦得到了文凭,那么就会很自然地产生大功告成的想法,就会纵马华山、放牛桃林。我不取这个态度。我想在经过两三年的学习之后,我如果在分数上过了关,拿到了文凭,那我是欣喜的;但在欣喜之余,我仍将马不停蹄地继续学习下去,不断更新自己的知识,为进一步提高自己的创作水平"制造"新的"推进器",为祖国的社会主义精神文明建设,作出更多、更好的贡献!这,就是我——一个年过四十的电大插班生的追求。

写于1983年11月

附记:此文是我进电大读书后,参加第一次作文竞赛所写的。作文体裁是演讲稿。写在统一的稿纸上,署名于左上角,阅卷时将作者署名通过装订线隐去,以求公正。老师们阅毕整个文卷,我这篇《电大学生的追求》得了96分(现该作文仍在我处保存),是该次作文竞赛的最高分。据说是三位老师阅后共同决定给予的分数。闻此信息,心中惴惴。其实我这篇作文,只不过是我以四十"高龄"插班电大学习的所思所想之肺腑之言耳!

饿 歌 饱

哈哈，从来对订报刊不感兴趣的仓库主任老刘，竟也打电话向我这个报刊发行员要报刊目录了。我急匆匆朝仓库赶去。我们这刘主任四十多岁年纪，一脸络腮胡，个子矮小，行动灵活，说话劈直。记得十年前我第一次找他订报刊，他接过目录瞅了瞅，把脸一沉："这都是些饿歌饱，冇得订头！""饿歌饱"？多奇怪的词儿，我请他解释，他再不答理。于是每次他们仓库总是只订几份大报了事，他还说是为了"让没事的人消磨时间"。近十年来，他都如此。今天，他却打电话邀我去他仓库，并一定要带报刊目录。一见面，他笑呵呵地说道：

"小黄，我们要订一些报刊，请你尽好的介绍……"我听了连连摇头："做不到哇，好的都有控制数啊。"他脸上出现了恳求的表情："给想想办法吧。"我见他订刊心切，便把藏在心头多年的话说了出来："要帮忙可以，但得把你那神秘的'饿歌饱'的典故讲给我听听。"他面部肌肉忽地抽搐了一下，又笑了，便慢慢叙述起来……

二十一年前，我在一个地区报纸当编辑。为了报道增产典型，我到处奔走采访，约稿。一次我到一个山区高级社的农民通讯员老石家里约稿。老石是那个高级社的唯一"秀才"。他不但写通讯还写民歌。讲实在话，那年的收成也真不赖，虽未种双季，但一季稻亩产已达八百！老石把全社丰产报道写好，由秘书审查后，我带回地区，交给了总编辑。过了两天，我去问稿件处理情况，总编默默地把稿子从稿篮里拖出来，朝我一扬："这还算典型？！"我说："这是他们创历史的高产呀！确确实实……"总编接口说："确确实实是有，你看，人家都是一千五、一千六，据估计，过两千的典型也会有了……"我怔住了，总编站起身来，拍拍我的肩头说：

"我已打电话问了在那里办社的一位县委负责人，他说如果报八百，那就

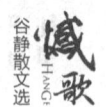

是贬低。我又请示了上级,上级要求放更多的卫星!小刘,对上级的意图,可不能马虎啊……"我仍然想不通。总编又说:"我们承认他们的八百斤是成绩,现在只是在这个基础上发挥一下,动动笔难道比挑担子费劲?再去一下吧……"我想,上级的意图不能违抗,在政治上我千万不能右,于是也觉得"发挥"一下也未尝不可。于是我第二次来到老石家,把总编对我讲的话原原本本对他说了。他竟全盘接受。于是一篇亩产三千斤的报道见报了。

时间过得真快。一晃便是两年。就在第二年年底,我因公又来到老石所在的大队(原先的高级社已变成公社的一个大队了)。这时,水肿病十分猖獗。来到老石家,只见他躺在门前的竹睡椅上,一件放光的爆花棉袄拥着他蜡黄、闪亮的脸。他见我来了,忙穿鞋起身,可是鞋子半天没有穿进去——一双脚肿得太厉害。我问:"怎么病成这样?"他皱着眉,答非所问地说:

"我们那篇文章也造了孽……"接着他把自从那篇报道发表后,社里征购增加,口粮大幅度下降和由此造成的后果告诉了我。我听着全身肌肉不知怎的一阵阵发紧,眼睛也不由得紧闭起来,心也越跳越快。快吃晚饭了,老石战战兢兢地掏出一沓饭票,数出两张,说:"老刘,现在我没有别的招待你,只是请你打餐'饭牙祭'。"我连忙摇手说:

"这不行啊,我吃了你一餐,你就缺一餐……""不,我们晚上还要打讲……"我只好答应下来,心里决计不让他请客,钱和粮票我会很策略地数给他。吃饭的时候,我问他:"还写东西么?"他说:"你们要的东西我再也不写了。"我说:"只要吸取教训还是可以写的。"他凄楚地连连摇头:"不,那年我挨社员骂够了……"忽然他嗓子一亮:

"不过,有一种东西,我还要写!""什么东西?""民歌,文艺作品,因为这些并不要核实!"说着他转身打开木柜,把一沓民歌稿子递给我看。只见上面左一个"稻似海"、右一个"棉如云"。我望着他焦黄的脸,叹了口气,说:"现在粮食这么困难,你这么写,不又是浮夸么?"他的眼里泪水浮动,低声说:"我也晓得我这是饿着唱饱歌。可是只有这样写,我才有一点点收入。不这么写,你们编辑不要。"呵,好一个"编辑不要",上次不就是我不要而使他"造"了一个大"谣"么!我心里更难受了。虽然那时的"浮夸风",层层担了担子,但这讲虚假话的风却未止住啊。从此,这桩往事就深深地铭刻在我心上……

以后我虽然多年不见他，但也常打听他的消息，我也听说他在"文化大革命"初期挨了斗，尽管他后来是专事歌颂，但用"黑线专政"的尺码来量，加上有些民歌用词被人任意曲解，他便成了"文艺黑线"上的"黑瓜"。而我呢，几经波折，终于摆脱了笔杆生涯。前十多年起，我从自己的教训出发，不写，也不看，因为这些年报刊一些文章假得更厉害了。看到这些文章，我就想起了老石……可现在，报刊文章真的不同了，敢讲真话了。于是我的"春心"又动了，不但眼睛爱看，手也有些发痒了……

　　老刘的典故讲完了。究竟他后来写没写，我来不及了解。不过，这一回老刘所管仓库的报刊预订数，数公司第一，而个人订刊，全公司也数他第一。

写于 1979 年 12 月

难忘那一刻

我是20世纪80年代初入党的。在一个阳光融融的冬日的下午，湘潭电台支部的同志们聚集一堂，听我汇报自己的入党动机、工作经历、社会关系……

当我把这一切汇报完毕时，当我再一次向党表示心迹时，就在这时，我感情的闸门一下子奔放了——我一时泪水夺眶而出竟至哽咽出声……

即将举手表决的党员同志们都以理解的眼光望着我。有的还说："他是太激动了。"是的，当时我是太激动了，确实是可以用"百感交集"四个字来形容！

为了这一天，我"奋斗"了几十年：

对党，我从小就有十二分的崇敬之情，我的父亲是1925年的老共青团员，在我的孩提时代，就受他"赤色思想"的熏陶；新中国，尤其是50年代，党的形象金光闪耀……

后来，当父亲受到冤屈时，对党的深深情感，我一分一毫都不曾稍减！我的文学创作也就是在那时起步的。

用一些今天看来似乎是用"滥"了的比喻来说，党在我心中确实是阳光、雨露和力量！

带着对党这样的情感，我服从分配下乡教书，我听从安排从事群众文艺创作辅导工作，我一年又一年下乡办队，一次又一次参加专题宣传工作……

那时单位支部负责人多次教导我："好好接受党的考验！你会实现自己的愿望的……"

于是，一年过去了，又一年过去了，一个五年过去了，又一个五年过去了……许多在我之后参加工作的年轻同志入党了，我在羡慕之余，我仍然执着地经受着党的"考验"，义无反顾地经受着党的长期"考验"，尽心尽力地把本职工作向前推进——在单位的各项工作我一直毫不逊色！

多年的"考验"终于在调到电台后不久"兑现"了！回顾过来路，我如何不"百感交集"，如何不"感慨万千"，而至"泪水盈眶"！

入党后，我更下定决心要为宣传我们党的英雄业绩和典型人物而勤奋笔耕。多年来，我撰写了表现艾爱国、王庆河、李罗斌、黄里河、李惠民……及至现今农村优秀基层干部丁新民等数十位优秀党员先进形象的报告文学和通讯作品数十篇。为了宣传党的光辉形象，我还创作了电视剧《亲情》、广播剧《头条新闻》、小说《故事发生在湘江之畔》等一大批文艺作品。

在新时期，在新世纪，党的事业的航船在改革的大潮中破浪前进，作为一名普通党员的我，对党的信念不减，对党的情感不减，对党的工作热情不减；为了党的事业的胜利，做好我应做的，哪怕是平凡而琐碎的工作，将对党的铮铮誓词融会贯通在一言一行之中。

写于 2001 年 6 月

附记：本文获 2001 年湘潭市庆祝建党 80 周年"入党"抒怀散文大赛一等奖。

难忘怀,报社与我"三段情"

与《湘潭日报》打交道有几十年了,她给我最深的感觉是她与通讯员、作者有非同一般的亲和力。以我为证,则体味到从"无形"到"有形",再回到"无形"三个阶段之"情"。

先说"无形"。上世纪六十年代初,当时我在楠竹山一所学校任教,执教之余常写一些消息、小通讯之类给报社寄去,于是以"公愚"署名的消息等文稿常常见报了。但我从未到报社拜访过一次,我们的交往仅仅是"文字之交",是投稿者与编辑者的关系,平淡如水。但编辑的慧眼使我的笔耕之劳没有白费,一则是我不随意寄稿,二则是编辑审稿认真。1964年7月,在我任教的学校附近发生了一社员顶住当时死灰复燃的"七月半敬鬼神"之风,率全家破陋俗、坚持不敬神的"新事"。我即把此事写成了近2000字的通讯《田永力"七月半"不敬鬼神树新风》,首先寄给了《湘潭日报》。几天过去,不见动静,当时我便认定"泥牛入海"了。于是,另写一份寄给了《湖南日报》农村版。谁知道,到"七月半"来临的前一天,《湘潭日报》和《湖南日报》农村版同时刊出,且都配发了"编后语",又过了两天,《中国青年报》转载了《湖南日报》农村版的文章,也配发了"编后"。直到此时,我才深切地感受到《湘潭日报》编辑的眼光和省报、中央报纸一样颇有眼力,水平相当。尽管这个时候,我并不认识《湘潭日报》一个编辑记者。我们的交往完全是"文字交","日报"给我的亲和力是"无形"的,虽"无形",但我已感触深深!

到七十年代中期,我调到了县文化部门工作,进了城自然与"日报"的交往也多了起来。这时候的编辑则是"具体可感"的了。此时,我写的副刊稿件较多,认识了唐普元、徐伯青等编辑。他们待人之亲切,处稿之尽心,使我如沐春风。他们常常当面跟我约稿。记得是1979年的"七一"前夕,我到当时设在"李家大屋"的编辑部小坐,那时我是去湘潭县河口农村办点途经报社而进屋的。普元编辑随即向我约稿，说："过两天是党的生日，你写篇散文怎么样？"我欣然受命，当我骑着单车赶到生产队时已是暮色苍茫之时，在处理完队上事务后，已是半夜十二点多了，我记着普元编辑的嘱托，在昏黄的油灯下，用两个小时我写完了散文《党，您无处不在》，为不耽误报社发稿，第二天下午，我在劳动之后，带着一身泥巴点点，又骑车三十里赶到报社，把稿子交了。普元编辑手拿稿子，高兴异常，他不抽烟，给我泡了茶后，又借烟给我抽。我也为完成了一件"要事"而兴奋。那时我与报社人员的友情溢于言表，是为"有形"。

及至八十年代初，我也成了新闻单位的一员，我与报社的交往更为频繁，报社与我的"亲和力"更上了一个层次，从报社社长、总编辑到部室负责人及各位编辑、记者，我们都可说是无话不谈。无论在新闻业务的探讨上，在稿件文字的推敲上，都无需客套，没有框框，亦可谓已达"口无遮拦、心声交汇"的"无形"之中。我们都只有一个信念：把自己的媒体办好。去年日报改彩印，改版后，社长邀我参加评报座谈会，我用了两个晚上，把那段时间的报纸认真读了一遍，并详作记录。在座谈会上，我以无比欣喜的心情谈了自己对报纸改版、改彩印后的感受，也提出了自己的建议。我为《湘潭日报》的长足进步感到由衷的兴奋，对报社的未来充满信心，毕竟报纸是全市人民难以离开的媒体呀！

写于 2003 年 3 月

在楠竹山的日子里

一座平缓的棕色山坡上，矗着一栋土砖青瓦的校舍。我一头挑着一只旧皮箱，一头挑着旧棉被，微喘着气，一步一步走近了它。

这是 1962 年 8 月的一天，是我到湘潭市远郊楠竹山镇应心小学去任教的日子。在此之前，我在湘潭市下摄司工业区最大的完小任教，学生 90％ 以上是湘潭电机厂这一名厂的子弟。为服从组织分配吧，现在我来到了距市区数十里远的远郊小学再操教业。在这里，我的工作对象全是农民的孩子，黝黑的皮肤、泥巴斑驳的赤脚、黑土布服装是这些孩子给我的鲜明印象。我成了一名农村学校教师。

在农村教书，味道跟城市大不一样。城市学校，特别是工厂学校，它的运作就跟工厂似的，很有规律。工人早上七时半左右动身进厂，八时开工，他们的子弟也在七时半随父母出门去学校，八时整开始上课。学校在七点半以后就逐渐热闹起来。工厂子弟的穿着也整齐、整洁，一些当时流行的新潮儿童服装都早早地在工厂子弟小学现身（讲实话，当时一般市民的子弟的穿着和生活条件都不如工厂工人子弟）。这也是当年工农差别在孩子们身上的体现吧。在工厂子弟小学教书，生活也跟工厂车间似的刻板，每天就是上课、下课、备课、改作业。至于家访，那就骑着学校的自行车，到工人宿舍巡一圈，一个晚上走访得七八家，快捷得很。一般说来，老师是不家访的，因为 20 世纪 60 年的大厂矿子弟学校有电话，一个电话打到工厂车间，就可以找到家长，家长也很听老师"召唤"，下了班就往学校奔，在办公室老师就和学生家长面对面交流。像这样把家长"召"到自己办公桌前，都是因为学生顽皮不听话，家长一来，多数都以虔敬的心情听老师数落其孩子的"不是"，无非在听完之后又把孩子批评一顿。也有个别家长一见老师，当面就刮孩子的耳光的，这实际上也是在"打老师"，因为你没教好学生，倒只找家长。这样的家长对孩子有气，也对老师不满。一有家长在办公室打孩子，往往吸引其他师生围观。我经过一两次这样的"挨打"便调整策略，一般不叫家长来校，这就有了我骑单车做家访的做法。总之，在城市教书有电话、有公用单车，而学校又距学生家很近，工作起来虽刻板些，但也轻松。

现在，我被调到农村学校来了。这种调动和安排，有多种原因。那时，我的想法也单纯，只要有书教就行。从城市到农村环境变了，但我的心仍很平静。不过，到了农村学校，又让我感到很新鲜。我是一直生长、工作在城市的，虽然老家在乡下，但对乡村的接触只限于节假日蜻蜓点水般的接触。这下子在乡村安营扎寨，身处其中，其体会就深刻多了。上面讲了，农村孩子的脸是黝黑的，几乎百分之百的打赤脚，穿的土布衣，式样也是通常的带布纽扣的便服——只是尺寸小些，生活水准明显差了许多。

那时我到应心小学，一个最深刻的印象是，孩子们中午都不回家吃午饭，几乎每个人都带一只（或两只）生红薯，午休时就啃生红薯，以致学校教室、礼堂里常常撒下一堆堆的红薯皮和红薯蒂子。回想到在工厂子弟学校，学生们中午放学几乎都回到家中吃午饭，还要午睡，等工厂的高音喇叭奏出上班的音乐，孩子们又同上下午班的父母一道出门来到学校。中午寂静了一个半小时的校园一下子又喧闹起来。而在农村学校，中午是孩子们游戏、打闹的天堂。小小操场上，男孩子们互相追逐，女孩子踢毽子、讲笑话，活跃得很。在农村学校的家访工作，也与城市大相径庭。我刚到应心小学，主任教师成素桃分配我当班主任，一次她对我说，谷老师，你们班的"留生工作"对象有好几个，要抓紧做。这是我第一次听到"留生工作"这个词。我当时只茫然地点点头。后听成老师分析，才明白这"留生工作"是劝那些要辍学的学生返回学校读书。我于是开始了做"留生工作"的家访。在农村学校去访一个学生的家庭，常常要走好几里路甚至十几里。真是山道弯弯，脚步急急，爬山过坳是常事。我去应心学校时是酷暑的八月底，家访往往是在学生放学后进行。这时火辣辣的太阳已偏西沉落在如浪的山脊之上。山风起了，一扫中午的酷热，两旁的树木花草有阵阵清香溢出。我的心一时感到从未有过的快意。那时还没有"氧吧"一词，但我觉得在乡野迈步，空气清新，又有满眼绿色，我顿时感到与城市学校有不可比拟的畅快。到了学生家，与刚从田里上来的家长攀谈，家长的朴实、诚恳又感染了我。他（她）们大多没有读过多少书，因此对孩子的学习并不看

重。倒是对把孩子留在队上"弄分子"（挣工分）很在意。当我把道理一说，家长们几乎都能被说服。接下来，便是留你吃饭。在60年代初，农村一般的家庭都比较困难，但他们待客决不怠慢，他们会把挂在屋梁上或灶头的炉筒钩上的半截腊肉再截一段，弄个青椒炒腊肉给你做荤菜。那菜地里的青菜自然新鲜无比。闻着柴火烟子的香味，就着用墨水瓶做的小小煤油灯，在一只矮桌上的晚餐开始了。我不好意思地吃着，而家长总时不时地给你碗里添上腊肉片片。这种温情我在城市学校很难遇到。在城市学校家访，常常你一开口，那家长会接上来讲一大通。那时工人阶级的学习比农村抓得紧，家长讲的政治道理往往比老师还多。那时我朦胧地感觉到，教师在工人阶级的眼中并不太重要。而在农村，对老师的尊敬硬是"多几级台阶"。这也许与旧时"天地君亲师"——老师上神龛的"旧俗"有关吧。

我很快喜欢上了这里的环境和人。也喜欢上了这只有四个班、百来个学生的"袖珍小学"。我像在工厂学校那样卖力地工作着。新地方也真是看得人起，只来工作一个多月，镇文教专干就要我上语文公开课。公开课取得了意想不到的效果，农村孩子对问题回答丝毫不比城市孩子回答的差！我又连续上了几次公开课，到期中考试，孩子们的成绩明显上升。于是乎，一学期没完，什么"镇先进教师"、"市郊区优秀教师"、"地区优秀函授学员"等等荣誉帽子直往我头上戴。我心里自然感动。

学校每天下午4时左右放学。学生一走，学校便冷清得出奇。这个时候全校四个老师便齐齐地来到菜地。这菜地是生产队划给学校老师的，作为老师的"吃菜基地"。大家争先恐后地松土、施肥。别看这几位教书先生，他们不但会教书，而且会种菜，那白菜、萝卜、丝瓜长得煞是爱人。一番劳作之后，时间已近五点，大家又忙着做晚餐，淘的淘米，洗的洗菜，蒸的蒸饭（那时都兴吃钵子饭），炒的炒菜。六点多晚餐开始。餐桌上四个老师更有谈兴，一顿饭几乎在笑谈中结束。饭后，各归宿舍洗脸洗脚。晚上7时开始集体办公，阅的阅卷、备的备课。这个时候，除了间常有老师互问有关备课、阅卷的疑问，那不到15平方米的办公室就只有那架老式座钟的"滴答"之声了。

那时候，一到星期天，家住周边农村的两位老师就回家了，只留下我和成主任。而成主任的爱人老朱在镇粮站工作，他们有一女孩子，此日正是一家三口其乐融融的时候，我被"抛单"了。

往往这个时候，我会爬上后山，面对冉冉升起的金亮亮的太阳俯瞰学校周围的景致：

在远远的西边的山峦下。一条蜿蜒的叫云湖河的小河闪着白色的波光，缓缓流着。小河向西南便隐入一大片房屋中，那就是著名的军工企业江南机器厂，也是楠竹山镇镇政府所在地。在那片屋宇中有一座高大的有圆柱大门的建筑，那就是厂俱乐部，俱乐部的左边有栋矮房，那就是厂图书馆……再往南，那绿树婆娑之处就是镇中心了，银行、书店、邮局就集中在那儿。我把视线收回来，离学校不远处有一座较高的茅草山，那叫盛家山，山下稻田连片，晚熟稻子穗长谷实，细细一闻还会闻到新晚稻的清香……

常常在这个时候，我的内心就有一种激情涌起，啊，这就是人类生息的亿万"栖息之点"中之一点呀。人们在这个"点"上以不同的方式劳作、生存，创造、开辟出这样的田土山水和道路屋宇，这确实是一种伟绩，作为我，一个不到二十岁的小青年，除了教书，还能为这片土地做些什么呢？这几个月对这里的人文环境的体验，我就有一种要表现表现这一切的愿望。于是，我决定写一写我在这里的所见所闻，写一写我周围那些让我佩服的朴实的人们。而且，我教的是语文，自己就有个提高写作水平的问题。于是，我在心中盘算着：不能让时间白白流走了，要抓紧时间学习，抓紧时间写作，何况在城市学校工作时，我已经写过一些小玩意，也有一些小小"影响"，但城市学校毕竟刻板一些，而在农村，生活是更多姿多彩一些，仅仅这山山水水就让你时不时地发出惊叹——太诱人了！我不能辜负这样的环境，不能辜负我的青春时光！

其实，自读小学起，我对文学就有一种特殊的感情。我的父亲在解放以前就是外语教授，但他的古文底子特别深厚，他在进洋学堂以前，在家乡就读了七年"老书"。七年！一个小学阶段加一年初中，全部读的四书五经，该读了多少东西进"肚"！那时乡下人读了半年"老书"就算了不得，而父亲却读的七年，他的古文底子可想而知。在我读小学的时候，他就很随意地教我读唐诗和孔孟之文，还把一些翻译作品给我看。说他是"随意"，是因为他并不主张我学文，而主张我学理工，所谓"学会数理化，走遍天下都不怕"。然而，后来世事的变迁，我最终走上学文之路——进了师范学校。当我教书的时候，我又多半是教语文，于是很自然地走在了"从文"之道上。当我到楠竹山乡村小学教书时，如上所述，这里的环境、民风使我不由自主地拿起了笔。

要写东西就得先学东西。那时我已结识楠竹山新华书店的经理老袁。从他那里我抱回了一摞中外名著,当时流行的名散文家的《东风第一枝》、《花城》、《红玛瑙集》等专集我都买了来。对唐诗宋词之类也尽量搜齐。为了阅读中外名著,我给自己规定了"10 准开"和"2 不睡"。这"10 准开"就是每天晚上办公要求自己在 10 点钟以前把一切教务(备课、阅作业本)处理好,10 点钟以后准时开始自学,而这时晚上办公的老师们基本都已回房就寝;"2 不睡"是自学不到 2 点不归房休息。就这样,每天晚上一盏孤灯伴我寻访唐朝的诗家、宋代的词家、元代的杂剧家,伴我徜徉在"雪浪花"的撼人美景里,领略着"荷花淀"夏夜的宁静和温馨,还与伐檀的先祖们唱和……就这样不知不觉中就到了凌晨。每当那古老的座钟"铛!铛!"敲响之时,我才恋恋不舍地从办公桌旁站起。在应心小学的一年中,我就做到了每晚不到两点不休息。对于我这样的读书,我的同事们都含笑待之。我揣度可能他们都比我年龄大许多,十分理解我这举动。

其实,他们对我的理解并不仅仅因为年龄比我大二十多岁,更主要的是他们也是文学爱好者。这是我后来"发现"的。比如,那位王玉辉老师,已近五十岁,头发花白,精神矍铄,平时课余,她总拿着一本杂志在看,看罢便锁进抽屉。以致我一直没看见该杂志的封面。有一天,她不知临时做什么去了,把那本杂志丢在桌上,我便轻轻翻了封面一看,"湖南文学"四个大字赫然入目。啊!我明白了,她也是一位文学爱好者!我估计,她在餐桌上讲的某些故事,就源于此书。我又把书恢复原样,又看见她正看的一页是一篇小说的首页,上面的标题是"老矿工的心",作者署名"衣冠履"。这衣冠履我认识,我在市里的文代会上见过他。他是湘钢的一位业余作者。到此时,我觉得我与王老师的距离一下子拉近了!大概这位五十来岁的老教师虽然也知道我晚上看书睡得迟,但她不知道我也是文学爱好者,所以她根本不同我谈文学。有一天,我试着跟她谈起了《老矿工的心》(我从江南厂图书室看过),谈起了"衣冠履"其名和轶事。她兴趣来了,忙把抽屉的锁打开,拿出那本《湖南文学》讲起自己的体会。从此,她还把她订的《湖南文学》借给我看。我们成了很好的"读友",而她从不提笔。

另一位老师呢,叫彭尧夫,也是四十好几的人了,敦实身材,满脸黝黑,见人就笑,十分可亲。那时他家负担重,每逢星期六的下午,要走几十里路赶回韶山杨林家中,去料理农活。我估计他读过古书,字写得十分遒劲、洒脱。他一碰到报上的好文章,不是看,而是吟哦起来。他吟哦的音韵很好听,简直让人觉得是一种享受。有时甚至他看学生的作文写得好，也手捧作文在办公桌旁微微摇头吟哦着，进入一种别人难以同享的境界。由此，我认定他也爱"文"，但你同他谈"文"，他总是颔首认可但从不多发议论。有时我把自己的文章给他看，他总表示"好"，要他提意见，问紧了，他便会拿起我的文章吟哦起来，发现某个词可改或音韵欠准，也会指出，除此再无过多评说。但我却认定他是不可多得的"文友"。

那位成主任呢，担当着学校一把手重任，忙得不可开交。我们讲文学，她总是静静地听，从不参言，是最优秀的听众。四位老师中，三位爱文，占了四分之三！我觉得自己的队伍已可观了。

我到楠竹山应心小学来教书，实际上是顶替一位叫张建雄的青年老师的位置。他因全家住在市区，为照顾家庭而申请调回市郊任教了。我住的宿舍就是他原来住的。我第一天进房，就注意到墙上写有许多格言，是用毛笔写的，十分工整，再一读，竟是许多作家的格言。我当时也认定，这也是一位文友。后来，在一次郊区教师大会上，我见到了他，一交谈，还真是一位特别有素养的文学爱好者。

身旁有两位文学爱好者，我又身处贴满文学格言的宿舍里，这对我无形中是一种激励，激励我在文学学习和创作上努力迈步。

在每晚的四个小时的学习中，我还要求自己坚持写两千字左右的文章或诗歌，作为练笔。我当时给自己订了个规划，要求自己的作品在两年之内能在地区报刊见报，三年之后上省刊。这年的9月底的一天，我到学生家去访问。学生的家就住在云湖河畔。家长给我讲了有关"云湖"的来历的传说。说是古时候，这云湖真的是个大湖，波浪滔滔，大鱼能飞。后因神仙的竞斗，把云湖给缩小了，竟至如今成了广袤的田畴。我听了颇有些感动。家访归途，见在原来的"云湖"之上，房舍林立、厂房成阵，又生出一番感慨。于是在当晚的自修中，我顺手把云湖的变迁写了篇近一千字的散文。第二天，我抄了一下便寄给了当时的地区《建设报》。没有想到，就在国庆节前一天的《建设报》的副刊版上，我的文章竟登出来了，题目就是我的《今日云湖》。刊登的位置还相当显目。我是在镇上的阅报栏里"发现"的。其心情之激动，至今难忘。这是我在正式报刊上发的第一篇散文，因为是地区级，我可算是提前实现了自己的规划。

写于2005年9月

创"中国新景"

入夜，蓝空澄澈，月辉朗朗。我迈步在新建锦桥公园瓷砖铺就的甬道上。脚下如此平坦、舒适，更有五彩地灯映着人们款款漫步的安详和欣悦。四周婆娑的树影薄纱般柔曼地洒在人们的身上。身旁的秀草丛中，飘来"地广播"放送的悦耳悦心的轻音乐。这一切真让人有入仙境之感。

每当此时此刻，一种难以言状的"幸福感"便洋溢在我的全身！我总很自然地想到我们这片山河过往的人和事，我尤其会想到方志敏！方志敏，我党的铮铮铁汉，在敌人的大牢中，虽经种种酷刑，但坚持以淌血之躯写下了至今仍叫人掉泪的《可爱的中国》。他在文章中兴致盎然地描绘了共产党人为之抛头洒血而献身的中国的未来图景：

高楼，公园，大道，歌声，笑语……

这不就是今日我们面前已经出现了的美景么！这美景与当年方志敏等共产党人描绘、设计的图景息息相关、一脉相承！这就是我面对现实美景总会想起方志敏他们的缘故。每当这么一想，不免总要深深感慨一番：要是方志敏活到今天，他应该是感到十分百分千分的安慰了！同时我又感悟到：大凡干一番翻天覆地的事业，只要齐心，只要奋斗，只要坚韧，总会有成！有一个权威杂志，前不久在一篇文章中说：

"历史无可辩驳地证明，中国共产党为人民、为国家、为中华民族是立下了大功劳的。"

我十分同意这个结论。我想，任何头脑健全的人对这个结论，是不会有异议的。

中国共产党的"大功劳"就是这样铸就的：不断地设计、描绘未来图景，又不断引领人民为实现新图景而扎实努力；当一景实现，又有新景在前。我们的国家和人民就因此而更前进了，更发展了，更幸福了！即将召开的党的第十七次全国代表大会，又是一个更高地举起中国特色社会主义大旗、为十三亿人描绘新图景的大会，也是一个十三亿人再创新美景的动员会。我们就是这样一步步奋进着，创造着让世人瞩目灿烂的"中国新景"！

写于 2007 年 10 月

誓死捍卫人类公理

——致外交部孔泉等电文

孔泉转外交部众位部长及全体同志：

感谢你们为捍卫人类公理所作的努力。对于日本欲成为安理会常任理事国成员，我们心火难平：

联合国组建的目的是为反法西斯侵略的，作为那场侵略战争的最先发动国、而至今仍不承认侵略事实的日本若能成为安理会常任理事国，岂不是对天下最大的讽刺和天下最大的笑话?! 那人类的公理何在?

对此，中国人民不答应，中国在那场战争中被日本侵略军屠戮的三千多万同胞的冤魂不答应!

对那场侵略战争所犯罪恶能否认识，是日本能否成为安理会常任理事国的唯一衡量的尺子。我们抵制日本的入常，就是捍卫世界公理，也是警醒日本国民的最好良药，更是对有正义感的、但因种种原因目前处于孤立境遇的日本有识之士的有力声援。

不是亚洲各国过海打进日本，而是日本跨海入侵亚洲各国，日本如此行径难道不是侵略? 是日本军队在侵占的土地上杀戮了数千万中国及亚洲各国人民、同时毁灭了难以数计的财产、物资，这难道不是滔天的侵略大罪? 难道这就是日本右翼所说的给亚洲人民带来的"解放"、"共荣"?!

今天，我们有责任和义务将日本对中国人民及亚洲人民的天大亏欠，以及有罪狡辩成"无罪"、占了便宜不感恩的恶劣行径公之于天下，并促其认识彻底转变，才是日本走上"正常国家"之路的唯一方法——尽管这需要时日。

同志们，让我们一道挺起胸膛，坚持斗争。我们一定会赢得世界人民的理解和支持。容忍、退让将后患无穷、后患万代!

湘潭市市民谷静等
2004 年 9 月 24 日

附记：2004年7、8月间，对自己侵略罪行从不认真反省的日本政府耍手腕、施谋略，妄图挤进联合国常任理事国，遭到亚洲各二战受害国的坚决抵制。当时湘潭市民也群情激愤。我亦如是。为表达中国人民的民意，表达自己的一份意愿，我于2004年9月24上午起草致外交部新闻发言人孔泉的电文，请他将我一区区小民之意愿转达给外交部。上午写毕，下午即到市电信局电报柜台将电文发出。

致国务院台办

(附：国务院台办复函)

中共中央台办、国务院台办负责首长：

你们好！为祖国统一大业辛苦了！

我是一名退休干部，祖国的对台统一大业时时牵动着我的心。最近几天，从电视上看到台湾陈水扁将"废统"的消息，尤其看到他对于美国的劝告也予以拒绝，我的忧虑加重了，深深的、痛苦的忧虑使我一连几天没有睡好觉。

我感觉到，陈水扁的"废统"行动，不是如他所言只是废闲置机构的问题，而是关系到台湾真正走向"独立"的关键一步。如果"废统"实现，那十分柔弱的"九二共识"就失去根基、彻底被剔除了；如果"废统"实现，那会极大地鼓舞深绿、浅绿群体的"独立"意志，以及中间人士的"独立"倾向，甚至会动摇浅蓝民众的意志，对深蓝民众无疑是沉重的打击；如果"废统"成功，那陈水扁以下的谋独动作，将会顺利实现（顺理成章！）。

中华民族的统一大业到了紧急关头！

因此，我们不能退让，不能含糊。要明确陈水扁这就是踩到了红线——我不晓得在理念上还有什么比这更红线的！！！

因此，我建议：我们应表示更强硬的态度，更大的决心，说出我们的立场、观点，让台湾和美方知道，当陈水扁踩红线的时候，我们是说话算数的。在原则问题上退让、忍让、甚至有侥幸心理期望陈不会走下一步，那是没有出路的，到头来只会一次次被陈水扁耍弄，最后出现台湾脱离我中国的历史悲剧！中国人民不怕战争，有能力驾驭战争，在今天的科技条件下，应该有比五十年代、六十年代更强的自信心和更大的决心。战争开打，我们有真理，世界舆论会站在我们一边；战争开打，我方人的因素将得到充分发挥，狭路相逢勇者胜！台湾之所以至今未实现独立，就因为有一把动武的剑悬在他们头上；战争开打,不要顾忌打烂坛坛罐罐,也不必太顾忌有百姓会遭伤亡,美国打伊拉克他们顾忌了什么,我们尽量注意就行了,不愿做历史罪人的中国人民是会紧紧团结在党中央、国家领导人周围的。(昨天一报摊买报的年轻妇女对我说,如果为统一而战,她愿意上战场,她还说,人总有一死,为国家统一而死是光荣的。)

另外,我还建议,我们在舆论宣传上要及时批驳陈水扁的谬论,比如他在去年攻击我反分裂法时,说该法是几千个"委员"通过的,没有代表性,那我们就可以抓住陈的"委员说"进行批驳,批他的无知,批他的歪曲

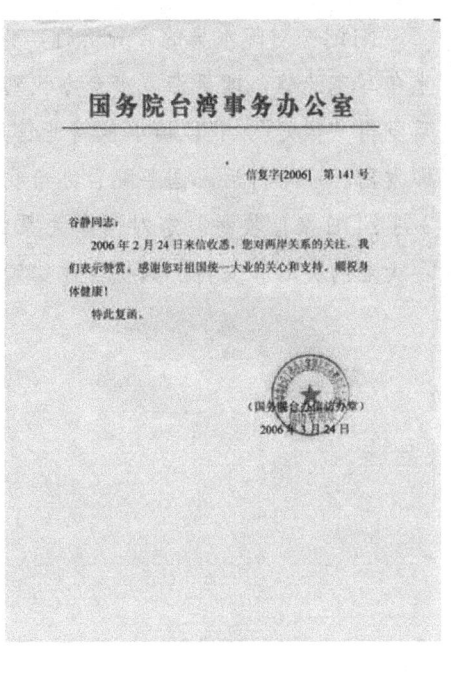

国务院台办复函

事实。这"委员"一说,在大陆人看来可笑,在台湾民众中就有欺骗性。又如他总是说"台湾前途要由2300万台湾人决定",那么,我们可以反问,美国南北战争时,南方统治者不也可以用"南方立国由南方人决定"来否定美国的统一吗?造舆论可用多种形式、多种渠道,一定要快,一定要针锋相对、毫不含糊。进攻是最好的保护,舆论上无论软话、硬话,都应旗帜鲜明地把握主动,抓住"靶子",狠狠出击。

尊敬的首长们:我也建议在这场斗争中,我们应发挥谋略的作用。相信你们也会有智库班子。中国古代就是谋略之国。到今天,老祖宗的伟大的谋略遗产,是可以在统一大业中充分发挥它的作用了!

我确实是太激动了,因为距陈水扁宣称的"2.28废统"只有几天了,时不我待,因此拉拉杂杂写了这些话,其中肯定有不妥之言,请你们不吝指出,但无论如何,这封信是我们忧虑的心声!

致以崇高的敬意!

湖南省湘潭市广电局退休干部谷静
2006年2月24日于湘潭

附记：对陈水扁的台独恶行，我愤恨已极，故写此信。2006年4月24日上午写完此信，即至湘潭市台办找到时任主任的苏国军同志，请他过目。他看后觉得"很好"。我即请求他将此信用传真发至国务院台办，他即委托同事随即发出。一个月后，国务院台办给我回了信。回信于下："谷静同志：2006年2月24日来信收悉。您对两岸关系的关注，我们表示赞赏。感谢您对祖国统一大业的关心和支持。顺祝身体健康！特此复函。"

忧 思 录

我国和平崛起，成就赫赫，令吾欣喜万分乃至夜难成寐。欣喜之余，也常有忧心事，遂记下，以警醒自己，亦可宣传他人。这里摘抄三则。

2010年×月×日

今日购《环球时报》，见头版头条为我导弹设计专家被外国间谍所收买，使我国导弹关键机密泄露，损失之大，难以估量。遂写如下忧思：

外谍猖獗，国防堪忧。随着我中国经济力日增，和中国国防力量的发展，已引起一些国家嫉妒恐惧，加之我领土与相邻诸国有历史留下的争端，美日印等数目众多国家向我中国狂派间谍，刺探政、军、经、科等多方面情报，其中以刺探军事及军事科技情报为盛。诸国中又以日本为最。日本对华行间谍战已近两百年，经验丰厚，深耕细作。为侵华，曾制军事地图，图上连我老家小溪边之小树也有标记，可见之实之细。近年因钓岛之争，日对我之间谍行为抓得更紧，尤其对海军一切动向"均悉数掌握（日本某高官语）"。对此，我必严峻对待。对方为达刺探到秘情之目的，其手段无非是金钱和美女。这两项恰恰是我方人员的软肋。秦皇岛附近海域花数亿元历数年建的地下潜艇基地、某导弹研制专家研制的新型导弹之数据、南京军区某干部掌握的数十份绝密文件都是为区区几万元至数百万元而沦为外国间谍的囊中之物，使我花巨大财力、人力建成的设施、设备成为废物，实令人心痛不已！我认为，为防谍钻营，一是要提高全民防谍意识，经常宣传如此血的教训，牢牢树立敌情（要敢讲"敌人"这个词）观念。二是建立坚实、严格的保密制度，违犯者严苛处置。三是要让人们树立"为国保密至上、金钱美女粪土"的"重秘轻财"观念，要学古人不食周粟的精神。四是对关于军事动向、军事科技、国防设施的新闻报道要严加管制。因这些报道往往成为敌方间谍机关谋取我机密的线索。对于部队层层抓

新闻上稿评比我建议可不再进行,因为为了上稿而求新闻之新,便将部队最新情况向社会暴露。还有一些方法。在多国集中财力、人力、物力猛搜中国情报的严峻形势下,只有全民动员,警钟长鸣,严苛执法,方可减少损失。

2011年×月×日

今日从乡下归来,车行匆匆,见路旁有许多水田未有禾苗。急问旁人。有熟悉情况者答曰:此几十亩田土已抛荒!顿时,我心戚戚。回来,联系近日所知的情况,令我又深深一忧:

自古以来,田土之珍贵无任何东西可替代。因为她是我中华民族安身立命之根基。故历数千年之久,我勤劳民族,开垦田地至高山峻岭,连险峻山坡也有"斜挂"的片片耕地,甚至在山尖上也开出了只插几蔸禾苗的"蓑衣丘"、"斗笠丘"可见人们视田土为"寸土寸金",中国农民土地利用率之高乃居世界各国之首。

而如今,这以往百倍珍惜的田土竟抛荒——变成荒地了!为什么?据说是种田不如外出打工赚钱。如果这个逻辑扩延开来,那田是不该种了。试问:钱再多,你要不要吃饭?如果人人都弃田打工,这粮食何来?十三亿人口能全靠进口粮食养活吗?答案当然是否定的。想当年那么下死力抓计划生育,其唯一理由是中国耕地少,每人平均不到两亩地,而田又不会养崽,再不下死力抓计划生育,中国人会难以生存云云。现在倒好,田还是一样多,却可以抛荒了。有一段时间中国从南到北,农民兄弟把农田经营成了"锦绣田园"。这已为世界各国所称道。而现在锦绣田园怎样了?除了部分抛荒,还有整个村庄被抛弃的!国务院参事冯骥才对此现象作过深入调查,他说,过去十年全国每天消失八十至一百个自然村!这真是极其令人惊诧和痛心的啊!这个怪现象其根源是经济利益。我们何不采取措施改变这一现象?这一现象若不改变,建设社会主义新农村从何谈起?我期待国家拿出有效措施,既搞好城镇化,又搞好新农村建设,让城乡都成为让世人羡慕的锦绣家园!

2013年×月×日

今日上网,知南京市市长季某因收贿而被中纪委带走。后见报载,知其初查受贿2000多万元。当今中国百姓,最痛恨者为贪官。季某被抓,恐非最后一人，又令我忧：

贪官成堆，影响民心。一是从上到下，贪官层出不穷。大贪官远有刘、张，中有成、胡，近有陈、陈、薄、刘，等等。中贪官一大片，小贪官如牛毛。所贪财物数目从几万到几亿。已大大影响民众对党和政府的信念。我有一朋友，刚当上科长，当天被领导授权代表其单位宴请来宾。因领导已授其"签字权"，他在结账时多开一条烟供自己享用。这就是贪污——不该得的自己得就是贪污。古谚"小时偷针，大来偷金"。贪污行为也是从小数目开始，以后贪心日大，以致成为巨贪。如何杜绝？建议在社会对贪污行为予以严苛监管外，可从小学起开廉洁课，并将廉洁（有否公心）作为品德考核内容，学校、家长齐管，从娃娃抓起，使廉洁成为一种习惯，长大大部分人自然守得住底线。这已为古来仁人杰士成长史所证明。如此中国廉洁有望。

我说独生子女

某领导,您所说的计划生育政策,我百分之百地拥护。因为长期以来,中国的人口压力实在太大了。但任何事情都有个度。比如独生子女政策,执行二十多年了,使中国少生了几亿人,减轻了国家许多压力。但是实行一户一孩的做法,不应是计划生育的全部;不应是计划生育＝独生子女。因为生两个也是计划生育吧!相比以前生四五个、六七个,这生两个已是相当"计划"的了。

然而,对于强调一户一孩,到二十几年后的今天,我们不仅仅看到这个做法带来的人口数量的大量减少,也应看到它的负面效应。我工作的单位是新闻单位。这几十年记者生涯使我广泛接触了社会。社会民众对一户只准生一孩反应是强烈的。下面,我就根据我的社会接触和掌握的有关资料,以及我这几年的思考,谈谈执行一户只准生一孩的看法。不当之处,还有待您的指教。

首先,我觉得,一户一孩是违背常理的。我们中国有句老话说"独木难支",又说"凡事不要吊死在一棵树上"。这都是几千年我们民族处事的经验总结啊!先说"独木难支"。过去中国的房屋很多是靠木头撑起来的。一根木头能把一栋房子撑起来吗?退一万步说,这根木头很结实,树干粗大,但从始至终靠它撑着也是十分危险的。因为房子里的人要活动,在这独木支撑的房子中活动,就得随时随地考虑平衡问题———一个方向站的人多了,失去平衡了,一边就得塌下去,于是总得注意对称站着;房子里的家具,不能随意摆放,它也有个平衡问题,一些大型家具不能靠一边放,甚至要分割成小块,以保持平衡。这说明生活在独木支撑的房子里的人是别扭的,也是危险的,不能持久的。按物理学的观点,一个事物要平衡,至少有两个支撑点,三个最稳定。人为什么要两只脚,人的进化的最后为什么一定要有两只脚而不是一只脚,就是为了平衡啊。如果人人都一只脚,那还能生活吗?那叫残疾。上帝造人,最后给人留两只脚,那他也考虑到"独脚难支"啊!

再说"凡事不要吊死在一棵树上"。是说我们做事安排不要"孤注一掷"、"只一个方案"、"只一条道"、"只一个希望",而无其他。这样没有余地的办事也是危险的。比如我们搞建设,只有一个方案,没有备案;打一次仗,只有一个作战方案,不去设想如果发生异常情况的备案。这种单一建设思维、单一战术思维只会带来不良后果。这已为无数事实所证明了的。为什么这句话用"吊死"一词?我想,是形容孤注一掷和唯一选项的后果是严重的,将导致事物走入绝境、陷入绝望(没有退路)。一户一孩,实际上就是如此。

古人的经验之谈,常常包含十分明晰的正确之理。一户一孩就是"独木"、"独脚",就是"办事无选项",就是"不留余地",既违背自然界物理常理,也违背人的办事常理。

其次,我要谈谈,一户一孩对家长、对社会的心理损害。独生子女一出世,就受到家庭的严密保护。我曾经看见,一家人外出,母亲抱着孩子,左边是外公,右边是外婆,前面是爷爷奶奶,孩子父亲殿后,严格监视前方母子,发生闪失,随拖援手。这似乎有点戏剧化,但确实是事实。孩子就是在这样的严密看护下成长。一个独生孩子,从能懂语言起,听得最多的就是"注意安全"、"注意安全"。"注意安全"这话本身没错,它体现了家长对孩子生命的高度关心和担心,因为只有一个孩子,"百亩田地一根秧",一旦夭亡,下一代就全没了,家长输不起!长此以往,问题来了:当一个人从幼儿起,天天被家长、教师叮嘱"注意安全"、"注意安全",在孩子心中,自己的生命安全永远是第一等的,除了自己的生命,其他都可不管,什么见义勇为,什么舍身救人、什么临危不惧,都去他的。那么这个国家的浩然之气就泯灭了,很难出董存瑞、黄继光、欧阳海了。这真是国家的大不幸。多年前,为了独生子女的安全,学校在体育课中取消了跳马、双杠等项目。讲一个真实的故事。一次,时任教育部副部长(现任教育部长)的袁贵仁去一所学校突访检查工作,发现该校偌大的乒乓球室里竟空空如也,没有一张球桌,他就问陪在身边的校长这是为什么。校长解释道,该校去年年底,有一位低年级学生在打乒乓球的时候,头部撞上球桌角,顿时血流如注,尽管最终并无大碍,但学校考虑到学生的安全,便将所有的乒乓球桌撤走,拖进储藏室里锁了起来,不再让学生在课余时间打乒乓球。袁贵仁一听,生气地反问:"课桌凳也会碰伤学生,你们是否也要将所有课桌凳锁起来,让全体学生都站着上课?客车也有可能出车祸、飞机也有可能失事，你们是否觉得也应该叫世界上的客车全部停开、飞机全部停飞？你们这种做法，典型的'伪善'安全；你们的安全意识实际上是'自保'意识！"校长听罢，顿时尴尬无语。这种为"安全"而取消锻炼项目的因噎废食的做法已沦为国际笑柄。袁部长批评的这种"安全观"实际上早已风靡全国，导致了学生家长不愿让孩子学体育，特别是竞技体育。我们的足球上不去，也与独生子女球员为安全而胆小而不敢拼有关。2012年9月9日在秦皇岛奥体中心进行的四国赛上，中国国青队1比5被墨西哥青年队狂虐，特别是上半场就0比4落后。中场休息时，国青主帅里克休克罕见震怒："你们是胆小鬼，你们没有获胜欲望，你们是在为国家队踢球，上半场的比分是一个巨大的耻辱。"球员的胆小，与从小家长、教师的过分的"安全！安全！"的叮嘱难道没有关系？人活在世上，说到底是活个精神，其中就包括拼搏精神和牺牲精神，独生子女政策，很大程度上带来的是拼搏精神和牺牲精神的缺失，培养了无数苟活以自保的接班人，这样的接班人将导致国力衰微，国家前景堪忧。这就是一户一孩造成的心理损害的结果。

再说国防堪忧。一户一孩造成的心理损害和身体损害，已与主动献身国防拉开了距离。想当年（上世纪五十年代初），我读小学，那时正是抗美援朝战争前后，全国一片参军热，就连我们小学生也热衷军事游戏，往往愿意充当战争的牺牲者，以为国牺牲为荣。而现在，情况大不同。虽然很多孩子受影视剧影响，喜欢弄刀弄枪，但动真格的恐怕就不是那么回事了。现在对孩子去当兵首先不同意的是家长。九十年代初，我作为记者在一个场合顺带依次问了十个独生子女家长，问他们"如果要打仗了，愿不愿意送孩子当兵"，得到的回答是：八个家长说"不愿意"，只有一个家长说"大敌当前，为保家卫国，应该去"，还有一个家长说"到时再说"。可见绝大多数家长不愿孩子当兵。有几个说"不愿意"的家长还特别表示：如果有两个孩子，我肯定送一个去。问他们原因，一致回答说：不说你也晓得，只一个孩子啊！这使我联想到1979年7月中越边境自卫反击战后，我去某军医院采访负伤战士的情景。

当时这所医院住满了从前线转来的伤员。有几个重伤员是在发起总攻的第一线负伤的，经5个月治疗，伤情好转，能坐起来同采访者讲话。在谈了战斗经过后，我们问他们有什么体会。他们的回答几乎一致："我们为保卫祖国，为打击侵略者尽了一份责任，值！"我问其中一位伤员："仗打起来，害怕吗？"

他说:"开始有一点,但往前冲就什么也不想了!"我又问:"为什么能这样?"他说:"仗一打,我就准备牺牲,我没有什么顾虑,我家三兄弟,我牺牲了,还有两个哥哥可以照顾爸妈。"两年后我读到一篇写收复老山的战斗通讯,通讯写道:进攻老山的第一梯队、第二梯队的突击队员,曾在战斗前录下对家长的遗言,每人几乎都有这样的话:"爸妈(或爷爷奶奶),今晚我们就要收复老山了,我光荣地参加了突击队,很可能会在战斗中牺牲,但爸爸妈妈不要紧,我的哥哥(或弟弟)会照顾你们的,党和政府也会照顾你们的。你们应该为有我这样的儿子而骄傲……"读到此,我深深地被这些战士的牺牲精神所感动而潸然泪下。如今我想,我问过的那几位家长为什么不愿让儿子当兵?不是他们不爱国,而是他们懂得战争的残酷,奉献出一个就是奉献出全部啊!他们不想孤零零地度过晚年,这,从人性讲,也是人之常情啊!

现在的情况是,别说牺牲精神,就是独生子女的吃苦奋斗精神也与以前的孩子有天壤之别,根本谈不上"吃苦"二字。在"保安全"的心理束缚下,家长生怕孩子在锻炼中受苦受累,于是,孩子连稍长距离的跑步、稍长时间的站立都受不了,这样虚弱的身体参了军,真的会是"草莓兵"。或许参军后部队会想方设法去改变。但从小到大孱弱的体质不是一下子能改变的。这中间应试教育也是损害国防建设的一大原因。因为家长的希望全在孩子这"一棵树"上,加上"不能输在起跑线上"的不负责任的漫天宣传,家长一个劲地让孩子拼智力,整天沉浸在各种题目中。学校和老师为争名次,拼命补课,挤掉了体育课和体育锻炼的时间。在这样的应试教育的轰炸下,导致孩子身体的弱不禁风和大量近视眼出现,更遑论孩子创造性的丧失了。身体的虚弱又导致意志的弱化,导致尚武精神的缺失。伟人少年时说的"野蛮其体魄,坚强其意志"在中国成了一句空话。这又使我想到早些年中日少年行走比赛,我国少年输得很惨,难怪日本人说"你们(中国)的下一代不是我们(日本)的对手"。他们的话难道对我们不是沉重而刺心的警钟吗!我市九十年代初的孔令志市长访日归来告诉我们,日本小学生冬天一律穿短西装裤以锻炼耐寒能力。这就真正是"野蛮其体魄"啊。中国的孩子呢,一到冬天就穿得跟"笨鸭婆"一样,家长生怕孩子让风吹着,让冷冻着,这反而使孩子抵抗力下降。可家长就得这么干,因为一个孩子让人心疼啊。事实种种,说明中国不改变一户一孩的极端做法,国防的脆弱后果迟早得到显现,这里不是指武器装备,而是指精神意志的

崩溃、尚武精神的丧失将导致极大灾难。这可不是危言耸听啊!

还有,独生子女性格的缺陷众所周知。除上面讲的因娇生惯养不能吃苦、意志弱化外,以自我为中心、唯我独尊、离群索处(家中无玩伴)、无换位思维、无同情心友爱心等性格缺陷也将影响整个国家的提升进程。(当然,这里讲的是大部分独生子女,少数经家长严格教育者不在此列。)

独生子女的夭亡造成全国上百万家庭的后继无人。而且"失独家庭"每天还在增加。这种痛苦是巨大的、无与伦比的。尽管我们不讲封建传统,但"断子绝孙"、"不孝有三,无后为大"仍深深地烙印在人们心灵上啊!如果是二胎,留有余地,"不吊死在一棵树上",他们会有如此痛苦吗!我到过许多养老院,其服务态度、服务质量真令人沮丧。最好的养老是家庭养老。没有了后代,家庭养老成为泡影。百万失独家庭的悲剧何时可以终止?

至于在经济上的影响,因我对人口经济没有学习和研究,没有多少体会。但我的感觉是老年人越来越多,周围生孩子的越来越少。有专家指出:"中国的人口抚养比将在2013年达到最低点,然后上升,人口红利丧失。总抚养比是儿童抚养比(0—14岁儿童与劳动人口之比)与老年抚养比(65岁及以上老人与劳动人口之比)之和。其实抚养儿童是投资,赡养老人是还债,降低儿童抚养比必将增加未来的老年抚养比,将二者混在一起很容易掩盖人口问题的严重性。比如:日本在1960年和2010年总抚养比均为56%,但1960年儿童抚养比和老年抚养比分别为47%、9%,经济充满活力和希望;而到了2010年这两者分别为21%、35%,经济已经持续低迷了十多年。"又指出:"第六次全国人口普查显示,中国2010年出生性别比仍然高达118,总抚养比只有34%,这种情况在人类历史上绝无仅有,留下日后社会不稳定的隐患。"从这些专家的研究看,在整体上,年轻人口对经济大厦的支撑也到了"独子难撑"的地步了。

总而言之,无论从人性心理上、经济发展上、国防安全上等诸多方面看,一户一孩式的计划生育是应予改变了。从1980年我国实行一户一孩计划生育时,总是一直强调我们国家土地少,养不活人呀。按我国国土面积与人口比,我们是大大优于近邻日本的。日本是个没有资源的国家,它的面积只有37万平方公里,它每平方公里335人,人均收入居世界13位(2010年世界排位),过上高水平生活,而中国资源比日本丰富得多,每平方公里只有139人,人均收入却在世界127位（2010年世界排位）。各种资源加上土地资源中国是富足的，怎么比小小面积又无资源、人均耕地也少的日本收入悬殊这么大，这就不能用减少生孩就可致富来解释了。

如果每户可生两个孩，也就是说每代两个孩子，从整体上说人口是绝对会减少的。为什么？因为有自然灾害、交通事故、疾病、自杀等造成的死亡。以疾病为例，据报载我国每年因肺癌死亡者在百万以上，其他如肝癌也如此。淋巴癌、白血病等的死亡也是数十万计。交通事故和自杀也各以数十万计。这样加起来有几百万！这可不是小数目。另外，一些年轻人搞丁克家庭（如上海有百万个家庭没有孩子），还有数以几百万计的剩女、剩男、相当比例的不治的不孕症者等等。这样一代两个最终导致人口有相当数量的减少，这已是不争的事实。国家的二胎试点县经二十多年实践，得出的结论是人口并未增加，反而下降了。

实行二胎政策，不仅人口没有增加，反而下降，这也是计划生育啊。而且对家庭来说，也是利多的。首先对孩子成长有利。孩子有了兄弟姐妹，就有互相友爱的对象、学习互促互帮的对象，有了竞相争先的对象，平时玩耍有了伴，锻炼旅行有了伴，经常可以互相照顾，孩子的品德素养得到提高，这是与"唯我唯一"的独生子女情况不可同日而语的。有了两个孩子，家长内心也宽松许多，快乐许多，不必时时为"一棵苗"的安全提心吊胆。生二胎，有利家庭，有利素质教育，有利国防，有利经济建设，何乐而不为呢？有的领导往往考虑人口多了，人均GDP会减少。这真是一孔之见。他们不懂得人是创造GDP的根本动力。广东省的人均GDP多年来在全国是最高的，就是因为它吸引了最多的劳动力为它创造财富，是广东是数千万劳动力创造了广东"大蛋糕"。如果靠减人分"蛋糕"，到头来会无人做"蛋糕"！为了GDP而减少人口，不改变一户一胎做法，对于处于时时有不安全感的千千万万独生子女家庭来说，即算人均GDP高了，他们也不会真正的快乐，这是我多年接触独生子女家庭得出的结论。

还有的专家说：中国最好只有5亿人。这简直无知透顶。难道要禁止生育到5亿人，那么中国只剩中老年人，等这些中老年人一死，中国将成无人之国。这些看不到人是第一宝贵的财富的所谓专家，最好断子绝孙去先死！

就在我国一些专家提出要把国人减去近三分之二时，美国的专家却在期望美国成为第一人口大国而努力。据《参考消息》2013年4月26日发表的联合国人口司前司长约瑟夫·夏米所撰题为《美国可能成为第一人口大国》的文章称："美国可能将致力于在本世纪内成为第一人口大国，从而确保自己的实力。""美国幅员辽阔，资源丰富，可以轻而易举地容纳更多人口。16亿人口将使美国的人口密度从目前的每平方公里33人增至2100年的165人。未来的这种人口密度远远低于目前德国（每平方公里231人）、日本（335人）和英国（255人）的人口密度。""人口增加，对粮食、住房和能源的需求也会增加。这可以通过重振美国经济、开发未得到充分利用的土地和自然资源包括天然气和可再生能源来解决。创新和技术可以缓解给环境造成的负面影响，正如美国两百年的历史表明的那样。"文章最后充满信心地说："本世纪末将拥有16亿人口、力量得到增强的美国将意味着世界更有安全保障，也更加欣欣向荣。到2100年，作为世界上人口最多的国家，美国继续推动民主、自由和发展的能力将得到加强，从而确保世界上每个地区的和平、稳定与繁荣。"对这篇文章所谓的推动民主、自由和发展的政治性论述我们可不去理会。但就人口增加可确保国家实力、通过对土地和资源的开发和人的创新能力的开发解决人口增加的问题的远见卓识，就令人佩服。这与我国那些只晓得减人，看不到发展人的开发潜能和创新潜能的所谓专家形成鲜明对照。这是这些专家的可悲，也是中国人的悲哀。

某领导，我今天就独生子女的话题谈了这么些话，这是我这些年思考的结果。我讲的是我个人的看法，目的只有一个：使我亲爱的国家强大，人民幸福。不当之处，请毫不客气地指出并批评。

2000年整理初稿
2013年9月改

附记：此文为上世纪九十年代以来，与多位同志（包括一些领导）多次交谈的整理稿。我对问题的忧虑均得到他们的认可。

高考录取采用"双重标准"值得商榷

每年的"高考"是高中毕业生为升入高等学校而举行的智力竞技。这种跳"龙门"般的淘汰式考试古今中外皆有之。考试时，考生们如同运动场上的运动员，一声"令"下，便龙腾虎跃，尽显自己平日练就的功夫，沿着规定的公正的"智力跑道"迅跑，以争取优异成绩。曾几何时，某地于1992年高考采用了录取的"双重标准"，即把应届生与往届生各划一条录取分数线，其理由是：让应届生与应届生竞争、往届生与往届生竞争，以求解决往届生录取比例过大的问题。

据了解，在录取学生时采用"双重标准"，是因为考虑到应届生社会活动较多、学习时间紧，使学习质量难以与往届生匹敌，故采取降低应届生录取分数线、抬高往届生（复考生）录取线的办法"对付之"。（实际上，该省1993届高中毕业生的课程已在两年内基本学完，他们也有较充裕的复习时间）。实言之，就是在知识考核上对应届生宽、对往届生严。我们以为，这种办法作为一种临时应急之法，或作为试验性地实行一下，倒也无妨，因为也可算是一种探索。但如果使之成为招生的一项"既定政策"，则弊端甚大。我们的看法是：

其一，违反事物发展规律，实际提倡"一次成功论"。

世上任何事物的发展都不可能"一次成功"。从人类社会发展历史看，任何社会阶段的演进（如：从封建社会向资本主义社会过渡等等），无不是多次革命的结果。就说我中国共产党领导的社会主义革命和建设，自1956年全国对资本主义工商业的社会主义改造完成后，并未"一次成功"，其中的反复和"重来"不知多少！如果从科学试验看，一次成功者可说没有。对于十几岁的考生第一次（或二、三次）高考发生失误，原因是多方面的，有智力的、心理的、生理的诸多因素。对于失误的考生，像某地那样采取抬高分数线的办法去"挤"往届生的举措，这从根本上就违反了事物发展的规律。

其二，用双重标准录取考生，极易对往届生造成不正常的心理压力。

既然革命、建设事业允许失败，允许反复，而对在考试场上第一次未能成功的考生，采取抬高录取分数线的举措，无疑是在向愿意再次投身升学考试的考生宣布：你们再要考吗？那就请"入另册过线"！这在心理上会造成什么影响呢？显然，这是给往届生的心灵以沉重的一击：谁叫你们第一次考试失败？失败了就得接受此类"另线"待遇！

在这样的举措压力之下，往届生应考的心理状态会正常吗？有人说得好，这无疑是一剂涣散往届生斗志的"偏方"。

这个"偏方"世界各国有吗？未见得。据笔者孤陋寡闻，在国内也屈指寥寥（很可能是仅此一家。）

这个"偏方"在竞争更为激烈的运动场上有吗？绝对没有。如果，对跳水老将高敏，也以"你参加此项运动近十年、训练时间超过新手多少多少，年龄也偏大"等等理由为高敏等"老"运动员另定比赛标准，那不成了世界运动史上的大笑话了吗？！

其三，用双重标准录取考生，除了有歧视往届生参与"复考"之嫌外，同时这个做法也没有从实际出发，去理解、体谅往届生参加"复考"面临的种种困难：①往届生参加"复考"必须要有一定勇气，他（她）们大多数是在家长亲友的叹息、责备声中重新捧起书本的。他们能在摔倒的地方再次奋起，特别在"读书无用论"又沉渣泛起的今天，这种精神就更加可贵了，我们亦应当十分珍视之。②往届生参加"复考"已失去昔日在校学习时具有的，诸如师资、资料等优越条件，且信息闭塞。即算上补习学校，而各类补习学校的条件较全日制高中不可同日而语。补习学校与补习学校之间差别也十分巨大。在这种条件下继续攻书已是十分难能可贵的了。而人为的"双重标准"无疑是在往届生面临的种种困难中又添一条"人造困难"。

其四，曾有人提出要"取缔"、"禁绝"往届生"复考"之路。此说乃属违反社会、人生发展之大谬误。须知在当今中国还有这么一群不愿就业、甘愿走潜心读书之途者，此乃社会之大幸、国家之大幸。这群"复考族"可谓是有希望出杰出人才的"人才库"，那些办得卓有成效的补习班，如誉之为"培养未来人才之基地"也不为过。请看一个伟人的经历：1910 年，少年毛泽东与好友郭梓才，从韶山步行 90 里，到湘潭县城参加昭潭学校入学考试，结果郭梓才考上了，而毛泽东因种种原因未能考上，成了当时的"往届生"。作为"落榜者"和"往届生"的毛泽东，并未气馁，他仍坚持再读再考，这位后来成为世界伟人的"往届生"终于在1911年考入湘乡驻省中学，开始了他寻求知识、探求真理的新跋涉。若照目前某省的做法以另一条更高的分数标准录取"往届生"，那毛泽东也不一定会获得录取，那么会有后来的毛泽东吗？难说。【注】

至于有人认为，往届生死记硬背、反复考试、年龄偏大、头脑欠灵活等等。这种看法并不符合客观事实，也欠公正。即算有，也在极少数。退一步说，在应届生中不也存在着有这些毛病的学生吗？而据笔者调查，自1978年恢复高考制度以来，那些"老三届"大龄考生以及后来的"复考生"，他们在大学毕业后，成为国家科研、文化、政界等方面的杰出人才者比例相当大。君若不信，可来个"全民调查"，方可正视听。

总之，用"双重标准"对待复考生，此作法不是解决应届生录取比例小这一问题的"良方"，而是一种"偏方"或"错方"。正确的解决办法，应当着力于提高在校学生的学习质量。应届生学习不过关，不过硬，在三年学习中白白浪费了不少时间，故三年中学的知识不扎实，要用第四年或更多的时间来消化、贯通，其根源仍是由于在学校学习时酿成的。努力提高应届生的学习质量，才是唯一出路。自然，像某些省份高等学校办得不多，而生源太广，因此造成了这些省份的应届生录取比例较小，要解决这一"浩荡考生过独木桥"的问题，一方面随着国民经济的发展，高校事业也会相应发展；另一方面采取其他措施，如改变学校性质，对接受了九年义务教育的学生进行正确分流等。

江泽民同志在十四大报告中谈到社会主义市场经济时，曾强调要"使经济活动遵循价值规律"、要"实现优胜劣汰"。笔者以为，江总书记提出的这些原则含义很广，它既适应工业、商业、科研，也适应教育事业。任何事物的"优"的标准都是由于自身的矛盾运动而自然形成的——这就是"市场规律"所使然。人为地把"优"进行人工强行控制，搞双重标准，到头来，这个"优"也值得怀疑。尊重客观事物，尊重事物的发展规律，这是对待一切事物应该采取的正确态度，其中也包括对待高考这一关系学生前途的大事。

写于1993年5月

【注】引自赵志超著《毛泽东和他的父老乡亲》一书。

我读晓霞山

有作者将对祖国山川的观览,比作观书。我认为此喻颇为贴切。对于湘潭境内的名山晓霞山,对它的观览欣赏,我亦有如此体会,经历了初读、再读……的过程。

初 读

晓霞山于我的印象,在上世纪 80 年代初,几乎就是一片空白。然而,在 1983 年春末,这个"空白"被我改变了。那年四月初,我和陈长工兄去乡下采风,一个多星期时间我俩走访了好几个乡,采风行将结束,陈兄邀我去他家玩玩。我欣然前往。

我俩在湘潭县石潭坝乡菱角村一片平坦的田间小道上前行。上十里走过,就见一大山突兀在我们面前。我问陈兄:"这是什么山?""晓霞山。"他答。这是我第一次听到"晓霞山"这个名词。我沉吟道:"晓是早晨,霞是霞光万道——这个名字好啊,有画面感,还有诗意!"陈兄听我如此评价,他的自豪感更溢于言表:"这晓霞山,是南岳衡山七十二峰之一,是这一带的名山哩……"我说:"难怪陈兄文思泉涌,是汲取了这晓霞山的灵气啊!"陈兄又如数家珍般地讲起这晓霞山的地貌、气势……讲得我心里痒痒的。大概他看出我心中之"痒",便说:"我们去登一下晓霞山,要得不?"见陈兄邀我登此山,我连声说"要得、要得",又紧问:"什么时候登?""明天。"他说。

陈兄的家就在晓霞山脚下。当晚我在他家住下。第二天早饭后,陈兄引我开始登山。此时天空还较明朗,入眼景物十分鲜明。

上山的路是一条曲曲弯弯的浅黄色土路,因时值春季,时常有雨,有些微黏性,但总体还是好走。路的坡度较大,也说明山势的陡峭。我和陈兄边说着话边往上走着。不一会儿就有点出气急促。这种气促也不至于影响我和陈兄的交谈。我边说话边打量山势和四周的植被。我看到我和陈兄的登山之路是在晓霞山的一个"分山脊",而右手却有一条沟壑,沟壑那边又是一突兀的山坡。沟壑间有白练般的山泉飞漱。我体会到我俩是在晓霞山的一条皱褶处登山。右手对面的坡上,几乎尽是毛竹,毛竹嫩绿现黄的竹叶形成尾翼状,随微微山风摇摆,掀起竹海微波,煞是好看。而临近身旁的植物则又是一番景象:双目所及尽是茅草和灌木丛的世界,一些藤类攀援植物已缀上了粉红、淡紫的花朵,若要寻大一点的乔木,则十分费劲。

登山之途大概走了近半个小时,起初,我们享受了微风拂送,一路惬意。但后来,天渐转阴,风速加快,十几分钟后,则加快成狂风了,天上又堆起了黑云,四周植被变成墨绿色了!山雨欲来风满楼!我意识到:山雨将至了!我俩顶风而上。不一会儿,豆大的雨鞭一阵阵横扫过来,将我们全身淋得透湿。

我们终于登上山来,走进一片不大的开阔地,在一溜简易篾织平房的屋檐下躲起雨来。我抹着头上、脸上的雨水,问陈兄:"这是什么地方?"陈兄也不停地抹着水对我说:"是晓霞山林场总部。"此时,我已定下神来,只见林场是一个四合院式的结构,全是平房,房子墙壁的泥巴许多已经脱落,露出根根泛黑的篾条。看样子这些房屋年岁不小了。房子中间是一块矩形空坪,长满了菖蒲、狗尾诸草,有多根手臂粗的去皮圆木横卧草中。地坪左侧格外引人注目的还有一只大大的树墩,上有斧斫的痕迹。陈兄告诉我,这里原是晓霞山规模最大的寺庙圆通寺,曾经香火极盛多年,可惜50年代末被毁,这个树墩就是当年要两三个人才能合抱的一棵白果树的树墩,也毁于那个年代。看着偌大的白果树墩,我不禁唏嘘连连。我问陈兄:"怎么不见林场职工?"他说:"现在林场没什么事做,生产队又搞了联产承包责任制,大概大家都回自己屋(家)里做事去了。"又朝林场外边望去,晓霞山峰隐于雨中,无法识别其真面目。因雨劲未减,我俩亦无法再登高处,陈兄面对雨幕中的晓霞山,告诉我:晓霞山比起衡山等五岳,的确不高,但山势奇特,它南北走向,面朝东,气势磅礴,绵延三十余里。山势东向耸立,山脉东面坡陡,有的地方甚至成绝壁,险峻无比;西向平缓,山峦叠峰,山脉相连,主峰晓霞峰,高耸入云,两侧山脉逶迤烘托。向东远望,如雄鹰展翅欲飞,有腾空万里之威势。向北远望,晓霞似一马当先,身后万马奔腾,有排山倒海之势。向西望主峰,三峰鼎峙入云,如笔架,故山民们又称之为笔架山……陈兄用如此诗样语言描述晓霞山,并配以手势指点,使我对晓霞山山势的奇特有了初步印象。尽管如此,当我面对无高大树木,仅由毛竹和遍山的绿色杂木、灌木、野藤等植被主宰的晓霞山,尤其望着空无一人的林场,想象着当年圆通寺的盛况,我的心还是有些空落落的。陈兄问我对晓霞山印象怎样,我答:"山势奇特,遗憾尚存。"这就是我初读晓霞山的评语。

又 读

新世纪初,我又一次来到晓霞山,翻开了它厚厚的历史册页,使我对它惊叹了、惊羡了,甚至被震惊了!上次的初读仅仅读了它一个小小侧面,它的大部分,尤其是它的内涵我远未触及。古语云:"山不在高,有仙则名。"这一回登山,我明白了:晓霞山的名,就在于它有"仙",这"仙"就是晓霞山孕育的惊世伟才!亲爱的读友,当我们登临了晓霞山主峰笔架山之后,让我们迈开双腿到它的山脉延伸处走走,就会有非同寻常的发现。

在晓霞山西麓菱角村长塘,著名的"黎氏八骏"在此横空出世,名震全国。他们就是著名语言学家黎锦熙,著名音乐家黎锦晖、黎锦光,桥梁专家黎锦炯,被鲁迅称为"湘中作家"的黎锦明,采矿专家黎锦曜等兄弟八人。八人中黎锦熙仅以"著名语言学家"概括之远远不够,他在文学、史地、教育、哲学、佛学和目录学等学科都有超常建树。其他兄弟也是底蕴深厚,学有专长,贡献非凡。一家出八骏,在华夏大地上极为罕见,但晓霞山确确实实就孕育并成长了他们!我们再去山的东麓看看,真是"不看不知道,一看惊一跳"!因为就在晓霞山东麓的杏子坞星斗塘,诞生了世界文化名人、一代国画宗师齐白石。这位被世界美术大师毕加索极为推崇的中国画家,他的腾飞之地就在晓霞山下一栋十分普通的泥砖农屋中。而且齐白石与"黎氏八骏"之父黎松庵等来往密切,经常交流切磋诗、画、印技,共同探索着艺术的升腾之途。晓霞山西麓"黎氏八骏"和东麓的齐白石大师似多颗巨星在晓霞山的天空闪耀,构成了晓霞山独有的极为灿烂的文化景观,让人不佩服不行!其实,晓霞山的名人远不止此。如曾任《大公报》主编的张平子就诞生在晓霞山的新塘冲,还有著名书法家陈琪等都是晓霞山的"产儿",而齐、黎则是他们之中的杰出代表!至于在省、市、县有影响的人才,更是如云似霞,一笔难尽!这就是晓霞山的又一奇特之处:人靠山养,山以人传,它是人才腾升的沃土!

再 读

有人说,"晓霞山像深闺秀女人未识",又说晓霞山是"璞玉待琢"。我很同意这些说法。我从对晓霞山的几次接触,就深感:它的自然景观有奇特处,但也有令人遗憾处;它的人文景观有惊人处,但有被湮没而令人叹惋处!晓霞山,这位深闺玉女亟须人们梳妆打扮;晓霞山,这块尘封已久的璞玉,亟须人们发掘出来、擦去尘土琢出它耀眼的光芒!

晓霞山在等待这一天,等待它"靓丽登场"的机缘!

这一天终于来到了,机缘终于找上门来!

这机缘是偶合,也是必然。2004年初春,在讨论新年度工作安排的时候,湘潭市文联主席赵志超,这位以写毛泽东传记而享誉文坛的纪实文学作家,从学习、理解党中央号召文艺家"三贴近"的重要意义,联想到毛泽东1915年在湖南一师毕业时提出的"新村"建设理念,便提出在湘潭农村建设一个文艺家生活基地的设想。他的提议在市文联党组会上得到通过。这年3月,市文联组织部分文艺家下乡考察,先到湘潭市林科所、湘潭县紫荆湖及白石铺乡等地调研,经过衡量,觉得都不太理想。后来,来到湘潭县中路铺镇菱角村及晓霞山考察,看到这里风景优美,名人辈出,山下有文化名人黎锦熙八兄弟故居,不远处有齐白石故居,深感这里是难得的文化名人故里,文化底蕴极为丰厚。于是,决定把文艺村建在这里。这一决策拉开了晓霞山新生和发展的序幕,拨开了尘封"晓霞璞玉"的第一层尘土,意义悠长、深远!

决定仅仅还是一种意向、一种设想,是头脑中、纸面上的东西,要把它变成可触可感的现实,还得付出艰辛的劳动!这以后,在两年时间内,赵志超带领市文联工作人员和文艺家走上了20多次深入菱角村调研的漫漫长路。他们的调研报告显示:在晓霞山建设文艺村(文艺家生活基地),既是物质的更是精神的,而且是十分可行的。

赵志超工作是很会"走程序"的。他把在晓霞山建设文艺村的想法,向市委宣传部领导和市委分管领导汇报,还向上级文联——中国文联、省文联的领导汇报,得到充分认可和支持。他甚至把省文联党组书记也"拖"到晓霞山来了,还住了几天,既欣赏了晓霞山朴素之美,也领略了晓霞山蚊子热情之滋味,留下深刻印象。

赵志超和他的"一班人"连轴转般地工作着。市人大干部陈金亮等也尽心尽力配合。辛劳换来收获：搭建了强有力的工作机构；充分把村民发动起来了；争取到了当地政府的资金支持；成功发动文艺家捐款捐书……一切准备工作在紧张有序地进行着。终于，在十个月之后，一切准备停当。2004年10月30日，晓霞山和这山上山下的民众，迎来了"湖南省文艺家深入生活联系村"（即晓霞山文艺村）的隆重的挂牌仪式。

那天，我也有幸忝列于与会者之中。

挂牌仪式锣鼓喧天，鞭炮阵阵，一片欢歌笑语。中国文联发来贺电，省文联及市县区的主要领导和上千群众共与盛会。仪式结束后，我又在晓霞山徜徉三日，耳闻目睹了这曾经让我"遗憾尚存"的山村的变化，下面是我当时随手记录下的"晓霞山之变"：

这里，到处是一派热气腾腾的建设景象，银锄飞舞、扁担、土车如梭，推土机声轰鸣，小路被拓宽成可行汽车的大道，原有大道正被改建成乡间公路，基础设施建设已经启动；

这里，六个文艺家深入生活联系户已经建立起来，生活、采访条件已完备；

这里，文艺村大本营——菱角村村部已修葺一新；

这里，黎氏八兄弟故居及史迹展览已初步开放，第一次展示的图片、对联及文字资料吸引着八方游人；

这里，村万册图书室已建立起来，文艺宣传队也组建好，并开展了丰富多彩的送戏入户等演出活动；

这里，重组了齐白石、黎松庵等创办的罗山诗社，创办了全省第一家村级文艺刊物《晓霞山》；

这里……

更令人惊喜的是，在市文联的努力下，该村的文化旅游业已悄然启动，目前已引进战略投资1000万元，在晓霞山林海中重建中林寺，准备建设一个以晓霞山为依托、以黎氏八兄弟故居为中心、以弘扬白石文化为目的的文化旅游区。菱角村党支部书记张恩奇信心满满地告诉我："我们一定能把菱角村打造成文化名村、旅游新村、经济强村！"这建"三村"的目标就是他们宏伟的建设蓝图，昭告晓霞山掀开了历史的新篇章……

以上见闻均收入我后来写的报告文学《文联之光》中。这些变化让人惊讶，而最令我动心而又令我怀疑的是关于中林寺的重建。说动心是21年前，我曾目睹晓霞山圆通寺被毁后的遗址，我忘不了那棵被斫的古白果树。中林寺是仅次于圆通寺的重要寺庙，今日这个晓霞山古文化标志之一将获重建，当然令我心动、欣喜。而中林寺当年规模不小，今要重建，耗资不菲，真能兑现么？这就是我怀疑之处。

话又说回来，我眼前的晓霞山之变是具体的、活生生的、令人感动的，它是晓霞山变化的初步，因此在2006年我发表的《文联之光》中，我写晓霞山一章的标题是"晓霞曙光初现"。是的，目前晓霞山之变化还是"初现"，我期待晓霞山的更大变化。

新　　读

历史的大书又翻过了十年。从2004年10月"晓霞山文艺村"挂牌以后匆匆十年过去，如今的晓霞山又变得怎样了？带着欣喜的期望和向往，2014年5月3日，我又应邀登上晓霞山。

早上8点多，我在湘潭市委大楼前坪登上去晓霞山的专车，同车的有受市文联委派在文艺村蹲点的郭奇志先生和作家楚荷。小车在潭衡路上急驰。半个小时后拐进了去晓霞山的乡村公路。阳光下白晃晃的水泥公路似一条白练向晓霞山蜿蜒飘去。这让我想起十年前从湘潭市区坐车前往晓霞山参加文艺村挂牌仪式时的情景。那天正下过一场秋雨。小车从潭衡路拐进乡村大道时，问题来了，迎着车轮的是一只只水凼。在一个小土坡下，我坐的小车陷进泥泞之中。司机加大马力，轮子只是一个劲地在泥泞中空转。为减轻车的负担，车上的人只留司机，其余四人全部下车，但仍然寸步未前。最后，是喊来村民加上我们几个用抬和推的办法，才使车脱离泥泞驶上土坡。今天我又从当年的小土坡上过，小土坡被铲平了许多，由于铺上了厚厚的水泥，车轮在平整坚硬的路面上，非但连泥点也未遇上，而且只几秒钟就驰过了小土坡！让我这当年的"推车者"不由连发感叹之声。

小车在飞驰，很快到达晓霞山麓。小车开始爬山了。因为是水泥路，平整坚实，小车只一股劲加速，呼呼地朝山上急驰。车窗外，一派新绿，公路两旁绿树如墙。我们几乎是在"绿巷"中穿行。这让我更感慨了：这还是当年那以灌木、杂树、低矮树木为植被的晓霞山么？不是了！不是了！几十年过去，经过绿化和保护，松、杉、樟等树木成长起来，人们给晓霞山盖上了一床厚厚的锦绣绿被，晓霞山长高了！

不一会儿，小车在一栋新楼房前停下。下车后我饶有兴味地打量着周围的一切。这楼房高三层，粉得雪白，就这山中屋宇来说，它是很高大气派的了。屋前还有一座两三亩大的深水池塘，用山石整整齐齐砌了一圈，使塘成竖桶状。而这竖桶状池塘周围，大树参天，给人厚实的阴凉享受。大楼旁还有多栋平房，是食堂、宿舍之类，墙壁也粉得白亮耀目。在我的记忆中，晓霞山根本就没有这个去处。我挖掘自己的记忆，想找到曾有过的类似之处，哪怕就是蛛丝马迹也好。可是我的"挖掘"等于零，只好请教正在那里迎候我们的陈兄。陈兄哈哈一笑说："认不出了吧？这是以前的林场二工区！"啊，二工区！我真的一点也认不出来了！那年挂牌仪式上山，我们在林场二工区停留过，那时这二工区只有几间破旧平房，十分寒碜委琐。与今天这楼房、这池塘、这大树相比，真是不可同日而语了！我问陈兄："这还叫林场二工区吗？"陈兄又是一串哈哈："怎么还叫那旧名字，那是历史了。现在这里的全称是'湖南省晓霞山齐白石森林公园管理处'！"啊，我又一次惊叹了！就从这名称看，晓霞山已不知上了多少个层次了！

这时大概上午 10 点左右。艳阳高照，天气绝好。我们旁边，许多小车飞驰而过，那是自驾游的游客们的车，他们也是去登晓霞山山巅。也有多辆小车陆陆续续在大楼前的水泥地上停下。车上下来的是当年晓霞山文艺村的"始作俑者"、如今的市委副秘书长赵志超，当年开发晓霞山的"坚强后盾"——原市委常委、宣传部部长廖才定，开发晓霞山的主将之一陈金亮，以及一批文艺家。他们中有知名书画家王汉武、唐舒展、唐启文、李志明等等。大家走进宽敞明亮的休息大厅，坐下喝茶休息。而书画家们几乎没有落座，就开始挥毫作画写字。

趁画家们正忙碌着，赵秘书长招呼其余的人去登山、去参观新落成的中林寺。

我们又上车，沿路遇见许多从山上下来的小车，还遇见在路边骑着自行车上山的年轻人，更多的是步行上山的游客。想当年我和陈兄冒雨登山，那份寂寥，那份孤独，比起今日眼下晓霞山人气之旺，真有云泥之叹！

小车把我们载至中林寺的前坪。那年挂牌仪式后，中林寺的复建也列入了规划，我也登至该寺旧址，见到的是新开的一片开阔地和少数红砖。今日又来此地，一座高耸的寺庙赫然在目。寺前有香炉一尊，正香烟袅袅。步入大厅，只见金光闪耀的释迦牟尼大佛金像高十米，炯炯目光慈祥地观照着来访者。释迦牟尼佛两旁还有赫赫威严的四大天王护卫，整个佛堂之威势、其规模丝毫不输于其他大寺之佛堂。只见到佛像两旁挂着两副对联，其一曰：

西天佛祖，南海观音，仙袂还古寺，灵光焕彩千乡耀；
东麓齐璜，北山八骏，儒释溯长源，圣地生辉百业兴。

细观题款，是市人大某委主任陈金亮所撰。金亮系陈兄大公子，也是晓霞山开发的积极策划者之一。作为晓霞山人的后代，他正尽自己的力量为晓霞山的锦绣未来努力着。

其二曰：

晓迎红日值良辰，聚友呼朋，细说张子传经，姜生讲学，白石挥毫，松庵治印，尚忆罗网吟诗，菱角吹笙，七贤雅集，一门才俊耀长塘，抚今思昔，叹人文得天下之先，烜赫声名扬海宇；

霞映松筠臻化境，登高揽胜，遥指莲城若画，衡岳如屏，群峰竞秀，湘水生辉，犹看天螺晒屠，金鸡报喜，十里平川，千顷荷花映绿野，把盏吟诗，赞风景萃江南所美，氤氲紫气满山村。

看题款，乃赵志超之手笔。两副对联一简约一浩繁，皆描写了晓霞山中林寺要义、晓霞山风景特色和晓霞山历史人物之杰出。吟联读联，使人思维开阔，境界陡升。知情人说，这新寺已超过旧时的中林寺了。一时间，我想到了80年代初到访过的圆通寺旧址。忙问友人，圆通寺还会重建否？友人答"当在规划之中"。友人还告诉我一奇事：圆通寺旧址中那棵50年代被斫的白果树树墩边上，在我走不久竟发一小苏，现在这小苏又长成了一棵大白果树，要两个人才抱得拢！我惊道：这是白果树新生了，好兆头，好兆头！进中林寺佛堂来拜谒佛像的人络绎不绝，我们只好提前退出。

在寺庙前坪，呼呼拉拉上来一帮骑运动自行车的年轻人。我们立即与他们攀谈起来。交谈中方知他们是天鹰俱乐部成员，是一群"骑行"爱好者。他们所骑自行车为专业运动车，每台2000元左右。他们是从网上查到晓霞山的，今日特地骑来一游。其中一位残疾人，边脚边手装了假肢，今日也骑上山来，令大家佩服不已。在坪里，我们见到许多游客往寺右的山道上走去。他们准备登顶。其实晓霞山顶离中林寺已不远，但这回集体行动，我未能去登。

回到管理处，书画家们的画作已近尾声。我逐一看去：王汉武画的是大幅荷叶荷花，题款为"荷塘清韵"；唐舒展画的是大束荔枝，题为"丰收荔枝"；唐启文画的是山水；李志明遒劲之笔书写的是三个大字"水墨缘"……一件件作品饱含着对晓霞山的祝福！老部长廖才定见书画家们个个拿出了佳作，兴致也来了，随即口占一首五绝：

　　　晓起湘野行，霞岚满眼春。
　　　山居有禅意，妙境入林深！

接着廖部长又挥毫将这首五绝泼墨纸上，见到他这神韵十足的二十个字，大家齐声称好，有人说，这还是藏头诗啊，"晓霞山妙"嵌得多妙啊！

书法家李志明则代书了赵志超早一向登晓霞山时写的一首律诗《雨中登晓霞山》：

　　　山径逶迤过雨筛，穿云破雾踏青来。
　　　林间筱笋葱葱立，车外桃花灼灼开。
　　　八骏名门多俊彦，三湘胜地似蓬莱。
　　　丹心共绘千秋卷，日朗云开照九垓。

这诗和书法也博得了大家的一片赞扬之声。

中饭由晓霞山接待处提供，全是乡土菜加乡间米酒，一时间我们饱浸在浓浓乡情之中。中饭毕，书画家们登山去中林寺参观，我们则下山瞻仰。我们又拜谒了"黎氏八骏"旧居和"八骏"当年启蒙的杉溪小学。接着到晓霞山文艺村本部——菱角小学，参观文艺村藏书万册的村图书室。我们了解到，齐白石故居和"黎氏八骏"旧居访者日众，村图书室图书日增，而来这里体验生活的文科大学生如今已达数千人，他们在这里受到晓霞山人文风物的感染，受到晓霞山齐白石、"黎氏八骏"求学奋进伟迹的熏陶，给了他们精神追求的营养和动力，据了解，他们所写的以晓霞山为题材的吐露真切感受的散文诗作已有数百篇（首）……

　　短短一天的参观在匆匆行程中行将结束，我的生物钟已被打乱，雷打不动的午睡已被目不暇接的景物冲得一干二净，然而我精神振奋，面对晓霞山发生的一切变化，我有了全新的感受：

　　晓霞山是一本厚重之书，无论在自然物质方面还是在精神内涵方面，都有太多太多的蕴藏。面对晓霞山迈向文化名村、旅游新村、经济强村之变，虽然不能说已经翻天覆地，但是确实是十分惊人、十分振奋人心的。三十多年来，我一直在读晓霞山，用我的眼、用我的腿、用我的心身去读，从初读时的落寞、尴尬，到又读时的思索，到再读时见到的"霞光初现"，及至今日新读带给我的全新感觉，我的心便是这么一步步温暖起来，激情起来。晓霞山之变，使我看到了社会主义新农村建设的希望，更使我悟出一个道理——中国之变需要人去想、去干，凡事只要看准了，就要起而行、作规划、行实干，坚持下去，必然有成！

　　晓霞山大有希望！

2012年春起笔
2014年5月二稿于湘潭金侨书房

碧泉潭记

　　小时候听老一辈人说，湘潭有一处"神泉"，名叫碧泉，是一条"孽龙"变的。湘中一带流传的民谣对这条"龙"有所描绘，说它"头在江西铁树观，尾在湖南碧泉潭，摇一摇，摆一摆，会把湖南变大海。"那年月，为了镇住这条孽龙，每年新春佳节，乡民们就把铁链丢进潭内，希求"锁"住这条"孽龙"。就这样，碧泉在我幼小的心中蒙上了一层神秘可怖的色彩。以后，长大了，工作了，因工作需要，有机会接触湘潭地方的旧书刊，就见到在新中国成立前的《湘潭民报》上，时常有人赋诗撰文，描写歌赞碧泉，什么"湘潭名胜碧泉题咏"，"碧泉怀古"，"碧泉记"，不一而足。这些诗文更增添了我对碧泉的向往。

　　今天，为了了却宿愿，我专程去游览了这个久负盛名的地方。碧泉位于湘潭市西郊七十里的地方。途中同伴告诉我，公路右侧的水渠里的水流便是碧泉的水，我不由得举目一望，晨光下，一注清流自远处山脚姗姗流来，眼看着明净净的泉水，我观赏碧泉潭的心情更迫切了。

　　一个多小时后，我们到了目的地，这时正是上午七点半钟，山坡顶上涌出一盘金轮，把山野、房舍染得金光一片。红砂岩上，由石工镌刻的两尺见方的"碧泉潭"三个大字刚劲有力。字下便是碧泉潭。站在泉边，一股股凉气迎面扑来。泉水清澈见底，水面好像开水一样沸腾着，团团水纹逐圈逸散。再看水底，一股股泉水从细砂充塞的石缝中涌出，形成水底旋波，带动股股细白砂砾，在一丈深的水中组成螺髻状，一圈一圈地上升，前面的螺髻越散越大，最后全然散开又纷纷沉落水底，后面的白砂又组成新的螺髻，一圈圈地上升，周而复始，一刻也不停息。碧泉就用这样的方式，千百年来，向地面送出大量地下水，滋润了广阔的田地。对碧泉这一贡献，自古以来就有"上荫八百，下荫三千"的评价。

　　太阳渐高，一幅奇景出现了：泉底的白石头，甚至浅色的丝丝水草都镶上了赤、橙、黄、绿、青、兰、紫的颜色，真是瑰丽无比。我明白，这是由于太阳光的折射作用造成的。我们把脚伸进泉水中，顿时便觉清爽透身。我们弯腰掬水而饮，水质清甜润喉，饮后似有清香满口的感觉。碧泉大队负责人老杨说："这水一年四季保持在二十度左右，入冬，潭中热气腾腾，那又是另一副样子了……"

在碧泉潭旁，现在建起了一栋栋钢架房屋，还牵来了高压电线。我问这是作什么用的？老杨听了，不由一笑："你们不知，这里已成了全省培养进口红萍的基地。这些价值三万多元的房屋，设备，都是去年一年建成的……"老杨还告诉我们，这种从欧洲引进的红萍，是一种速效有机肥料，生长期不长，发展快，肥效超过草子，但它有个弱点，就是种子保养困难，而这碧泉一年四季水温保持在摄氏二十度左右，是红萍种子寄养的理想地方，于是省农业厅拨款在这里建立了红萍繁殖基地。从建立以来，这里已繁殖红萍种子四万多斤，有力地支援了全省各地的农业生产！我们望着泉畔一栋栋钢梁结构，尼龙纱覆盖的建筑，和一方方水泥池子里绿茵茵的红萍，感触很深，涌流不止的碧泉啊，你终于流到了社会主义建设的新时期，开始最大地发挥自己为人类造福的能力了！此时，我不禁想起了关于碧泉潭是一条"孽龙"的传说。我问老杨："你们还喊它是条孽龙么？"

老杨笑了，摇了摇头，说："那是旧社会封建迷信的说法，是个千百年的大冤案哪！"我们都被老杨的诙谐话语逗笑了。

他讲得真妙啊！这传说中的冤案，早该翻了！而这一点早已为文艺界人士所注目。六十六岁的老剧作家黄非丹同志，就创作了一出花鼓戏《碧泉潭》，用艺术的形象恢复了碧泉潭的真实面目。在剧中，碧泉原为一个善良仙子，为了拯救被旱魔害苦了的黎民，肝脑涂地，与旱魔抗争，历尽千辛万苦，最终化作了一条润泽万方的益龙——"碧泉"。这出戏歌颂了代表真善美的益龙的形象。以此赞扬了为人类美好前程而忘我的献身精神！而这种献身精神，不正是我们今天在四化建设中所需要的么！

写于 1980 年 12 月

附记：这篇散文于 1981 年元月 27 日由湖南人民广播电台配乐播出，多种杂志刊载。

千奇百态波月洞

神幽美妙的岩溶洞穴,以它特有的仪态装点着祖国的万里江山,吸引着亿万游人。在这支队伍里,有桂林的七星岩、芦笛岩,江苏宜兴的善卷洞,浙江金华的瑶琳洞……而今,又增添了一个"波月洞"。

波月洞在我省冷水江市北郊,南临资水,其洞口如峨眉,许多年前洞门处有小湖,入夜月映湖水,银波闪闪,故得此名。

一进洞内,凉气悠悠袭来,让人觉得进入了另一世界。我们沿着又黏又滑潮湿的斜坡下到洞底,来到迎客厅。此厅宽敞,高约二十余米,宽三十余米,呈圆形,梳状云岩组成了劲枝展展的松树,极具黄山迎客松的韵致。第二个大厅就是观音堂。此厅因挺立厅中的唯一巨型钟乳柱似一观音端坐莲花而命名。再下一厅是仙象厅。它长而曲,其间支支石笋,姿态各异:有威风凛凛兀立高台的武士;有栩栩如生的大象、狮子;厅顶有振翅欲飞的大鹏和三米多长、两人也难合抱的玉米倒垂下来。像有高明建筑师设计出来的那样,大厅与大厅之间均被重重石幔隔开。每当我们要进入一个新厅,都得侧身下蹲,从幔隙中挤进去,挨过了石幔,不一会眼前就会豁然开朗,一个大厅又在迎接我们!我们一个大厅接着一个大厅地观赏,什么品字洞、地下花园,我们均不介意了。

三个多小时过去了,我们还只到了第八厅——演武厅。这里完全可容数千人。"能不能再前进呢?"我们问。

"不行了,电灯线现在只扯到这里。"导游的同志说。

"前面还有多少厅?"

"还有十四个,全长三千多米。"

"啊!"大家惊呆了,"我们下次来,用一天时间总可以看完吧?"

"很难说,这个洞究竟有多大,我们都不清楚。刚才讲的三千米长是从山这边入口到山那边出口,而横向谁也没走过,那洞中洞太多了。据传说,从旁边有路通到资水河边，一去是七、八里。还有人讲这个洞与七十里外一个公社的大洞相通……那，就大得无法形容了！"

啊，真神！怪不得，连外宾也被这里未经修饰的景物迷住了。前不久，一批来自澳、美、加的矿山专家偶然来访，就连连称赞："太壮观了，这是中国人的福气啊！"

参观结束了，出得洞来，阳光灿烂，新兴的工业城冷水江市尽收眼底：一层层高楼拔地而起，一支支新的烟囱正吐出奶白色的云朵，晚稻正抽穗扬花，绿浪欢腾。下山了，我回眸一望，忽然瞥见在阳光下呈墨色的扁长的波月洞口，它在凝神地注视着祖国大地上的一切啊！这一切目前正在发生巨变，将变得无比美好！

写于 1981 年 10 月

第二辑 1976年以前散文

1973年登韶峰

这里所写的是1973年秋天的一次登韶峰。当时的韶峰,没有加工,没有任何附加建筑,甚至连路也没有,是一派古朴、原始的景象……

天,黑蓝黑蓝的,只有晶亮的启明星在向早起的我们行"注目礼"。黎明前的韶山,分外幽静、安谧。迎着春风怒放的楝花、桐花、茶子花正散发着沁人心脾的清香;蜿蜒的柏油路在幽幽星光和淡白色的路灯映照下,像一条深蓝色的凝固了的河道,正静静地"流"向远方。

经过毛氏宗祠和韶山公社机关门口,再行一段路,我们拐进了一条山道。此时,幽幽星光的大部分被山岳遮住了,路灯也没有,四周一片浓黑。那一座座金字塔似的丘峦,在黑夜中似乎都一般高、一般大,像一个个挺立的卫兵排在山路两边。

周围的一切渐显明朗,树丛不再是黑影幢幢,而显出了棵与棵的距离。去韶峰没有路,只能沿所谓的"山道"徒步而上。说它是道,又不是真正的道,其实是一条自上而下的干涸的山溪沟。这山溪沟就成了唯一"登峰道"。"道"上石头遍布,细水淌滴,给人以古朴、原始的印象,还别有一番情趣。

山道不断"变形":陡峭与平缓交替,宽绰与狭窄轮换。越向上,我们越不知韶峰在何方,半山腰上,凸突的山腹遮住了视线,真是"不识韶峰真面貌,只因身处半山腰。"

我们继续奋力登峰。终于,前面传来朋友的惊喜地唤声"看!韶峰!"

在后面低头攀登的我们都不由得仰头而望。此时,呈现在我们面前的哪里是远处所见那如剑尖一般的韶峰,而是一座庞大的石头城堡。一块块棕黑色和深黄色的山石挤挤挨挨,紧密结合成挺拔、坚韧、风雨难摧的堡垒雄姿!

我们互相拉手、推臀,一一登上了这座"古堡"。这古堡有缺口,大概过去也是让人出入的通道。进去一看，才看出这是一座石头砌的巨大房子，房顶已经无有，现在的"房顶"是这石壁围成的四四方方的天空；"房"内杂草萋萋，残砖乱石成堆。这是一座古庙的遗迹。

从古堡出来，我们聚集在韶峰之巅。此时，离我们从招待所出发的时间是一小时二十几分。黎明的柔风，轻轻吹拂着。韶峰的四周是一片墨绿的海洋。我们等待着，等待着一个向往已久的时刻——东方天边那深黑色的帷幕渐渐拉开了，似有微弱的京剧锣鼓在敲击那样，那黑色帷幕上绽开了一条条金线，一会儿，金线收敛拢来，竟不知被谁化成了一支支放射形的金矢，朝天穹"射"去。又过了一会儿，金线渐渐融汇，东边的天际被涂得一片橙黄。一刹那间，一个红球一点点地现身于远方的山脊之上。我们浑身上下即刻有了"光感"，都变得从未有过的神采奕奕！红球变淡，那耀眼的金色光箭终于普洒到韶峰的古堡、石头、树丛上。整个韶峰立即由墨绿变成了翠绿，并在翠绿之中掺有金黄。此时的韶峰，颜色丰富，层次分明，越向峰顶，金色越浓，越向谷底，金绿渐变成翠绿、深绿、墨绿、到了山脚，仍为墨色，成了韶峰之晨的"特色"！

人们常说，韶山是四季常青的春的世界，这种称誉并不过分，因为韶山大地上百分之九十的树木为常绿的松柏。青松翠柏便是这"春"的旋律的主调。站在韶峰之巅，你可以尽情领略到这种"春"之旋律带给你的无穷的美感。然而，在韶峰的顶端却也有戴红冠的时日，那是因为在韶峰上面也有"秋来红似火"的枫树。一到秋天，这"红冠"就给四季常青的韶山大地点染上珍贵的红色。真是"万绿丛中一点红"啊。

东边的金球整个地跃上了山脊，就在她以自己无比艳丽的光芒点染江山之时，整个韶山竟一下子笼罩在乳白色的如蝉翼般薄纱之中，这一定是神话中的韶女牵动那奇妙的纱巾在又一次装扮韶山之晨了。薄纱中的红球变成淡红色了。上屋场后山的竹林、韶山学校后面的松林，还有茶园、油茶林……它们的绿色在一瞬间都变淡了，变成了淡黄和淡绿。韶山沉浸在一派朦胧美之中。那田、土、山、水、路、屋……都似真非真，如仙境一般。加之配上那动听的众鸟欢叫声，那这韶山之晨给你的印象是甜蜜？是激动？还是遐思？这又令人难以表述。

再看与韶峰为伴的远远近近的海浪般的群山吧，此刻或以白绢缠腰，或以轻纱遮面，千姿百态，气象万千！

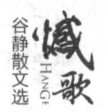

欣赏着眼前这变化莫测的景致，使你不由得想到关于韶峰的神话传说：

据嘉庆年间的《湘潭县志》载：

"昔日舜帝南巡，至今韶山处，见景色佳美，遂奏韶乐，引凤来仪，百鸟和鸣。"又云：

"韶氏三女得道于此，有凤鸟衔天书至，女皆仙去。"

神仙是没有的。但人们常把风景优美的地方称为"仙境"，韶峰就是这样一个富有神话色彩和诗意的风光胜地。按地理位置看，韶峰处于韶山公社的南端，与湘乡县交界，她前有杨梅岭、左有黑石寨，右有人行山、狮子山，山山呼应，互相推拥，构成了有整体感的山的王国。那泛着碧波的青年水库、红旗水库、湘韶水库就嵌在这群山之间，成为这山的王国的一只只明亮的镜子；那绿色是生产队产量年年上升的梯形稻田、那引人注目的毛主席纪念馆、还有宾馆、招待所等的红色的白色的建筑物，以及那一片片灰色的、棕色的厂房、蓝色的公路……把这"山国"点缀得五彩斑斓，美不胜收！

站在韶峰上，胸襟开朗，视野开阔，我精神为之一爽。

写于1973年秋

附记：这次登韶峰活动参加者，是1973年中共湖南省委宣传部、湖南人民出版社组织的散文集《韶山红日》、诗集《韶山颂》的部分创作人员，他们之中有军旅诗人文哲安、小说家节延华、小说兼散文作家鲁之洛等。本文作者也忝列其中。

今 日 云 湖

　　世界上有许多水陆变迁的事例，我国的成语"沧海变桑田"就确切地道出了这种现象。可是，旧时的变都是自然的、缓慢的；而在今天，这种变化真是一日千里，气象万千。别的地方不说，就说说湘潭县境内的云湖吧！

　　在人们的想象中，云湖一定是波光粼粼，渔帆点点。不，人们所想象的已经是很久很久以前的云湖了。今天的云湖变了，湖面上冒出了城市、工厂、学校……云湖，已经失去了她的真实意义，仅仅是人们沿用的历史名词了。

　　今天，如果你有机会来到云湖，她会使你感到惊奇，她与你想象或记忆中的云湖相差多么远呵。现在，你可以在"湖面"的林荫道上散步；你也可以坐在"湖面"的宫殿式的俱乐部里看精彩的演出；你也可以坐在"湖面"高大宿舍的凉台上歇凉、憩息……总之，神话般的世界会使你眼花缭乱，但你也会坚信这是现实的神话。

　　在年轻的正在成长着的祖国的怀抱里，其中起着变化的，又何止云湖呢？过去的"北大荒"，今日不是成了"北大仓"吗？过去的茫茫沙漠，今日不是成了油井高竖的石油城吗？变，我们的祖国一切都在变，她将变得更美好、更幸福！

写于 1962 年 9 月中旬

　　附记：此散文载于 1962 年 9 月 30 日湘潭地区《建设报》副刊版，是作者第一篇正式见报的文学作品。

清 风 行

　　清风大队,过去叫清风乡,在湘潭县良湖公社。一九五五年,伟大领袖毛主席对《湘潭县清风乡党支部帮助贫苦社员解决困难》一文作了光辉批示,指出清风乡党支部,帮助全乡十八户鳏、寡、孤、独及贫苦社员解决困难的方针是正确的,表扬了他们团结起来、互相帮助的社会主义精神,号召"一切合作社都应当这样做"。毛主席的批示从发表到今天,已经十八年了。清风乡变得怎样了?这是人们十分关心的。当年在清风乡工作过的老同志跟我讲过许多事,有一件使我深受感动。龙子港有一个姓成的寡妇,带着五个儿子入社时,生活相当困难,但得到合作社无微不至的关怀……今天,她家的情况又怎样了呢?我也十分渴望了解。这样,我带着报社给我的采访任务出发了。

　　我乘坐的汽车在公路上急驶,经过几小时的奔驰,车轮已飞转在潭韶公路上。车窗外,一丛丛深绿蓊郁的树林,金黄的稻海,闪着粼粼波光的韶山灌区渠道,数不清的红旗,闪闪而过。猛然,汽车似乎抖动了一下,大家的身子一齐往前一倾——汽车到站了。下了车,在人们的指点下,我朝云湖河畔龙子港奔去。田垄里,"双抢"仗打得正热火。沿路打稻机在欢鸣,动力插秧机在明净的水田里织着绿网。人们的欢笑声,阵阵传来。老同志曾经告诉我,当年龙子港只有一栋房屋,成娭毑的家就在这栋房屋尽西头的两间茅屋里。而现在,这一片田垅中,已不是一栋房屋,光靠河边就是一溜四栋,加上前前后后盖的新房,连数也数不清了。

　　我正看着,忽然对门屋里传来一个妇女爽脆的声音:"红伢子、幼伢子、福妹子、雪妹子,快来集合!快来!"话音刚落,只见一个剃光头、赤着小身的胖男孩从沿河数去第三栋屋里跑了出来;靠河边第一栋跑出个穿海军汗衫的男孩,年龄比刚才那个小;从第二栋屋里又跑出两个穿起兰花点汗衫的小辫子姑娘。四个小家伙欢腾腾地抢先朝第四栋的大门口,一溜儿跑进去了。这时,又传来那个妇女的声音："你们家里的事做好了啵？"孩子们七嘴八舌地报告着。

那个妇女说："好，现在告诉你们一件事，就是红旗大丘要犁了，田里还有几百草没拖上来，拖拉机在田边急得直叫，怎么办？"

"我们去支援！"四个孩子一齐说。

"这本来不是你们的任务呀？"那妇女有意反问。

"啊哟嘞，你不是常说，要听毛主席的话，团结互助啵？"孩子们异口同声地说。

"好，好！说得有理！由红伢子带队出发吧！"

果真，四个小家伙排着队喊着"一——二——一"朝屋后大田走去。

我想，这个女的，一定是红小兵的校外辅导员吧，要打听成娭毑，问她准可靠……我正想着，那个妇女竟也出门来，朝我直招手："赶路的同志，天热啊，快进来喝喝茶，歇歇凉。""谢谢你啦！"我边说边拎着包，进了门。那妇女满面春风地给我端来一杯散着清香的橙红色的凉茶，紧接着又递过来一把大蒲扇。只见这妇女：穿一身青色便服，蹬一双褐色凉鞋，头上青发间已有根根白发，脸上笑融融的。从态貌、声音、动作衡量，她还不算老。我情不自禁地问："你老还没过五十岁吧？"

她眯眼一笑，右手捏拳伸出大拇指和小拇指：

"过了这个啦！"

"啊，过六十啦，看不出啊。"我说，"你老贵姓？"

"姓'常'。"

我正寻思，只见大娘把一担水桶撂上肩，蹬蹬蹬地走出去。一会，又蹬蹬蹬地挑了一担水进屋来。放下扁担，就去开碗柜，从里面端出两叠兰花饭碗，足有二三十只，一排排地摆开在桌上，动作那么利索、快当，就像炊事员一样。

我问：

"娭毑，你家有好多人吃饭？"

大娘朝桌上的茶碗噜噜嘴。

"呀，有这么多人呀！"我感叹了。

"我的一家，还不止哩。"大娘朝我诡谲地笑笑。

"有哪些人哩?"对这,我很感兴趣。

"好,先从这个屋数起……"她正待屈指计算,大门外,一声声"'常'娭毑、'常'娭毑"的唤叫声传来了,接着进来一大群男女社员,一个个取下头上的草帽,作扇子扇着,那张张红扑扑的笑脸向娭毑打着招呼,也向我发出微笑。一下子,门前阶基的树荫里、大门口、屋中央都坐满了。有人开始划火柴,屋里渐渐升起了叶子烟淡蓝色的轻云。

"队长,你们早该歇憩了。"娭毑对一个穿红背心的棒小伙子说道。

"唉,冒办法,我看着钟点下命令,大家就是不听,说是一气不搞完八亩大丘不直腰!"小伙子边说边笑边摇头。

"咯样讲,你这个队长就真正做了群众的尾巴啰!"娭毑这么一讲,大家"轰"地笑开了。这时,门外阶基上又热闹起来,一群坐在阶基上的青年妇女冲着坐在她们中间的一个穿白汗衫的青年喊道:

"斌伢子,还不让,我们的队长要坐啦!"

"哼!男女平等,我就要坐。"那青年坐着,纹丝不动。

娭毑一见,忙从里屋搬了一条凳子出来,说:

"斌伢子,妇女队长要找她们开会。来,这里有条凳,屋里也凉快。"斌伢子见娭毑一开口就起了身。

"你还是得听我们妇女的。"妇女们笑开了。

"快莫这样讲,"娭毑说,"斌伢子是个好后生,干劲足,他们那组今天插秧的质量,比昨天又提高了,是啵?"

"娭毑,你真有我们队长那样过细。你老年纪假若还细些,大家保险选你当队长!"一个青年伢子眉飞色舞地说。大家又笑个不止。娭毑也笑了,她从碗柜里抓了把茶叶,飞快地往茶碗里放着。灶上铝壶盖"扑扑"喷着白气。娭毑说:"你们看,铝壶也晓得人意,你们刚到就开了!"说着,手提铝壶,朝碗里筛起水来,顿时,只只茶碗白雾腾腾,绿黄色茶叶片片在碗里轻快地打着圈儿。满屋子立时飘着茶的清香。娭毑又说:"要喝凉的,那边陶壶里有。"

"娭毑,像你老这样照顾我们,一年要好多茶叶子哪!"穿红背心的小伙子伸手帮娭毑端茶,一人一碗。

"快莫咯样讲,快莫咯样讲!是一家人哪,'互'点'助'是应该的。"娭毑说。

屋子里静下来，只听见一片欢快的吸茶声。

面对此情此景，我想，这位娭毑不仅是红小兵的好辅导，看来还是队上一员好当家啊。我问她："队上产量一定蛮不错吧。"

娭毑说："你问那个红背心队长，他最清楚。"那队长朝我腼腆一笑，说："不瞒你同志，去年亩产九百六十多斤，今年下决心闯过千斤关！有把握咧，原因很多，其中就因为有娭毑这个'鼓风机'！"

大家又笑开了。一边谈笑，一边把空碗递了回来，饭桌上又摆满了茶碗。娭毑端来一只盛了水的脸盆，把茶碗放进盆里，一只只飞快地洗着。门外，又传来了人声。红背心队长说："前客让后客，走呀！"说着大家起了身。

"慢点。"娭毑说着，提了一个水壶朝红背心队长递去。

队长睁大眼睛："喝了咯多，还要带？"

"为什么带不得？炎天暑热的，还有那位拖拉机手……"

"呵，呵。"队长伸伸舌头，笑笑，提着水壶快步走了出去。

门外，人群熙攘。我悄声问娭毑：

"又是你们队上的来了？"

娭毑说："当然啰！"话音刚落，一个高个儿穿土便服的大汉进了门："娭毑，今天又得吵扰了。"

"队长，哪里说起。大家出工这么远，到我这里喝喝水、歇歇憩，不应该吗！"娭毑又开始摆碗，"要喝凉的、热的，都听便。"

又一群男女社员在娭毑家拉开了阵势，阶基上，屋檐下，屋里面，又很快坐满了人。娭毑冲好茶，又一碗一碗送到大家手中。满屋子又弥漫着泡茶的清香。

那大汉呷了口茶，说："有娭毑你老的支援，去年跨了千斤关，今天非扮它个一千一不可！"

我听着，心里犯疑了：刚才那红背心队长讲去年亩产九百六，这个大汉队长又讲过了千斤关，一个队有两个队长不出奇，怎么又闹出两个亩产数？

"娭毑，娭毑！"一群喜鹊子样的女青年的喊声打断了我的思考。她们围住了娭毑："照片，照片哩！"

"什么照片？"娭毑问。

"省里记者照的，看木屐的那张！"女青年们清亮的嗓音一崭齐。

"嗐，你们个个是长耳朵，昨天才拿来，就都晓得信哒！"娭毑笑着进屋把照片拿来了。

一个女青年抢过去。大家围着看起来。我也把头伸了过去。只见照片上，一位老娭毑正拿着一双木屐在同旁边的青年们讲着什么。那娭毑不就是眼前这位大娘吗！那群青年中有几个不就是现在正看着照片的女青年吗？我想，这老娭毑同青年们述说的这双木屐，该有多少感人的事迹啊！我又想起了我要访问的成娭毑。我向大汉队长递上了我的介绍信，又同他打听起成娭毑来。大汉听了，哈哈大笑道：

"宋同志，俗话讲'远在天边，近在眼前。'这位娭毑就是你要访问的成娭毑啊。我们这一带，姓成的不读成，读'常'。这成娭毑已不是你想象中的成娭毑了。变了，大变了！"稍停又对那娭毑说："娭毑，这是报社派来看你老的宋同志。"成娭毑正在泡茶，一听大汉这么说，把茶壶交给旁边一个姑娘，便走拢来，仔细看看我，说：

"唉，我当是过路客哩。劳你走这么远来看我们……"我把来的打算向老人讲了。她听了，拉着我的手说：

"我清清白白记得，还是互助合作的时候，工作队、乡支书同我们一起读毛主席的文章，学毛主席对我们乡的批示。我们照毛主席讲的去做，集体的路子越走越宽广，我们的日子也像春笋出土节节高。你看，我成娭毑不健旺着吗！"她看看四周围拢来的人，又看看我说："讲变化，是我的责任，不过就怕讲不好……"说着，娭毑车转身对一个光屁股系红花布肚围的胖男孩招呼：

"国国，木屐，木屐！"国国听了，马上走到内屋，"扑扑扑"地拖了一双木屐过来。这木屐，年深月久，皮面开裂，一边已脱离鞋底，似一只张嘴泥蛙。

娭毑望着木屐，语调深沉地说开了，我的脑海里立即展现出一幅幅成家的历史画面……

新中国成立前夕，成娭毑的男人成桂因生活所逼，在一个洪水天下河打鱼，不幸被淹死。她带着五个崽熬日子，没田没土，没有房屋、工具，全靠帮人做零工填肚子。一家人在龙子港租了一间多茅屋，用土砖垒成床，安下身来。当时一家六口没鞋穿，差不多一年四季是赤脚。落雪天要做工，怎么办？开始穿自己织的蒲草鞋，雪下大了又没办法，只好费了九牛二虎之力，买了这么一双木屐，六个人轮着穿……旧社会的凄风苦雨使成娭毑得了个头痛的痼疾，大儿子害病无钱医治成了驼子，满崽一只脚也病成残废。二儿子和三儿子只好帮人背纤流落他乡。

一九四九年，红日高高照清风，成娭毑一家欢天喜地迎接了解放。土改时，斗倒地主分了田，她更是扬眉吐气。但由于家底亏，一屋人多病，生活还是相当困难。是毛主席指引她走上了互助合作的道路。她积极报名入了组、进了社。那时节，成娭毑深深地体会到了合作社的温暖，有许多事使她终生难忘！一次，成娭毑的老病又发了。就在她躺下那一天，乡支书请着医生上门了。等医生看过病，支书接过药方，说：

"大娘，你放心养病就是，其他的事我们担下了！"傍晚，下起了大雨，支书又夹着雨伞进了门，一身热汗直流，把几包中药交给了满伢子，嘱咐说："这药要浓一些煎。"支书临走又关切地对成娭毑说："大娘，社里知道你家缺粮，等下周家大爹、王老倌给你送米来……"支书走后不久，周家大爹和王老倌就肩背米袋进了门……

这样的事情不只是一件两件，在成娭毑的记忆里多得数不清，缺粮的时候，社里送来了粮食；水缸里没水了，社员们将一担一担盛满深深情意的水倒进她家的水缸里；满伢子要上学了，支书又亲自领他上学校……

有一次，支书和远近的社员都来看望成娭毑。成娭毑的泪珠扑扑往下掉，过了好久，才说："支书呀，我家这只烂船可拖住合作社的腿啦！"。

"大娘，这是我们应该做的。"支书打开笔记本，说："看，这是毛主席他老人家发的批示，说我们解决困难户的办法是对的。我们对照毛主席的话，还做得蛮不够哩。今后，我们要继续发扬这种团结互助的社会主义精神！"

"社——会——主——义——精——神！"娭毑反复琢磨这句话，眼里闪耀着激动的泪花。

以后，人民公社成立了，社会主义集体经济以无比的优越性向前发展，人力和物力更进一步得到了合理安排和充分利用。成娭毑的大儿子背驼，做不得重工夫，公社就安排他做力所能及的轻活；她的满崽一只脚残废，初中毕业后，公社安排他在卫生院当了会计；她的二崽三崽也先后走上了工作岗位……成娭毑一家，在强大的社会主义集体经济的扶持下，在贫下中农互助互济的社会主义精神的帮助下，一步一步上升了。成娭毑亲身感受到这种社会主义精神

的温暖,是何等的激动啊!她经常教育一家人要一个心眼向着党,向着毛主席,要一个心眼扑在集体上。她对儿子们说:"我们永生永世莫忘毛主席的恩,要崭劲把社里的事办好!"清风乡十八户困难户,同成娭毑一家一样,受到了关怀,克服了困难,与全乡社员一道,牢记毛主席的话,用团结互助的社会主义精神发展集体生产,全乡革命生产一片火红……

正讲着,刚才派出去的四名小将回来了。大汉队长告诉我这四个小将都是娭毑的孙子。这时,每个小将手里都捏着一把稻穗。红伢子朝娭毑"啪"地一个立正:

"报告娭毑,红旗大丘的草拖完哒,我们又捡了一阵禾穗子!"娭毑笑眯眯地说:

"好,好,都辛苦了。那边泡有凉茶,正好喝。"

"我——们——不——口——干!"小将们一齐应着散开来,围住了我们。红伢子说:

"又讲木屐哒!"

娭毑说:

"过去是六个人共一双木屐,如今……"

红伢子抢着说:

"有套鞋、皮鞋、凉鞋、胶鞋、还有海绵拖鞋……"

"共有多少双?"我问。因为这是有力的证据啊!

"我家有套鞋七双,皮鞋一双,凉鞋五双,胶鞋三双,海绵拖鞋两双……共十九双!"红伢子说得一串流。

雪妹子扳起指头来:

"我屋里长筒套鞋四双,短统五双,共九双,凉鞋……"

幼伢子胖圆脸上皱起了小眉头:"我,我不晓得好多。"

红伢子朝他刮脸皮:

"你'忘本'啦,连买的鞋子也不晓得。都到你屋里去搜!"小家伙一窝蜂出去了。一会儿,他们捧来了一大堆鞋子,其中还有好多双亮晃晃的新套鞋,簇新的胶鞋……一摆在我们面前。福妹子也报了数。我激动地分门别类地统计起来。现在成娭毑家共十九口人,近年来,仅从商店里买的各种鞋子就有七十三双。

娭毑的眼光又落到木屐上:"一九六二年,有人要搞分田单干。我拿出了咯双木屐,问大家:旧社会给了我们什么?就是这个!要走单干黑路,就好像穿木屐上山——难上难!我看见这双木屐,就记得旧社会;看见这一双又一双的新鞋,就想起毛主席!"她抬起双手朝空中划了一个大弧线:

"咯些都是毛主席给我们的。穿上咯温暖的鞋,跟毛主席走,脚有劲,走得快!"

这时外面哨声响了,下午出工时间到了。大汉队长告别娭毑,朝外走去。娭毑喊道:

"队长烦你搭个信,上面冲里两个队少秧,我已联系好了,要他们晚上到这里来拿就是。"

娭毑领我出了门,指着沿这栋屋往西的三栋新房告诉我,第一栋是三儿子迪明的,有五间,他现在是长沙航运局某航标站站长,共产党员,第二栋是二儿子凤芝的,也是五间,他现在是浏阳河上航运工;第三栋是四儿子迪文的,也是五间,他在本生产队,刚才大家歇凉的那栋是土改分的,现在归大儿子,他又加盖了两间。这几年,她家共盖了十七间新瓦屋。面对栋栋青瓦、粉墙、玻璃窗的新屋,我心情激荡,不能自已。这么多屋,象娭毑这样的人家,莫说新中国成立前,就是合作化以前,也是想也不敢想的啊!

我们走进间间新屋,屋子摆着红漆雕花床、红漆大柜、红漆书桌、红漆挑箱,只觉得每栋新屋里都亮堂堂、红彤彤,还有盏盏电灯,只只广播喇叭……娭毑还说:"旧社会我全家是光眼瞎,如今有一个高中生,两个初中生,六个小学生。"

……

吃晚饭了。娭毑的大儿子回来了。

"双抢"时节,队上安排他晒谷。他红光满面,已不是刚才娭毑述说中的大儿子了。饭桌上白花花的新米饭喷喷香,桌面中央摆着深酱色的炒腊肉,油光闪闪的蒸腊鱼,紫红色的煎茄子和橙红色的烧南瓜,还有黄晶晶的雪花蛋汤。成娭毑说:"今天客人来得突然没有菜,吃餐随便饭。"接着又告诉我,旧社会她一家常去二十里外的银田寺讨米,一年到头难尝肉味。而如今,队上亩产过千斤。每年她家要进谷一万二千多斤,吃的也不用挂心了。

我说:"这真是丰衣足食啊!"

成娭毑说:"讲得对,我想起那污蔑我们'缺吃少穿'的林彪一伙坏蛋,恨不得把他们只只牙齿都敲脱,才能解恨!"

大家边吃边议。成娭毑总往我碗里夹菜,我只得把饭碗收得远远的。娭毑还说,过去困难户里的谭汉如老人的儿子现在当大队民兵营长了,那春福嫂子的儿子成了生产能手,女儿也快高中毕业了,她自己也"出少年"了……正讲着,外面响起了拖拉机的"突突"声。成娭毑说声"运秧的来了",便丢下碗筷朝外奔去。这时,门外又热闹起来,我把碗里的饭几口吃完,也来到坪里。一群男女社员把箢箕里盛着的青嫩、壮实的晚稻秧把子朝拖拉机的拖斗里放去。一位穿深蓝衬衫的中等个儿的汉子站在拖斗里接秧、齐秧。那成娭毑也同几个妇女忙着把地坪中间的晒衣架搬走,让出一块空地。拖斗装满了秧,拖拉机"突突突"地驶进地坪。成娭毑喊着"退、退、退",把细家伙们朝坪边上赶。拖拉机摇晃着,在坪里打了个小圈儿,又上了田间公路。司机稳住车子,成娭毑忙走上前去,递上一碗凉茶,司机喝完茶,抹抹嘴,笑着朝娭毑挥挥手,便"呼"地启动车子,开走了。成娭毑望着司机的背影直摇头,说:"看,这个工人同志,为我们开了几天车,连餐饭也要赶回站里去吃!"这时,刚才在拖斗里装秧的中年汉子走了过来,成娭毑对我说:

"小宋,这就是我们生产队的队长,我的四儿子。"

我惊呆了:"怎么?又一个生产队长!"

旁边一个青年见了我的窘态,笑着说:"宋同志搞糊涂了吧。今天碰到了三个队长!一点不假,三个都是生产队的一把手。不过,一个是市郊镇上副业大队的,一个是本大队靠山冲里的,现在这个才是本队的。"

我说:"看不出啊,成娭毑对每个队都像自己队上一样熟!"

那青年说:"是啊,三个队在这云湖河边都有田。出工休息来去太远,娭毑就自告奋勇地办起了这个'义务茶水站'。不但管茶水供应,还管生产,管人哩……"这话把大家逗笑了。成娭毑白了他一眼,说:"看你讲到那里去了。当年我们搞互助合作,毛主席不是讲要发扬团结互助的社会主义精神么!我忘不了,你忘不了,人人都忘不了。"

……

晚间,壁上红漆宝笼里"上海牌"闹钟的指针移过了十点。成娭毑还精神饱满地守在煤灶旁,汗珠在她的额头上镶成了细密的串串珠链,炉火把她兴奋的脸映得通红通红。她一壶又一壶地烧着开水。在她的催促下，我在厨房隔壁的房里睡下了。不知什么时候，我醒过来，一看表，时间过了十二点，而厨房里的电灯仍亮着——娭毑还忙乎着哪。我喊了一声"娭毑，半夜过身了，该休息了，明天烧也不迟呀！"

娭毑回答说："听广播里讲，明天天气会有三十八度多！大家喝的水就要得更多了！"

我躺在床上，清晰地听见娭毑蹬蹬有力的脚步声，和她把开水注入瓦罐、坛子的"叮叮咚咚"的声音。我觉得，这一壶壶注入瓦罐、坛子的，不是普通的开水，而是在倾注着无比崇高的社会主义精神和深厚的无产阶级感情啊！

我再也睡不下去了。我想起成娭毑，想起清风的干部和社员，想起支农的工人……这些创造着中国历史新的一页的英雄们，时时激励着我。我即刻翻身下床，拉开电灯，摊开了《采访本》……

1973 年 7 月 30 日初草于楠竹山

8 月 20 日四改于长沙

附记：1973 年 2 月至 11 月，湖南省委宣传部抽调湖南各地作家参加散文集《韶山红日》的创作。参加者大部分是在基层的作家。其中有来自零陵地区的叶蔚林，郴州地区的古华、任光椿，长沙地区的肖建国，邵阳地区的鲁之洛，株洲军分区的节延华，溆浦的王燕生等二十多位作家。（这些作家后来都成了全省乃至全国著名的文学领军人物。）我亦作为湘潭地区的代表忝列为创作组成员之一。我负责采写毛主席在五十年代作批示表扬过的湘潭县清风乡（大队），属重点题材。为写好这篇散文（特写），我几次到清风深入生活，又数易其稿，在创作组属最早一批定稿的。此稿原本就是为出书用的。由于作家们的精心写作，作品质量在当时说来几乎可谓上乘。《韶山红日》散文集问世后，反响极好，据了解，次年参加日内瓦国际书展，受到好评。此文还发表在《湘江文艺》（即《湖南文学》）1973 年第 6 期。

毛主席永远和我们在一起

  1959年6月26日清早,校长告诉我们:"今天,毛主席他老人家会到学校来看大家!"清晨,这消息,像长上了翅膀,一下子传遍了全校。集合了!大家来不及把手中正看着的书本放回教室,便潮水般涌出了校门,在校门前的斜坡上排成了整齐的两行。人,还在不断地朝这儿涌,有的同学,昨晚还战斗在小高炉旁,脸上留着烟痕,还来不及换下工装就赶来了,有的同学,从支农前线赶回,身上还留着点点泥花,也汇合进欢迎的行列。大家等待着。只听见晨风摇撼松林的涛声,和勾着沉甸甸穗头的早稻金浪翻动的窸窣声。大家等待着,盼望着,昨晚沸腾了的心潮没有丝毫平静。这时,红日跃出山谷,金色的光柱穿云破雾,漫过山顶,透过林隙,泻下来,泻下来,把学校大门上"韶山学校"四个大字映得分外鲜红耀目。

  这是主席他老人家亲笔写的四个字啊!还是在1952年冬天,韶山人民派代表,上北京,见到了主席,向他老人家汇报了家乡人民革命和生产的大好形势,也汇报了韶山文化教育事业发展的情况。当那位代表,请主席为韶山小学题字时,主席欣然命笔,挥毫写下了"韶山学校"四个大字,并对韶山,对我们国家培养共产主义新人的宏伟事业,作了激动人心的指示。这四个字的分量有多重啊!它体现了领袖对革命幼苗的关怀,它满寄革命导师的期望和重托!不是吗?新中国成立后,在全国范围内,在韶山,教育事业同其他事业一样,在突飞猛进地发展着。韶山冲从解放初期的一所只有几十个学生的族办小学,到今天,已发展成有初小、高小和中学的有近千师生的规模较大的学校了。去年,当学校的扩建工程进行时,师生参加了打地基劳动。我们打平山坳,搬走泥土,挖好基脚。一位建筑老工人对我们说:"同学们哪,我们是在为祖国的未来,为祖国的万年大计打基脚啊,可得分外注意质量呀!"他的话,鼓励了大伙。工地上,劳动高潮一浪高过一浪。一位即将毕业离校的同学说:"要是毛主席他老人家回韶山，一定会来看看我们动手修建的校舍！"今天，扩建的新校舍刚落成不久，主席他老人家真的要来了！

"毛主席来啦！"一声响亮的喊声，把我们的视线引向前方。前方，在去旧居拐弯的青松蓊郁的山包下，一辆天蓝色的轿车出现了。轿车在"嘀嘀"清亮、悦耳的欢鸣中徐徐驶过来，在"儿童桥"前"嘎"地停稳了。我们屏住心跳，踮起脚尖，探身远望，眼睛一眨不眨。车门开了，一位巨人——大家多少年来热切想念的巨人哪，从容地从车上下来了。"毛主席万岁！"一刹那，韶山成了欢呼声浪的海洋，嘹亮的口号声、鼓掌声，震荡在山冲上空。大家一个劲地望着主席，谁都想看得久些，望得清些。我看见，主席满面红光，神采奕奕，朝我们频频招手，亲切地微笑着，步履稳健，一步一步走过来了。主席身着普通的白绸衬衫，酱色裤子，一双脱了色的皮鞋。我们一面使劲鼓掌，一面又急急地把手伸向主席。主席也伸出了巨手同我们一一握着。主席特别同站在队伍后面，手伸不到前面的矮个子同学也一一握过。多么温暖的巨手啊！这时，韶山冲金光灿烂，我们沐浴着红太阳的光辉，个个脸盘红扑扑的。队伍中的欢呼声浪更澎湃。然而大家仍保持着整齐的队形。主席从队伍前走过去了，大家才回过身，紧紧地、紧紧地跟了上去。主席走上了台阶，这时，学校委派的献花代表蒋含宇、彭淑清，手捧鲜花迎了上来。主席笑着接过鲜花，再转交给随行同志，两手轻轻地抚着献花同学的肩头，亲切地交谈着，走进了校门。

在茵茵绿草的操场上，主席在木凳上坐了下来，问我们的姓名、年龄、班次，一个同学手里拿着课本，主席接过来一页一页地翻看着，还不断地问着话。那个同学兴奋地望着主席，一会儿直点头，一会儿又答上一两句。人群中不时响起笑声。

主席同我们交谈着。我们深深感到，主席多么关心我们，多么希望我们快快成长起来啊！这些年来，主席的亲切教导时时在我们耳际萦绕："好好学习，天天向上。""祝大家身体好、学习好、工作好。"尤其是前不久，主席在国外的一次集会上，对在那里学习的我国青年说道："世界是你们的，也是我们的。但归根结底是你们的。你们青年人，朝气蓬勃，正在兴旺时期，好像早晨八、九点钟的太阳。希望寄托在你们身上。"这是怎样充满信心和希望的话语啊。它的涵义，深刻、悠远、隽永！非三时四刻所能言尽。这又是在怎样庄严的历史时期发出的伟大声音啊！这是在国际共产主义运动两条路线、两种命运、两

个前途进行伟大决战的时刻向共产主义新一代发出的召唤啊。人民爱领袖，领袖爱人民。这里，我们敬爱的领袖把青年人比作了"太阳"！历史上难道还有这样的史实吗！主席的殷切期望，入微的关心，无限的信任，时时在激励我们。现在，主席又亲自过目检查我们的学习了。敬爱的毛主席啊，我们的工作、学习，离您老人家要求的距离可大啦！时间一秒钟又一秒钟、一分钟又一分钟地过去了。从八点钟左右主席下车到现在，半个多小时过去了。我们知道，时间对主席他老人家说来，是多么的宝贵，但我们又多么希望能在主席身边多待一会儿！这是多么珍贵的时刻，幸福的时刻，难忘的时刻啊！

这时，老师向我们宣布："大家准备照相！"像春风吹过江面，师生中又掀起了欢腾的浪涛！大家迅速地在中学部台阶上站好队。似众星朝北斗，如万葵向太阳，我们紧紧围绕在毛主席身旁。我们身上洒满金色的阳光，通体无比温暖。献花代表小蒋、小彭分别站在主席左右两边，紧挨着巨人的身躯，沉浸在欢乐中。小蒋激动地把自己脖子上的红领巾取下，献给主席。主席弯上腰，微微笑，慈祥的目光注视着小蒋，炯炯有神的笑眼，满含希望。主席系着红领巾，和大家说着，笑着。陈淑英同学在主席身后，踮起脚，聆听着。那初二班的刘金桥同学，也站在主席左侧，紧紧贴着主席。他偏着头，望着主席，眼里一层晶亮的水幕升腾起来，毛主席啊，我这个旧社会被人践踏的苦力的后代有多少话要对您老人家讲啊！往事联翩，心潮起伏，他，没有听见周围人们的欢声笑语，也忘记了摄影师在准备着的镜头，一直偏着脑袋笑望着主席……笑声朗朗，笑声阵阵，笑声震天穹！在欢笑声中，摄影师的快门按下了，留下了具有历史意义的珍贵镜头。我们和毛主席永远在一起；毛主席和我们永远在一起欢笑。这照片，留下了一个动人的场景，更留下了一片如潮似浪的笑声。这春雷般的笑声，是革命人民的心声！笑声中，旧世界一天天瓦解、崩溃；笑声中，新一代迎着阶级大搏斗的风暴前进！笑声中，那些把复辟希望寄托在新中国第三代、第四代身上的帝国主义老爷们，发抖了！笑声中，我们又满怀信心，开始了新的历史性的大进军！

在欢呼声中，主席又沿路视察了学习室……宝贵的难以忘怀的一小时在不知不觉中过去了。大家唱起了壮丽、雄伟的《东方红》颂歌。歌声中，主席走远了。主席走远了，还不时回头微笑，不断地挥动巨手。我们鼓掌、挥手、欢呼，目送主席。主席的身影已经看不清了，可是大家一动也不动，仍久久地、久久地翘首远望……

这一夜，还有这一夜以后的无数时日，师生们都沉浸在幸福的回忆中。主席慈祥的笑颜还时时出现在我们面前。爽朗的笑声，还时时回响在我们的耳际。不久，主席同我们的合影，不，是同全国青少年的合影，在报刊上刊登出来了！这张传递着伟大领袖和青少年欢乐笑声、欢乐影像的照片立刻镌刻在全国人民的心中！

照片的影像时时浮现在我们的心头，主席的关怀时时温暖着我们的心！随着时日的前进，我们知道了，是敬爱的毛主席，在国际共产主义运动两条总路线大搏战的关键时刻，亲自制定了培养无产阶级革命事业接班人的五条标准；是敬爱的毛主席，指引我们走与工农兵相结合的道路，让我们在三大革命中锻炼成长！直到今天，我们的每一次胜利前进，哪一步主席不在亲切指引，哪一程主席不在切切关心！

十四年过去了，当年围绕在主席身边纵情欢笑的我们成长起来了！十四年来，这张照片一直伴随在我们身边。我们永远和主席在一起，我们不曾离开主席一步！这照片，是力量的不尽源泉，是战斗的雄壮号角，是前进的不息战鼓啊！

昔日的向阳葵花，今日的红色园丁。陈淑英如今是韶山公社朝阳学校的初中语文教师，又是班主任。当学校把带好几十个孩子的重任交给她时，她，激动了，又一次捧着当年同毛主席的合影，思绪如滔滔韶河水，奔腾不息："当年毛主席接见我们，期望我们迅速成长为革命接班人；今天，我又肩负着培养接班人的重任。这是毛主席和党的信任和希望啊！我要用当年毛主席对我们的关切去关切学生的进步和成长！"班上有个十二岁的小姑娘赵小平，一只脚瘫痪了，她觉得自己身体有缺陷，学好了也是空的，因此学习劲头不大，对学外语更不感兴趣。一天清晨，小平来校，刚在教室里坐下，淑英来到她面前，亲昵地问道："小平，你看这是什么？"

"这不是你读书时和许多同学同毛主席他老人家一起照的相片吗？"小平笑眯眯地看着照片。

"对，是同十几年前的我们照的，也是同十几年后的你们一起照的，是同全国千千万万青少年照的啊！"淑英轻抚着这小姑娘的头，又一次讲起了当时的幸福情景……末了，淑英对小平意味深长地说："你看，照片上的青少年们，同毛主席朝一个方向望着，都在望着我们最向往的地方……"

"什么地方?"小平想了想问。

"我们革命的目标是什么?"淑英反问她。

"为了实现共产主义!"小平响亮地说。

"对!就望着这个无限美妙的远方哪。"

以后,班上组织瞻仰毛主席旧居,去陈列馆学习,扫革命烈士墓,淑英和同学们都背着小平去了。小平渐渐懂得:革命先辈为什么那么英勇无畏地坚持斗争?就是因为胸中有共产主义大目标啊!革命理想教育的春风,把为共产主义奋斗到底的红色种子洒进了小平的心田。小平一天天变了。上学她早到,教室里经常首先响起她读外语的朗朗声音。同学们上体育课,小平拄着拐杖,一个人拿着扫帚在教室里搞卫生。劳动工地上,别人劝她休息,而她却搬个小凳坐在地头把堆肥疙瘩捶碎……这期期末的一次外语测验,她达到了九十多分!小平在进步,全班学生在进步,淑英也成长起来了!一九七二年元月,她光荣地加入了中国共产党!淑英又一次面对那张珍贵的照片,鞭策自己:"毛主席啊,毛主席!我的一切都是您老人家给的。我一定不辜负您老人家的期望,当好革命的园丁,把生长在韶山这红色沃土上的一株株幼苗,培育成合格的共产主义栋梁材!"

向阳葵花年年开,革命幼苗长成材。十四年来,在毛主席雨露阳光哺育下,成长起来的青少年,是成千成万,成万成亿!在这一批批共产主义新人的行列中,有无数的雷锋、王杰、欧阳海!这无数的风流人物啊,这闪耀着毛泽东思想光辉的英雄啊,是我们祖国的希望,是我们这一代人的骄傲!正因为这样,人们已经把六月二十六日这个日子,看着是全国青少年的节日,是载入史册的光辉日子!许多来自亚、非、拉,来自欧、美、大洋洲的同志和朋友,来到韶山,都要在韶山学校参观流连,在毛主席和青少年们合影的巨幅照片面前,欢笑遐思,向人们详细询问当时的幸福情景。时间已经过去十四年了,但,这照片的光泽愈加夺目照人!

十四年后的六月二十六日,我们回来了,我们同母校师生们一道庆祝这个闪光的节日!全校又一次沉浸在幸福的海洋里,舞台上,与当年我们会见主席时一般大的学生们饱含深情朗诵着:

我们飞步奔向毛主席身旁,
我们紧紧偎在毛主席的怀下,

我们轻轻靠着毛主席的臂膀,
我们和毛主席一起欢笑,笑声朗朗!
摄影师把镜头对准了我们,
摄下了这最珍贵的幸福像,
从此,不管冬春秋夏,不管南方北方,
它深深铭留在我们心上,
尽管岁月的河流冲去了我们许多美好的记忆,
而这幸福的情景啊却愈加清晰明朗……

这就是我们——革命新一辈心中的歌啊!它将一代一代为人们唱下去,一代一代被传颂。在这颂歌中,一批批革命幼苗在领袖的阳光雨露下成长起来了!一九五九年六月二十六日的情景又出现在我们眼前:

欢呼声浪震彻韶山冲,主席红光满面,神采奕奕,挥着巨手,亲切地笑着,朝我们走过来了,走过来了……主席弯下腰,用慈祥的目光注视着给他老人家系上红领巾的少年,炯炯有神的笑眼,满含希望。我们在主席身边,尽情地笑啊,说啊。笑声朗朗,笑声阵阵,笑声似春雷响彻天际……

在欢笑声中,我们前进了!千千万万革命新一辈在铺满阳光的大道上阔步行进!

欢笑吧,年青的朋友们,胜利永远属于我们!

1973年7月8日初稿于韶山学校
7月21日二稿于长沙省委八所

附记:这篇散文也是我在1973年被抽调到湖南省委宣传部组织的散文集《韶山红日》创作组写的。当时在韶山学校采访数天,又在韶山学校写出初稿。可以说这篇散文的字字句句与毛主席亲切关怀、亲自视察过的韶山学校紧紧相连。这篇散文是以韶山学校学生的第一人称身份写的。我觉得这样写比第三人称视觉更好展开,表现也更为真切。这是我散文创作多种尝试之一。由于历史的原因,文内许多提法与当今区别很大。但为了体现当年的创作风格、为文思路和语言特色,就没有做大的修订而基本保持"原貌",以供散文爱好者和研究者作对"文革散文"的了解和研究的资料吧。

韶 山 松

韶山是松树的海洋。当簇新、美观的客车载着你离开矗立着毛主席青年时代光辉塑像的韶山火车站向韶山冲飞驰的时候,车窗外扑面而来的便是青松的海洋!那伟岸、挺拔的巨松笼罩在你的头上,蓊蓊郁郁,那青翠欲滴的幼松轻抚车身,闪着耀目的绿光!尤其使我不能忘记的是在韶峰之巅所见到的青松和青松的海洋的壮阔景象!

一九六七年一月,当我还是一个红卫兵战士的时候,我第一次在巍巍韶峰上领略到了这样雄奇的风光。那天,我和步行串联的战友们,在金碧辉煌的天安门广场接受了伟大领袖毛主席的检阅后,几天后便又风尘仆仆行走在坦荡、金灿的韶山路上。我们离开毛主席旧居,随即去攀韶峰。出发时,东方刚泛出一丝丝嫩红,银片样白雪飘飘洒洒。我们沿着蜿蜒的山径向韶峰进发。途中,大伙不约而同地站住了,都被韶麓一棵巨松的雄姿所吸引。这棵两人也难合抱的巨松,以它那钢骨铮铮的枝干,托着一片绿云,伸向幽蓝的天穹。我们情不自禁地叽叽议论:"这松真大!是什么把它养大的?"

"是血把它养大的!"一个尖脆甜沁的童音从我们背后传来。大家回头看,没有人,仔细一找,呵,在绿葱葱的幼松丛中,一个十一二岁的儿童,正朝我们调皮地笑着,只见他:着一身绿色小军装,左臂上"红小兵"袖章闪红光,军帽下一对滴灵灵、清亮亮的大眼直忽闪。

我们正想问什么,小孩不等我们开口,又说了:"这松树,跟人一样,也晓得天天向上!"他的话把我们逗乐了,大家同这伢子亲热地攀谈起来。这伢子姓文,名小松,别人都喊他"松伢子",家在韶峰下的松林中,是"韶山学校"红小兵。今早,他同班里几个红小兵约好,一道冒雪攀韶峰。现在,他正等着小伙伴们哩。我们听了,决定同红小兵结伴登峰。我们坐在白雪青松间,继续说着。松伢子讲起了他爸爸同他讲过多次的故事:

"还是五十年以前,毛主席就在韶山领导人民闹革命。我爷爷参加了赤卫队。那时,韶山冲里的红旗也有松树这么多。后来,由于坏蛋从内部捣鬼,白狗子窜到了山冲,爷爷他们背枪进了山。咯些松树呀,白狗子来时,帮爷爷他们打掩护,打了胜仗呀,松树为他们唱歌、拍巴掌。一次,白狗子寻见了爷爷他们,就开始围山。爷爷一个人在松林中同他们'捉迷藏'。从天亮转到挨黑,白狗子才晓得上了当。他们像一群发了疯的野狗朝爷爷一个人猛围。爷爷一枪一个消灭了一大片。后来,一颗子弹打中了爷爷的胸膛。爷爷直挺挺地伴着松树站着,等着白狗子,拉响了最后一颗手榴弹……第二天,大家看见,爷爷站身的那株松树,突然长高了许多。爸爸说,韶山的松树就是这么长大的啊……"

我们都沉默了,细细体会着松伢子的话。一会儿,小伙伴们来齐了,我们还认识了小胖子成钢、小辫子尹芳……。

忽然,松伢子从雪地里刨出个什么东西来,一看,是颗松子。松伢子说:"咯些松树原来也是这么点点大,一粒籽掉在地上,它就使劲扎根,一扎下根,就天天向上、向上,雷打雨泼都不怕,越长越大,越大越高。现在什么大风也吹不倒啦!不信你摇摇看,摇痛你的手,它还会笑你咧!"听着松伢子的话,大家都笑起来。一串串铃铛般的笑声"涌"着我们向上攀登。

这时,鹅毛般大雪舞得更欢,每上一步都十分困难。我走在松伢子前头。突然,他向我伸出了手,我正要伸手拿他,但是他一下子又把手缩了回去,指着山顶说:

"红卫兵哥哥!看,韶峰上那棵小松树多坚强!"

我抬头望去,果然看见韶峰上一棵幼松在风雪中傲然屹立着。此时松伢子加快了步子,蹬蹬蹬地向上攀着。我伴着松伢子他们走。松伢子圆呼呼的脸蛋上汗珠晶莹闪光,呼呼喘气,但还是一步不停地攀呀,攀呀,还不时回过头,用小手去拉小伙伴们……接近山顶了,路更陡,岩石嶙峋,雪水潺潺,几乎一步一滑。松伢子、成钢他们小嘴咬得紧紧的,伸出手抓住树枝,把脚一蹬,再伸手去抓另一株树,又把脚一蹬……终于,一步一步登上了山顶。大家欢呼着,跳跃着,红扑扑的脸上漾着幸福的笑。我看见松伢子朝那株幼松奔去。这松,已有小孩高,生机勃勃的棕色的枝丫,精神抖擞地把嫩绿的针叶伸向天空,给人以清新、蓬勃向上的感觉。松伢子喜滋滋地说:

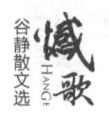

"看！这山尖子上的松苗，长得几多好！"

我笑着望他："不是因为它生长在这块用鲜血浇灌的土地上吗！将来，它也是一棵巨松啊！"

这时，天放晴了，太阳露出了通红的圆脸，把个韶山冲点染得金光灿烂。韶山松海的壮阔容颜尽收眼底。我终于领略到了韶山松海的极为壮观的景象！

那次攀登韶峰回来，小松邀我们到他家做客。他爸爸是生产队贫协组长。他爸爸热情地向我们介绍了韶山人民革命斗争的史迹，还领着我们瞻仰毛主席旧居。在当年毛主席的卧室的桐油灯前，他爸爸语重心长地勉励我们，也在勉励松伢子：

"为革命就得刻苦学习，这学习也是战斗啊！你们哪，好好看看这一盏不平常的灯盏，想想毛主席和革命前辈在这盏灯下是如何刻苦学习、寻求革命真理的。你就会晓得这学习的担子有多重！"

在韶山的学习活动，不久就要结束了。就在我们离开韶山的那天上午，松伢子、成钢、尹芳等小伙伴来送行。他们胖乎乎的小手给我们每人佩戴上一枚金光闪耀的毛主席像章，还给我们每人送了一棵松苗。那铁枝劲展的青松，在瓦钵中朝我们频频点头。

小松说："这松苗是韶山冲的，培的土也是韶山冲的，不管栽在哪里，都会扎根长大，要晓得——"

我接着说："这松树也晓得天天向上！"我的话把松伢子和大伙都逗笑了。

车就要开了。我们手捧松苗上了车。松伢子和伙伴们排着整齐的队伍站在公路旁。车子开动了，小伙伴们鼓着掌，还挥着手。我们也使劲地鼓掌，不断地挥手。车子渐渐开远，我还探头回望着。一会儿，身着绿军装的松伢子他们就完全融进了绿色的海洋中……

转眼六年过去了。一九七三年春节，我随知识青年赴韶山学习参观团，又一次来到峰峦耸翠的革命圣地韶山。汽车一进韶山冲，那绿波溶溶的青松海洋便像磁石般吸引住了我的视线。我不禁激动地回溯着同松伢子他们在这儿开始奔腾的友谊河流的源流……

六年中，我同小松他们的友谊并未中断，来往书信成了我们友谊的桥梁。离韶山不久，我欣喜地告诉他，他送我的那棵松苗也在我落户的高寒山区扎根了。看见了松树，我就想起了韶山的一切，学习、劳动的劲头就更大了。从松伢子给我的信中，我感觉到他一天比一天不同了！

入初中后，他加入了红卫兵，同学们选他为红卫兵干部；不久，又入团了，还担任了班上的团支部书记。我为他的成长进步感到欢欣鼓舞。

他在进入高中后写给我的一封信中说："今天，贫下中农又推荐我进入高中学习了。学习就是战斗，我要用爷爷他们的战斗精神，完成党和毛主席交给我们的学习任务！做到天天向上！现在我又担任了团的干部，工作多，学习任务重。不巧在学习上又碰上了拦路大山……"

什么山？外语山！

原来，小松他们开始学英语了。他的困难较大，咬音不准，单词也记不住。有人劝他，外语只要马马虎虎能过堂就算了，反正将来会给丢。小松在信中说："我可不这么看。学好一门外文，就是掌握了一门革命的武器。一个战士怎么能随随便便地把武器丢掉呢！为了把我国建成繁荣、昌盛的社会主义强国，为了支援世界革命，我工作再多，也要用争分抢秒的精神去学、去问，坚决攻下外语山！"

为了攻下外语"山"，他给自己建立了"外语学习档案"，把老师的辅导，同学们的学习经验都记录在上面。他还设了一个单词本，课余，学农休息时，一有空，他就翻开来，念上几句。每晚自习之前，还坚持过"电影"，进行单词和课文的默写。就这样，他一步一步翻过了这座拦路山！其他学科，也获得了优异的成绩。不知为什么，每当读着他的来信，小松当年同我们攀登韶峰的情景又一一映现在我的脑海里。

"小松，你真正做到了天天向上！"——我在信中这么写着。但是，小松却不同意我的看法。他说："一朵鲜花不是春，一棵松树成不了林。"

不知为什么，有一段时间，小松没有给我来信。我正觉纳闷，小胖子成钢来信了。他的信驱散了我心头的疑云……

最近，班上一个叫李琳的同学害病，需在家休养三个月。团支部书记小松召开了支委会，讨论如何帮助李琳同学的问题。会上，小松向支部提出了由他担负给李琳补课的任务的要求，大家说小松工作多，让别人去担负为好。小松却说："我和李琳在一个队，距离近，情况熟，至于我的本分工作我保证完成！"小松说距离近，可也有两里路远！为了帮助李琳补课，小松工作学习抓得更紧了。他把星期天和晚上时间，都用在补课上，经常到夜深才回家。天天坚持，从未间断。

一次放学回家，天黑了，大雨铺天盖地而来，山洪暴发了。小松妈说，"今晚，天气这样坏，就莫去了！明天多补点就是。"小松说："明天还有明天的任务，在学习上一天也踏不得步哩！"说罢撑伞冲进了雨幕。山风刮烂了他的雨伞，山洪股股朝他袭来，小松用衣服包着书包，夹在怀里，涉过条条咆哮的山洪浊水，终于来到李琳家里。

李琳妈见小松一身透湿，脸冻紫了，忙给他换了衣服，小松笑着说："这好像洗了个冷水澡，不碍事。"说完便抓紧时间给李琳补课。他讲了政治、语文、数学、外语等重点课目，有的还讲了两、三遍，直到李琳弄懂为止。补完课回到家里，小松感冒了，第二天连起床也感困难。他妈妈忙去请医生，对他说："今天你不要去上学了，我去学校替你请假。"小松想起自己还要给李琳补课，不能因为自己病了，使李琳也缺课。于是咬牙翻身下床，坚持按时上学。放学后，又同往常一样给李琳按时补课。在小松的帮助下，李琳在家休养三个月，可是主课学习没有拉下一天。三个月后，李琳恢复健康回到学校，在期末考试中取得了优秀成绩。只是在这时，小松才告诉我，他做了一件有意义的本分事。他还以为我不知详情，哪晓得远在高寒山区的我在这三个月的时间里也在为小松的一举一动而感到喜悦、兴奋啊！我在信中问他："你这是不是'同学都向上我才算真正向上'的共产主义精神？"他仍然不接受我对他的夸赞。他写道："不哩！你对天天向上的真正涵义，还是不清楚。"

这究竟为什么？其答案，直到这次我才弄个明白。

来韶山的第三天，我向领导请了假，去找小松。时令虽是冬天，但韶山冲层层梯田已铺上了厚厚的、绿茸茸的草子。旷野里，蛛网似的电线横空而贯。山坡上社员们在积肥。雄浑、高亢的韶山山歌阵阵传来。在什么地方，大概是修水库的放炮声隆隆直响。我凭着对当年旅途的记忆，又经社员们的热心指点，很快找到了小松家。满面春风的文伯母把我迎进了屋里，说："松伢子呀，放了寒假，还是个不晓得落屋的忙人子咧！"

文伯母领我进了松伢子睡的房间。我耐心地等着。房里除了两张床，就是一张书桌。书桌上方的墙壁上贴着一溜仿宋字，写道："胸怀共产主义大目标，学习，学习，再学习！"桌面上齐斩斩地摆着马列著作和毛主席著作，还有其他书籍和资料。书桌靠窗，隔窗可以遥望韶峰巍峨、刚劲的英姿，更可领略峰顶那株青松崛然向上的铁干钢枝！文伯母告诉我，小松如今兼任生产队学习马列和毛主席著作的辅导员，白天在水利工地出工，夜晚在政治夜校上课，忙得屁股不沾板凳。这一向，大队党支部布置他写一篇生产队学习马列和毛主席著作的材料，这下总可以清闲点吧，哪晓得，他更不归屋了。脚，像在水库工地上生了根，每天不到半夜过身不回家……

骤然间，我被桌上一沓沓材料纸所吸引。我兴致勃勃地翻看起来。材料写的是一个生产队在农业学大寨运动中，如何学习马列和毛主席著作，实现农业大上、快上的调查报告。从前后稿子的份数看，这份报告竟改写了九遍之多。每一份稿子上都有一行红笔批语。我一份一份地仔细看着。只见这些材料的天头上批道：

"第一稿自己调查研究不够，没有好多说服力。"

"贫下中农说，这份材料，有重点，又听得懂。自己决心进一步改好。"

"……"

毫无疑问，这一条条批语是出自小松自己的手笔。昨天在学校里，教他语文课的刘老师告诉我，小松为了写好调查报告，用他的话说是"掌握一门三大革命的必备武器"，他精读了毛主席的《青年运动的方向》、《"农村调查"的序言和跋》以及马列的有关语录，还去毛主席旧居和陈列馆进行了学习。从动笔起，到现在快有半个多月了。我想，这期间，小松作了怎样艰苦细致的工作啊！他反复实践，反复思索，反复推敲，在这无数次反复中，他写的材料一稿比一稿进步。翻看着他的定稿，我不禁赞叹道："在攀登辩证唯物论的高峰的道路上，小松正一步一个脚印地前行着，是多么扎实呀！"

我细细地品味着他的文章。看了这些稿子，小松和贫下中农心贴心地共同战斗的情景；他与贫下中农围炉谈心，进行热烈讨论的场面；他在油灯下攻读马列的书与毛主席著作的专心致志的神情；他那不知疲倦、勤奋写作的身影，都在我的脑海里一一浮现出来……

太阳挨山时，松伢子回来了。他腿上带满泥花朝我扑来。他，身材异样地高大，精干，还是一身草绿色的红卫兵军服，脸还是那么红得可爱，两道剑眉下还是那一双忽闪忽闪的大眼睛，但目光沉着、老练多了。他紧拉着我的手问：

"几时来的?!"

"三天前。"我边细细地打量着他,边说。

"啊,是办路线教育学习班吧!"他炯炯的目光直射着我,声音里透着说不出的快活。

我点点头,便扬着他写的那份调查报告,说:

"小松呀,我可找到你攀登思想和学习高峰的证据了!你真……"

小松打断我的话:"这,不是我写的,而是贫下中农、社员群众,用顽强的革命精神干出来的啊!在贫下中农面前,我真正才是学走路的小学生!"我刚要开口,他又连珠炮似的打开了:"我还得好好向你学习哩!"边说边把我拖出了家门。

我们又一次迈步在通向韶峰的蜿蜒的山道上。四周高耸入云的劲松伴着我们。眼望这韶峰青松,我们很自然地想起了上次我们一道攀登韶峰的情景。我说:"小松,我老记着你讲的那句话。"

小松笑了:"是松树也晓得天天向上吧!"接着,他的口气变得十分认真:"那还没讲清楚。现在,我才晓得,松树挺拔向上,首先在于它的根子扎得多深啊!越深,才长得壮,长得结实,长得快!"

听了他的话,我心里不禁一热,望着他黑红闪光的面庞,和那沾满泥点的脚杆,我说:

"小松,你不是正在使劲把根朝深处扎去吗?"

他摇摇头,说:"还没有哩。比方说,我还只是一株树秧子,刚刚闻到泥土的香气哩!但我相信我自己,只要有爷爷他们的精神,用自己的血和汗,用自己火红的心,来个全身使劲,是一定会在泥土中扎下根来的——那样,才会真正像这青松天天向上!"他的话,音调铿锵,含义明白而又深远。他对今天"向上"的准确的答案不就在这里吗!

说话间,我们来到韶峰之巅。小松又激动地奔向那棵曾给他勇气和力量的青松旁。六年了,这株青松有大人高了。我打量着这青松。我觉得它仍然像当年那样生意盎然、蓬勃向上,虽年青,却开始蕴有巨松苍劲、坚韧的风韵!小松伸着那古铜色、壮实的手臂深情地抚摸着这株青松,闪亮的目光端详着那晶绿闪光的针叶,在想什么……

望着小松此刻的神情,他刚才的话又在我耳边回响:"只要有爷爷他们的精神,用自己的血和汗,用自己的火红的心,来个全身使劲,是一定会在泥土中扎下根来的……"

我们肩并着肩。我们的手紧紧握在一起。我仿佛觉得我们的心在一起搏动了！血已经汇流在一起了！我们领略着这韶山松海的无尽风光。这由一株株青松汇集而成的绿海，在艳阳的映照下，荡绿闪金，松波滚滚，给人以无比瑰丽、壮阔、奋勃的印象。面对这滔滔松海，我想得很多很多，想得很远很远……

韶山松啊，令人难以忘怀的韶山松！

1973 年 6 月 1 日初稿于湘潭
6 月 30 日四改于韶山

附记：这篇散文写于上篇（《毛主席永远和我们在一起》）之前，也是在韶山多天采访后的作品。这篇作品是从红卫兵的角度写的。这又是一种写法。此作仍保留当年发表原貌。此外关于当年全国的青年群体"红卫兵"，我在此要多说几句：提起红卫兵，近年来一些影视作品将其描绘成作恶形象。我不否认红卫兵中搞极左的少数败类。但当年全国两三千万红卫兵不都是坏人吧？后来知识青年上山下乡，这些知青几乎全是当年红卫兵。而今天，人们都知道知青中出了多少多少杰出人才，而不知他们都有红卫兵经历啊！因此，我们看事物不应以点代面、以偏概全。

东山学校散记

初夏,湘乡县东山学校仍是一派盎然春景。校门口伟大领袖毛主席亲笔题书的"东山学校"四个金色大字,璀璨夺目。校园内,亭亭华盖的飞蛾楠,挺拔多姿的腊梅,刚韧齐斩的冬青,把个东山学校装点得分外蓊郁、肃穆。而在这片飞绿聚翠的树丛中,我们更被校园的红花朵朵的绚丽景色所吸引:粉红的夹竹桃花开得正旺,殷红的月季花盏盏含笑,石榴花在飞火吐焰……

在校革委会负责人老刘和语文教改组长黄老师的引导下,我们怀着激动的心情,在毛主席曾经学习过的教室里轻轻移步;在少年时代毛主席帮助贫农老大娘易三奶奶挑水用过的水桶旁凝望遐思;在毛主席当年向同学讲述时事、抨击反动政府的莲泉井边流连忘返……

老刘抑制不住自己的激情,向我们介绍着。就在我们凝视着白石栏杆的石桥下面的碧水清波细细思索的时候,一位胖圆脸、蓄短辫、闪着一双清亮眸子的女学生走过来了。她红扑扑的脸上漾着幸福的笑窝,手捧翻开书页的《共产党宣言》,带着轻快而有力的小跑过来了。黄老师告诉我们,她就是高新班的学生成枚元。啊,昨天,我们不是读过她刚入学时写的第一篇文章么!在题为《当我接到入学通知的时候》的文章的清丽中蕴刚劲的字里行间,我们看到了她纯真的心田里,一朵鲜艳的花儿已启蕾初放。这是她心中的歌啊!她写道:"我是贫农的女儿,由于党的培养和贫下中农的信任,我就要在毛主席少年时代为寻求革命真理而学习过的地方读书了!这是我生命史上最可值得记录的一页,是我一生中最光荣、最幸福、最值得骄傲的事!我一定以毛主席少年时代在东山学校刻苦学习的伟大革命实践为光辉榜样,认真读马列的书,读毛主席的书,用革命的精神为革命而学,誓做无产阶级革命事业的可靠接班人!"亲爱的同志,在这里,我原原本本地把小成她(他)们的心声传给了您!在进入这所光荣的学校学习的前夕,每个同学都度过了心潮激荡、难以成眠的夜晚!

就是这样，他们怀着无可比拟的幸福感、责任感，迈入了这所学校，开始了人生征途上崭新的历程。

"丁零零……"上课预备铃声响了。小成笑着和我们打过招呼，还来不及畅叙，就匆匆朝教室走去了。上课了，全校瞬间安静不来，隔着数间屋舍，我们清晰地听见教师讲课的抑扬顿挫的亲切的话语声。我们向教学大楼走去。在道上，各教研组出的辅导刊，学生刊出的大批判专栏、学习园地，都是精心编排，大方适用。尤其是学生的毛笔大字刊，班班皆有，篇幅不小，那刚健、洒脱的笔锋，各具特色，使我们感叹不已。

在明光灿亮的教室里，我们又看见了小成。只见她端端正正地坐着，时而锁眉沉思，时而奋笔疾书。

老刘对我们说："小成已经用'万米长跑'的精神把学习成绩赶了上来。"小成家住百多里外的壶天公社。本期由贫下中农推荐来到东山学校上高中。入学第一课，就是学校党支部组织学生瞻仰毛主席当年在校学习的纪念地。在当年毛主席学习过的自修室里，小成被毛主席用过的一盏乳白色煤油吊灯吸引住了。听老一辈回忆说，当年毛主席在这盏灯下刻苦攻读。那时，一班富豪子弟在自修室常爱嬉闹，而毛主席却在灯下泰然专注地坚持学习，寻求革命真理。今天，这盏白亮的吊灯在小成的眼中更是银灿夺目。她心胸豁然亮堂，身上涌来了难以穷尽的力量！她的学习基础比较差，赶班困难较大。老师征求她赶班的打算。此刻，她眼前又闪现出那盏银光闪烁的吊灯。话语里充满必胜的信心："尽管差距大，只要想起毛主席，就有了万米赛跑的韧劲，我一定能赶上！"从此，小成在这盏银灿灿吊灯的照耀下，以万米长跑的劲头，在学习的大道上争分夺秒地飞步前进。她把自己初中学过的知识来了个"大清理"，把不懂的或不全懂的"知识账"分类记下，先由自己钻研，再请老师补课。她珍分惜秒地安排自己的时间，除了正常起码的休息时间，她把时间全花在这"万米跑"上。多少个星期六的晚上，同学们有的回家了，有的在教室里玩呀，唱呀，而小成却在明晃晃的电灯下，旁若无人似的专心致志地看书，做习题。她就是这么日复一日地坚持着，在为革命而学的"跑道"上，跑过一圈又一圈。你们看，这一沓沓草稿纸、这一本本演算簿、这课本上一条条红色波浪线，不正是她进行这种"万米跑"的印证吗！功夫催开胜利花。今天，小成的学习成绩已由"中下"跃入了"优秀"的行列！

听了老刘的介绍,我们不由得赞叹道:"这种万米跑精神,正是学生们为革命而刻苦学习的最恰当的代词啊!"

下课了,我们请小成谈谈进行这种"万米跑"的体会。她腼腆地笑了,许久不作声,末了,才若有所思地说:"在为革命而学习的万里长征路上,我还是在起跑线上咧!"是啊,小成的话,发人深省,在学习的长征路上是没有终点的,这为革命而学习的路,也就是继续革命的路。让我们祝小成在继续革命的大道上,日日挺进,永不停步!

在黄老师的卧室里,我们热烈地谈论着。经过他的允许,我们翻开他的备课本,一行行细密的文字即刻跳入我们的眼帘,有许多教案旁写着"试教"的字样。一问,才知有时为了教好一种类型的课文,使学生更快地学懂弄通,全体语文教师共同备课,再由一个教师到一个班试教,试教后,认真总结经验教训,再试教,直到摸索出一种教此类课文的恰当方法为止。再看那一本本作文本,每篇文章的主题、结构以及字、句,教师审度得如此缜密。看,那密密麻麻的眉批、尾批不就是明证么!教师还将每次作文的情况逐人登记,进行全面分析。在这一个个教案,一本本作文本,一张张阅卷记录上,教师凝聚了多少心血,熬过了多少个不眠之夜!

在我们啧啧称道中,一位女学生进来了。她朝我们笑笑,便扭头问黄老师:"我这次作文看过了吗?"

"看过了,又有进步。不过,有个问题正要问你……"

黄老师抓紧时间,和那学生就作文中的一个用词进行了讨论。从这眼见的"小事"中,我们看到了教师在运用"启发式"进行教学的惓惓匠心!

在东山学校,这种师生共同研讨、并肩战斗的"特写镜头",屡见不鲜。在学校旁边的学农基地上,我们又见到了这样的场景。在绿浪滔滔的稻田里,师生们一道踩田中耕,边踩边热烈地讨论着。老刘介绍说,学校周围原来没有可供开垦的荒地了,为了开展学农活动,一九七○年四月,学校党支部决定把附近废弃了的一段河湾填成稻田。在一个阴雨绵绵的日子里,师生们打响了改造河湾沼泽的攻坚战!师生们在齐膝深的烂泥中把碎砖破瓦清出,用双肩挑来沃土填上。就在当年五月七日前夕,师生们以夜以继日的战斗,用了二千四百多个劳动日,填上三千多立方米的土方,造出了四亩多田土,命名为"五·七垴"。以后,又连续战斗,到今天已造出八亩多面积的田土。去年天大旱,学校稻田的亩产达到了一千六百多斤,跨过了"双纲"！师生们在学农基地上磨炼了思想,锻炼了劳动本领,学习了农业科学知识,那一颗颗丰收的金黄谷粒,不正是他们的革命干劲和科学精神的结晶？当年在这块田地上开垦过、劳动过的学生,今天已展翅翱翔在农村这一广阔天地里,成为"农业学大寨"这一大进军中的一支强劲的生力军！

已是下午了,我们沿着蜿蜒的田塍往回走。学校运动场上空前活跃起来。一张张红彤彤的笑脸,像朵朵鲜花迎着金灿灿太阳开放,那么艳丽夺目,那么充满蓬勃的生命力！老刘告诉我们,积极开展体育运动已成了师生们的习惯。可不是吗？在毛主席为锻炼革命意志而攀登过的东台山上,经常有师生在上面举步攀登；在当年毛主席游泳过的便河中,师生们拨清波、穿绿浪,健美的身影历历如在目前。现在,就在我们面前,一队队龙腾虎跃、精神焕发的年轻学生正沿着毛主席当年跑过的跑道朝前速跑。学生们蓬勃向上、勇往直前的精神深深感动了我们。同来的一个同志说:"老刘,你们学校正如这跑道上的队伍一样,正沿着毛主席教育革命路线,朝前迅跑。这里头,学校党支部永远跑在最前头。"事实也如此,每期开学第一课,就是由支部书记组织师生瞻仰纪念地,参观陈列室,学习毛主席的教育方针,讲述毛主席当年在校刻苦学习的故事。党支部组织师生在毛主席学习过的教室里读马列的书,在毛主席曾经向同学宣讲时事,抨击反动政府的莲泉井边,宣讲国家大事……

我们又一次来到水色潋滟的便河石桥上。几位解放军同志也在便河畔席地而坐,热烈地交谈着,话语里充满激情。老刘说,这几个解放军战士是他们这个学校的毕业生,今天特地回母校瞻仰、学习。学校的毕业生,在走向三大革命第一线的前夕,都像是第一次跨进这个校门那样,再一次瞻仰毛主席在这里学习的纪念地——这样来开始他们新的战斗的历程。许多学生在新的战斗岗位上,迅速成长为无产阶级先进分子和三大革命的闯将……

听着主人的介绍,我们情不自禁地称赞道:"你们学校真是个进行革命传统教育的好课堂！而你们又是培养这种传统之花的辛勤的园丁啊！"

老刘谦逊地一笑,说:"我们做得还远远不够。但大家有决心把这个园丁当好。老师们说,我们在毛主席学习过的学校工作,有无限的幸福感,更有崇高的责任感。想到这,我们就有了使不完的精力,用不尽的力量！为了培养红色接班人,我们愿把头发白在东山学校！"多么炽烈、高亢的战斗情怀啊！这

就是今天广大战斗在东山学校的老师们从肺腑里发出的誓言！这为教育革命献青春的革命壮志，不正是他们力量的源泉吗！

我们在东山学校绿树如云的林荫下漫步，在灿亮的红霞夕照下，校园里月季花更红，夹竹桃花更艳，石榴花更火了，真是晶晶炫目，美不胜收。整个校园沉浸在红色海洋中。我忽然觉得，东山学校这朵朵红花，与我在韶峰上看到的殷红的山茶花，巍巍井冈的映山红，延安宝塔山上壮丽夺目的山丹丹和天安门前光照寰宇的红色礼花，不是一样红艳、一根相连吗！

今天，这朵朵红花已是万万千，在全中国的大地上如云似海地盛开着。她开在高山大川，开在大庆、大寨，开在珠峰之巅，开在大海的浪尖，开在蓝天白云间，开在祖国每一个角落，更开在七亿人民的心田！

1973年6月2日初稿于湘潭

6月9日二改

8月15日三改于长沙

附记：本文也是在"省《韶山红日》散文集创作组"采访创作的作品。从中可以领略到"文革"中湘乡东山学校的教学情状，也不失为该校一个时代的记录吧。

湘潭县韶山人民公社革命委员会成立和庆祝大会

给毛主席的致敬电

最最敬爱的伟大领袖毛主席：

韶山红日当空照，春风杨柳万千条。今天，无限忠于您的韶山贫下中农、韶山英雄儿女，满怀革命豪情，向您，我们心中最红最红的红太阳，全世界革命人民最最敬爱的伟大领袖，报告一个战斗的喜讯：韶山人民公社革命委员会，沐浴着您光辉思想的灿烂阳光，在这块英雄的土地上，光荣诞生了！胜利诞生了！

喜看今日韶山，风展红旗如画。在这山欢水笑、万众欢腾的盛大节日里，您老人家家乡的贫下中农、英雄儿女，革命宝书贴胸前，热血沸腾喜泪流，千遍万遍地纵情欢呼，欢呼您光焰无际的光辉思想的伟大胜利！千遍万遍地放声歌唱，歌唱您战无不胜的革命路线的辉煌战果！千遍万遍地热烈赞扬，赞扬您亲手缔造的伟大的中国人民解放军在"三支""两军"工作中创建的丰功伟绩！朵朵葵花向太阳。敬爱的毛主席啊！您是我们心中最红最红的红太阳，我们无比幸福地生长在红太阳升起的地方，无限深情地怀念您老人家。在这大喜的日子里，您家乡的贫下中农有多少贴心的话要对您讲，有多少热情的歌要对您唱。千言万语、千歌万曲，最最衷心地祝愿您老人家万寿无疆！万寿无疆！万寿无疆！

"东方红，太阳升，中国出了个毛泽东！"

我们永远不会忘记，七十五年前，人类历史上一个无比辉煌、无比灿烂的时刻，全世界革命人民心中一轮最红最红的红太阳从韶山升起！从此，灾难深重的中国人民盼来了救星，从此，世界革命人民有了希望！从此，人类前程似锦、灿烂辉煌！

毛主席啊，毛主席！战斗在您家乡的贫下中农格外想念您。在这革命圣

地,一山一水,都嵌印着您老人家当年从事革命活动的足迹!一草一木,都饱含着您老人家对我们的无限深情。韶山的人民啊!最早沐浴着您光辉思想的阳光!

毛主席啊,毛主席!在这革命的摇篮里,您度过了童年和少年时代的峥嵘岁月。"恰同学少年,风华正茂;书生意气,挥斥方遒。指点江山,激扬文字,粪土当年万户侯。"您老人家的童年和少年时代,正如您豪迈的诗词中所抒发的那样啊!从小就胸怀宽广,有着宏伟的气魄和伟大的革命理想;从小就勤劳质朴,最了解、最关心我们贫苦农民的疾苦和呼声,"完全"、"彻底"为人民;从小就富有无产阶级革命精神,无私无畏,敢于造反。我们永远记得,是您老人家不畏强暴,带领我们贫苦农民第一次冲开封建祠堂的大门,对封建地主迫害贫苦农民的暴行进行面对面的斗争,是您老人家燃起那光芒四射的红灯,迎来了长夜的黎明!是您老人家怀着"改造中国与世界"的大志,迈着巨人的步伐,离开韶山,去开创革命的航程。

敬爱的毛主席啊,在那"农民头上三把刀,债多租重利息高"的黑暗年代里,您老人家跋山涉水,回到韶山,亲自办起农民夜校和"雪耻会",传播革命真理。在您卧室的楼上,亲手缔造了湖南农村最早、最坚强的党支部——韶山支部。从此以后,韶山农民运动有了坚强的领导。我们在您光辉思想旗帜下,在党的领导下,扛起大刀长矛,打土豪、除劣绅,"一切权力归农会","把几千年封建地主的特权,打得个落花流水"。

毛主席啊,毛主席!当党内右倾机会主义者被革命的怒涛吓得目瞪口呆,资产阶极大造反革命舆论,攻击农民运动"糟得很",闹得"满城风雨"的时候,您风尘仆仆,一双草鞋、一把雨伞,又一次回到韶山,考察农民运动。在村前的大道上,我们含着热泪迎亲人,在"毛震公祠"的大厅里,聆听着您那震惊寰宇的洪音。您以无比的热情,颂扬了革命的农民运动"好得很"!痛斥了党内外阶级敌人对农民运动的诽谤和诬蔑。您,天才地指出了中国无产阶级最广大和最忠实的同盟军是农民和"枪杆子里面出政权"这一伟大真理。从此武装斗争的烈火燃遍了大江南北。您家乡儿女牢记您的"建立农民武装"的教导,高举武装斗争的大旗,前赴后继,和全国人民一道,终于埋葬了蒋家王朝,赢得了全中国的解放。

敬爱的毛主席:在社会主义革命和社会主义建设的伟大斗争中,您老人家亲手给家乡儿女写信,鼓励我们在社会主义征途上"继续努力"。在您的英明指引下,我们坚定不移地走上了社会主义的康庄大道。一九五九年六月二十五日到二十七日,这个最最幸福、最最难忘的三天啊!您老人家巡视大江南北,"阅尽人间春色",再一次回到离别三十二年的故园。您老人家到我们贫下中农家里访问,和老地下党员、自卫队员亲切谈心,挥笔写下了气壮山河的光辉诗篇《七律·到韶山》,高度赞扬了您家乡儿女高举三面红旗,建设社会主义的英雄气概。您那亲切的关怀、魁梧的身影、慈祥的笑容、壮丽的诗篇,深深地铭刻在我们的心坎里,使我们激动得喜泪双流,忘了吃饭,忘了睡觉,颗颗红心迸发出一个共同的声音,毛主席万岁!万岁!万万岁!

翻开中国革命的光辉史册,哪一个胜利不闪耀着您伟大思想的光辉!回溯韶山人民的战斗历程,哪一步不是您亲自指引!忆往昔,长夜漫漫,风雨飘摇灾难重。没有您的英明领导,我们贫苦农民,怎能挣脱那千斤枷锁、跳出那苦难深渊?!看今朝,东风浩荡,锦绣河山处处春。没有您的英明领导,我们贫苦农民怎能得到这欢乐岁月,过着这幸福生活?!毛主席啊,毛主席!我们永远也不会忘记,正是您全家六位亲人为革命英勇献身,正是千千万万革命先烈为人民抛头颅,洒热血,才换来了我们今天社会主义的红色江山。毛主席啊,毛主席!有了您,我们所向披靡,浑身是胆,有了您,我们刀山敢上,火海敢闯!我们一定紧跟您老人家,寸步不离,海枯石烂心不变,革命!革命!永远革命!

"一从大地起风雷,便有精生白骨堆。"当苏联赫鲁晓夫修正主义集团熄灭了克里姆林宫上的红灯,中国赫鲁晓夫为首的党内最大的一小撮走资派和国内外敌人遥相呼应,蠢蠢而动,妄图在中国复辟资本主义的严峻时刻,敬爱的毛主席,是您老人家明察秋毫,识破了中国赫鲁晓夫的狼子野心,再一次教导我们:"千万不要忘记阶级斗争"。"要特别警惕像赫鲁晓夫那样的个人野心家和阴谋家,防止这样的坏人篡夺党和国家的各级领导。"您家乡的贫下中农、英雄儿女,牢记您的教导,坚决地与党内一小撮走资派进行了针锋相对的斗争。

毛主席啊,毛主席!韶山,是您老人家曾经居住和战斗过的地方。多少革命人民,怀着对您老人家无比敬仰、无限深厚的阶级感情,跋山涉水来到韶山,灌注您光辉思想的血液,多少外国朋友,远渡重洋,冒着生命危险来到这里,寻求革命的真理,谋求解放的道路。可是,中国赫鲁晓夫及其在湖南的代

理人,却十分害怕您光辉思想的传播。他们长期以来,不仅不建设韶山,反而百般阻挠和破坏韶山的建设,对您亲手创建的韶山党支部、老地下党员、贫下中农进行种种迫害和打击。他们甚至公开胡说:要把韶山办成"有住的,有吃的、有看的、有玩的、有带的"。就是反对把韶山办成您光辉思想的大学校。他们盗用建设韶山名义,却为中国赫鲁晓夫歌功颂德,树碑立传。名为韶山灌渠,水还灌不到韶山。我们韶山贫下中农和全省革命人民,愤怒地揭发了这一小撮走资派妄图在您家乡复辟资本主义的罪恶阴谋,把他们揪了出来,打翻在地,踏上一只脚,使他们永世不得翻身!

敬爱的毛主席!在决定人类命运的紧要关头,是您《炮打司令部》的大字报,吹响了我们向中国赫鲁晓夫及其在各地的代理人猛烈进攻的号角。您老人家以无产阶级革命家的胆略和气概,亲自发动和领导了史无前例的、震撼世界的无产阶级文化大革命。红卫兵小将紧跟您的进军令起来造反了。您家乡的工人、贫下中农起来造反了。当年,曾为您的革命路线冲锋陷阵的家乡老地下党员、自卫队员、贫下中农,在这次斗争中,又站在最前列。一杆杆火红的旗,一颗颗火热的心,结成了浩浩荡荡的革命大军,万炮齐轰中国赫鲁晓夫为首的党内一小撮走资派,向资产阶级司令部发起了猛烈的冲锋。

"敌人是不会自行消灭的。"在资产阶级反动路线疯狂反扑,两个阶级,两条道路,两条路线生死搏斗的关键时刻,毛主席啊,毛主席!是您亲自派来了伟大的中国人民解放军。英雄的解放军,坚定地支持我们,和我们同呼吸、共命运,并肩战斗。在您一系列最新指示指引下,在解放军的大力支持下,我们绕过了一个个暗礁,闯过了一道道难关,冲破了资产阶级反动路线的重重压制,向资产阶级司令部发动了总攻击,揭露了党内一小撮走资派迫害韶山党支部、老地下党员、贫下中农,以及破坏韶山社会主义建设的滔天罪行,把什么"三自一包"、"发家致富"等等资本主义黑货批驳得体无完肤,斩断了中国赫鲁晓夫及其在湖南的代理人伸向韶山的魔爪,彻底摧毁了他们企图在您的家乡复辟资本主义的黄粱美梦,取得了夺权斗争的伟大胜利!

"大海航行靠舵手,干革命靠毛泽东思想。"敬爱的毛主席!在这欢庆革命委员会胜利诞生的时刻,韶山贫下中农、韶山儿女庄严向您宣誓:

我们一定要遵照您的教导:"要斗私,批修。"把毛泽东思想学习班办得更多更好。以您光辉的"老三篇"为武器,在灵魂深处闹革命,夺"私"字的权,专"私"字的政,挖"修"字的"根",筑起"公"字的长城。彻底肃清中国赫鲁晓夫在农村散布的一切流毒,把无产阶级文化大革命进行到底。

我们一定遵照您的教导:"农业学大寨",无限忠于您的光辉思想,突出无产阶级政治,树立为世界革命种田的思想,"抓革命,促生产",不断革命,不断前进,在去年粮食产量跨《纲要》的基础上,夺取农业生产更大丰收,把韶山这个革命圣地建设得更加壮丽辉煌!

我们一定更高地举起"拥军爱民"的大旗,向英雄的人民解放军学习,实现思想革命化,念念不忘阶级斗争,念念不忘无产阶级专政,使无产阶级的江山永不变色、万代通红!

春雷动大地,红日照寰宇。毛主席啊,毛主席!世界已经进入了以您的光辉思想为伟大旗帜的新时代。在无产阶级文化大革命中,最最忠于您的红卫兵小将,怀着无限忠于您的深厚阶级感情,倡议修建通往韶山的红色铁路,乘着无产阶级文化大革命的浩荡东风已经胜利通车了,颗颗红心飞向红太阳升起的地方。每天,我们要迎来多少五大洲的朋友,每天,我们又送走了多少颗怀着革命激情的心啊!毛主席呀!我们站在韶山望全球,誓做国际无产阶级革命派,誓与全世界革命人民肩并肩、心连心,共同高举反帝反修革命大旗,把旧世界彻底摧毁。天,只能是毛泽东思想光辉灿烂的天!地,只能是毛泽东思想阳光普照的地!不管天崩地裂,誓把您光辉思想的伟大红旗,插遍五洲四海,在全世界高高飘扬!永远飘扬!

最最敬爱的毛主席!我们倾干五湖四海水当墨,取下蓝天千层云作纸,迎来全球亲人齐来写,也写不完您老人家对我们贫下中农的恩情,写不尽我们贫下中农对您老人家的无限热爱、无限信仰、无限崇拜、无限忠诚的深情。让我们再一次衷心祝愿您万寿无疆!万寿无疆!万寿无疆!

湘潭县韶山人民公社革命委员会成立和庆祝大会
一九六八年三月十五日

(此文发表于1968年3月16日《湖南日报》。)

附记:给毛主席的致敬电是"文革"中一种特别的散文文体。那时全国

上下所有革命委员会成立时，无一例外地要给毛主席发致敬电。今天看来，致敬电的观点、内容及文字，许多与现今是不符合的，有的甚至是错误的，有的地方也有过激的表述。但作为历史的产物，我还是将它收了进来，作为"散文档案"之一，以使年轻一辈知道在二十世纪六十年代风靡中国的还有这样一种特殊的散文文体。

  这篇致敬电的写作经过是：1968年2月湘潭县革委会成立后，我任县革委会宣传组副组长。3月上旬县革委会派我与湘潭地委宣传部门两位老同志去韶山，写湘潭县韶山公社革委会成立和庆祝大会给毛主席的致敬电。当时的韶山公社是全国、全世界十分瞩目的地方。该公社革委会的成立是全省乃至全国的大事。当时我们就知道该公社革委会的成立和庆祝大会省革委会的党政军一把手都要参加，湖南日报头版将发大消息，并配发社论，第二版整版刊登致敬电，极为热烈、隆重。为写致敬电，我们在韶山呆了近一周的时间。两位老同志要我写初稿。我推辞无效便写了。但因我一直搞的是纯文学、描写式的散文，与当时流行的致敬电体裁有区别，尽管如此，我还是在学习了外省致敬电后动笔了。因为当时我掌握的韶山素材有限，写出来难免单薄，加之笔路所囿，两天写出初稿，我自己也不满意。于是我建议两位老同志再写。他们就在我初稿的基础上，作了很大调整，又大大丰富了内容，于是形成定稿，也就是见报的文章。

第三辑 创作随笔和散文评论

勤练七彩笔

古语云"术业有专攻"。那么，对写作者来说，就最好只写一种文体，比如写小说的专写小说，写剧本的专写剧本。然而，在实践中却并不是那么一回事。前不久，我曾读到著名作家、茅盾文学奖获得者熊召政先生在谈到自己的写作经历时的一段话，他回忆起刚参加工作时，在县文化馆工作，而且一干六年。写过小戏、小说、诗歌及曲艺节目等。他还说这样的多文体的写作历练对他以后的文学创作很有帮助。在实际创作中，熊先生不仅写诗歌、散文、旧体诗词，后来还写起了长篇小说。他的长篇小说《张居正》一举夺得茅盾文学奖，达到了他文学创作的高峰。

由此可见，一个写作者不局限于一种艺术文体的写作，进行多种艺术文体的创作是完全可以做到，甚至还可以做得好，出多种写作成果。在中外文学史上，这种多文体、多笔路写作之人不乏其例，中国的鲁迅以杂文见长，但他的小说亦开中国白话小说的先河并为翘楚；老舍先生的小说创作闻名中外，而他在戏剧创作上又给中华民族留下不少经典之作并在曲艺创作上有所建树；俄国的契诃夫既是小说高手又是戏剧创作大师……

作为在写作崎岖山道上跋涉多年的我，亦有多种文体历练的苦与甜。这种历练，或是我工作之需，或是兴趣所至。若将这二者间作比较的话，则是前者——工作之需占多。上世纪七十年代中期，我被调进湘潭县文化馆任文学专干。虽然名为"文学专干"，但写的东西常常并非"正经"文学作品，而随当时的政治、时运需要而"生产多类产品"。比如一项中心工作来了，需要新歌造势，我就得配合馆内作曲者写歌词；新春佳节来了，为增添节日气氛，而又要求民间演唱有正确导向，我就得下乡去采风并创作农村"新狮子赞词"；市里或县里要举行少儿文艺会演，我又得为学校写少儿歌舞节目；还有省级群众演唱杂志的约稿、有关单位的指定文艺形式（如话剧、小品）的创作，等等。

在调离文化馆后,我到了湘潭人民广播电台文艺部任编辑,这下又得从事广播文艺,于是我领受了每年创作一部广播剧并要求获省奖的指令性任务,为此我又得钻研广播剧创作。到后来,又有电视专题片台本的创作"压"在我的肩上。至于电视剧创作,倒是我的兴趣之神将我牵了进去……

这种多种文体写作,在我的经历中还真有不少刻骨铭心的记忆!可以这么说,每一次新文体的开始,都"遭遇"一次脱胎换骨般的洗礼。就说八十年代初到湘潭电台文艺部创作第一部广播剧的"故事"吧。

那是个收音机盛行的时代。人们的业余生活大部分被收音机所占领。各级电台播出的广播剧极受欢迎。因此,创作广播剧就成了各级电台指令性任务。1985年冬天,为创作广播剧我先在湘潭家中写成初稿。第二天乘长途公交直奔省电台,找到省台广播剧组负责人周玉莹,将我写的初稿给他看。他收下了我的稿子,要我先到省台招待所住下,第二天去听意见。因为我曾写过小说,更实践性地写过小型舞台剧,因此自认为对相关文艺作品的创作套路还略知个八九不离十。我期盼着我的"第一部广播剧"能有良好反馈。第二天我早早地去了周玉莹处。老周见了我,开门见山地说:"题材蛮好,但你还是用写小说的手法来写广播剧,写出来的可不是广播剧呀。"接着,他就广播剧是运用对话、声音展开剧情等特点很精要地同我讲了一会儿。我边听边琢磨,深感老周的话点到了要害。于是,我回到招待所开始了重写。那年的冬天特别冷,而招待所每间房里的取暖设备仅是一个藕煤炉子,那送到房里的藕煤又有几分湿气,我用柴棍子去生炉子,几次起手,几次失败,对生好炉子我彻底失去了信心,就干脆坐在被子里写。我把空闲的邻床的被子当着小桌子就在上面写起来。这"桌子"软软的,字写得很慢。这半小时左右的广播剧我硬是几乎花了一个通宵才重写完。次日一早,我又把重写稿送去,心想这下子应该差不多了吧?可是在老周那儿又被否定了,说是对话的戏味不足,导致生活化严重不足。这下子可让我像掉进了冰窖一样,浑身冷透了。但没有办法,只能再次重来。回到招待所,我不想再次重写的事,只一股劲地回忆过去听过的广播剧,在回想中琢磨广播剧的对话以及运用音响效果的特点,再琢磨如何按老周的意见修改。那几天,我是走路在想广播剧,吃饭在想广播剧,上厕所也在想广播剧,一个人简直"疯"了一样。经过几天"折腾",我这习惯了写小说的脑子开始"转换频道"了。我渐渐有了用人物对话、各类声音表现戏剧冲突的感觉

了。又经过两天两夜的鏖战,我第二次重写稿终于出炉。交给老周看,老周说:"这是广播剧了,但还要在人物情趣上下点功夫,再精炼一点!"于是头脑昏昏沉沉的我又改了一遍。说"改"不如说是第三次重写。后来老周看了第三稿。对这一稿,他没多说,只吐了两个字"成了"。我不知道,老周说这话的时候注意到了没有,此时我的两眼已经深深下陷,且眼旁有了一圈浓浓的黑箍。我终于从写叙事文艺作品,经"脱胎换骨",进入了广播剧创作的境界。(这难产的第一部广播剧在多次评奖中获得好评并多次获奖。)从这以后,我写广播剧就顺手多了,并频频获奖。

对写电视剧本,我也经历过"脱胎换骨"的历练。为写成功电视剧,我曾下大力气系统学习编剧理论、钻研别人成功的剧本,甚至面对正播出的电视剧作记录……经过如此又一番"折腾",我才步入了创作电视剧的路子。

我就这样成了创作的"万金油"和"杂货摊子"。回想起来,我写过的文艺作品,除小说、散文、诗歌外,在舞台演出、应用的文体就有十一二种之多。这本《无价亲情》的作品就是我自上世纪七十年代以来至新世纪,在所创作的各类剧本、演出资料、舞台应用资料中遴选出来的。她记录了我的多种形式文艺创作成果;不管这种创作的成绩是大是小,她更见证了我多种文体创作的艰辛和付出。

面对我这本戏剧选集(其实应该叫"演出资料选"),我深深悟到一个写作者掌握多种笔墨其收获是多方面的:

其一,是每当钻研一个新的艺术文体形式,就是在拓展自己一个新的艺术领域的知识的探求。每在一个新的艺术领域的艰苦跋涉,都会领略到新的艺术领域的"独特风光";

其二,每当深入一个新的艺术文体领域,在获得脑子的锻炼和笔头磨炼外,很重要的是自己各种艺术文体形式创作技能的积累,往往会互相渗透,互相"营养",从而提升某个艺术产品的质量。比如,我曾经写过朗诵诗,后来我写电视专题片解说词时,激情到处往往会下意识地运用起朗诵诗的笔调,在解说词中渗入诗意,从而增强了解说词的感染力。又比如,广播剧创作十分讲究对话艺术,有了广播剧创作的经验,那么在小说创作时自然而然对小说人物的对话就会注意进行艺术的锤炼,从而有利提高小说创作的整体质量……如此等等,说明多种文体的写作对提高各种艺术形式的创作水平,是大有好处的;

其三，在多种艺术文体的学习和创作中，经过不同文体的体验，形成自己独特的"比较艺术观"，从而有利提升自己的艺术修养，提升自己的艺术境界。

我想，若有同仁同我一样，在精力允许的情况下，宁肯少休息一点，少娱乐一点，挤时间去多学几种文体的写作技巧，多运用几种颜色的笔，去描绘我们丰富多彩的生活，这是完全可以做得到的。因为各种艺术形式之间，因其本身的构成特色而虽各个不同，但其内质也有其相通的地方。人们往往不愿意"跨行"创作，是因为这个"跨行"并达到一定的高度极为艰苦，从一个体系进入另一个体系，是较单一体系要多付出更多的辛苦和劳累的！当然，也应看到，在这辛苦甚至劳累之后，也蕴含着无穷之乐趣。

写于 2006 年冬

（此文收入中国戏剧出版社 2011 年出版的《无价亲情》一书。）

"文格"与"人格"

长时期来,许多人对于作家的作品与德行问题,发表过许多好的意见:"文如其人","风格即人",等等。历史上,像屈原、司马迁、陶渊明、曹雪芹这些品德高尚的作家与他们光辉的作品一样,千古流芳,为世人所景仰。诚然,也有那么一批政客式的缺德文人,写过浩如烟海的诗文,可流传下来却寥寥无几。十年浩劫中,大部分作家、艺术家敢于战狂风,斗恶浪,表现出他们极为可佩的崇高品德。但却也有一些人观风向,赶浪头,做出令人慨叹的事:

有的为"四人帮"所用,不惜颠倒黑白,指鹿为马,昧着良心说假话,作歪文,不以为耻,反以为荣,至今仍不认错;有的置党的三中全会精神于不顾,还在搞资产阶级派性,拉山头,搞小圈子,培植自己的势力;有的偷窃他人构思,将他人素材据为己有,搞"高级抄袭";有的创作有了小小成果,便目空一切,口出狂言,道德败坏,并利用机会坑害他人……人们一旦指出此类问题时,有人竟大言不惭地说:"搞文艺的德行差点,可使创作思想更活跃"云云。其荒谬可笑,实可谓"叹为观止"!

我们常说,作品要由社会实践来检验。同样,作者的"人格"在社会中的实践也是不可轻视的。也许有人会反驳:"我只要有好作品,品德是次要的。"这种论点,是荒谬的。其一,你的人格低下,文格亦难以高尚;由于文艺作品是复杂的精神劳动,也有可能人格低下者,借于某一思想意识上的闪光,写出了文格颇高的作品,但终究这作品的格调是要受人格的影响的。文学史上,有些写出了于人有益的作品的作者,其"有益"的高度,归根结蒂仍然是受他"人格"的制约的。其二,即算你写出了超群的"高格"巨著,但人们在评价作品时,也必与他的品节并论,对人格的评价势必牵连对文格的评价,这已成了人们评定作家的思想道路。美国文学家拉·沃·爱默生说得好:"光有天才不足以造成一个作家,一个作家还必须有高尚的人格。"

一个受人尊敬的作家，一定是一个品德高尚的人。这是一条已被千百次实践验证了的定律。作家也是社会的人。在社会上人们在评论一个人时，总是将他的才干与品德一道予以考察。很难设想，一个在文坛上作出了巨大贡献的作家的作品在受到人们的高度评价时，而他的人格却在遭到人们的唾弃。因此，我们强调作家必须做到文格与人格的和谐的统一。这就要求我们的作家有在道德上加强修养的必要。

我们提出作家加强修养，其要旨首先在于深入生活，深入广大人民群众，学习马列主义、毛泽东思想，自觉地、不懈地改造自己的世界观。一个人民的作家，应该在不断加强自己的修养的同时，又不断写出有益于社会和人类的作品。这修养与写作是相辅相成、相得益彰的。

有人可能会责难笔者在提倡"因人废言"。否。你有好作品，即算你的人格欠高，读者也会从你的作品中汲取有益养料的。而笔者的希望是：你应该既有不朽之作品，又有不朽之人品——有一个作家的完美形象。

写于1980年

（此文发表于《湘江文艺》即《湖南文学》1981年第7期。）

赞"硬退精神"

某省创办一个新的文学刊物,责任编辑亲自出马,登门约稿。归来不久,应约稿件纷至沓来。在审稿时,这位编辑让一位名家的作品难住了:作品质量差,怎么办?他想来想去,最后决定:退!这样做的结果,保证了刊物的质量。

这是一种多么值得赞扬的"硬退精神"!

目前,随着文艺事业的发展,许多多年搁笔的老作家纷纷挥毫创作,确实为文艺的春天增色不少。在各种报刊上,他们的文章出得多一些,也是一种正常的可喜现象。但有的编辑,不是"量文录用",而是"量名录用",致使一些虽属名家,但完全出于"还文债"而敷衍成篇的文稿充斥版面。广大读者对此是大有意见的。而刚才提到的那位编辑,却敢于坚持"量文录用"的原则,对虽属名家但文章质量不高的作品能够"硬退",这种作风值得提倡。

这种"硬退"——硬着心肠退稿,说明:其一,在那位编辑的心目中装着广大读者,而不仅仅是看到名家。他以读者的利益为重,因此才使得出这副"硬心肠";其二,既然是"硬退",说明此举并非轻而易举,只有经过思想上的一番深思熟虑,才能牢牢地把握衡量稿件的"标准尺子"——质量,坚持了"量文录用"的原则。可见,具不具备这"硬退精神",确实是实行"量文录用"原则的不可少的重要条件。

当然,"硬退"绝不是"乱退"。退稿时,应当对名家的文章进行全面的、合理的分析,像分析非名家的作品一样,好则言好,差则言差,实事求是地指出不能刊登的理由。这样,即使是名家,也会容易理解和接受的。我想,凡是有责任心、有修养的名家,不仅不会反对这种退稿,反而会从中汲取前进的力量。

写于 1980 年 8 月

附记：这篇文艺随笔发表于 1980 年 8 月 27 日的《羊城晚报》"花地"副刊。缘起是我的朋友、湖南作协著名儿童文学作家金振林于该年 6 月创办了儿童文学刊物《小溪流》。为组织创刊号稿件，他去京、沪等地拜访了多位著名老作家，向他们约稿。返湘后，老作家们的稿子纷至沓来。可国内享有盛誉的一位老作家的稿子让老金作难了——稿件质量不符要求。经反复考虑，为不影响刊物质量，更是为了对刊物读者负责，老金"硬着心肠"把稿子退了。那位老作家接到退稿，也十分理解老金的这一作法。他又认认真真地写了一篇寄来。这后一篇稿子达到质量要求了，于是很快刊登了。事后，我知道了这件事，很感动。于是就写了这篇短文，寄给《羊城晚报》。不久，该报在"花地"副刊较为抢眼的位置刊登出来了。

有感于作家当劳模

报载：四位作家被评为省劳动模范。又载：当省委和省政府负责同志给他们戴上大红花时，他们激动得两眼潮润了。

看了这则报道，我也"激动得两眼潮润"了。这不仅仅因为我同这几位"作家劳模"较熟，熟谙他们这么多年来所走过的坎坷、曲折之路，更是因为我还想到了目下有些从事文学创作的同志的一些"遭际"。

也许是因为抓业余文学创作这项工作的缘故吧，我经常能接触到各行各业的业余文学作者。他们的创作水平自然有高低之分。这些同志的创作水平之不平衡姑且不论，但令人惊异的是，这几个作者中，却有着一致的苦处——人们对他们从事的精神劳动的艰苦性太不理解了。可叹的是，这里讲的"人们"中间多有是作者所在单位带"长"字号的人。这种人，对从事业余文学创作的同志在并不算好的条件下，坚持十数年"爬格子"的艰苦历程不闻不问或闻之知之当不闻不知，而一开口就问人家捞外快多少。殊不知，这用心血换来的"外快"又值几何？当这些从事创作的同志有"外快"到手时，他们在这么多年中已付出了数倍或十数倍于"外快"的购书、订刊费！而这还是小事，更重要的是，他们在这漫长的时日里，将自己的青春年华、身心健康甚至于将小家庭的温暖都献给了人民的文学事业。

然而，在生活中，像上面这种只看"外快"不看劳动的人，较另一种人又算好的了。更有甚者竟将从事业余文学创作当做"邪门歪道"来对付，开口就说人家是"名利思想"、"好高骛远"、"不安心本职工作"，等等。还有的当人家发了作品以后，便戴着放大镜从作品中找岔子，以便对号入座，一旦发觉有"本人、本单位的影子"时，便扣以"影射"、"诬蔑"的帽子。这么一来，扣发奖金、不给提级等祸端便降临作者头上。特别是当文学作者有了缺点、错误的时候，他们不是像对待其他犯有类似缺点、错误的同志一样给予教育、帮助，而是给开"另餐"、"特殊相待"！我想，若是由这些人来给文学作者评奖、评模，那不是要"日头从西边出来"吗！

这里，我更想到了人民的文学事业在某些同志的心目中没有地位到了何种程度！

何以产生这类限制、排挤、打击文学业余作者的人、事呢？归根结蒂还是封建的小农经济思想观念作怪，还是那套"轻脑重体"的"左倾"思想作怪。可以这么直说，在这些同志的脑子里，从事文学工作的"笔杆事业"根本不是劳动，而得非"改造"成像他们那样"目不识丁"方才舒服。这也从反面告诫人们，在干部队伍中普及科学、文艺知识有多么必要。胡耀邦同志在前不久的一次讲话中，不是号召党的中青年干部要读两亿字的书，其中还点出了要读文学艺术方面的书吗？

实践证明，包括文学创作在内的脑力劳动，是一种精神劳动，在某些方面，这种劳动比体力劳动还更有艰巨和复杂的一面。脑力劳动者创造的精神财富同体力劳动者创造的物质财富，同样有着伟大的意义，同样是社会进步的基石。我们有什么理由重物质财富的创造者而轻视、排斥精神财富的创造者呢？

党的十一届三中全会以来的正确路线、方针，为建设社会主义的物质文明和精神文明开辟了宽广的道路。各级领导对于从事精神文明建设的创造性劳动，给予了高度重视。当今作家当劳模就是明证。我们相信，随着社会的发展、时代的进步，那些"轻脑重体"的"左倾"思想的市场将越来越小，属于劳动人民的知识分子将以自己更艰苦卓绝的劳动，创造更多的精神财富。他们将同物质财富的创造者一样，为社会主义祖国的两个文明的建设，作出更多的贡献！

写于 1982 年 5 月

"学问之根苦"

有句谚语云"学问之根苦"。学问者,所获取知识之代称也。此谚语将学问之成就喻为树,并言学问之根乃苦。此比喻实属妙哉!君不见,古往今来,凡是有大学问者,一个个莫不在求知路途上,劳其筋骨,历尽艰辛。唐朝著名诗人白居易,他"苦学力文","不遑寝息",读书读到"口舌成疮",写作写到"手肘见胝";唐代大文学家韩愈,"口不绝吟于六艺之文、手不停披于百家之编",过度的辛劳使他"年未四十而视茫茫、而发苍苍、而齿牙动摇",难道不辛苦吗?更不用说近代的马列主义经典作家了。那大英博物馆水泥地上马克思为探求学问磨出的两个脚印,正是他不畏艰苦以无比坚强的毅力坚持学习的见证。今天,时代前进了,科学技术发达了,这为我们求得学问创造了许多有利条件,但是学习的任务仍然十分艰巨。因为随着社会的发展,人类知识总量猛增,求学问者的担子更重,其艰苦性自然倍增。因此,在"学问山"的攀登上,更需要有不畏劳苦、锲而不舍的精神,方能领略知识山巅的无限风光!

只有尝到了、习惯了学问之树根的"苦味",才能摘到学问之树的甜"果"。因此,又一句谚语云"学问之果甜"。这难道不生动体现了求学的辩证道理吗?

写于1980年

"勇敢地写"与"勇敢地扔"

一次,几个热心文艺创作的青年向老舍请教创作经验。这位著名作家想了想,只说了下面一句话:

"要勇敢地写;不成功,就勇敢地扔掉。"

这话是老舍同志随随便便说出来的吗?不是。它正是老舍几十年从事创作的经验之谈。记得在新中国成立后不久,老舍就说过:

"我现在的写作方法是:一动手就准备着修改,决不幻想一挥而就。初稿不过是'砍个荒子',根本不希望它能站得住。初稿写完,就朗读给文艺团体或临时约集的朋友们听。大家以为有可取之处,我就去重新另写;大家以为一无可取,就扔掉。假若是前者,我那么再写一遍、两遍、到七八遍……改了七遍八遍之后,假若思想性还不很强,我还是扔掉它。"

在这些告诫里,老舍既谈到了要"勇敢地写",更强调了要"勇敢地扔"。从字面上来看,"写"与"扔"是矛盾的——写了何必扔?一般说来,热心文艺创作的人都珍惜自己心血劳动的结晶——作品,往往难以割爱,更舍不得抛弃。然而,对于一个有责任心的作者来说,要写出"有很高思想性和创造性的作品来",就必须勇于割爱,舍得抛弃。这一点,古今中外凡是在文艺创作上取得了成就的人,都有类似的体会。白居易在《与元九书》中曾说过:

"凡人为文,私于自是,不忍于割截,或失于繁多,其间妍蚩益又自惑。必待交友有公鉴无姑息者,讨论而削夺之,然后繁简当否得其中矣。"

可见,白居易也是以"失于繁多"为患而勇于"削夺"的。俄国十九世纪前半叶最优秀的讽刺作家果戈理,每写出一部作品,就请别人提意见,每一部作品,他都要反复推敲,一再修改,不管是已经写完甚至是多年辛勤劳动的成果,只要自己认为不满意,都往往毫不惋惜,付之一炬。

这些有成就的作家对于自己不满意的整篇文章既然如此"勇敢地扔",那对于文章中的累言赘句的删削就更不用说了。这种严于律己的精神不正是我们所应该认真学习的么!有人也许会说,已经改了七遍、八遍,又要扔掉,岂不是"燕子衔泥——空费力"?对于这个问题,我们还是用老舍的话作为回答:"要不怕白受累,而且也不会白受累——写七八遍就得到写七八遍的好处,不必非发表了才算得到好处。"人们的创作实践不正印证了这一点么?

写于1980年3月

(此文发表于1980年第2期《湖南作家》。)

"跟你笔下的人物生活在一起"

小说《茶花女》是法国作家小仲马最成功的一部作品。它以作家所了解的现实生活中的玛丽为小说主人公玛格丽特的原型,精心构思并着力渲染了玛格丽特和阿芒的爱情悲剧。这个悲剧控诉了资产阶级虚伪的道德,也揭露了金融贵族腐化堕落的真面目,从而引起了强烈的社会反响。

读过《茶花女》的人,无不为作家对小说人物的言行和心理描写的入微而惊叹。阿芒感情的真挚火热,玛格丽特的善良无辜,都写得淋漓尽致。特别是书末玛格丽特给阿芒的信,一字一句,令人读了不禁潸然掉泪。这巨大的艺术感召力固然与小仲马的亲身经历有密切的关系,但也与他"深入角色"有关。阿·托尔斯泰在谈到创造典型时曾经指出:"要跟你笔下的人物生活在一起","同他们一起受苦,一起成长,有时甚至还得跟自己笔下的幻影一起陷到无底的深渊里……像这样的小说才是有生机的东西,这才是艺术。"巴尔扎克为写"高老头之死"几天饮食不进,人们早有所闻;而小仲马在写《茶花女》时,如果不是含泪挥毫,是难以写得这么感人肺腑的。这许多例子都证明了作家与笔下的人物生活在一起是至关重要的。要做到这一点,我以为,首先是要深入生活,"要一点一滴、一丝一毫地去搜集典型和典型的东西",在掌握了典型材料之后,就必须用自己的心灵对典型进行体验。用阿·托尔斯泰的话说,是"在自己身上去寻找那样的主人公"。这样,把自己摆到小说的主人公身上去,去"经历"主人公"经历"过的一切,与主人公同呼吸,共命运,那么,这样创作出来的人物就不用担心不感人了。在当前的文学创作中,某些作者缺乏深厚的生活基础和独到的生活体验,热衷于闭门造车,向壁虚构,或醉心于模仿他人成功的作品,亦步亦趋,这样写出来的东西究竟有多少生命力,岂不是可想而知的吗?

写于 1980 年 10 月

(此文发表于《湘江文艺》(即《湖南文学》)1980 年 11 期。)

靠作品而存在

  老作家巴金在文学月刊《萌芽》复刊号上撰文祝贺,并热情诚挚地发出了呼吁:作家要"靠作品而存在"。这是他从自己的亲身经历中发出的肺腑之言!

  前些年,曾冒出过一些"作家"。尽管他们善察行情,观风向,绞尽脑汁,写了不少应景之作,可又有几部能够在人们中间活着?这些时髦作品之所以命蹇,恐怕与这些作家好以"天马"自命,以"行空"见长,不能扎根于人民生活土壤之中有很大关系!

  相映成趣的是,正当那些蹩脚作品风靡一时的时候,人们却在悄悄地、习惯地传看着《家》、《春》、《秋》等著作。任凭张春桥之流怎样疯狂讨伐巴金的"罪行",可人们总是恨不起来。这不正是由于巴金的作品有着无法抹煞的魅力吗?巴金,靠他的作品,靠他那揭示生活真实,除旧布新,有血有肉的活脱脱的作品而存在着。人们承认他,相信他,关注他,尊敬他。因为他的作品,与人们声息相通。还是巴金说得好:在深入生活中创作,在创作中向读者交出整个心吧。靠作品而存在,而战斗,而成长!

写于1981年5月

手法机智　意蕴深长

——杨华方散文《好一个山水为厅》读后

2013年元旦前,《人民日报》发表了杨华方的散文《好一个山水为厅》。恰好当时我正在市文联办公室小坐,翻报纸间一眼望见这篇文章,急忙拿来读。读毕,一副对联式的"评语"——"尺幅绘史卷　比兴凸华章"在我心头升起。这篇两千多字的散文着实打动了我。

这篇散文写的是我们湘潭人熟悉得不能再熟悉的昭山、易家湾。

作者起笔单刀直入地介绍道:"湘潭有个三岔路口,往左,去长沙,往右,去株洲。这个三岔路口有个名山,叫昭山,有个古镇,叫易家湾。"接着写眼下此"三岔路口"的变化:三市之间修的路越来越宽敞,三市砌的高楼也越来越近,"长株潭快融为一体了"。以简练的文字写现实只点到此,便笔锋一转,抖开了昭山历史的画卷:

这种"抖开",并不是平川跑马,一览无余,而是颇有机巧。

作者从周昭王南巡荆楚曾在此盘桓、昭山因此而得名写起,写到北宋书画家米芾登昭山、绘"山市晴岚",再写南宋张栻、明末王夫之、米友仁、牧溪、王润、王石谷、戴熙等,以及近代大家张大千在此留诗作画的事。面对如许之多的诗画家"云集"昭山、吟绘昭山,作者并没有平均照写,而是把笔墨重点指向米芾对昭山的感受和面对昭山的吟诗绘画。他是这样写米芾在昭山的:

"北宋时,书画家米芾听好友宋迪说,此处风景优美,便从洞庭入湘江,沿江而作《潇湘八景图》。米芾爬上昭山,见旭日破晓,霞光万丈,烟雨碧波,色彩缤纷,忍不住赞叹:'真乃名山大江,美而壮观。'他乘兴作了一幅昭山朝晖之图,命名为'山市晴岚',并题诗一首,赞誉其中美妙:'乱峰空翠晴还湿,山市岚昏近觉遥。正值微寒堪索醉,酒旗从此不须招。'"

而对张栻等,甚至对张大千只一点即过。

作者为什么重笔写米芾而略写其他诗画家，我以为，首先与米芾是我国古代顶级书画家有关，再者米芾对昭山的诗吟、画作达到了与昭山之美紧密契合的程度，令他不得不以米芾作为对昭山"历史印证"的首选。自古以来写文绘画，都讲求突出重点而宜留空白。看来作者深握其妙，便在此文中重"画"米芾，轻点其他寥作"空白"，是费了一番心思的。

作者对昭山历史"回述"并未只写到书画家就打止（以往散文作者习惯以引古后即止），而是把昭山"引向"近代黄兴、秋瑾、毛泽东在昭山留下的故事。在这三者中，他又以重笔突出了毛泽东在昭山的故事：

"1917年9月的一个星期天，在湖南一师读书的毛泽东，向往昭山的美丽，与两个同学从长沙沿铁道经大托铺去昭山。午饭后，行至日将西下，来到仰天湖边。仰天湖水面宽阔，波光潋滟，又与湘江毗邻相连，自然生态，风光别异。毛泽东喜山乐水，一见仰天湖碧波荡漾如此壮丽，忍不住扑进水里，朝湖中游去。同学不敢下水，估测这仰天湖至少也有几千亩大，这润芝呀真是胆大。眼见毛泽东离岸越游越远，同学在湖边急得直喊：'这不是湘江呀，润芝，你游不过的。'没想毛泽东却不回头，累了，仰天而游，一直游到夕阳西下。两同学见毛泽东上岸，悬着的心才放下来。毛泽东和同学来到昭山之背，又沿古蹬道而上。湘水清临其下，高峰秀抱其上，登上昭山古寺，已是暮色苍茫。毛泽东要在该山寺借宿。僧人不允。毛泽东踌躇满志，欲与同学露宿于寺外树丛。僧人见状，于心不忍，遂引三人进寺。这天晚上，毛泽东与同学在寺庙前沐浴着习习山风，欣赏着山下被月光照耀的白马洲和仰天湖，畅言抒怀，好不得意。"

这一番抒写，大大超脱了米芾等对昭山风光的单纯观赏，而写了未来伟人用身体对昭山山水的亲密接触，亲密体验，何其动人，何其深刻！

可是，接下来，作者并未止于"人与自然（昭山）"的关系，而是进一步抒写了昭山脚下发生的"人与人"的惊心动魄的故事。写的是彭德怀任湘军连长时，因杀了个恶霸而被捕，后被押至昭山脚下，彭德怀瞅准一个机会，趁机逃入密林，后逃到湘江渡口，被一小船艄公相救送过湘江。彭德怀下船时，脱下汗衫相赠。8年后，彭德怀率红军攻打长沙，特意到昭山下找到这位老艄公，以粮物报恩。这个故事，更写出了彭德怀的坚定的革命意志和念兹在兹的报恩之心！写出了湘潭人之善！

自然风物与历史人物的抒写，使昭山"立体化"了。但作者仍未止步，他把对昭山的镜头拉向更广阔的历史画面。作者进而写与昭山不可分的易家湾古镇。从古镇的"商铺百余，商品繁多，百业兴旺"的规模，步步深入地写到古镇至新中国成立前两年已"成为粮食、蓝靛、砖瓦、铸铁、酿酒、水产品、布匹等几大类货物集散地"。然而笔锋又一转，写出古镇曾遭战争肆虐："风光无限的古镇，不幸在1944年6月惨遭日军'三光'暴行，全街几成灰烬，1949年8月，又被国民党飞机投掷燃烧弹、炸弹，古镇基本成为废墟。"把个昭山下的古镇易家湾的历史命运就这样写得一波三折。这就是作者的匠心所在。

作者就用这浓淡相宜的笔致把昭山的历史、人文景观、人文故事浓缩在一千几百字的篇幅中，是谓"尺幅绘史卷"。

述古皆为今。作者今天来写昭山，并不是为写昭山而写昭山。深谙此道的作者华方，像谱写音乐运用的"转合"手法那样，用巧妙的过渡段，把昭山的风物又兴味盎然地补充描述一遍：这个长株潭的结合部，有上千年的文化历史，有闻名遐迩的昭山，有著名的昭山古蹬道，有将军渡、魁星楼、伟人亭、双井清泉，有千年银杏、古墓、古八景、古碑刻等人文历史景观，有昭山下的湘江兴马洲，还有如镶嵌在湘江边的一颗大明珠——仰天湖……是现代都市中不可多得的休闲旅游胜地。

特别是此段后一句"是现代都市中不可多得的休闲旅游胜地"，一下子就把昭山的景物价值与现在的崭新时代挂上了钩！

紧接着，作者娴熟地运用比兴手法，表现昭山在当今长株潭融城的建设中的特殊地位和作用——作者智慧地将昭山比喻为"三市一厅"的"客厅"。他是这样写的：

"现在的昭山，已不仅仅是那座有千年蹬道千年禅院千年银杏树的山岭了，长株潭融城核心的'绿心区'这一特殊地位，更让人为之憧憬，人们期待着它成为长株潭'三市一厅'的客厅，成为湖南城市的客厅。"

这个比兴，不仅生动、幽默，而且把昭山的地位大大提升了。尔后，作者具体描绘了昭山这一城市客厅的未来蓝图：

"城市的客厅，应该是个什么样呢？

仰天湖大"客厅"的建设者告诉我，这个仰天湖畔，将有各种类型酒店，以接待来自国内外宾客的来临。这里也有健康养生、文化休闲、教育科普、文

博会展为主干的服务型体系。在这里,人们可车行树下,也可在山上观看鸟飞蓝天,在湖里观赏鱼翔浅底。在这个大客厅里,我们还可到滨水廊道、滨江风光带散步,也可去爬蜿蜒在昭山绿荫之中的古蹬道,欣赏米芾笔下的"山市晴岚",在千年古寺里,感受一下毛泽东昔日夜宿的情趣和滋味……"

这个比兴,把昭山的抒写推向了"高潮",也就是作者要表达的当今昭山的要旨,表现这个"城市客厅"建设的壮丽目标和令人神往的前景,这正是这篇文章落脚的重点,是这篇文章最具价值的华彩段落,也就是我在开篇所感叹的"比兴凸华章"啊。

华方就是这样,力避通常写介绍地理、人文状况的散文之呆板无味,而将这类散文写得尺水兴波,兴味盎然——把历史与现实很好地契合和互证,达到对该地有厚度的生动观照。

这些年来,我读过华方不少散文,比如,写宋楚瑜回乡的散文《巨鱼村古道》,和写韶山第一个个体老板汤瑞仁的《卖粥的韶山村妇》,都写得让人读后兴味浓浓。《巨鱼村古道》将三国时曹操途经该村的传说演绎得出神入化,其中几个与"巨鱼"一词相谐音的词的设计,更令人叫绝。正因为如此,该散文被评为湖南省好副刊作品金奖和湖南省好新闻一等奖。《卖粥的韶山村妇》,则运用了小说手法,把汤瑞仁当初羞于卖粥的形态,刻画得栩栩如生。该文不仅在《解放日报》发表,还获得《解放日报》改革开放三十周年散文奖。

华方散文创作的笔路是宽的,手法是多样的,他常常写得很活,写得机智幽默,带给人们良好的精神享受。相信他会有更多更出彩的散文作品问世。

写于 2013 年春

写出独特　写出亮色

——焦炽、晏雄华、沈德顺三人散文浅议

以往，对军人创作的文学作品，我读得不多，而读转业、退伍军人的作品就更少了。近来有机会读了焦炽、晏雄华、沈德顺三人的散文作品，一下子我就被他们在作品中展现的非同一般的感染力和朴实、生动的文字所深深打动，从而使我对军人的文学创作有了一定的了解和认识。

焦炽的《前进》，抒写了上世纪七十年代某军"听党指挥"实行大调动时亲历的事的深刻感受。按常理讲，写这样一次战略性的军事调动，应当全方位、多侧面、多层次地写，然而，作者并未如此大着笔，因为如果那样写，那就不是一篇几千字的散文所能胜任的了，而作者的本领恰恰就在这里，以小篇幅写出了大事件。作者的奥秘就在于抓住一个易为常人忽视的细节，给予挖掘、铺陈，终使从"小事"凸现出大事的风采。具体地说就是抓住一位身经百战、从战斗英雄成长为军队首长的一声号令"前进"二字，写出了这么一篇长达五千余字的散文，这不可不让人击节赞叹。作者抓住"前进"这一命令，以它为金线，串起了当时的"珍宝岛事件"，串起了自己的参军胸臆，串起了自己所在团的光辉战史，串起了团的光辉战史中名震中外的"老秃山战斗"及此次战斗的组织领导者、现今的师首长的大无畏战斗精神，更串起了那次战略调动的严格、机密和行动的高质量，等等，达到了以小见大，以小写大，以小写长和以小胜长的客观效果。《前进》一文用小标题分节划出大的情节段落，对不同情节段落展开各有侧重的抒写，如画家之绘画对细部（段落）强化处理，再加上语句的干练、生动，使人读来入心入脑。

《少校在雪山上站岗》，是军转干部晏雄华写的散文，写的是他从军队转业到地方后的事。此文最大的特色在于写"落差"。这个"落差"，在作者心中曾经是"难以想象"的！具体地说，就是一个曾经分管空军战鹰的堂堂空军少校,转业到地方成了远郊派出所的一个普通民警。你看这人的"身份"变化落差大不大?再有工作环境,过去是在气派、宽大、光鲜的机场工作,而如今所在的派出所是借用某农机站的房子办事,值班室同时也是办公室,局促、狭小,你说环境落差大不大?然而,经过人民军队这个大熔炉陶冶的年轻人,很快以崇高的境界调整了心态,很快进入地方工作的"战位",在平凡的岗位上取得一个个实际成果。比如,他写了自己在严重的冰雪灾害面前,在公交车没开行的情况下,坚持草绳缠鞋步行上班,坚持为民办事;其中一位被冰雪围困在外多天未归的群众报警,请求代替他喂家中的狗,作者和所长接报后便一道赶到那位群众家,爬上阳台,为他喂了狗。更令人感动的是,当温总理来湘潭视察抗冰灾情况,他被安排到某处山顶站哨,他又一次履冰雪攀高山,按时站到哨位,冒着严寒,监视周围环境,很好地完成了任务。作者就是如此,以写"落差"为核心,特别突出自己解决"心理落差"很快进入新工作岗位并取得工作实效的事,表现了军人全心全意为人民服务的高尚品格。

《机组的集体二等功》,也是一位叫沈德顺的军转干部写的。他写的是当年在空军部队任某团无线电分队长时,在飞行中发生的一件突发事故和如何在大难临头的情况下处理事故的经历。这是作者的刻骨铭心的记忆!作者先从从事飞机保障工作的重要性入笔,接着写那次在执行特殊任务的飞行中作者如何发现危险事故的苗头,以及面对这场事故全体机组人员如何沉着应对,最后终于在只剩一只发动机的情况下成功迫降的事迹,体现了空军战士临危不惧、临危显智的高素质感人形象。这篇散文的特色就是紧紧抓住一件"紧急事件"来写,且把事件写得较透、较全,给人留下深刻印象。

综合思之,焦、晏、沈三人所写的都是自身亲身经历的生活,都是抓住一件或几件印象深刻的事来写,又都带着深深的情感运笔成文。但每人又根据自己不同的生活经历,写出了自己独特的生活感受,从而使每个人的文章呈现不同的亮色,让读者在欣赏中得到不同的美的享受。

写于 2009 年 10 月

(此文收入湖南文艺出版社 2009 年 12 月出版的散文集《入伍》。)

地域特色和人物形象的别样把握

——评获奖散文《相守雪域》

洪樱是我市近几年来涌现的颇有成绩的青年散文作者之一,其作品来势看好。我曾陆陆续续读过她好几篇散文。每次都被她炽烈的情愫所打动。这中间我特别喜欢她《相守雪域》这一篇。

《相守雪域》是一篇写西藏生活的散文。像这类以西藏为题材的散文作品发表在各种刊物上的不少。而洪樱这篇却有其不同于一般的特色。一般写西藏的散文多在西藏这一异域风光上倾情着力、泼洒辞彩,而洪樱此篇却紧扣人物故事、人物形象谋篇着笔,便有了另一番韵致。其实《相守雪域》的故事很简单,就是写一对青年男女醉心扎根西藏教育事业的事,但为何又写得情滔波起、激人心怀?我以为,作者在如下几个方面是把握得比较好的。

地域特色的别样把握。这种把握是多侧面的。首先是景观上的描绘。洪樱从一般的西藏景观入手,进而描绘它的特色景观,什么高山雪莲,什么天葬场景,什么多彩的经幡等等,都"来"到她的笔下,作者由此赞美道:"西藏是美丽的西藏!"其次,对西藏的地域特色,作者还能从民俗上进行烛照。这一点特别体现在藏民全身长拜的描写上。她这样写道:"……不时见到有藏民叩着等身长头前往拉萨去朝拜,少则三两个人,多则十几个人,也不知道他们到底走了有多远的路,用了多久的时间,……他们当中有的出发时还是襁褓中的孩子,到了拉萨却可以满地走路了,有的因此就死在了途中,同行的人就把他(她)的骨头带去拉萨……"进藏者看着这些"心里很沉重,欲哭却无泪,欲说却无言"。写到此,作者叹道:"西藏是凝重的西藏!"接下来,作者从人的本真上进行开掘。她叙述了文章主人公去到世界上最高的教学点进行教学,强烈的高原反应"让他的脑袋像敲碎了的鸡蛋,动弹不得,痛得彻夜无法入眠",而就在主人公拼力坚持的时候,也就在第二天清晨,主人公的女友发现了门外

摆放着朵朵从高高的雪山上采来的雪莲——是孩子们特意挖来的。此时此刻藏民们又端来了热腾腾的酥油茶,从而使主人公获得了新的力量,在最高的教学点上坚持下来。叙述到此,作者歌赞道:"西藏是纯朴的西藏!"就这样,作者从景观、民俗和藏民的朴实描写上,绘出了一幅立体的西藏风情画。

人物形象的生动把握。当今写西藏风物的散文以纯写景为多,因为神秘西藏的一草一木本来就十分吸引人,可谓卖点多多,不费大力即可成篇。而洪樱却没有走纯写景的老路,而是将人物作为主要叙写对象。她描述了主人公策和婷的友谊和爱情。而这种"友谊和爱情"就孕育和成熟在雪域高原。他俩在世界屋脊的最高处教学,而且教的是"复式班"。当许多同来的大学生一年后离开了西藏,他俩却坚持下来,已达七年之久!他俩的坚守并不是"超人"式的坚守,他们也有苦痛,也有经受不住的时刻。他们是磨砺中的坚守,是奋进中的坚守。这些都让作者描写到了。特别值得一提的是,作者在散文创作中运用了小说手法,注意通过细节来表现人物。比如前面提到的,在策被强烈的高原反应"击倒"时,那小学生们悄悄送高山雪莲的细节,以及婷对孩子们的观察和心理活动,就写得真切感人。作者写道:"婷发现策门口放着许多雪莲,原来是这群孩子赶早从唐古拉山口 4000 多米的梅拉山上特意为老师挖来的,每个孩子的脸蛋黝黑中带红晕,他们的眼睛清朗得就像那高原的天空,不带有一丝的杂质,婷在想,我们离这样的目光到底有多久了?谁也说不清楚。"这样的细节和心理活动的内涵就十分丰富,尤其是婷对孩子们净朗目光的"内心独白",就很深刻地表现了婷(当然也包括策)对人生纯净、高雅境界的追求。还有策在布达拉宫为樱子祈祷的细节,也写得生动感人。

《相守雪域》的地域特色和人物形象的恰到好处的把握,全是由作者洪樱的一腔激情在"推动"着,这种激情就是对援藏教师的深厚的钦佩、崇敬之情。文贵乎情。一个作家只要有了真情,又能把这种真情酝酿成成熟的形象,又把握好了表现形式,又在语言的打磨上勤下气力,是可以写出好作品来的。洪樱的散文创作正是走的这一条路子。洪樱以她的勤奋创作,终于写出了一些可读性强的好作品。此篇《相守雪域》不仅在《文学界》、《湘潭日报》等报刊发表,还先后获省好新闻评选一等奖、省报纸副刊作品金奖及第 16 届中国新闻奖报纸副刊作品复评铜奖。这些奖项的获得就是对她辛勤创作的最好回报。

写于 2005 年 7 月

散文征文获奖作品漫评

我市为纪念中国共产党成立六十五周年举办的散文征文评奖活动，已圆满结束。这是一次我市散文创作的大检阅。纵览此次获奖作品，我们觉得我市散文创作较前活跃了，作者们的视野开阔了，艺术手法多样了。如获一等奖的《红军从这里走过》，按题材说，这是一个老而又老、政治性十分强的题材。但作者从老题材中写出了新意。作者通过对自己亲身经历的描绘，从侧面显现出当年红军从草地走过的英雄气概。该文文笔活泼，用语生动，譬喻贴切、新鲜，如将远山喻为"火鸡"，描写天明则用了这样的句子："天边那只火鸡，啃光了月亮，生出一只红红的鸡蛋。"这样的散文，读后确实能给人以较好的艺术享受。而《小街情》又是另一番风采。作者抓住一条小街的变化来写，是一幅小街沧桑变化的风俗画，在描绘之外又杂以恰到好处的议论，使文章耐读，意蕴深远。微型报告文学《有这样一支队伍》，不回避矛盾。作者一开笔，就把"筑路队"在湘钢的地位全盘托出，面对这个"吃苦"行当，在改革潮流中站出来的年轻队长以"科学头脑加实干精神"，终于使该队成为先进单位。写得真实可信，又有八十年代的韵味。在一千多字的篇幅内要用文学手法体现这一真人真事，如果没有较高明的概括手法，是难以成篇的。

在获二等奖的作品中，报告文学《憨子》写人叙事，颇有厚度，且文笔凝练，庄谐相济，叫人非一口气读完不可。叙事散文《国旗与党旗的回忆》以朴素、真情见长，道出了作者幼小心灵中对党对新生人民共和国的感情。《泉水片糖茶》通过对此茶水的怀恋，写出了十一届三中全会以来农村的巨大变化，以小见大，乡情浓烈，寓情怀于叙事之中，读后别有一番滋味在心头。写景散文《霞光颂》对于霞光寄托了作者内涵丰富的情怀，读后令人遐思。它的语调高亢、节奏较快，是出于体现文章的主题需要而定的。叙事散文《月光下的小河》带有浓重的微型小说色彩，有人物、有细节，但因它的整个调子和抒情性

是散文化的，归入散文也无不可。作者通过购游泳衣来表现农村生活习惯的变化，角度新颖。《无尽的怀恋》写了对奶奶的感情，深沉蕴藉，奶奶形象可亲、可信。抒情散文《画》别具一格，"洋"味足一些，但很好读，文字优美，注意了心理抒发，体现了人们对美的孜孜不倦的追求。

在获三等奖的作品中也不乏佳篇。在此，就不一一评述了。

此次获奖作品的水准告诉我们，振兴湘潭散文创作是有较好基础的。但也绝非一好百好。我们必须清醒地认识到：我市散文创作与全国、全省先进地、市相比，差距仍相当大。主要表现在：绝大多数作者的表现方法还一般化，常有落套的现象，特别是缺乏以现代意识指导散文创作。有的作者文字表达还欠功力。这些都是有待我们努力克服的。我们相信，经过大家不懈的努力和辛勤的探索，我市散文创作园地里将会有更多更好的上乘之作问世。

写于 1986 年 7 月

附记：这是应 1986 年"湘潭市纪念中国共产党成立六十五周年散文征文活动"评委会之约而写的总结性述评。

谈谈对于深入生活和提炼素材的体会

——一九七三年在湘潭师专中文系讲课讲义

同学们：你们好！前不久，师专的老师要我讲讲在文艺创作中是如何深入生活和如何在深入生活的基础上提炼素材的。我感到很为难。因为虽然自己在创作方面搞了十来年，写了点东西。但在学习、实践马克思主义文艺理论方面，在学习、实践毛主席革命文艺路线方面，我还是一个刚入门的小学生。既然老师出了题，出了这个考题，使我有机会回顾总结一下前段的创作活动。因此，当学生的还是来应试了。去年（一九七三年）二月到十月，我参加了省里组织的报告文学集《三湘英雄谱》和庆祝毛主席八十寿辰、歌颂毛主席革命路线的散文集《韶山红日》的编辑、写作小组。头四个月是为《三湘英雄谱》写了关于老模范贺庆莲的报告文学《老模范育新苗》，后五个月是为《韶山红日》写了篇散文《清风行》。今天我在这里汇报一下自己去年在创作报告文学《老模范育新苗》和散文《清风行》的一些体会。我想，写报告文学和散文（我这篇散文也可归于散文中的特写一类）在很大程度上受真人真事的局限。而写小说比较自由。现在谈谈报告文学和散文，这样对于讲如何深入生活、提炼生活就更能说明一些问题。

在讲正题以前，对于为什么而创作，我觉得有必要讲一下，因为这是个方向问题。毛主席指出："我们的文学艺术都是为人民大众的，首先是为工农兵的，为工农兵而创作，为工农兵所利用的。""文艺为工农兵服务，为无产阶级政治服务，为社会主义服务。"这就是我们创作的唯一宗旨，也是我们创作的动力。以前，在报刊上发表文艺作品之后，收到一些同志来信，也有的同志在口头上讲了你那篇文章什么地方对我有启发和鼓舞作用。例如写了《三访周德福》，有的生产队长就说，看了周德福的事迹，自己从不愿干生产队长这"贴肉干部"到愿意干了。这说明，我们的创作是有作用的。文学是上层建筑之

一,对经济基础的影响是很大的。我们的作品对于工业学大庆,农业学大寨有促进,对于社会主义革命和建设有推动,这就是我们的幸福,有什么能够比这还幸福的呢?

另外,创作是个很艰巨的劳动,"文章得失不由天",是要靠自己在实践中反复锤炼自己的思想,磨炼自己的技巧,这样,才会写出较好的、好的作品来。在创作上也用得着这样两句话:前途是光明的,道路是曲折的,我希望同在座的同志一起,继续、认真、刻苦地学习马列主义、毛主席著作,为无产阶级革命文艺事业作出应有的贡献。下面就谈体会,一个是深入生活的问题,再一个是如何提炼素材的问题;这两个问题中,又着重讲讲第一个问题。

一、关于深入生活

(一)《老模范育新苗》的四上四下

毛主席说:"路线是个纲,纲举目张。"我体会到,无论在题材的选择、如何深入生活等方面,都不是一帆风顺的。

第一,在选择题材方面,如何看待英雄人物的问题上,就有不同的看法。《三湘英雄谱》是一本报告文学集,是反映湖南省农业学大寨的典型人物或先进单位。当时,省里分配我们湘潭地区是两篇任务,一个是攸县,一个是湘潭县,我们县里的任务交给了我。当时有两个题材,一个是石潭区雁坪公社泉塘大队铁炉队的全国劳动模范贺庆莲同志,另一个是花石区的一个赤脚医生章清秀同志,她敢想、敢闯,为贫农社员割了瘤子,这样两个题材究竟写谁呢?地区和县里的有关同志告诉我,章清秀的材料扎实,好写些;贺庆莲近几年来没有什么新发展,没有多少素材。他们都认为写章清秀比写贺庆莲好。我觉得,章清秀当然是很不错,是先进人物,但是近年来报刊上已作了多次宣传,而对于过去曾经六次上北京,四次幸福地见到伟大领袖毛主席的贺庆莲同志来说,多年没有报道,人们是十分关心的,究竟老模范现在怎样了?据说,在去年元月省里召开的农业学大寨经验交流会上,华国锋同志曾经问过贺庆莲同志的情况,可见中央首长对老模范一直是关怀的。我回想到,前两年在林彪路线干扰时,我们湘潭县的×××,就当众否定过,在"文化大革命"中站出来支持革命群众运动的贺庆莲同志,心中十分气愤;而今天,中央首长关心老模范,群众关心老模范,我们有责任把老模范的近况用艺术形式反映出来,对于林彪一伙"英雄",否认创造历史的动力是群众的唯心史观,就是一个有力的批判，我觉得写谁的问题，不是简单的题材选择，而是要站在全局的视点进行分析衡量，以决定孰重孰轻。在素材的问题上，贺庆莲有不有感人的事迹，这就是我们如何深入生活，如何在沸腾的丰富的生活中吸取创作源泉了。

第二，在深入生活过程中，必须坚持唯物论的反映论，反对并克服唯心论的先验论。这就是要求我们深入生活，不能带框框，在《老模范育新苗》一文的创作过程中，我先后写了四个结构，十二次大改，前后总共写了五万多字，去贺庆莲家采访也是几上几下，多次反复。几经反复之后，最后才定下稿来，省里最后定稿是八千多字，去年八月已经在《湘潭文艺》发表，许多同志都审阅过了，下面就讲讲这几次反复的过程，这个过程说明两个问题：一是破框框很不容易，也是有一个过程；二是如何把握典型环境的典型性格，写出具有七十年代特点的模范形象。

我们说深入生活不能带框框，这是否是说采访事先不要有计划性呢？不是的，对于一个英雄人物事迹的采访，首先根据了解到的基本情况，作个粗略的安排、打算，是完全必要的，但这一做，往往容易使我们限制在开始形成的框框里，在写贺庆莲这篇报告文学时，我是费了九牛二虎之力才跳出原来的老框框的。

开始我在县档案馆看了她的材料，是从一九五七年到一九六二年的，有一寸多厚，都是关于她为养猪负伤，如何克服一只手的困难办好猪场的。因此，我也同原来采访过贺庆莲的同志一样，专门在养猪的问题上动脑筋，找材料，而事实上贺庆莲同志在生产队养集体猪，与合作社时期养猪的规模比小多了，过去如何用一只手克服困难，参加劳动，事迹很动人。但她用一只手劳动，已经较为大家熟悉，再写这些材料，大家都嫌材料老了，仅仅从养猪一事上看，贺庆莲的"发展"是少了。以前，在我选题材时，有的同志的劝告，在这方面是符合客观事实的，而这种认识，是几经反复后，才明确的，从第一稿起到第三稿，我都没有跳出老框框，而专门在"养猪"二字上下功夫。

我于1973年2月中旬来到雁坪公社泉塘大队铁炉生产队。这一次访问进行了一个星期。贺庆莲同志工作多，子女也多，家务事也很繁重，但对于我的采访，她是很热情的。夜深了，在油灯下她还同我打讲，我问什么，她谈什么，很耐烦。我在采访中，作了详细记录。比如，连她用一只手如何给猪打针，如何用草药治小猪白痢，有几种药方，也一一记下。我又访问了她的爱人

老夏,他俩在农业学大寨运动中是如何互相促进的,我又访问了有关社员,她的亲属。在这样的基础上,我觉得似乎材料充足了。我便回到县里,开始动手写起来。2月24日,第一个结构改了三次,定名为《喜见梅花"拗"霜雪》。文章是从1973年元月省里召开农业学大赛现场会上,贺庆莲与省妇联负责人罗秋月见面写起。然后用倒叙法,写了五六年以来贺庆莲是如何坚持与残伤、病痛作斗争的,再写她与爱人老夏如何改变队上的面貌,最后(第三部分)写她如何帮助青年进步的,结尾写我访问结束,贺庆莲送我出门,在屋外的梅花树下久久站着,我从而想到贺庆莲的性格多像梅花,她平常不是有句口头禅:"什么事只要咬牙'拗'就'拗'过来了吗?"因此把她的形象和梅花融合在一起,定名为《喜见梅花'拗'霜雪》。《湘江文艺》编辑部的同志看后,指出这个"拗"字没有反映本质的东西,而整个材料突出的仍是大家已经熟悉了的老材料,编辑部负责人说,应当重新来过采访,把反映贺庆莲的最具有时代特色的本质的东西挖出来。这样第一个结构,就被否定了。

我第二次下去,把我头一次采访的材料翻看了多遍。在采访中,我了解到贺庆莲有一个帮助后进社员的动人故事,这样,我得到了一个启发,是否可以由此写她落实九大团结胜利路线的精神面貌呢?这样,我便激动起来,边采访边在贺庆莲家附近的一个同志那里住下来,动笔就写。三天内就拿出了第二个结构,回到县里又改了二遍,定名为《红心只手绘春图》。文章是以访问记的形式写的,仍写了她养猪负伤,与后进势力斗,着重写了她对一个后进社员外号"配画势"(劳力不强,每次别人称他为配相)的帮助。这一结构写出来以后,负责编《三湘英雄谱》的出版社的同志刚好来到湘潭,看后认为事情零碎,主题不新,而且后进社员转化,不容易写好,要么就把转化写得太简单,要么把后进社员写得太落后,不易把握,但主要是主题仍不新。这样,此稿又未通过。

在这样的情况下,是前进,还是停止?我想,写文章难哪!上点课,思想轻松得多,贺庆莲同志材料真有限,我是无能为力了,心里曾产生搁笔的念头。但我想到,这是一件重要的创作任务。写好英雄人物是省地县委交给的政治任务,不是贺庆莲的材料有限,而是我采访没有深入。因此,我想到样板戏是经过了千锤百炼的,这个"千锤百炼"是革命的韧性的体现,学习革命样板戏的创作经验,首先要学习这种知难而进的精神,因此决心再次下到铁炉生产队。

第三次来到铁炉生产队,我把采访的圈子更扩大了,召开了座谈会,并同老贺一道做家务,谈心,还来了个大串门。对于带领群众学大寨的一些具体事情,我也问得十分细,这样,在三月二十七日,我把第三种写法拿了出来,题目是《铁炉队里路线课》。文章用三个同志的叙述介绍贺庆莲的事迹(一人介绍一部分)。第一部分是姓赵的女社员,主要介绍贺庆莲办猪场的事,小标题就叫《猪圈门首话斗争》;第二部分是由外号叫"配画势"的姓谢的社员介绍贺庆莲如何帮助他,小标题叫《"配画势"出言作见证》;第三部分,是由知识青年小夏介绍老贺对他的教育,小标题就是《小夏心中的歌》。此稿出来,省里负责同志看了以后,肯定结构好,但觉得文章仍然在围绕五十年代养猪的事上打圈圈,没有写出七十年代的特色,他们说有必要再下去,这样,就来了个四下铁炉队。

第四次去,我的思想准备是比较充分的,既然下了决心就得有百折不挠的劲头,我认真分析了头三种写法不成功的原因。其中主要的就是我没有写出贺庆莲这个老劳模在七十年代的特点,这其中的关键就是我的视点仍然不高,这站不高,看不准,也就写不出。我认真学习了"九大"文献,对于中央两报一刊一系列社论,进行了认真琢磨,同时,我又想,搞文艺创作,作者自己对所写的事不激动,那么他写出来的作品又怎么会激动读者呢!因此,也认真回顾了一下在采访贺庆莲的这两个月中,究竟哪些事最使我激动,对自己提出了这样一个问题。我终于想起来了,在第一次访问时,曾遇到一个知识青年,当时他请假三天回株洲,可是第二天就赶回了队上,并冒着大雨担了一大担猪用土霉素回来,同时也带回了社员要买的东西,他是天将黑的时候赶到老贺家的,我同他进行了交谈,一谈起贺劳模(这个青年对贺庆莲的称呼),小夏的话就滔滔不绝,他说了贺劳模是如何关心他的思想、生活、劳动的。贺庆莲精心"育苗"这件事使我深受感动。我想,这个关怀知识青年的成长,亲手培养接班人,这就是七十年代的大事,这也是社会关注的大事。我认识到应该从这一个角度出发,写出老模范新的思想境界,新的发展。在下去之前,我把这个想法同省里的编辑谈了。他们十分赞同我的想法。第四次去,主要同小夏在一起,我同他在鸡舍里睡,一起谈心,思想感情加深了,情况也就掌握得更生动、具体、深刻,这时我就找到了这篇文章的典型环境和典型性格:在一个发展中的生产队,一个曾经被亲属认为"无办法"的下乡知识青年,怎样在老模范以及广大社员的耐心、严格的帮助教育下成长起来。一句话:这个发展中的生产队和发展中的人物,这就是我所写的文章中的典型环境的典型性格。在动手写作时,就以"育苗"为主线,把其他事件插进去,在写作中,通过写小夏的变化,突出贺庆莲的高大形象。这里必须牢记样板戏的创作经验,作品中陪衬人物与英雄人物的关系,是水涨船高的关系,不是水落石出的关系。

有人问,你最后一稿突出了一件事,成功了。以前的几次采访是否有白搞的味道?我觉得没有。我们都看到过蜜蜂酿蜜的过程。曾经有个生物学家这样统计过:一只蜜蜂酿造一公斤蜜,须在一百万朵花上吸取花粉,从蜜蜂酿蜜这个现象上,使我们联想到文艺创作,鲁迅先生曾经说过:"必须如蜜蜂一样,采过许多花,这才能酿出蜜来,倘若叮在一处,所得就非常有限,枯燥了。"蜜蜂酿蜜首先贵在深入花丛,广采博取。今天,在我们社会主义祖国的园地上盛开着朵朵"鲜花",真是千姿百态,鲜艳夺目,这为我们的文艺创作提供了广大的蜂蜜源,因此,我也是以这样的观点,衡量原先的深入的——当然,已经作过的还很不够。今后,必须在这些方面狠下功夫。事实上,虽然第四个结构突出了一个中心事件,但以往采访的材料仍起了丰富作品的极大的作用。比如,老贺过去养猪的事,如何帮助后进社员,等等,在定稿中都写进去了,融合进去了。又如,在第一个结构中写老贺带病坚持双抢一事,花了一千多字,在第四个结构一稿中,这件事是由小夏的回忆带出来的,只有三行五十多个字,但这五十多个字却突出了老贺的一个侧面(见《湘潭文艺》1973年第二期第十六面)。因此,在采访中,要写千字文章,必须有万字或数万字素材的准备。《老模范育新苗》,湘江文艺和出版社去年已定稿。《湘潭文艺》去年八月已刊用了。这篇文章是花了时间和功夫的,但与党和毛主席文艺思想的要求,差距还很大,因此,希望同志们阅后,多提意见,以帮助我后来的创作搞得更好一些。

(二)关于《清风行》一文的写作难点和两次大反复

《清风行》(发表于《湘江文艺》1973年第四期,收集在散文集《韶山红日》里)的写作,在题材上说,比写《老模范育新苗》的难度大一些,因为这是一个十分严肃的题材。一九五五年,伟大领袖毛主席对《湘潭县清风乡党支部帮助贫苦社员解决困难》一文,写了光辉的按语。指出清风乡党支部,帮助全乡十八户鳏、寡、孤、独及贫苦社员解决困难的方针是正确的，表扬了他们团结起来、互相帮助的社会主义精神。我们今天去写清风乡，是毛主席光辉按语发表了十八年以后。如果用大量篇幅去写今日清风大队党支部又如何帮助困难户，那么，有人会讲，过了十八年，困难户还这么多，这对于写当前的大好形势，岂不矛盾？当然在通讯中是可以适当反映，但也应突出大好形势；而在文学作品中，这样写就不恰当了。因此，对这个题材的要求是：既要写好清风的大好形势，又要写出当年帮助困难户的精神得到了大大的发扬。开始，我是带着几分担心去采访的。毛主席指出："人的正确思想的形成，需要经过由实践到认识，由认识到实践这样多次的反复。"写好一篇东西，做到正确反映客观事物，也有这样的过程。我们不怕反复，我们在反复中前进。唯一之路就是认真地进行实践。

去年六月，我来到了清风大队，看了清风大队的新面貌，参加了他们各种会议，在大队支书谭菊华家中住下了。通过采访，我体会到，清风乡（大队）十八年来的变化很大，尤为可贵的是，十八年来，大队支部发挥了先锋队的作用，一直带领贫下中农勇往直前，取得了一个又一个胜利；如今粮食亩产超千斤，当年十八户困难户的生活都上升了，有的五保户的子女当上了大队干部。

这一回采访，与上次到贺庆莲处采访不同，在材料上没有框框（而写贺庆莲时过去的材料多，容易形成框框）。但在写作构思时，又进入了别人文章的框框。这也可以说是在实践中又不自觉地搞了唯心论吧！因为，我在对清风的采访基本结束后，我又冥思苦想"清风"的含义。为什么叫"清风"，其中必有典故。于是我就到古典作品中，到《辞海》中去找典故。当我在《辞海》里查到《史记·律书》有这样的话："清明风居东南维，主风吹万物。"于是认为，清风是吉祥之风，那么在清风这块土地上，解放以前，吹来的风对劳动人民来说并不"吉祥"，而是"朱门酒肉臭，路有冻死骨"。我又想到，在以前许多作者的散文中，以典故为线索，写出了好多吸引人的作品，我这篇关于清风大队的散文，是否也可以以"清风"为线索，围绕它大做文章呢！于是在七月十三日就动笔写《清风赞》了。从清朝写到今天，改了两次，十九日定稿，有一万三千多字，交给写作组一讨论，小组通过，大组却没有通过，大家说，这样写，时间长，不集中，而且以"清风"为引子，究竟说明些什么，讲不清楚。同志们的意见很对，这正是犯了生硬搬套他人以地名作文的老套，用概念

套现实,这不是唯心的又是什么?所以,这说明:不仅仅在开始采访时,不能死套框框,在动笔时也不能死套框框,我根据毛主席讲的"观察、体验、研究、分析一切人,一切阶级,一切群众,一切生动的生活形式和斗争形式",仔细地回顾了清风大队的变化,觉得要写好一个侧面,必须再次深入生活,到实践中去找答案。于是在七月二十八日,我又来到清风大队,我选择了十八年来变化最大的成桂娥驰一家为典型,对她家情况进行了认真的了解。当时正值双抢时节,每天在劳动休息时,成桂娥驰总是不辞辛劳地为社员们烧茶送水,而这她又不分你队、我队,本县,外市,一律热情招待。成娥驰的这一行动,使我深受感动。晚上当我已睡下,辛劳了一天的成娥驰仍在烧茶,成娥驰一家的许多往事涌向我的脑海,于是思想上产生了飞跃,我当即打开采访本,把这个新的构思写了下来。搞创作,就是要抓住最使人激动的东西。这里使我又理解了这篇文章的典型环境的典型性格:这就是主席批示后十八年面目一新的清风大队,又是在一个三个生产队交叉的地方,而当年的五保户成娥驰正以毛主席表扬的关心他人,关心集体的社会主义精神在忘我奉献着。

这样,《清风行》就在清风大队诞生了。八月初,赶回长沙,这一稿很快就通过了。

从《老模范育新苗》和《清风行》的写作过程中,使我想到破框框,一方面破原来老材料的框框,另一方面也要破别人类似文章的框框,只有在反复实践中,才能创作出具有时代特色,体现新的思想境界的作品来。此外,在采访中,不要忽视小事。比如,《清风行》中那一双木屐引起的故事,是我一天晚上乘凉无意中与成娥驰的二儿子闲谈中"挖掘"出来的。后来写进了文章,从一家人穿鞋子的对比中,反映了他家的一个大变化。

二、如何运用素材

这个问题是关于高于生活的问题。就是在实践的基础上提炼主题,并且根据主题的需要来概括生活,创造艺术形象,能动地反映生活的问题。在理论上,同志们学了很多,这里也谈谈我的体会。

我们在写作过程中,往往容易使作品变成生活的原版记录,受到事实的局限。刚才讲的一些失败了的稿子中也说明了这一点。报告文学和有的散文是难写,它明明要求不虚构,写的人和事都是在生活中存在过、发生过的。但是,这也并不等于说不可以集中和提高。这个在真人真事基础上,对生活现象加以选择、剪裁、集中、提高的目的，在于达到使所描写的人物和事件能够突出显示其深刻的思想意义，具有一定的典型性。以我的习作《清风行》为例，事情发生的时间、人物、地点、事情，均是真实的，我去访问也是真实的，我睡在成姪驰家隔壁的房子里面也是真实的。社员们同我的谈话，等等，无一不是事实。但是，如果按照刻板的描绘，那就减色得多。在《清风行》中，哪些方面作了剪裁、集中、提高和选择呢？

第一，对于访问的方式，作了加工。我第一次去清风普遍访问时，就已知道成桂姪驰家的位置；后来，专程拜访时，我就更熟悉了，但在写文章时，为了使人造成悬念，有"曲"的感觉，便采用第一次访问的形式。

第二，三个生产队的社员不是天天来，我去的那一天中午，只来了两个队的，但为了集中，把三个队的社员都安排在一个时间里，这既不违反事实真实，又使情节更加集中。

第三，对看照片的细节作了加工。本来县里通讯组和省里摄影记者并未对木屐专拍照片，但为了加强忆苦思甜的效果，以木屐引出故事，便将"照片"作了引子。文章最后出现的拖拉机，也是属于集中的表现方法，这样从另一角度反映清风的变化。

在《老模范育新苗》一文中，也作了较大的提高、集中，尤其是后段老贺和小夏的心理活动的描写，就作了夸张、渲染。这样，人物的思想境界才能够较深刻地体现出来。

总之，我们的加工、集中、提高，都是为了反映事物的本质，都应该紧紧围绕主题进行，无论《清风行》也好，《老模范育新苗》也好，人物、事件的每一个环节都紧紧扣住了主题，在基本事实不失真的前提下加以提高和集中。我们这样做，是从本质上，从历史发展总趋势上反映社会主义革命和建设中涌现的可歌可泣的英雄人物。

在写散文（尤其是提出了真实性要求的散文）、报告文学时，切忌对人物和事件表面、空泛的报道，要深入发掘，写出时代的气氛、时代的精神、时代的要求。

最后要提一下，就是无论在写散文，或报告文学里，与写小说有一个共同的要求，就是要着力于刻画人，表现人，就是要写出典型的英雄形象。以前，在这方面我走过弯路，以事件淹没了人物，要写出典型的英雄形象，就要在恩格斯所教导的写出"典型环境的典型性格"上下苦功。

　　总之，在文艺创作方面，我还是个小学生，各方面做得很差，我决心同大家一道，努力学习马列主义、毛泽东思想，认真刻苦地实践，努力习作，创作出较好的作品来。

写于1973年春

　　附记：1973年底，我从省《韶山红日》创作、编辑组回到湘潭县以后，我创作的散文（特写）《清风行》和报告文学《老模范育"新苗"》都已分别入书和见刊。此时，阅读了我两篇作品的湘潭师专教授黄树红先生向我发出邀请，请我为师专的中文系学生讲讲文学创作的问题。我答应了。当时我已回到湘潭县土桥中学任教。我利用工余时间回顾了这两篇作品的采访创作过程，并按黄老师的要求主要写成两部分：其一是关于如何深入生活，其二是如何运用从生活中获得的素材，共一万三千余字，后交黄教授由师专打成讲义。1973年底的一个星期六（那时星期六上班），我向学校请了假来到师专大课堂讲课。我讲了近两小时，全是亲身体验，学生们也听得认真，课堂上不时响起唏嘘声和笑声。用黄树红教授的话说"讲课取得很好效果"。这是我第一次走上大学讲坛讲课。当时我就以能传播自己真切的文学创作经验、扩大希冀真正深入生活并刻苦创作的青年作者队伍为己任。课后，黄教授向我颁发了湘潭师专兼职教师聘书，任期三年（1973至1976年）。此次入书，对讲稿作了删节。

第四辑 诗歌

韶山牧童谣

呜呵，呜呵，呜喂——
韶峰高高草青青，
看牛伢子出哒村。
手牵牛绚唱山歌，
唱得满山遍野响回音。
把山歌当饭，
把山歌作金，
看牛伢子山坡唱威风哪
唱威风！

日头当顶热死人，
看牛伢子巧分工：
一伴上山摘野果，
一伴山坡放牛谈古今，
讲起古今要哭，
讲起古今要笑，
看牛伢子有心胸哪
有心胸！

日头落山四处阴，
赶着牛崽牛婆打转身，
牛婆子吃草不停嘴，
急得看牛伢子汗淋淋；

猛把牛绚扯,
性急往回奔,
东家还有功夫正催人哪
正催人!

(选自谷静在《当代》发表的电视文学剧本《无价亲情》。)

雷锋,美丽的尺子

雷锋
是一把美丽的尺子
可以量出
做人的高低

珍惜这把尺子
它将帮助你
行为高尚
天天向上

(收入著名诗人圣野主编的《雷锋和我亲又亲——学雷锋童诗选》,浙江少儿出版社 2013 年版。)

韶峰情思

我爱韶峰,
她时时占着我的心胸。
这是因为:
她似剑,
她的钢躯凝聚着民族的意志,
曾刺向那黑黝黝的苍穹!
她似碑,
镌刻着永不磨灭的碑文,
——甘洒热血勇士的忠贞!
她更似钟,
以极其壮丽的实践的"音波",
将全世界的劳苦大众唤醒!

我爱韶峰,她时时占着我的心胸,
——牵我情思无穷……

（载于1979年12月23日《湘潭日报》。）

世纪春
——献给共和国诞辰

成熟季节
又是生命萌生
之时
共和国迎来 43 个成熟
43 季再生
南海的风
潇洒　浩荡
盛极
荡 960 万平方公里之地
现——龙之跃
虎之腾
山之凸升
川之激行
显——钢成川
粮胜山
电子破混沌
"长征"绘宇新
11 亿精灵以汗水、智汁
营构　秋之春
炼就　季季春
铸出　世纪春！

（载于 1992 年 9 月 29 日《湘潭日报》。）

热夜逢雨

宇宙在燃烧
地球痛苦难耐
大热把地球人
推入
地狱的火焰山

夜半
一场暴雨
骤然而至
万千银柱　猛烈
叩击苍黑的
大地

有人奔跑
有人欢叫
有人啜泣
有人嚎啕
更有　各色声调响起：
有人说它是生命银泉
有人说它是哄人便液
有人说它是金线条条
有人说它是刀枪剑戟

明月又现
清风徐徐
凉爽启开眼帘
大地訇然叹息：

素朴的哲学
誓死拒绝
喋喋不休的辞书！

（写于 2008 年 7 月 13 日凌晨暴雨后。）

坟 茔

——驳东洋外交官

那年，我走亲访友，
在南山草场边
发现几座坟茔，很不规整。
我问表兄：怎么这么多野坟？
表兄答：是当年日本鬼子杀的
不服调摆的挑夫，没名没姓，
我们一直照顾着他们

又一年，在一条老旧公路边的山坡上，
我又见一堆一堆紧挨着的坟茔。
乡人告诉我：那是东洋鬼子所杀的

不服管的一个村子的人!

尔后,我被调到一偏僻村小教书,
学校左边有一圈墓地,
墓前有块木牌,小字依稀:
一九四四年三月,为逼出游击队
倭寇机枪扫亡三十六人……

我很奇怪,更是惊诧,
几十年光景,走到哪里
都能见着伫立的一个个冤魂

退休那年,在电视荧屏上
瞥见一东洋外交高官
将我们的外交官责问:
你们要停止爱国主义教育!
就在我外交官有力反驳之时,
我的眼前出现了四里八乡黑簇簇的坟茔!
我回击说:爱国还用"教"吗?
请看中国无处不在的还在淌血的
坟茔,
它就是教材,
它就是教员,
不言而发声,
不呼而抒愤!
而且,你——
不承认侵略历史的"外交官"
也正是我中华儿女爱国教育
绝妙的教材和教员!

屈子活了

小时候我曾体会到
人们所崇仰的
兴"汨江悲风"之屈子
已深深嵌入人们的魂灵
当今
我更惊觉
屈子活了
他的抱负、坚忍
和
高洁度
已排列进人们的
基因

巨 石
——震区一瞥

一块块巨石
横亘在公路中央
瞬间
公路成了盲肠
啊
也是瞬间
巨石炸飞了
公路顿成平阳

然而
又是在瞬间
又是石雨飞扬
一块块巨石
又顽固地
横亘在路面上
爆炸声绵延而至
炸—横
横—炸……
一场拉锯战
在山摇地动中打响
经几百几十几个回合较量
终于韧性的爆炸
剔除了癌变的盲肠

（以上两首载于广东《诗词》2008 年第 17 期。）

夜 市

像元宵灯会？时令却是盛夏；
是临时凑集？每当夜幕降临
便有条不紊地出现了它！
啊，这是琳琅满目的百货长廊，
啊，这是五光十色新产品的天下！
白天宽阔的人行道，
现在变得如此狭窄；
往日入夜清静的林荫下，
如今人涌如潮，笑语喧哗。

穿的、用的来这里汇集，
吃的，玩的诱劲儿丝毫不差。
在这里，观赏者可以一饱眼福，
采集者可以满载归家，
加餐者可以物色佳肴，
那无意涉猎者往往喜出望外摘奇葩！
请看条条横幅下，
营业员待客多殷勤，
不论是国营，集体，还是私家！

这是城市夜生活一幅新图画，
它引人欣喜，
促人奋发！

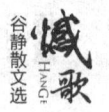

商业战线改革新潮,
一浪高过一浪,
终于催开了这朵新花!
试看明日之商家,
又有多少新花竞发?

（载于1985年《雨湖文艺》第二期。）

我心震撼（散文诗）

"5·12"汶川大地震以来，我的心灵一直处于震撼之中：激动，感动，泪水盈眶。地震中涌现的人和事，桩桩件件涤荡、冲击我心。然而，人往往在亢奋的激情之中，却难以成文，因为太多的情愫"堵"在心胸，难以喷泻。这里，本人将自己"情愫心河"中的几朵"浪花"献给大家。

致谭千秋

你用自己的生命之躯，护卫住了4名中学生；学生得以生还，你张开的双臂却成了与世诀别的最后姿势！你张开双臂的英姿，洋溢着磅礴的人间大爱，充溢着永恒的情感温度，漫溢着湖湘人舍生取义的铿锵精魂！你这冲向生命制高点的雄姿，是用宝贵的生命书写出了无私无畏中华英杰的新的壮烈篇章！

天安门广场的吼声

我忘不了"5·19"哀悼日下午天安门广场那千万人震天动地的吼声。"中国，加油！""中国，加油！""四川，挺住！""汶川，挺住！"

有节奏的呐喊声，如海啸，似风吼，震动着我的心！面对电视画面，我心跳加快，眼眶湿润。我感到了13亿人坚不可摧的强大力量。

我记得几年前有位将军曾说过：中国的民族团结性是不可低估的，一旦遇到什么灾难或强敌，他们会用难以想象的速度汇聚拢来，以世人难以想象的力量去战胜灾难和强敌！今天，我就目睹了这令人"难以想象"的团结和力量！

我欢呼这种团结，这种力量，并且也将自己融汇进去，成为这种团结和力量的一分子！

致"80后"

别人曾经把你们称为玩物丧志的一代。许多人曾担心国家会在你们这一代

遭"灾"。然而，汶川大地震后，你们的"异常"表现，却让国人刮目相看！

你们许多人面对灾区的画面流泪，你们迅速采取行动在自己仅有的微薄工资中拿出几成的钞票投入募捐箱，你们几乎是在第一时间献出自己青春的鲜血……

面对你们的壮举，我惊叹了，佩服了，感动了！尤其是，当我看到荧屏上那些在灾区余震中抢救生命的"最可爱的人"中，有许许多多就是"80后"啊！

由此，我深深觉得，中华"80后"是非同寻常的"80后"！

他们为何能够若此？一位社会学家说得好：因为"80后"有中华民族几千年遗传下来的宝贵基因！

（载于湘潭市文联2008年5月编印的《大爱无疆——湘潭市文艺界抗震救灾作品选》。）

朝晖断想（散文诗）

——湖南省第六届运动会大型团体操《朝晖》观后

璀璨夺目的朝晖，驱走了暗夜，在阳光下人们又开始了新的、充满希望的一天的劳作。古往今来，人们赞美朝晖，孜孜以求朝晖降临。因为朝晖即是光明，即是希望，即是远景。

观《芙蓉映日》

你们，八百多位健儿，有多么健美的身躯，这健美的身躯，加之以奇巧、精致、刚健的动作，竟使难以名状的奇妙的音乐，以具体的形象体现出来；你们用手臂、腰肢，用优美的动作组成了一曲湖南的"乡音"。从城标图案的组成，到碧波荡漾的美景，使我们领略到了"芙蓉国"这水乡泽国的特有风韵！万绿丛中点点红，使我们想到了自然界的春天，更想到了社会的春天——改革的春天。在悦耳、令人陶醉的音乐声中，你们的队形瞬息万变：圆形、条形、菱形、荷花形……应有尽有，美不胜收！象征三湘四水旖旎风光的千姿百态，令人神往的湖南大地啊，我们没有理由不把你建设好，没有理由使你成为改革的落伍者！

喜《新苗吐翠》

是谁把叽叽喳喳、快乐啁啾的你们汇聚拢来？

是什么力量和智慧，使你们组成了如此令人惊叹的活动图案？

是谁给了你们偌大的胆量，在两万多观众的睽睽众目之下，你们神态自若，如入无人之境，任音乐牵动你们的四肢，构成令人拍案叫绝的美的姿势和图形？

是谁叫你们这么早就懂得了珍惜集体的荣誉，这么早就进入了刻苦磨炼的历程，从而使长者感到欣慰、使今日的青年振奋、使湖湘五千万人民欢腾？

——是今天的时代的良好气候,是党和政府的阳光、雨露的滋润!

——是老一辈革命家的关注,是长辈们的爱子之心!

——是幼儿园阿姨的点点汗水、滴滴心血,加上你们的一片童真……是这一切的一切,将新苗的姿态塑造得如此动人!

《百舸争流》有感

是力的体现,是勇敢精神的象征,是民族进取心的凝聚!看到了你们,我也情不自禁地握紧了双拳,握住了桨柄,也要来个中流击水,力争上游!

你们带来了洞庭湖的滔天波涛,带来了湘江巨浪,带来了澧水河上船夫迎风斗浪的号子,带来了一往无前的拼搏劲!

千桨齐挥波让道,争流险滩变通途;巨龙腾空恨天低,中华强国世界立!铁龙舟上有钢桨,如虎添翼谁可挡!龙舟大赛是竞争的升华,力的爆发,它预示:振兴之举将磅礴于三湘四水!

气球在冉冉升起,万千白鸽跃上九重蓝天,与天宇融为一体!我们的心、我们的精神也在升华,向上,向上,向着中国的未来,人类的未来,永远向上,向上!

写于 1986 年 9 月

附记:此散文诗是为配合宣传 1986 年湘潭市承办的湖南省第六届运动会而作。由湖南电台和湘潭电台在省六运会期间配乐播出。

祭舜帝文

赫赫虞舜,万民景仰。
五帝之一,业绩煌煌。
今来祭尔,恸我肝肠。
四千多年,过隙日光。
当年舜诞,衣褛啖汤。
庶人之子,饱受欺诳。
其父续弦,虐舜宠象。
三设陷阱,欲致舜殇。
舜机智对,脱难韬光。
艰险危殆,熏舜苂长:
事农能手,捕鱼盈仓,
制陶巧匠,易货内行;
行行通达,皆为榜样;
志在苍生,苦辛遍尝。
超拔素质,神州传扬。
四岳推举,尧帝欣赏。
大麓之验,尧心欢畅。
赐二女嫁,女英娥皇。
尧传位舜,舜政辉煌:
旷达用贤,翦凶安邦;
治水择禹,后又禅让;
加威行德,四海靖康。
吾韶山人,仰舜高尚,

四千多年,口传声唱:
尔驾南巡,为服苗邦,
禹请攻之,舜以德降,
韶乐齐奏,敌意消亡,
三苗皆舞,和谐气象,
以德弭战,效果昭彰,
韶山立名,百世流芳。
韶乐妙曲,历代奏扬,
憾惜后朝,失音渺茫;
韶山俊杰,发掘有方,
修造宫宇,汇谱传芳,
盛世再奏,天籁声扬,
袅袅仙乐,撼人心房。
韶山儿女,奋发向上,
宏伟蓝图,非同凡响;
今念舜帝,精神弘扬,
胼手胝足,再创辉煌。
　　尚飨!

(癸未年十一月二十六受韶山"韶乐宫"之托恭撰)

附记:此《祭舜帝文》于 2003 年 12 月 23 日毛主席诞辰 110 周年前镌刻在韶山"韶乐宫"前。

附录一：

督学查校

(译文)

教室里静静的。外面，光秃秃的树木在雪地里也成了白色的。但是没有哪双眼睛从历史书移开。那教室里的二十五个小女孩就是这样学习的。

这是 1877 年，在波兰华沙的一所学校里。此时，波兰大部分国土被俄罗斯帝国所征服。俄国沙皇不允许波兰儿童学习他们自己国家的历史，甚至连他们的语言文字也不让学。但是，这所学校的教师和学生们是刚正的，尽管在华沙到处有俄罗斯的特务。

在这些儿童当中，有个叫玛娅的。她是个很聪明的小学生。她深情地朗诵着课文。突然，从外面传来隐隐约约的钟声。玛娅倾听着。她有些害怕起来：这是不是一种信号？是的！是这两声长的、又两声短的声音！

教室里所有孩子的头都抬了起来。很快地，她们急速地把所有波兰历史书藏在远处，又迅速地拿来缝纫材料，开始在正方形的布料上绣起来。

通向外面的门打开了。门口站着督学霍恩伯格。

霍恩伯格是俄罗斯派在这里看管华沙私立学校的。他是一个阴郁的人，穿一套紧身的黄蓝二色军服。和他在一起管理这所学校的是西科斯卡小姐。

"我们每星期有两节缝纫课。督学先生，"教师托帕斯卡小姐解释说。"我朗读，孩子们做手工劳动。"

"你向你的小学生朗读什么？小姐。"督学霍恩伯格追问。

她拿着书本举起来。"俄罗斯的神仙故事，"她说。

督学咕噜着说了声"同意"。"现在，"他说，"我想应该问一问你的学生们。"

"玛娅·斯卡洛多夫斯卡，请站起来，"托帕斯卡小姐平静地说。

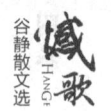

玛娅沉默地从座位上站起来，她艰难地忍着使自己不发抖。

"背诵这段主祷文——用俄语，"霍恩伯格命令。

玛娅用低低的声音背诵主祷文，小心地不显露她的感情。

"现在讲讲俄罗斯帝国皇室成员的名字！"

玛娅讲出了这些名字。

"现在告诉我，"霍恩伯格要求，"谁是我们的统治者？"

玛娅脸色苍白。她张了张她的嘴，但没有发出任何声音。

"照这样子，我的小小的波兰爱国者，你是不愿意告诉我谁是我们的统治者——回答我！"这位俄罗斯的督学说。

"全俄沙皇亚历山大二世皇帝陛下，"玛娅说。但是她的声音是颤抖的。

"这才有点像样子了，"霍恩伯格从椅子上站起来。"现在，西科斯卡小姐，我希望参观一下另外的班级。"

"好的，督学先生，"西科斯卡小姐回答。

当他们一转身，教室门就立即关上了。班上女学生们开始骚动。教师托帕斯卡小姐没讲任何话，她将玛娅深深搂入怀中并亲吻了她。此时，玛娅眼中顿时充满了泪水。

1992年秋译自许国璋《英语》教材第一册翻译作业

附记：1987年我评上中级新闻职称。要五年后，我才有资格晋升副高职称。至1993年，评中级后已是六年了，我的晋升愿望又涌心头。但那时晋升职称必考外语。于是我向已晋升为教授的湘潭师院彭建明先生借来了几本他为晋职刚用过的大学英语教材，也就是当年风靡全国的《许国璋英语》。就我的外语底子说，可说是空白，因为那时我们上的初中、师范均不教外语（幼儿时期父亲曾教过我一些英语口语，到后来全部忘光，"文革"前曾自学过两册初中英语，但到后来只记得可怜的几个单词）。我父虽然一直专教英语，但因冤案沉囿于农村老家。而我一直在外工作，没有机会学习。何况在"左"的年代，你去独学英语，那后果不言自明。就这样我几乎是"白手起家"重新学习。那段时间我自学音标、一有空就背、默单词。英语单词量大，真有些吃不消，那时自己已经年过半百单词记了又忘。在这种情况下，年近九旬的老父，虽已无法教我，但他总是鼓励我。在那几个月工余学习时间里，除了学教材，我还就教材的翻译作业中的多篇文章靠词典进行笔译尝试。还真笔译了上十篇不长的文章。有几篇交给父亲看了，得到了他的肯定。这笔译的上十篇文章都是散文。今天在出散文集的时候特选一篇入集，以纪念父亲对我自学英语的鼓励和鞭策。至于后来的职称晋升我并没有考英语，还是因为单词太太太难记了——我考的是临时抱佛脚学的日语，得了个"合格"分。谢天谢地！

附录二：

谷静散文获奖情况

《心心相悦第一潮》1998 年获中国广播电视奖（报刊类）银奖；
　　又获湖南广播电视奖一等奖。

《勇背"艺术之石"》1999 年获全国城市广电报优秀作品一等奖；
　　又获湖南省广电报系统优稿评选一等奖。

《在这里，毛主席留下一个"谜"》（配乐散文）获湖南人民广播电台 1989 年度优稿二等奖。

《水嫩的七爷》获 1994 年湖南省"潇湘巨变"散文大赛铜奖。

《胸怀》获湖南省"第二届残疾人事业好作品"一等奖；
　　又获省残联、省电台联合评选的助残好作品一等奖。

《啊！生命的守护神》获全国 26 省市参与的"洞天杯"征文大赛一等奖；
　　又获 1990 年度中国报纸副刊铜奖和 1990 年度全省专业报纸好作品一等奖。

《捐献》获 2000 度湖南广播电视报系统优稿评选银奖。

《修脚憾事》获 2007 年度湖南省报纸副刊作品年赛铜奖。

后 记

  日子是跳着朝前走的。从筹备出散文选《憾歌》开始，到今天付梓，一晃就是四年多过去了。

  在本书成书过程中，几位朋友协助校过全书清样。其中有朋友说，这本书是我数十年散文创作收获的归总展现；也有朋友说，这本书中许多散文是我过往经历的片断记录，连接起来就是我的较完整的人生图景；还有朋友说，文以载道，这几十篇散文有我不同人生阶段的思想状态，展示了我的人生思想脉动的路线图……

  朋友们对书稿的如此评说实为过奖，吾之散文不足之处多矣。朋友过誉之言，体现了他们对我和我的散文创作的高度关爱和鼓励。朋友的这种关爱鼓励，数十年如一日，其情深深，无以回报。这里说一位文友欧阳毅先生关心、保存我文稿的故事。

  离休干部欧阳毅先生，是我上世纪六十年代初在湘潭县工作时结交的文友。四年前，我筹备出散文选，最大的问题是作品不齐，主要由于我的疏懒，没有剪报剪刊留存的习惯。即使自己存有的作品也只是整张报纸和整本刊物，且散存于我新、老居所十来个大书柜成堆资料之中，且遗漏不少。

  欧阳先生闻知我正在搜寻自己的作品，不顾八十多岁高龄重病缠身，亲自打电话给我，告诉我他处存有我八十年代在《湘潭日报》所发《犟父》的剪报。我闻之大喜，因为这正是我久寻不遇的作品，便告知他我将登门取稿。他听后，连连拒绝，说我事情太忙登门耽误时间，又说照理应由他送至我家，但因疾病已沉行走不便，便说还是邮寄过来，又一想，这不放心，于是他在电话里"拍板"：当我因事过河，顺便至公交护潭车站下车，由他夫人送至车站。我服从了他的安排。于二○一○年初夏一天上午在护潭站，我接到了他用牛皮信封保存了二十余年的《犟父》剪报。一年后，欧阳先生离世。他对我文章的

悉心保存和细心护送,成了我们友谊的最后令人感动的乐章!

除了我的努力清理,和保存有我散文作品的相关单位的支持、配合,总算在两年多时间里把自己大部分作品"扫拢来了",使散文选得以顺利结集出版。

我的散文创作经历了半个世纪。在这漫长的时日里,我铭记着许多编辑先生对我散文创作的指导和支持,我们是因投稿而成"文字交",有的至今未曾谋面,他们是:原《散文世界》杂志袁鹰,《羊城晚报》陈斌,《湖南文学》郭味农、潘吉光、刘云、黄斌,湖南作协谢璞、金振林、水运宪、王跃文、梁瑞郴、曾祥彪、余艳,湖南省文联谭谈、贺振扬、朱日复,湖南人民广播电台郑余谋,《湘潭日报》徐伯青、唐普元,《湖南广播电视报》彭国元,《潇湘声屏》冯资荣,以及未能知晓姓名的《人民日报》、《中国青年报》、中央人民广播电台、《三月风》等报刊台的编辑们。

在我过去工作过的单位,我的业余创作得到领导的支持和鼓励,他们是:成素桃、刘庆芳、叶兴曙、刘申桂、赵在和、李运迪、唐自强、周志雄、周诗统等。

我的散文创作得到了许多友人、文友的关心、启发、帮助和支持,他们是:江立仁、杨振文、周克武、赵志超、焦炽、杜月意、彭新武、汪孝仁、杨铁桥、苏国军、孙南雄、季水河、刘平、欧阳毅、陈植源、陈志高、陈志光、喻名乐、杜纯梓、彭思毛、李晓燕、易建辉、左泽文、冰静、陈长工、吴广平、吴投文、徐秋良、汪帅红、毛娟、李运启、聂鑫汉、杨华方、邹联安、赵竹青、欧阳伟、曹青、曾庆仁、楚荷、楚子、蒋鸣鸣、谭青红、何红玲、刘湘辉、田关云、李映红、肖超亚、刘志宇等。

在作品结集过程中,以下单位和同志对我搜集作品给予了充分的配合、支持,他们是:湖南图书馆借阅处,《湘潭日报》资料室李义丰,湘潭市第一档案馆常虹、黎小红,湘潭县档案馆谭静江等。

下列同志在工作繁忙之中,有的对本书文稿和编排提出了建议,有的进行了初校、二校。他们是:杨振文、曹青、欧阳伟、刘湘辉、成经满、邹剑。

在此书出版之际,对以上人士我深深地铭记并感谢他们!

在这里,特别要感谢以谭仲池、江学恭、管群华为领导的湖南省文艺创作扶助基金会对本书出版的资助和指导,同时衷心感谢湖南人民出版社及本书责编文志雄等相关编辑人员对本书出版付出的辛勤劳动。

后记

　　此外，在编辑本书的时候，我想到苏联著名作家、诺贝尔文学奖获得者鲍里斯·帕斯捷尔纳克的长篇小说《日瓦戈医生》。在这本长篇小说的最后，作者将自己的诗作作为最后一章排了进去。经过阅读，我发现帕斯捷尔纳克这些诗与小说反映的生活有一致性，而且在苏联文学中，小说与诗有密切的渊源关系，被称为"史诗"，同时，这种安排，也是对作者创作的一种"综合"检阅和理解。在中国，诗与散文的关系也十分亲近。于是，我将自己多年为数不多的诗作经遴选后也排进了此散文集后面，也让读者诸君来个"综合审阅"。

谷静 2014 年 5 月 8 日于湘潭金侨书房